BERENICE

MALGRE ELLE

Laura Voisin

Bérénice, malgré elle

Marathon Éditions

Marathon Éditions
5 rue Aldebert
13 006 Marseille
marathoneditions@gmail.com
www.marathoneditions.fr

ISBN 979-10-97570-99-6
Dépôt légal mai 2022

BÉRÉNICE, MALGRÉ ELLE

Livre I

Bérénice, première partie

Bérénice contemplait le dôme qui rapetissait sous ses pieds. L'immense dirigeable s'élevait lentement, laissant Rivapolis et ses satellites derrière eux. Elle releva la tête, plissant les yeux malgré le masque opacifiant de son casque intégral. Les panneaux solaires qui recouvraient la coque rigide de leur aérostat étincelaient, l'éblouissant aveuglément. Elle reporta son regard vers la plaine désertique. Rivapolis vibrait et ondoyait dans les rayons solaires diffractés. Hallucination en forme de fin du monde. La jeune fille retint son souffle. *Et si rien ne s'était passé ? Et si tout n'était qu'un horrible cauchemar ? Qu'un mauvais film ?* Bérénice tressaillit et ressentit comme des picotements sur ses avant-bras. Elle visualisa ses poils courts et bruns se redressant, la granulosité distendant sa peau blanche sous la combinaison. Ce faux espoir lui donnait la chair de poule. Elle avait vu des poules (la visite d'une ferme faisait partie du cursus scolaire de primaire). Cependant elle ne voyait pas le rapport entre cet animal pondeur et son hérissement pileux. *Peut-être avant ? Peut-être avant y a-t-il eu un rapport, mais plus maintenant ?* Pour le reste… pour sa mère et Sadii… tout était bel et bien arrivé. Pour Anna aussi. Et tout était ferme et définitif. La mort de sa mère, la mort de son frère, la lente agonie d'Anna. Elle n'avait plus de nouvelles depuis que Charlène l'avait sèchement renvoyée, l'accusant de… C'était absolument stupide. Elle n'était pas atteinte, pas contaminée. Alors comment aurait-elle pu être la cause de la maladie d'Anna ? Bérénice grimaça.

– Eh bien, ma petite, qu'en penses-tu ?

Le rictus se raidit sous son casque. *Quel infect blanc-bec !* Blanc-bec… Encore une expression sortie tout droit du fond des âges, une expression de sa grand-mère et de la grand-mère de sa grand-mère avant elle. Bérénice ne savait même pas vraiment ce qu'elle signifiait. Sauf qu'elle était sûre qu'elle convenait parfaitement au blondinet au regard bleu glacier qui n'était pas vraiment plus vieux qu'elle et qui pourtant se permettait d'user et d'abuser du *ma petite* depuis leur rencontre tout en la tutoyant avec condescendance. Stan, le représentant de la chaîne, le délégué de LD. LD à qui elle devait d'être sur ce pont. LD, l'espoir des trois quarts de ce qui restait de l'humanité (le quart restant l'avait déjà). LD : la Loterie des Dômes… et Stan donc : sourire carnassier et poigne d'acier. Par réflexe Bérénice se frotta le poignet. Souvenir cuisant. Stan lui expliquant (ou plutôt lui assenant) que ce n'était pas parce qu'elle était LA gagnante qu'il fallait qu'elle se croie tout permis, qu'il fallait qu'elle aille imaginer qu'elle était libre. Il y avait les clauses : clause de confidentialité, clause de droit à l'image exclusif, clause de représentation et de représentativité, clause d'obligation à… Le tout sous entendant : pauvre petite merde d'Externe, minuscule chose insignifiante… et moche pour ne rien arranger… Elle n'avait eu (et n'avait toujours) qu'une envie : lui envoyer un grand coup de genou dans les boules ou un grand coup de boule dans le nez. Elle avait ri, sur le coup (à tous les sens du terme). Il lui avait attrapé l'avant-bras et l'avait serré à lui en faire jaillir les larmes des yeux. Ce regard méprisant, presque haineux, dont il l'avait gratifiée ! « Je suppose que tu as appris à lire dans ton bled. Les filles apprennent aussi, au moins le b.a. ba, si je ne m'abuse ». Il lui avait balancé au visage le règlement avant de s'éloigner. Pourquoi donc n'avait-elle pas suivi son instinct ? Pourquoi avait-il fallu qu'elle baisse la tête comme une gentille petite Externe (ce qu'elle était effectivement) ? Et à présent il était là, sur le pont, plus sûr de lui que jamais.

– C'est fou ce que le dôme ressemble à une illusion d'optique vu d'ici.

– Comment cela ?

Stan se rapprocha du bord, intrigué.

– Un simple mirage dans le désert.

Stan haussa les épaules en s'accoudant au bastingage.

– Rivapolis est l'une des plus petites coupoles de cet hémisphère. C'est sans doute ce qui donne cet effet de trompe-l'œil.

Bérénice imagina un instant de le voir basculer par-dessus bord. Cette culbute aurait impliqué une forte saute de vent et un tangage important de la nef. Et elle aurait pu aider, un peu. Le mince courant d'air ambiant ne permettait pas de… Mais on pouvait toujours rêver.

– Au fait, reprit Stan, les filles t'attendent. Dans trente minutes, on filme. Tu devrais les rejoindre. Il leur faudra bien cette demi-heure pour te rendre un minimum présentable.

Quel connard…

Bérénice rejoignit ses quartiers au pas de charge. Le consortium avait sorti le grand jeu. Bérénice avait ri de sa propre plaisanterie. Pas devant l'autre con, bien évidemment. Ni devant les autres, non plus. Elle savait reconnaître la faible portée de son humour très personnel. *Il n'y a… avait… bien qu'Anna qui…* Elle soupira. Ses appartements étaient réellement luxueux. Ils débordaient de velours rouge, de soie noire et d'ors astiqués. Bérénice soupira de nouveau en ôtant sa combinaison. Une épaisse moquette blanche couvrait le sol de sa suite. La susdite suite, composée d'une alvéole dotée d'un grand lit, d'un petit salon meublé d'une méridienne tendue de velours (rouge, donc, le velours), d'un profond fauteuil de cuir et d'un petit secrétaire en bois d'acajou, méritait ce qualificatif. Y étaient attenants un cabinet de toilette revêtu de marbre du sol au plafond (elle avait demandé. Oui, c'était bien du vrai. En couches minces, mais naturelles.) et un dressing dans lequel on aurait pu faire tenir dix fois son ancienne garde-robe. Bérénice enfouit ses orteils dans la moelleuse pelure puis se laissa tomber dans le fauteuil. Elle ferma les yeux et inspira lentement (*odeur doucereuse de cire*). La tête renversée sur un accoudoir, les jambes relevées contre le dossier, elle se laissa aller. Volupté… Elle fut tirée brutalement de son indolence par l'entrée précipitée de la coiffeuse-maquilleuse.

– Ah ! Enfin te voilà ! Où étais-tu passée ?

Bérénice soupira en se redressant. Ah, oui, vraiment, où pouvait-elle être *passée* ? Franchement ? Dans un vaisseau de 300 m² voguant à une altitude de 2000 mètres ? On n'avait vraiment que ça à se demander !

– Oh ! Et arrête de prendre cette tête. Tu m'exaspères !

Jamais, de toute façon, Bérénice ne l'avait vue dans un état autre qu'exaspéré. Shirelle ne savait qu'invectiver, gesticuler ou invectiver en gesticulant. La jeune fille ne put réprimer le soupir qui lui montait aux lèvres. Raidie, le dos trop droit, la coiffeuse s'activait déjà en tout sens, récupérant dans l'étroit placard de l'entrée la table de maquillage. Elle se déplaçait avec une rage mal contenue, mouvant par saccades son squelette tout de noir vêtu. *Et dire qu'elle se pense élégante, voire même désirable !*

Quelle horreur... Du même placard Shirelle extirpait un petit tabouret et déployait un phare à LED. Bérénice ne cessait de s'étonner de toutes les astuces de rangement dissimulées sur cet aérostat.

– Allez, assieds-toi là.

Bérénice s'installa, faussement sage, devant un miroir surgi de nulle part. Il lui renvoya l'image d'une jeune personne très pâle aux joues creuses et aux pommettes hautes. La bouche, d'un rose délavé, arborait une lippe boudeuse. Quelques taches de rousseur ornaient un petit nez retroussé. Le tableau se complétait de grands yeux bruns ombrageux surmontés de la ligne fine et droite des sourcils. Ah non, ce n'était pas tout... il y avait aussi les cheveux ébouriffés et coupés courts. *Un drôle de lutin*, se disait-elle, juste là, assise sur son trépied.

– Mon Dieu, que vais-je bien pouvoir faire de ça ?

La maigre coiffeuse soulevait les mèches rêches de la jeune fille placée devant elle.

– Heu... les raser ?

– Tu n'y penses quand même pas ?

Non, bien sûr que non, Bérénice n'y pensait pas. Shirelle était hermétique à l'ironie de la situation.

– Enfin, il faut considérer le bon côté des choses : nous avons une grande marge de progression. Pour aujourd'hui, je préconise un soin lustrant et une natte postiche. Oui, ce châtain-là est très commun. J'aurai la natte. Pour le maquillage... Voyons, une fine couche de poudre qui matifiera le teint et un trait de crayon au niveau des yeux. Oui, voilà ce que nous allons faire. Simple et efficace.

Bérénice ne chercha pas vraiment à démêler la signification du *nous*. Les doigts de Shirelle s'agitaient dans ses cheveux, sur son visage. Elle sentit une douce torpeur l'envahir.

– Et voilà ! Carolina, ma chérie, je te la laisse !

L’exclamation de la coiffeuse tira Bérénice de sa bienheureuse somnolence. La grêle fée Carabosse se retirait déjà en tournoyant. Elle avait l’air satisfaite. Bérénice aurait même juré avoir entraperçu le soubresaut d’un rire. La jeune fille jeta un regard prudent au miroir. L’avait-elle changée en citrouille, ou pire, en crapaud ? Mais non, elle ressemblait toujours à un petit être mutin. En plus soigné, cependant, avec un minuscule je ne sais quoi de délicat, de plus… elfique. Quant à la natte. Elle secoua la tête, d’abord prudemment puis avec plus de vigueur. Elle tenait bon. Il faudrait qu’elle revoie son jugement sur Shirelle. Carolina, l’habilleuse, la relevait déjà et lui faisait enfiler un caleçon gainant. Comme si…

– C’est vraiment nécessaire ?

– La question n’est pas là.

– Ah ! Et où est-elle ?

Carolina lui lança un regard sévère. *Décidément…* Bérénice soupira.

– Ah, oui, j’avais oublié de te prévenir pour ce dernier point. Elle passe son temps en couinements et gémissements divers, acheva la maquilleuse à l’adresse de sa collègue en quittant la pièce sur une dernière pirouette.

Bérénice expulsa de nouveau bruyamment de l’air par ses narines.

– Fais attention ou tu vas finir par te dégonfler, jeune fille.

Diamétralement opposée à sa caustique collègue, l’habilleuse, replète et tout en fossette, pouffa. La dissymétrie de ce curieux duo aurait pu prêter à rire s’il n’y avait eu cette gaine. Bérénice se retint d’exhaler son souffle pour la mille et unième fois de la matinée. Elle grimaça en échange. Carolina s’esclaffa de nouveau de bon cœur. Une vraie connivence semblait lier les deux femmes. Enfin… Pour l’instant la jeune gagnante les avait surtout vues s'accorder pour critiquer Stanley… Puisque Stanley était le prénom complet… Elle ne pouvait certes pas le leur reprocher. Stanley, le responsable de mission dont les prérogatives s'arrêtaient à ces termes. Il ne semblait pourtant pas l'avoir compris ainsi. Qui irait lui en faire la réflexion ? Le peroxydé avait de l'ascendant. Pour être clair, il descendait tout droit de Tom Ranecer, lui-même producteur de *Diam's* ou encore de *L'île verte* sur FirstplanetTV. Ranecer, également actionnaire majoritaire de LD, embauchait à l'année Shirelle et Carolina. Alors Stanley pouvait bien se pavaner et ergoter. Stanley pouvait bien se montrer outrancier, voire grossier. Personne n'émettrait la moindre objection. Bérénice haussa les épaules. Dans quinze jours elle serait débarrassée d'eux tous. Dans quinze petites journées, elle se la coulerait douce aux frais de La Loterie. En attendant, elle devait rentrer dans un panty en latex et enfiler par-dessus une robe fuseau très échancrée.

– Et voilà, tu vois, pas de ventre, pas de fesses. Tout dans le corsage.

– Est-ce vraiment adapté ?

– Comment cela, adapté ?

– Il est dix heures du matin.

– Oh, ne t'inquiète pas. L'émission ne sera diffusée que ce soir. En prime time. Pile au moment *adapté*, comme ta robe. L'audience, tu vois…

Oui, Bérénice voyait. Stan entra. Bérénice soupira et, pour une fois, Carolina ne put lui reprocher son accès d'humeur.

– Ah, la pouilleuse est prête ? Enfin… C'est qu'elle aurait presque de l'allure.

Bérénice détestait, dans l'ordre :

– Qu'on parle d'elle comme si elle n'était pas là,

– Qu'on la critique,

– Qu'un connard peroxydé au bronzage aussi artificiel que ses pectoraux se permette la moindre allusion à son physique,

– Qui plus est quand ce connard était *des dômes* et qu'il s'avisait de donner son opinion sur les satellites.

Elle le foudroya du regard. Il en rit. Elle se referma comme une huître (enfin, toujours façon de parler puisque les huîtres…). Les cameramen rentrèrent à leur tour. Et personne ne semblait songer à frapper. *Un vrai moulin.*

– Allez, messieurs, ça tourne !

Stan Ranecer lançait le clap et s'effondrait dans le fauteuil. Son fauteuil… Déjà le cadreur pointait l'objectif dans sa direction et Bérénice ne put retenir un soupir découragé.

– Coupez ! Non, mais c'est quoi ça ? Mademoiselle fait sa maligne ? Là, petite, tu vas être gentille et me faire un beau sourire.

L'homme, qui s'était relevé d'un bond, lui avait attrapé le bas du visage et, forçant sur les maxillaires, s'efforçait de lui extirper un sourire forcé. Bérénice avait mal. Bérénice sentait sourdre la colère. Non, elle ne se laisserait pas faire. Sauf qu'elle ne pouvait tout simplement pas, contrainte dans son fourreau, lui envoyer le fameux coup de genou fantasmé. Elle attrapa son courage à deux mains et celles-ci tordirent violemment ce sur quoi elles tombèrent. Stan hurla et la lâcha dans un même mouvement.

– Oh, vous en avez… Je pensais que vous ne comptiez que sur celles de votre père.

En coulisse Bérénice entendit Carolina s'esclaffer et Shirelle s'exclamer.

– Toi, tu ne sais pas à quel point tu vas le regretter, cracha, livide sous son bronzage aux ultra-violets, le *coach.*

Il se retenait de la frapper. Cela se voyait. Bérénice

referma ses poings. Stan jeta un coup d'œil aux cameramen et, se ravisant, quitta la place avec fracas.

– Messieurs ! Vous pouvez tout remballer. Il n'y aura pas de séquence à diffuser ce soir ! clama Bérénice avec emphase.

Une sorte de griserie la gagnait. Elle avait réussi. Elle avait agi ! Elle avait rabattu son clapet au blanc-bec. *Et j'emmerde LD !* Les cameramen se regardèrent, hésitants. L'un d'eux hocha la tête. *Sont-ils muets, ou télépathes, ou les deux ?* Le barbu prit la parole. Ils n'étaient pas muets.

– Mademoiselle, nous connaissons l'oiseau. Nous allons donc procéder à quelques prises de vue malgré son absence.

Son absence... Bérénice aurait plutôt dit *sa fuite honteuse. La queue entre les pattes et les boules vrillées. Ah... Ah ! Enfin bon...*

– Oh, oui, compléta la voix de la coiffeuse de derrière le battant de la porte, ce serait vraiment dommage de laisser tomber. Nous nous sommes donné tant de mal.

Bérénice soupira.

– Si tout le monde s'y met... Je fais quoi ?

– Vous allez tout simplement vous déplacer dans vos appartements et nous les faire découvrir... enfin, pas vraiment à nous.

– Aux téléspectateurs, acheva le cameraman roux.

Bérénice répondit consciencieusement aux attentes des uns et des autres. Après tout, ils n'y étaient pour rien si le porte-parole de LD n'était qu'un imbécile. Elle caressa les lourdes draperies, montra comme on rebondissait bien sur le lit, se roula dans la moquette touffue. Relevant alors la tête, elle ajouta :

– Sadii aurait adoré.

Elle replongea ensuite son visage dans les longs poils blancs, comme pour se dérober aux regards.

– On coupe !

Elle resta allongée à terre tandis que les techniciens retiraient leur matériel. Puis elle entendit des pas hésitants s'approcher d'elle.

– Allons jeune fille, ça va aller.

Shirelle… Elle l'aida à se relever. Elle essuya le rimmel qui avait coulé en longues traces sur les joues de la toute dernière gagnante. Bérénice lança un regard navré à la peluche.

– Ne t'inquiète pas, je vais immédiatement prévenir le service de nettoyage. Allez viens, on enlève tout ça et tu pourras aller faire ton tour sur le pont.

Le pont et le ciel… limpide… et le soleil… dardant ses rayons. Pas un oiseau. Pas un insecte. Tous s'étaient… éteints. *Tu parles… C'est d'extermination dont il est question.* Mais il n'existait pas de tribunal international pour ce genre de crimes. Sa mère et Sadii aussi s'étaient éteints. Il n'y avait pas eu, il n'y aurait pas, de tribunal non plus pour leur rendre justice. Bérénice se laissa aspirer par le tourbillon de ses souvenirs.

Le journal du père, première partie

12 février 2156

J-10 : je vais bientôt rentrer. Mes femmes… Bientôt je pourrai les serrer dans mes bras. Ce matin au mess je devais avoir un air béat. Takiro a rigolé. Cet imbécile de Reeds a bien sûr fait une allusion graveleuse.

– Alors, chaudasse ta pute d'hier ? T'as enfin été tremper ta teub ailleurs que dans le siphon de cette salope de KT'Corolla ?

Il a ri aussi. Son rire n'avait rien à voir avec celui de Takiro. Autant comparer une cascade cristalline à un jet d'urine. Quel con. Ce n'était même pas mon tour hier soir. Et je rentre bientôt (dix jours !). Alors un ticket gratuit… Aujourd'hui, comme souvent, Takiro et moi étions d'entretien sur les panneaux solaires. Les officiers nous confient généralement ce genre de tâches. On pourrait se dire que c'est parce qu'on est de bons techniciens. Nous nous débrouillons plutôt bien, c'est vrai. Mais il y en a d'autres meilleurs que nous. Des meilleurs (ou des aussi bons) qui ne tiennent pas forcément à passer la journée à l'extérieur de la base en spacecombi. Là se situe la différence. Il y a aussi que, sur ce genre de poste, on ne peut guère briller et se faire mousser. Il est plus facile de faire un super chiffre dans une équipe d'exploitation qu'en entretien. L'entretien ne se remarque pas, surtout à l'extérieur. Ni Takiro ni moi ne cherchons à être dans les hauts de tableaux. On ne court pas après les tickets. Le truc qu'on apprécie particulièrement, tous les deux, c'est de mater la Terre. Et là, depuis les champs de panneaux des remparts du cratère Shackleton, sauf vrai manque de bol, on la voit forcément à un moment donné de la journée. Elle est belle, la Terre. C'est le même panorama depuis des millénaires. Vue d'ici, de la lune, à part si l'on s'attache à la non-présence flagrante de nuages, on ne se rend pas compte qu'il n'y a plus de couche d'ozone ni d'oxygène ni… Vue d'ici, la Terre est toujours la planète bleue. À ce moment-là, à ce moment précis où elle entre dans notre champ de vision, nous nous interrompons dans nos soudures pour observer la courbe de sa trajectoire dans l'espace, même si c'est plutôt nous qui tournons… Une bête histoire de référentiel. Notre récompense. Aujourd'hui elle était entière et l'on apercevait l'Afrique en premier plan. Takiro m'a déjà expliqué que les premiers hommes venaient de ce continent. À cette occasion, il avait rajouté :

– Et de l'Asie aussi, bien sûr.

Bien sûr… Comme il aime à me le répéter, le meilleur vient toujours d'Asie. On s'est tus, béats d'admiration, avec, pour moi, en prime, un pincement au cœur qui m'empêche de respirer quelques secondes. Peut-être Takiro pense-t-il comme moi ? Quels cons, putain, mais quels cons on est, on a été… Est-ce que l'on changera jamais ? Margareth est enceinte. Est-ce que cet enfant à naître sera mieux que moi ? Que mon père. Que le père de mon père avant lui ?

Je me suis encore accroché avec Reeds ce soir. Il avait décroché un ticket et il est venu me relancer au sujet de l'androïde que j'étais censé être allé voir la veille.

– C'est laquelle de ces toys ambulantes que t'as fourrée hein ? Allez, fais pas ton juif, dis-le-moi. Quoi, tu veux rien dire ? Ouais, en fait c'est pas une des poupées qu't'as niquée : c'est ton petit copain de niakoué. Allez, allez, dis-le.

Un RCM est intervenu. Il a demandé à Reeds de le suivre. Reeds m'a regardé avec haine, dégoût et mépris. C'est ce que je ressens. C'est exactement ce que je ressens, pour lui. Haine. Dégoût. Mépris.

Bérénice, deuxième partie

– Non, maman, non.

Sa mère, tenant fermement le gant de Sadii, s'éloignait à reculons. Bérénice se débattait dans les bras du gardien.

– Obéis-moi, ma fille !

– Maman ! Sadii !

– Écoute ta mère.

Déjà Margareth rabattait la visière de son casque et s'éloignait à grandes enjambées. Elle voulait rejoindre le dôme avant l'arrivée de la tornade. Ici, il n'y avait plus de place… Pas assez de places pour eux trois. Alors Margareth avait poussé sa fille.

– Prenez-la, elle.

Il restait une niche, une seule, dans l'abri de Rivaside et Margareth y avait imposé Bérénice. Le gardien avait refermé la porte. La jeune fille avait une dernière fois entraperçu les deux silhouettes qui remontaient le long corridor vers la surface avant le claquement sec. Elle était restée là des minutes, des heures. Quand le panneau d'acier avait de nouveau coulissé, la nuit tombait sur le village troglodyte de Rivaside, son village. Les muscles tétanisés, elle avait titubé jusqu'à leur impasse, jusqu'à leur petite maison semi-enterrée. Bien sûr, ils n'étaient pas là. La route jusqu'au dôme était bien plus longue que celle menant à l'abri. Elle avait commencé à dépoussiérer. Tout ce sable qui s'était infiltré… malgré le sas… malgré le confinement… Et puis, comme ils n'étaient toujours pas arrivés… *Sans doute les aura-t-on retenus ?* Elle avait attaqué le balai. Dans la nuit, les batteries avaient rendu leur dernière once d'énergie et Bérénice s'était retrouvée plongée dans le noir, la brosse à la main. Elle avait traîné un fauteuil dans l'entrée et s'y était recroquevillée. Elle s'était assoupie par intermittence, reprenant douloureusement connaissance entre deux somnolences. À l'aube le sommeil l'avait enfin emportée. Elle en avait été tirée par des coups insistants sur la porte.

– Maman ! Sadii !

Elle avait ouvert le sas à la volée et, sans prendre le temps de le refermer, sans même annuler la procédure de confinement, se couvrant simplement le bas du visage d'un chronomasque, elle avait déclenché l'ouverture. Ce n'était ni Sadii ni Margareth qui se tenaient dans leurs combinaisons blanches sur le seuil. C'était Anna. La nuit d'insomnie, le réveil brutal, la déception avaient eu raison des dernières résistances de la jeune fille. Bérénice s'était effondrée aux pieds de son amie.

– Béry ! Ressaisis-toi. Tu ne peux pas rester là. Tu te rends compte de ta tenue ? Putain merde ! T'as même pas fait gaffe au sas.

La jeune fille n'avait pas plus réagi aux protestations véhémentes qu'aux secousses. Elle était restée sur le seuil, inanimée, exposée à la nocivité des rayons, exposée aux regards des voisins, aussi. Anna avait fini par la traîner à l'intérieur. Elle avait rétabli l'étanchéité puis s'était débarrassée de sa combinaison. Bérénice gisait toujours, pauvre pantin démantibulé, sur le carrelage froid. Anna l'avait redressée et adossée au fauteuil tiré la veille. Elle avait couru à la cuisine, avait hésité une seconde. L'eau potable, si précieuse, provenant du réservoir lunaire de Stock Valley, ou celle récupérée par les capteurs en bord de mer ? Cette eau encore trop acide malgré le cycle d'évaporation et de condensation que l'on traitait par filtration pour la rendre apte aux usages domestiques, mais qui n'en restait pas moins inadaptée à la consommation. *L'eau de lune, tant pis.* Anna avait tamponné le visage et le cou de sa meilleure amie à l'aide d'un chiffon humidifié. Elle avait ensuite tapoté ses mains avec de plus en plus de force. Enfin Bérénice avait frémi.

– Béry, bon Dieu, la peur que tu m'as faite !

– Anna…

Sa voix n'était qu'un souffle. Anna dut se pencher pour l'écouter.

– Anna… Maman et Sadii… Ils ont disparu.

– Oh… C'était bien vous, hier…

Il n'y avait pas de réponse, pas de commentaire à ajouter. *Oui, bien sûr que c'était nous.*

– Il ne faut pas désespérer. Peut-être que… reprit Anna.

Peut-être que quoi, Anna ?

– Ne t'inquiète pas, je leur expliquerai. Je leur dirai pourquoi tu n'es pas là, avait continué Anna devant le mutisme et l'absence de réaction de sa camarade.

Elle avait renfilé sa combinaison. Elle était déjà terriblement en retard.

– Je repasserai ce soir.

Bérénice avait regardé Anna enclencher l'ouverture du sas puis, laissant sa tête partir en arrière, elle avait fixé le plafond. Le temps avait filé. Elle avait soupiré. Elle ne pouvait pas juste rester là, à attendre. Elle s'était relevée et avait pris la direction du dôme. Quarante minutes de marche. Juste deux petits kilomètres à travers le sable du désert. À la guérite nord, elle avait dû patienter… le temps de l'authentification, des routines de bouclage, des… Non, elle n'était pas prioritaire. Elle n'avait même pas de pli de requête. Elle se présentait de son propre chef, avec des questions qui plus est. Pour quel résultat ? Ces sentinelles-là ne savaient rien. Ce n'était pas eux qui étaient de garde, la veille.

– Il y a bien le registre ?

– Dans le registre, on inscrit les entrants.

– Ils venaient pour ça, pour entrer !

– Alors ils avaient un laissez-passer ?

– Non, voyons, je vous l'ai déjà expliqué. Il n'y avait plus de place dans l'abri nord. Alors ma mère et mon frère sont venus ici.

– Pour y faire quoi ?

– Pour s'y réfugier… de la tempête !

– Sans laissez-passer, on ne rentre pas.

– Et on n'est pas marqué dans le registre, compléta le deuxième vigile.

– Mais alors ?

– Ils ont sans doute été reroutés sur l'abri ouest.

– Vous savez pertinemment que West Rivapoint est à quatre kilomètres du dôme !

– Oui. Ils auraient mieux fait de s'y rendre directement, sans passer par ici.

– Mais… la tornade…

– Allez donc voir au satellite ouest.

– Mais…

– Nous allons devoir vous prier de vous éloigner.

– Mais…

– Sans quoi nous nous trouverons dans l'obligation de vous interroger dans le cadre du plan vigikam.

Bérénice avait frémi puis obtempéré. Elle avait marché jusqu'à West Rivapoint. À côté d'elle, les wagonnets de la TXJ Compagnie circulaient, chargés de leurs méta composants. La plupart étaient fabriqués, et préassemblés, sur les chaînes de l'usine de W. Rivapoint. Ils termineraient en robots contrôleurs ou en caméras de surveillance. Certains iraient même dans l'espace, sur les plateformes alpha ou les antennes relais. À Rivaside, on produisait de la gomme nutritive. Des wagonnets télécommandés et autonomes en énergie en assuraient le transport, comme ici, pour les composants électroniques et les cartes à puces. D'aucuns disaient que dans un seul de ces trains (ceux de West Rivapoint, bien entendu, pas ceux reliant Rivapolis à Rivaside) circulait, en Terravis, de quoi nourrir toute une myriade pour cinquante ans. L'un d'eux frôla Bérénice. Ses panneaux solaires miroitèrent au soleil. Elle avait forcé l'allure. À l'approche du village, ses pas avaient quitté ceux de la voie. Les rails obliquaient sur la droite, en direction de l'usine. Elle, elle se rendait vers le petit bourg troglodytique. Au centre d'appel, personne n'avait pu la renseigner. Nulle femme accompagnée d'un petit garçon n'avait été aperçue la veille. De toute façon, à l'heure évaluée de leur arrivée, on était déjà en pleine tempête. La femme de la caserne avait l'air sincèrement navrée. Bérénice savait ce que cela signifiait. Elle était repartie vers Rivaside en coupant par les dunes. Un petit sentier reliait les deux satellites. Avec la tornade, les traces s'en étaient effacées. Elle n'avait pas grand-chose à craindre, de toute façon. Le malheureux scorpion tétramorphique qu'elle aurait pu croiser aurait été bien impuissant face à sa botte thermoformée. Et l'aurait-elle, de toute façon, écrasé ? Lui, le seul animal terrestre (hors élevage) à avoir survécu (après une mutation ultra accélérée des plus remarquables, ne l'oublions pas) ? Pratiquement le seul tout court, si l'on exceptait les loricifères… qu'on ne pouvait pas vraiment considérer comme des animaux… enfin à l'heure actuelle. Dans dix mille ans peut-être ? Bérénice avait soupiré. De-ci de-là, de petits tourbillons de sable s'élevaient. Un phénomène courant, dû aux différences de température entre le sol qui se réchauffait sous les rayons du soleil et l'air ambiant, plus frais. En d'autres temps, Bérénice ne se serait pas lassée d'admirer le paysage et ses mirages. En d'autres temps, elle aurait lancé des paris à son frère : *le premier en bas de cette dune !* ou, plus drôle, *en maximum de roulades*. Dire, en cet instant, que l'envie lui manquait aurait été un euphémisme.

Elle était arrivée par le haut. À ses pieds, son village enchâssé dans le sable jaune orangé de l'erg de Rivapolis s'étalait avec, à sa droite, les toitures-terrasses des hangars de NutriPlus. La jeune fille était restée plantée ainsi un long moment, à fixer le petit centre, ses arbres synthétiques, la parabole de communication, l'ancien lit de rivière desséché depuis des décennies, les serpents des tubes qui approvisionnaient ses habitants : bleu foncé pour l'eau dessalée, bleu clair pour l'eau de lune, blanc pour l'oxygène. Sa maison était là, au fond de cette impasse, en bordure du désert. Un espoir soudain l'avait envahie. Et si ? Elle avait couru, dégringolant la pente. Une silhouette se tenait devant leur porte. Elle n'avait rien d'un mirage. Elle avait encore accéléré l'allure. Elle haletait sous son casque et de la buée en obscurcissait la visière. Il y avait des limites aux fonctions d'autorégulation. Bérénice, malgré la couche de condensation, s'était vite rendue à l'évidence. Non, sous la combinaison qui semblait l'attendre ne se trouvait pas Margareth Tennessee. Elle avait freiné net en reconnaissant Dutranc, leur bailleur. *Qu'est-ce qu'il fout là celui-là ?*

– Bérénice… C'est bien ça ? Bérénice ?

– Oui

– Je viens voir ta mère. Je viens récupérer le loyer.

– Il est trop tôt, monsieur Dutranc. Nous sommes le vingt du mois. Le loyer, c'est le trente. Vous avez dix jours d'avance.

– Vraiment ? Qu'en sais-tu ?

– Parce que vous venez toujours le trente.

– En es-tu si sûre ?

– Oui.

– Hum… J'aimerais voir ta mère.

– Elle n'est pas encore rentrée.

– Hum… À quelle heure revient-elle ? Je pourrais l'attendre… à l'intérieur.

Le salaud. Il sait. Bien sûr qu'il sait. Tout le monde, ici, le sait déjà.

– Non. Ce n'est pas possible. Je repassais par la maison pour me changer. Mais je dois repartir.

– Alors tu lui diras que je suis venu. Et que je repasserai demain pour récupérer le loyer. À bientôt… Bérénice.

La jeune fille avait refermé à triple tour derrière elle. *Quel horrible bonhomme.* Il allait revenir. Bien sûr qu'il le ferait. Que pourrait-elle dire ? Quel argument pourrait-elle opposer ? Répéter une fois encore que le loyer était prélevé le trente ? Après la paye ? Il lui répondrait que non. Et personne ne pourrait prouver le contraire. Un accord tacite liait ce sale type à sa mère. Il venait après la paye, voilà ce qui avait été convenu. Et il voulait… il voulait quoi au juste ? Avec son propre salaire, la réversion des Forces et les petites économies que la famille avait réussies à engranger, elle pourrait payer. Combien de temps ? Quatre mois ? Six mois ? Que lui importait à lui que ce soit le vingt ou le trente ? Du moment qu'il touchait son fric ? On disait qu'il acceptait des compensations pour les retards de payement… Bérénice s'était soudain mise à pleurer.

– Maman. Oh, Maman !

Peut-être avait-elle suffisamment pour avancer un mois ? S'essuyant les yeux et le nez d'un mouvement de bras, elle avait repris sa respiration pour pousser la porte de la chambre parentale. Elle sentait… ELLE. Elle distillait son odeur. Elle suintait intimement son parfum. Bérénice avait tenté de se contenir. Elle devait se prendre en main. Elle devait refouler cette douleur qui lui tenaillait le cœur, qui lui tordait le ventre. Margareth l'aurait voulu. Et elle avait de nouveau sangloté. *À quoi bon ?* De toute façon la boîte dissimulée sous les foulards ne contenait pas le prix de la location. Autant partir tout de suite. *À quoi bon ?* À quoi bon reporter l'inévitable échéance puisqu'il était hors de question qu'elle… Il fallait qu'elle sorte. Elle allait devenir folle si elle restait une seule seconde de plus ici, dans cette chambre, dans cette maison, ce refuge qui n'était déjà plus le sien. En hâte, elle avait enfilé sa combinaison. Ses vêtements tirebouchonnés l'entravaient dans ses mouvements sous cette seconde peau imposée par les conditions climatiques. Elle n'en avait que faire. Ses pas l'avaient guidée vers l'esplanade et ses trois palmiers de synthèse. Les érables ou les cyprès, on n'avait pas osé. Paraît-il une histoire de crédibilité… Comme si la cohérence pouvait avoir une quelconque forme d'importance. Elle avait poussé la porte du sas du pub. *L'Aficionado* et sa façade peinte en trompe-l'œil occupait tout un pan de la place. Bérénice avait déposé son attirail dans un casier et avait rejoint les lumières tamisées de la salle. Il n'y avait personne à cette heure. Les consommateurs arriveraient plus tard, à la fermeture de l'usine. Une foule d'humeur bon-enfant, heureuse de se détendre, envahirait ce petit coin de cocagne. Ici, on jouait aux fléchettes tout en sirotant une pinte de Plexus, un fac-similé de bière bon marché. Ici, on flirtait et l'on médisait. Ici, on retrouvait son humanité brute, loin des combinaisons synthétiques et des casques à oxygène. Pour l'instant, Bérénice était seule. Aussi seule que dans sa maisonnette. Lucie s'était matérialisée derrière le comptoir.

– Qu'est-ce que je te sers ?

Elles avaient sensiblement le même âge. Elles avaient fréquenté la même école communale avec une classe d'intervalle. Elles ne s'étaient jamais vraiment bien entendues ni franchement détestées. Bérénice avait hésité.

– Non, rien. Je…

Son regard s'était arrêté sur la main de Lucie. Elle avait précipitamment détourné les yeux du gant noir qui, elle le savait, recouvrait une prothèse. Elle avait feint de s'intéresser au poster collé au mur. Le panneau annonçait la date de la prochaine Loterie des Dômes. Dans deux jours aurait lieu le tirage au sort. Il serait retransmis sur toutes les chaînes, dans toutes les langues. On leur en rebattait les oreilles depuis déjà trois mois. La sponsorisation englobait l'ensemble des canaux de communication : affiches, ondes radiophoniques comme transmissions câblées. En clair, tous les médias s'y étaient mis. Comme chaque année à la même époque. Et l'on avait eu droit à quatre-vingt-dix longs jours de visites du futur appartement du futur heureux gagnant à différentes étapes de son réaménagement. Puisque, bien sûr, un relookage s'imposait systématiquement. À Rivaside comme ailleurs, on s'accordait pour énoncer *qu'on se serait bien contenté de la première version si...* Et tout un chacun de rire et de commenter dans la salle de l'*Aficionado*. On s'était coltiné trois mois d'interviews des futurs voisins du prochain veinard. *Elle est pas mal la petite, là... Oh, moi, je me contenterais bien de la mère si...* Et les rires et commentaires allaient crescendo. Trois mois de rediffusions de précédentes éditions, trois mois d'effets de zoom et de simulations 4 D. Trois mois de *Et que sont-ils devenus ?* où de précédents gagnants, soigneusement sélectionnés, tous beaux et satisfaits, tous parfaitement adaptés à leurs nouvelles conditions de vie, ayant même, pour certains, prospéré, clamaient leur bonheur. On en salivait à l'*Aficionado* et l'on recommandait de la Plexus tout en achetant un jeton.

– Celui-là, c'est sûr, c'est l'gagnant !

Bérénice avait haussé les épaules et s'était de nouveau tournée vers Lucie qui commençait à montrer de sérieux signes d'impatience.

– Donne-moi un jeton s'il te plaît.

– Ça te fera cinq Terravis. Et je t'en rendrai deux quand tu me rapporteras la consigne.

Bérénice était ressortie, le jeton en poche. Comme si elle avait besoin de gaspiller en jeu de hasard sa maigre fortune ! Jamais sa mère n'avait joué. Un aiguillon de culpabilité l'avait taraudée alors qu'elle tournait et retournait le rond de laiton à travers la poche de sa combinaison. Elle avait soudain été prise de suées. Bien sûr, sans nul doute, sa mère aurait désapprouvé ! Cependant ce n'était pas vraiment sa faute. Elle avait juste voulu se montrer discrète. Cette main bionique la dérangeait et la fascinait. Certains Citoyens, paraît-il, pouvaient se permettre de faire recouvrir leur prothèse (main ou autre) de tissus si ressemblants à de la peau qu'ils s'y greffaient. Ce n'était pas le cas pour Lucie. Elle avait eu le service *de base*. Ce n'était déjà pas si mal. Elle se servait de son appareillage très normalement, mais la serre métallique, même dissimulée sous un gant, donnait des frissons à Bérénice.

La salle paroissiale faisait face au pub. Un jour, il y avait longtemps de cela, on avait pensé lui accoler un clocher. On y avait renoncé. La salle n'avait jamais obtenu le statut d'église. Un prêtre y officiait pourtant depuis une vingtaine d'années. L'appellation de Centre œcuménique avait été officiellement retenue. Les anciens (et les moins anciens) parlaient toujours de *La Salle*. Bérénice n'y avait pas mis les pieds depuis plus de six ans. Depuis la mort de son père. À cette date sa mère avait tourné le dos simultanément à la foi, au prêtre et à La Salle. Bérénice avait suivi. Ce soir, ses pas l'y conduisaient. Elle savait qu'elle trouverait là quelques commères. Elle savait surtout qu'elle y rencontrerait une oreille attentive. Le père Félippé était apprécié de la petite communauté. Magnanime, bienveillant et empathique, il ne jugeait pas les repentis. À tous il offrait son soutien et celui de Jésus, fils de Dieu le Père. Tout ce dont la jeune fille avait besoin. Bérénice avait donc échoué dans La Salle.

Elle en était repartie, à la nuit tombée, l'esprit rasséréné. Elle sursauta. *Comment ? Comment pourrais-je... ?* Le père Félippé, au-delà de sa compassion, lui avait suggéré une solution. Pas pour sa mère et Sadii, non… Bien sûr que non… Même s'il priait pour eux et le salut de leurs âmes. Il lui avait résolu, provisoirement certes, pour quelques mois en fait (jusqu'à ses dix-huit ans pour être précis), son problème de logement. Suite aux décès successifs de ses parents dont l'un avait été membre des Forces de l'Espoir, Bérénice était devenue Pupille du Globe et, à ce titre, serait recueillie par les Sœurs de l'Espoir (jusqu'à ses dix-huit ans seulement, rappelons-le). Ce n'était pas la panacée, mais une vraie roue de secours. Elle n'avait rien à craindre d'un Dutranc. Arrivée devant sa porte elle s'était soudain rappelé qu'Anna devait passer. Il était trop tard à présent. Elle l'avait manquée. Elle la verrait le lendemain, quand son amie viendrait la chercher pour prendre leurs postes à NutriPlus. Elle avait un peu traîné dans la petite maison. Elle avait marqué une pause devant la porte de la plus grande chambre. Elle en avait effleuré la poignée avant de reculer. Son regard, comme aimanté, s'était alors tourné vers celle de Sadii. Le pêne n'était pas enclenché. Sadii ne fermait jamais sa porte. Ni aucune autre d'ailleurs. Bérénice lui en avait fait la remarque. Il l'avait contemplée, l'air surpris, puis perplexe.

– À quoi ça sert ? lui avait-il demandé.

Pour le coup, la jeune fille était restée dubitative. *Oui, après tout...* Pour l'heure, elle n'avait eu qu'à légèrement pousser le battant pour s'introduire dans le refuge de son frère. Sadii était (*avait été*) un petit garçon soigné. La pièce était rangée. Il tirait même (*avait même tiré*) son plaid. Au centre, suspendu au plafond, trônait la fierté de l'enfant : l'oiseau Plumif, mécanique à recharge solaire. Le gamin avait pilé net devant lui, à un vide grenier. Leur mère ne venait pas pour ce genre de babioles (entendez par là : pour des jouets ou autres divertissements). Elle venait y dénicher des vêtements à bon prix pour habiller ses deux enfants et espérait pouvoir remplacer sa radio qui avait rendu l'âme. Entre son salaire et la maigre pension reversée par les Forces de l'Espoir, Margareth Tennessee n'allait pas bien loin. Alors, bien sûr, Plumif, qui ne s'appelait pas encore Plumif et qui n'était qu'un automate mal en point dans une cage rouillée, ne faisait pas partie de ses priorités. Sauf que Sadii, âgé de quatre ans, avait refusé de bouger et était resté là, à fixer l'oiseau de ses grands yeux émerveillés. Margareth, les bras encombrés de paquets, avait demandé à Bérénice d'attraper son frère et de l'embarquer. Le petit, d'habitude si docile, avait semblé soudain de roc. Mamie Tanou n'avait pas non plus réussi à le faire fléchir. La mère avait cédé, rayant, sur un soupir, son poste de radio. Plumif avait été le seul caprice de Sadii. Il avait arrangé de son mieux la mécanique déplumée et en avait repeint la cage. Ils étaient devenus les meilleurs amis du monde. Vraiment. Littéralement, ils se parlaient. Bérénice, quand elle était d'humeur moqueuse, savait toujours sur quel point sensible appuyer pour taquiner son frère. Le garçonnet réagissait au quart de tour et le tout se terminait en cris et en larmes. Comme elle le regrettait ce jour-là. Elle s'était légèrement avancée. L'oiseau, détectant le mouvement en la sentant s'approcher, avait pépié, mais Bérénice en était presque certaine d'un air plaintif :

– Patiii… Patiiii, avait semblé couiner le volatile.

– Oui, Billes de verre, il est parti et il ne reviendra pas.

L'oiseau s'était tu. Bérénice était ressortie, rabattant, sans le fermer complètement, le pêne derrière elle. Elle ne souhaitait plus que se coucher, dormir et oublier. C'était tellement facile : juste une petite capsule bleutée. Sa mère en avait une réserve qu'elle pensait avoir bien cachée ou en tout cas mise hors d'atteinte de ses enfants. Une faiblesse dont ils auraient ignoré l'existence. *Pauvre Maman…*

Le lendemain elle avait attendu, et patienté encore. Anna n'était pas venue. Pour des décès on avait droit à deux jours. Sauf que dans son cas, il n'y avait pas *décès* à proprement parler et elle ne s'était déjà pas présentée la veille. On en avait renvoyé pour moins que ça. Elle avait couru jusqu'à l'usine, empêtrée dans sa combinaison, les gestes gauches et le pas lourd, tentant de rattraper son retard. Bien sûr, le sas d'entrée des pilotes de ligne était déjà verrouillé lorsqu'enfin elle l'avait heurté, haletante. Elle avait contourné le bâtiment jusqu'à l'entrée principale. Celle des cadres, celle des visiteurs en provenance du dôme, celle de la présidence. Cet accès, clinquant et d'un luxe hors de propos, arborait même le faste d'une fontaine… Imaginez un bassin et son jet d'eau entouré d'eucalyptus semi-synthétiques. Que de prétention ostentatoire étalée là. Une opulence jetée à la face de ce qui restait d'un monde à la dérive. Évidemment on n'accédait pas, au pas de course, en clamant un retard imprévu, au saint des saints. Il fallait exhiber son passe ou son pédigrée. Bérénice s'était approchée de la guérite et avait présenté son certificat de travail. Elle s'était embrouillée dans quelques explications inutiles :

– Attente, pas voulu, fermeture.

Le garde l'avait sèchement interrompue :

– Votre laissez-passer est périmé.

Bérénice s'en était retrouvé le souffle court.

– Comment cela périmé ? Je vous l'ai dit, je travaille ici, sur la chaîne de post formage.

– Depuis hier, il n'est plus valide.

– Mais…

– Veuillez circuler

– Pourriez-vous appeler monsieur Turner ? C'est mon chef de service. Il vous dira que je travaille ici.

– Vous ne travaillez plus ici. Vous n'y travaillez plus depuis hier soir, dix-sept heures trente et huit minutes.

Bérénice avait reculé d'un pas. *Pourquoi ?* L'homme avait conclu :

– Veuillez circuler.

Ce soir, oui ce soir, Anna lui expliquerait. Et en attendant ? Bérénice s'était traînée jusqu'à l'avant-poste administratif de Rivaside. À contrecœur elle y avait fait enregistrer les disparitions de sa mère et de son frère. La femme en face d'elle avait eu l'air navrée. Que pouvait-elle y faire ? À part transmettre ? Et puis, c'était si courant… Bérénice avait soupiré.

– Oui… effectivement très fréquent… Ça n'empêche pas d'espérer, n'est-ce pas ?

La femme avait détourné les yeux. Bérénice avait enchaîné, lui demandant l'accès à la base de données des offres d'emploi. La chargée d'accueil s'était empressée de la mettre en relation avec le programme de recherche du dôme. La jeune fille avait zappé, de-ci de-là, sans saisir de critères particuliers, à part *Rivapolis*. On avait besoin d'un comptable chez Itechrob. On proposait une place de programmeur pour Unifob. Rien dans ses cordes. Rien en *opérateur de chaîne*. Bérénice avait soupiré. Elle devait, à l'évidence, rabattre ses prétentions. Et même là… Que du temporaire, que du temps partiel. Il y avait quoi ? Une proposition pour assurer quelques heures à la cantine de l'école de West Rivapoint, une autre pour la maintenance des panneaux solaires du parc de Devilvalley, des dizaines d'hectares de verre chauffés à blanc… Soit la paye ne lui permettrait même pas de survivre, soit sa survie était fortement compromise. De toute façon, voulait-elle rester ? Avec tous ces souvenirs. Avec les fantômes : ceux de sa mère, ceux de Sadii, ceux de mamie Tanou, ceux de son père aussi, à tous les coins de rue ? Elle avait remercié poliment l'hôtesse avant d'errer un moment sur la place déserte. Il était à peine onze heures. Anna ne sortirait que dans six heures de l'usine. Elle avait du temps… du temps à tuer… Un temps qui lui laissait amplement la possibilité d'envisager d'envoyer un message à Takiro Takeda. Takiro qui se trouvait si loin. Dans une autre myriade. Sur un autre continent. À l'autre bout de ce qui restait du monde. Takiro qu'elle ne connaissait même pas. Mais auprès de qui elle serait loin d'ici. Loin des souvenirs… et des fantômes. Sauf Anna. Bien sûr, il resterait Anna. Elle pourrait toujours lui écrire. Elle pourrait peut-être l'inviter, là-bas. Takiro Takeda avait été l'ami de son père. Là-bas… un autre là-bas… encore plus lointain… en dehors de ce qui restait du monde. Ralph Tennessee avait sauvé la vie au Japonais aux dépens de la sienne. Takiro leur avait dit qu'il leur serait à jamais redevable, que sa dette serait celle de ses enfants. Visiblement ce n'était pas juste des paroles ni une virevolte polie. Pourtant jamais Margareth ne l'avait recontacté. Pour lui dire quoi ? Qu'elle aurait préféré un mari vivant à une dette d'honneur ? Ralph s'était engagé dans les Forces de l'Espoir à la naissance de Bérénice. Ils avaient besoin d'argent. Un spacetech touchait une bonne solde. Presque le double du salaire d'un quelconque technicien de son calibre à la surface. Bien sûr, il s'absentait des mois durant lors des missions. Mais ensuite il profitait de périodes de récupération. Certes il courrait des risques. Cependant, en se montrant prudent, en respectant bien les consignes… Une bonbonne de gaz leur avait explosé entre les mains, à lui et à Takiro, lors d'un transfert. Ce n'était pas censé arriver. Margareth avait touché les indemnités afférentes et la reconnaissance éternelle de Takiro. Bérénice ne comptait pas pleurer misère. Elle envisageait de lui demander de l'héberger quelque temps et de l'aider à trouver un travail. Elle ne voulait pas être une charge, pour quiconque. Elle souhaitait juste gagner honnêtement sa vie. Elle n'avait pas d'autres ambitions.

À sa sortie de la tour des émissions, il faisait nuit. L'enregistrement d'une requête relevait du parcours d'obstacles : créneau d'envoi aléatoire (les satellites des myriades n'étaient pas prioritaires. Enfin, disons qu'ils bénéficiaient d'une *priorité minimale*), disponibilité des postes douteuse (nombre de postes disponibles variable), coupures électriques fréquentes… Ajouter à cela une rédaction laborieuse et de déontologiques atermoiements (*partir, est-ce que ce ne serait pas les faire disparaître une deuxième fois ? N'est-ce pas les nier ? Pour eux, pour leurs souvenirs, ne devrais-je pas, tout au contraire, rester ?*) et vous comprendrez que six heures se soient envolées. Elle s'était étirée au clair de lune et avait rejoint d'un pas ferme la rue de la citerne. Elle avait sonné d'un doigt résolu à l'entrée du sas. Peut-être Charlène l'inviterait-elle à rester pour le dîner et pourquoi pas pour la soirée ? Margareth et Charlène n'avaient pas entretenu d'affinités particulières, mais avaient respecté celles de leurs filles. Quant aux rapports de Bérénice et de Charlène… Bien que la mère de son amie ne l'ait jamais étouffée sur son cœur, elle avait toujours été la bienvenue et ce soir-là elle avait tellement besoin de chaleur ! La jeune fille avait renouvelé son appel, persévérant malgré le doute s'insinuant. *Peut-être sont-ils sortis ?* Ses épaules s'étaient affaissées. Elle allait se résigner, quand l'interphone, enfin, avait grésillé.

– C'est Béry, avait-elle lancé pleine d'espoir.

– Je sais, avait répondu une voix grave.

– Je viens voir Anna, monsieur Tillers.

– Anna se meurt. Tu l'as contaminée, avait-il âprement craché.

– C'est impossible. Je vais très bien.

Un sanglot s'était fait entendre au-delà du sifflement rauque de l'homme. Un hurlement hystérique avait vrillé les tympans de la jeune fille qui avait brutalement abaissé le volume de son casque.

– Ma petite. Ma petite fille chérie. Tu l'as achevée ! Espèce de… espèce de…

De nouveaux sanglots avaient interrompu la vindicte.

– Madame Tillers, je vous jure que…

– Va-t'en. Fous le camp avant que…

La voix forte et rocailleuse s'était de nouveau élevée, menaçante.

Bérénice s'était enfuie, les larmes plein les yeux. *Comment ? Comment pouvaient-ils croire que… ?*

D'ailleurs elle était bien là, debout. Si elle avait été atteinte, elle ne se serait pas présentée devant leur porte. Elle n'aurait tout simplement pas pu faire le moindre pas. En ce moment même elle serait allongée, se délitant lentement. La Mort Blanche… Anna… Ses pleurs l'avaient aveuglée. *À quoi bon ? À quoi bon…* La boîte, les cachets bleus. Elle en avait pris un, puis un deuxième, et un troisième. De quoi assommer un bœuf. De quoi envoyer dans les limbes une mince jeune fille. De quoi…

Elle avait émergé suite à des coups de sonnette répétés. Faisait-il nuit ou jour ? Était-elle morte ? Elle se sentait nauséeuse. Peut-on avoir le cœur au bord des lèvres quand on est mort ? Elle avait tenté de se lever. Des papillons noirs dansant devant ses paupières lui avaient fait renoncer à cet effort. Les Tillers avaient peut-être raison, finalement. En bas le visiteur ne se résignait pas, insistant de plus en plus longuement. Sans doute le propriétaire venant réclamer son dû. Bérénice avait fermé les yeux se forçant à retrouver le sommeil. Le carillon s'acharnait, la réclamant encore et encore. Il fallait bien se faire une raison. Bérénice s'était extirpée du châle qui l'enveloppait et avait rejoint à tâtons l'escalier. Les interrupteurs ne semblaient plus fonctionner. Lui avait-on coupé le courant ? *Déjà ?* Se tenant des deux mains à la rambarde, elle avait atteint le sas et enclenché la procédure d'ouverture. Ce n'était pas Dutranc, au bout du compte, mais le père Félippé, dont le visage allongé, aux joues grises, se détachait dans la semi-obscurité de l'impasse derrière sa visière. Le jour tombait. Elle ne s'était donc assoupie qu'une grosse heure ?

– Bérénice, mon enfant… Je me faisais du souci.

Vous êtes sûrement le seul, avait amèrement pensé

la jeune fille.

– Entrez, je vous en prie. Je vous préviens, il n'y a pas de lumière.

– Tu as pensé à mettre tes batteries en charge ?

– Oui. Bien sûr que oui, voyons.

L'homme était allé vérifier. Il s'était avéré qu'elle avait oublié.

– Où étais-tu passée ? l'avait interrogée le prêtre à la lueur de la bougie qui traînait dans le tiroir de l'entrée.

– Comment cela ?

– Ce soir, tout le village s'est rassemblé sur l'esplanade.

– Je me suis endormie.

– Sans doute… Mais avec tout ce raffut ! Et l'arrivée des dirigeables cet après-midi. Et des journalistes… Sans parler des curieux ! Je me demande comment tu as bien pu réussir à rester assoupie.

– Les dirigeables ? Cet après-midi ?

– Deux énormes engins. L'un de FirstplanetTV et l'autre de LD, bien sûr.

– Que font-ils ici ?

– Bérénice ? Tu vas bien ?

– Oui… oui, je crois. Je ne comprends pas comment je n'ai pas pu voir les aéronefs. Toute cette histoire avec… ma famille, et puis mon boulot et enfin… Anna, avait-elle péniblement dégluti.

– Hum… Le gagnant est d'ici, de Rivaside. Ou du moins il a pris son ticket ici. Il ne s'est toujours pas déclaré.

– Oh, bien sûr… La Loterie.

– Oui. La Loterie. Et comme je ne t'ai pas vue sur la place, je suis passé prendre de tes nouvelles.

– Je vous en remercie, père Félippé. La Loterie, évidemment. Pas ma mère. Pas Sadii. Pas Anna. Vous êtes ici pour La Loterie.

– Mais non, voyons. Je suis ici pour toi !

– Excusez-moi. Comment peut-on savoir qui est le gagnant ?

– Le tirage a eu lieu avant-hier soir.

– Oh… J'ai beaucoup dormi alors. Vraiment beaucoup.

– Tu te sens bien ?

– Je crois…

– Je m'inquiète pour toi, vraiment.

– Ça va. Mais… père Félippé… Anna…

– Je sais pour Anna.

Que savait-il exactement ? Ou plutôt que savait-il qu'éventuellement, elle ne connaîtrait pas ? Elle avait dormi tant de temps ! C'était juste… incalculable. Son amie était-elle déjà… ? Bérénice s'était refusé de s'interroger, de l'interroger, lui, davantage.

– Écoute, si tu n'as pas d'autre problème que celui de l'électricité, je vais peut-être regagner le presbytère.

– Encore merci. Pour tout.

– Que la paix du Christ t'accompagne. Viens quand tu veux au centre.

Bérénice n'avait pas remis les pieds à la salle. Elle n'avait pas non plus revu le père Félippé ni les Tillers. Elle avait retrouvé le jeton dans sa poche, l'avait présenté aux responsables de LD et s'était soudain vue propulsée au rang de *gagnante de La Loterie*. À ce titre, on l'avait immédiatement transbahutée sur le dirigeable de LD, le tout sous le feu des caméras et le vent des pales. Les habitants de Rivaside avaient été regroupés, comme parqués, de part et d'autre des jets d'eau de l'entrée principale de Nutriplus. En face, dans les dunes, amarré à l'astroport, l'aéronef avec ses panneaux réfléchissants les toisait. Le maire avait fait un discours. Ses anciens collègues, ses anciens voisins avaient applaudi de leurs deux gants thermoréfractaires. Aucun d'entre eux ne s'était approché pour la saluer. Aucun d'entre eux n'avait ne serait-ce que lever la main en signe d'adieu. *Pourquoi ?* La jugeaient-ils, tous, responsable de la maladie d'Anna ? Craignaient-ils qu'elle les ait, eux aussi, contaminés ? Lui en voulaient-ils de les avoir fait espérer ? Tous avaient dû fébrilement fouiller leurs fonds de tiroir ces dernières heures, à la recherche d'un jeton oublié, à la recherche du jeton gagnant. Qu'importe leurs raisons. Leur rancœur, palpable, ajoutait encore à sa tristesse.

Le journal du père, deuxième partie

5 avril 2156

J+ ??? Sur la base depuis quinze jours déjà, je retrouve enfin le courage d'écrire. M'éloigner de Margareth portant dans son ventre rebondi notre futur enfant m'a transpercé l'âme. Déjà, sans cela, sans ce miracle, quitter la Terre, même le peu qu'il en reste, fuir mon village, mes amis, m'arracher aux miens, abandonner ma petite puce, m'amputer d'une partie de mon âme, en somme, me demandait un effort surhumain. Je me suis vu à deux doigts de démissionner. Bien évidemment, c'est inenvisageable. Même pas concevable. Avec ce deuxième enfant, nous allons avoir besoin d'encore plus de gomme nutritive, d'eau… de Terravis. Je l'ai senti bouger. Quand j'appuyais avec le creux de ma main, il me répondait et je savais que je devais partir. Pour lui, il fallait que je rejoigne l'orbitale glacée. À Rivaside, je laisse la vie. La vraie vie, celle qui rit, celle qui grandit, celle qui se forme. Heureusement que ma belle-mère est là. Je me raccroche à cette idée, à cette présence. « Tout ira bien. Louison est là. » Louison s'occupera de Margareth et du bébé. Et ma petite puce, là-dedans ? Je lui ai prêté moins d'attention. Je pourrais dire que je n'ai pas eu suffisamment de temps. Je pourrais en reporter la faute sur le reconditionnement, toujours difficile malgré les deux heures d'exercices quotidiens. Ce ne sont que de fausses excuses. Le subterfuge est grossier. L'alibi ne tient pas la route. Je pourrais accuser le système. Cette alternance qui nous éloigne durant cinq mois de nos foyers contre un seul mois de permission. Les fois précédentes, j'avais bien réussi à monter des légos avec elle, à faire voler des cerfs-volants sur la dune. Cette fois-ci, seule Margareth et les mystères de son ventre plein m'attiraient, captif consentant de ses bras accueillants et de ses seins rebondis. Ma petite puce… Mon désespoir se nourrit de ma culpabilité. Takiro va bientôt rentrer. J'avoue avec honte que je m'en réjouis.

21 avril 2156

C'était mon anniversaire hier. On a toujours droit à un ticket supplémentaire pour son anniversaire. Avant, chez nous, Margareth se débrouillait pour trouver de la pâte nutritive avec des goûts d'amande ou de guimauve et elle arrivait à faire un dessert en forme de cake très acidulé. On aurait presque pu trouver ce genre de dessert à l'époque. Enfin je crois. Et après le repas on allait faire un tour à *L'Aficionado*. Louison gardait Bérénice. Je payais ma tournée et on plaisantait autour du bar. Hier j'ai tout raconté à KT'Corolla. Elle m'a écouté. Elle sait bien écouter. J'ai vraiment l'impression qu'elle comprend et même qu'elle ressent ce que je lui dépeins. Ensuite elle a proposé de me masser. Sa suggestion m'allait bien. Elle m'a expliqué que j'étais tout tendu, tout noué. Elle avait les mains douces et chaudes. J'ai fini par la baiser. Je ne voulais pas. Enfin, une partie de mon être ne voulait pas. Une autre si. La deuxième a été plus forte que la première. J'aurais aimé dire que j'ai joui en pensant à Margareth. Mais non. J'ai juste joui et je me suis senti soulagé. L'homme n'est décidément rien qu'une bête et je ne vaux pas mieux que Reeds.

Bérénice, troisième partie

– On en est où de ce putain de film ?

– On a des rushes et on a travaillé sur un montage. Je tiens à vous signaler que monsieur Ranecer n'a pas encore donné son accord.

– Et il est où mon putain de fils ?

– Dans ses appartements.

– Eh bien, allez fissa le faire chercher !

Taylor interrogea Carolina du regard.

– OK, c'est bon, j'y vais.

La femme se leva sans enthousiasme. Elle qui était venue pour bavarder. Elle était servie ! En bougonnant, elle emprunta l'escalier puis l'étroit corridor du pont supérieur. Le fils Ranecer avait ses quartiers, lui aussi. Elle hésita devant la porte. Pourquoi elle ? Pourquoi devait-elle, elle, se charger d'aller trouver le bouc ? Elle hésita encore et entendit les intonations rageuses. Son poing déjà levé s'abaissa. Il n'y avait pas de mal à écouter un peu, n'est-ce pas ? Une femme avertie en vaut deux. Et quand cette femme n'est, socialement parlant, et uniquement en ce sens, bien entendu, qu'une demi-portion, il ne s'agit, après tout, que de rétablir un juste équilibre. Elle n'entendait pas toute la conversation, juste la moitié, puisque, visiblement, Stanley Ranecer discourait par cellulaires interposés.

– Cette putain de pétasse va retourner fissa dans son taudis… Rupture de contrat ! Les shows ne sont pas en option, putain ! Elle va comprendre sa douleur !

Carolina sourit. Il s'exprimait comme son père. C'en était presque attendrissant. Sauf qu'elle n'avait pas du tout envie de s'attendrir et, qu'en attendant, ce n'était pas Bérénice qui souffrait dans ses tendres parties ! Son sourire s'accentua. Elle revint de quelques pas silencieux en arrière, puis, faisant claquer fermement ses talons sur le stratifié brillant de cire, se précipita vers les appartements du butor. Dans la foulée, elle frappa avec insistance.

– Qu'on me laisse seul. Je ne veux voir personne, lui répliqua-t-on d'une voix rageuse.

– On vous attend en salle de montage, monsieur.

– N'ai-je pas été clair ? Foutez le camp !

Un bruit mat résonnant contre le battant, compléta la réplique. *Parfait...* Carolina s'empressa de redescendre porter la réponse. Elle garda pour elle le reste. Elle le raconterait ce soir à Shirelle. Taylor réactiva la communication avec Newdream.

– Monsieur Ranecer ne souhaite pas se joindre à nous.

– Alors, balancez-moi ce putain de reportage.

– Dès que vous aurez informé monsieur Ranecer de votre décision, je vous le téléchargerai, monsieur le président (il avait hésité à dire monsieur Ranecer, mais ça serait devenu… quoi ? Saugrenu ?)

– Je lui envoie un message.

– Pourriez-vous avoir l'amabilité de me mettre en copie ?

Le cameraman entendit encore l'homme s'énerver « Qu'est-ce que j'ai fait à ce putain de Bon Dieu pour mériter ça ? », avant le grésillement caractéristique de fins de communication.

Taylor soupira tout en se caressant distraitement la barbe. Il savait que malgré l'ordre, malgré le courriel, Stan serait furieux et lui en garderait une rancune tenace. Or il n'était pas mécontent du résultat. À plus d'un titre.

Un peu plus tard, alors qu'ils s'étaient tous installés dans le salon/living/chambre de Bérénice pour la diffusion, Taylor suggéra le champagne. Bérénice passa commande. Bien sûr il ne s'agissait pas d'un vrai champagne. Tout au plus pouvait-on fabriquer des ersatz. Celui-là l'imitait bien… d'après Taylor… Bérénice n'avait pas vraiment d'idée ni d'avis sur le sujet. À vingt heures ils étaient prêts, coupe en main. Bérénice trônait dans le fauteuil capitonné. Un feu d'artifice et *c'est partiiii !* Une ravissante speakerine introduisit l'émission. Puis Ranecer père, débonnaire, et Stella Beach, la présidente exécutive, rappelèrent les nombreux avantages dont allait pouvoir bénéficier l'heureuse gagnante. *Puisqu'il s'agit d'Une gagnante !* On revint sur la speakerine qui annonça d'une voix charmante la projection de l'interview. Les plans de Bérénice se succédèrent. Carolina et Shirelle commentaient et se complimentaient. *Choix judicieux des couleurs, belles harmonies de teints, un ton sur ton mettant en valeur la ligne pure du cou et du menton... Un cygne...* Bérénice était tout simplement abasourdie. Ce n'était pas elle. Ça ne pouvait tout simplement pas être elle, cette jeune fille à l'écran. L'arrivée fracassante de Stan brisa leur cocon ouaté.

– Qu'est-ce que c'est que ça ?

Ils s'entreregardèrent. Aucun d'entre eux ne souhaitant s'attirer les foudres, ils reportèrent dans un bel ensemble leurs regards sur l'écran. On en arrivait à la fin du montage de Taylor, celle où Bérénice enfouissait son chagrin dans le blanc manteau à ses pieds. Sur une transition tout en fondus, on revenait au plateau où avaient pris place les cinq commentateurs de l'émission. Dans un coin, en haut à droite, la speakerine égrenait le numéro ouvert aux téléspectateurs pour la soirée et l'adresse du site web où ils pourraient laisser un commentaire. Ces derniers commençaient déjà à défiler en bas de l'écran… Dithyrambiques… Le sourire de Ranecer père éclatait de satisfaction.

– Alors ? reprit Stan.

– Votre père semble satisfait, se risqua Shirelle.

– Il a toujours su donner le change.

Il tentait de se dominer, mais la rage perçait. Il reprit d'une voix sifflante :

– Vous pensez avoir gagné, vous vous trompez. Vous venez de tout perdre.

Le verre de Carolina lui échappa des mains et alla rouler sur la moquette. Avec un dernier regard outragé, Stan quitta la pièce sans se donner la peine de refermer derrière lui. L'habilleuse se mit tout doucement à pleurer.

– Ne t'inquiète pas, ma puce, le champagne ne tache pas.

Visiblement la situation amusait Taylor.

– Tu ne comprends donc pas ? Il va nous broyer, même si nous n'y sommes pour rien, même si nous ne sommes rien.

Carolina s'effondra complètement. Shirelle soupira, profondément.

– Je suis tellement désolée, murmura Bérénice.

– Tu peux l'être, nous, il nous chassera. Contre toi, par contre, il va s'acharner, lui annonça la coiffeuse fataliste.

– Allons, allons mesdames ! Qui sait ? intervint d'une humeur toujours gaie le cameraman barbu.

Carolina releva la tête.

– Toi, tu nous caches quelque chose ! murmura-t-elle, un accent d'espoir dans l'intonation.

– Il est trop tôt pour en parler. Mais on s'en sortira. Je te le jure.

Carolina regardait l'homme avec un tel précipice au fond des yeux que Bérénice sentit son cœur se serrer. Et elle qui avait toujours cru que tout n'était que joie et félicité sous les dômes !

Cette nuit-là elle fut malade. Elle rendit dans les cabinets tout son champagne et sentit des sueurs froides dégouliner du creux de ses omoplates jusqu'à ses reins sous son déshabillé d'un rose vaporeux. Elle faillit demander de l'aide. Elle se retint. Elle n'allait pas lui faire ce plaisir. Pas pour une indisposition sans gravité. Puisque tel était le cas, n'est-ce pas ? Elle n'avait tout simplement pas l'habitude de l'alcool. Elle avait juste abusé du sirupeux.

Le lendemain le dirigeable atterrissait aux portes de Newdream. La tentaculaire myriade n'était pas son dôme de destination, non, mais un passage obligé. Il faut signaler qu'entre autres elle abritait le siège de LD. Et pas que ! S'y trouvaient aussi ceux des deux plus grosses chaînes de télévision mondiales et les studios de cinéma Newplanet… Un eldorado pour des Externes en quête de miettes de prospérité ou de célébrité. Bérénice y resterait quelques jours, le temps d'apparaître et de disparaître sur des plateaux d'émissions en vogue et de fouler les tapis de réceptions en vue. C'était dans le contrat. Elle était fermement décidée à s'en tenir au programme. Aucun esclandre. Aucune crise. Pas d'accusations spécieuses. Elle ne voulait pas tout gâcher. Un dôme, un appartement et une rente à vie lui tendaient les bras. On lui avait déjà octroyé une nouvelle équipe. Le responsable de mission était en fait *une* responsable : Jodi, *une* grande et belle brune. Bérénice la connaissait de nom. Elle s'était taillé une place dans des chroniques musicales un peu pointues, dont *les douze coups de minuit*, une émission tardive pour initiés que diffusait Firstart, une filiale de Firstplanet.

– Elle est réglo, même si elle n'est pas du tout du genre à rigoler, lui avait soufflé l'un des cameramen, un copain de Taylor.

– Et les autres ? lui avait-elle murmuré en retour.

– Quand Taylor n'a pas l'air de s'en faire, il n'y a pas lieu de s'inquiéter.

La discussion était close.

De toute façon, Bérénice avait d'autres chats à fouetter. Jodi ne l'appelait pas *ma petite* et ne lui répétait pas de sourire. Au contraire, l'image de pauvre orpheline éplorée semblait avoir remporté l'adhésion. Elle pouvait donc traîner sa mine triste du moment qu'elle ne grimaçait pas en pleurant. Malheureuse, oui, mais avec style. La nouvelle maquilleuse, Gloria, usait et abusait du khôl qui lui agrandissait démesurément les yeux et assombrissait son regard. Elle ne poudrait que très légèrement ses joues et redessinait d'un trait fin sa bouche. Elle lui avait fixé de nouvelles extensions capillaires d'un brun tirant presque sur le noir. L'habilleuse avait suivi : jupes longues et amples ou robes à volants. Bérénice devait le reconnaître, elle faisait son petit effet. Jodi semblait satisfaite. Ranecer père aussi. Elle n'avait pas revu l'ombre de Ranecer fils. Les tournages s'enchaînaient. Elle n'avait pas le temps de réfléchir. Elle n'avait pas le temps de s'appesantir. Cependant voilà, il y avait ce rêve qui la secouait depuis le débarquement. Elle était avec Anna. Elles quittaient l'usine qui rapetissait jusqu'à ne plus devenir qu'un jouet, qu'une maison de poupées. Elles riaient sous leurs masques et battaient des mains en la voyant ainsi rétrécie. Ensuite elles se dirigeaient vers la place, quand soudain Bérénice se retrouvait seule au milieu de nulle part. La route et le village avaient disparu. Le ciel s'obscurcissait. Elle tâchait de se repérer, mais ne reconnaissait aucune étoile. Une silhouette s'approchait. Elle reprenait espoir. Avant qu'il/elle ne soit arrivé jusqu'à elle, un coup de vent violent lui arrachait son masque. L'homme, c'était un homme d'après elle, même si elle ne reconnaissait pas ses traits, arrivait à ses côtés. Il ne tentait rien pour l'aider. Et elle étouffait sous les yeux de l'Inconnu. À ce moment-là elle se réveillait avec la sensation bien réelle d'étouffement et de mort imminente. L'illusion, abominable, reléguait au second plan les vertiges qui s'emparaient de plus en plus fréquemment d'elle. La jeune fille ne s'était ouverte ni du premier ni des seconds à quiconque. Elle n'osait pas s'avouer ses pires craintes. Elle refoulait l'idée qui la taraudait. *Je déraille.*

Un beau matin (pouvait-il en être autrement ?), Jodi et Bérénice embarquèrent pour Stratanadyr, leur terminus. Jodi couvrirait l'installation de la jeune gagnante, sa rencontre avec ses voisins, sa découverte du dôme d'accueil. Bérénice aurait toute latitude pour circuler à sa guise dans les tenues de sa convenance… ou de ne pas sortir, d'ailleurs. Le trajet serait plus long que le précédent. Rien d'exceptionnel non plus. Rien à voir avec le périple du gagnant de la contrée australe qui avait rejoint une myriade en région Nord-Atlantique. Bérénice, libre de toute contingence, retrouva le cocon ouaté des appartements, le pont promenade, le ballon gonflé contre le ciel étoilé, les dunes et les ravins, là-bas, tout en bas. S'il n'y avait pas eu ces éblouissements qui la laissaient tremblante, une main désespérément accrochée au bastingage, ces nausées qui lui imprimaient un creux au centre de l'estomac, ces cauchemars qui la réveillaient couverte de sueur, Bérénice en aurait perdu le fil du temps. La jeune fille mit ces désagréments sur le compte du nouveau voyage, de l'altitude ou bien alors à la Perte, au Deuil auquel elle se refusait. Elle niait surtout l'effroyable évidence. Pour chasser ses sombres pensées, elle se répétait en boucle les quelques mots de russe encore en usage. À Stratanadyr, comme dans tous les dômes disséminés sur la planète, on usait de l'espéranto version anglicisée, chaque région le complexifiant de quelques expressions locales. Ils survolèrent l'étroite langue du détroit de Béring avant d'obliquer sur la mer du même nom. Le détroit était sensiblement moins large qu'à *l'époque*. Une cinquantaine de kilomètres à peine séparaient les anciens États-Unis du Bloc slave. Entre les deux émergeaient les îles Diomède. *Presque l'île vu le niveau des eaux.* Mais comme les moitiés appartenaient chacune à un gouvernement pour ne pas dire à un continent différent… On aurait pu aisément, à la nage, passer d'un bord à l'autre. Enfin, nager était encore une façon de parler, la glace emprisonnant le détroit en permanence. À 2 °C au mieux, que pouvait-on espérer de plus ? La plupart du temps, on traversait à pied.

Le capitaine signala l'arrivée. L'heureuse gagnante de la dernière Loterie distingua, au loin, la masse opaque du dôme de Stratanadyr. Du jaune et de l'orangé bordaient une banquise. Le désert se teintait par endroits de bruns. Du sable à perte de vue. Et au milieu, une oasis étrangement verte. Bérénice devait reconnaître qu'il s'agissait d'un kaki douteux plutôt que d'un vert profond, *plutôt qu'un vert sapin, par exemple.* Il n'empêche qu'une dominante émeraude s'imposait clairement. Elle l'avait lu sans n'avoir jamais imaginé une telle réalité. Elle sourit, suspendue au-dessus de la demi-sphère à la luxuriance pleine de promesses. L'ordre d'atterrissage la contraignit à quitter le pont.

Au niveau de Stratanadyr, le maire président avait tenu à lui souhaiter personnellement la bienvenue à sa sortie de l'aéronef. Les cameramen de FirstplanetTV et leurs confrères d'Orient Channel se bousculaient pour filmer au plus près l'accolade. Bérénice nota surtout les petits yeux, *porcins*, de l'élu. *Pour le reste, avec la combinaison, ce n'est pas évident…* Un véhicule léger de type tout terrain les conduisit ensuite de l'aérodrome au dôme, entre les dunes. La jeune fille se récapitulait ce qu'elle avait appris. Elle s'était renseignée lors de son étape à Newdream et avait embarqué quelques microfiches qu'elle avait potassées lors du vol. Par exemple, elle savait que le maire président de Stratanadyr s'appelait Igor Rastov, qu'il aimait le golf et que tous les enfants de Stratanadyr se devaient de pratiquer ce sport que Rastov qualifiait d'Art de vie. Était-ce pour justifier de tous ces terrains qu'il avait bien fallu occuper et rentabiliser ? *Peut-être, pour de vrai, déteste-t-il le golf ?* Bérénice s'était aussi demandé si elle serait dans l'obligation de *s'y mettre*, elle aussi. Le dôme de Stratanadyr était le cinquième plus grand de la planète et l'un des moins densément peuplés. Les deux terrains de golf qu'il abritait en étaient-ils le résultat, la conséquence ou un enchaînement logique de causes à effets ? Bérénice n'avait pas trouvé de réponse à cette énigme en compulsant les gigaoctets enregistrés. Par contre, elle savait pourquoi on avait construit un aussi grand dôme dans ce trou perdu : l'ancienne Fédération russe avait souhaité faire contre poids à ses deux puissants rivaux, le Néoempire du Milieu et l'Amérique du Nord Unifiée. En attendant, de nombreux vacanciers huppés se précipitaient vers cette destination prisée et le dôme abritait les résidences secondaires d'un certain nombre de milliardaires, dont les Ranecer… sic… Bien sûr, avec la montée des mers suivie de leur massif reflux, l'emplacement du dôme ne correspondait en rien avec l'ex-capitale du district autonome de Tchoukotka. Mais Stratanadyr était, elle aussi à présent, la ville la plus orientale du Bloc slave comme l'avait été, à son époque, l'ancienne Anadyr. Elle aussi avait été érigée en bordure d'une eau salée où s'entrechoquaient des icebergs. D'ailleurs, nombre de bâtiments donnaient sur la mer de Béring. Dans les émissions publicitaires de LD de l'année écoulée, il avait été mentionné à plusieurs reprises la fenêtre panoramique sur l'océan dont bénéficierait le gagnant. Bérénice avait pu remettre la main sur quelques vidéos. Ça semblait… *surnaturel. Un truc juste impossible.* La jeune fille avait aussi noté que des sorties en scaphandre étaient organisées à partir de Stratanadyr pour explorer les fonds marins sous la surface glacée. *Il paraît que la luminosité y est hallucinante.* Était incluse, bien sûr, la visite de deux ou trois épaves. *Les épaves, ce n'est pas ce qui manque.* Aucun poisson n'était prévu au programme. *Même plus de méduses.* Ces excursions faisaient partie du pack proposé aux riches touristes (*ou alors aux classes aisées du dôme*). Bérénice espérait qu'en épargnant sur sa rente elle pourrait s'offrir cette virée aquatique. *Au bout de quelques années peut-être ? Sadii… Sadii aurait adoré…* Bérénice piaffait d'impatience à présent. Hélas, le maire président avait été clair dans son discours d'accueil : avant toute chose, elle devrait déjà assister au cocktail de bienvenue dressé en son honneur. Jodi avait, elle aussi, semblé ennuyée. Elle n'avait pas été prévenue. Bérénice n'était pas préparée *en conséquence*. Elle négocia avec le premier adjoint. Une salle, celle dite *des mariages*, attenante au hall de réception, serait mise à leur disposition. Bérénice se retrouva donc à moitié nue entre des rangées de chaises et l'hôtel républicain. Elle frissonna. L'habilleuse s'affairait, cousant sur elle une tenue improbable de femme d'affaires.

– Il est temps de casser cette image de languissante romantique. Tu es une battante. On sous-entend que tu es prête à en découdre. Tu saisis ? l'interpella Jodi.

Bérénice capta le message même si la stratégie lui échappait. Tandis que la coiffeuse lui fixait à la va-vite des mèches postiches (« Ce ne sont pas des conditions de travail ! »), Jodi, elle, suspendue à son combiné satellitaire, évoluait dans un univers parallèle. Un univers où elle créait un *créneau*, commandait des paraboles relais et obtenait une rencontre inopinée quoiqu'à distance, entre deux maires présidents. *Ouf.*

Le point d'orgue de la cérémonie fut sans conteste l'intervention conjointe du maire président de Newdream et de son homologue de Stratanadyr. De près, Bérénice trouvait que celui de son dôme d'accueil sentait bon la menthe poivrée.

– Un pont au-dessus du détroit est jeté !

La formule tournerait en boucle dans les prochaines heures sur tous les blogs, aux quatre coins de la planète. En résulterait une sorte d'union sacrée. De quoi émouvoir le plus endurci des nationalistes. Bérénice souriait, de ce sourire triste qui faisait fondre les cœurs. En substance le message se cristallisait en un : *pauvre petite orpheline, pupille du Globe, ambassadrice de deux peuples qui s'aiment et s'estiment par-dessus leurs haines ancestrales*. Pas exactement, disons presque. Jodi souriait, aux anges, même si la battante ne semblait pas vraiment sortir ses griffes. Bérénice fut abordée par un homme bedonnant durant le cocktail. L'antenne avait déjà été rendue. La jeune fille se sentait plus détendue. Bien sûr les cameramen engrangeaient toujours du film, mais ils en feraient un montage. Elle leur faisait confiance pour couper adroitement les scènes. LD n'avait aucun intérêt à ce qu'elle y paraisse à son désavantage. Et à cet instant, enfin avant l'intervention de ce gros homme, eh bien disons qu'elle l'était. Plus précisément, elle se trouvait au centre d'un cercle vide qui ondoyait autour d'elle. Il suffisait qu'elle s'approche d'un groupe pour que celui-ci s'éparpille pour se reconstituer un peu plus loin. Puis cet homme, aux bajoues tombantes et aux paupières si lourdes qu'on en voyait à peine ses yeux, l'accosta. L'homme lui fit une offre étrange. Il lui proposa de représenter un parfum. *Que veut-il dire par là ?* Bérénice inclina poliment la tête et l'assura du plaisir que sa suggestion lui procurait. Elle en toucherait un mot à Jodi. Le simili champagne coulait à flots. Les rires montaient. Bérénice avait trop chaud et se sentait compressée dans son tailleur trop ajusté. Elle se serait bien assise. Elle s'esquiva vers la salle des mariages.

La jeune fille entendit la conversation à peine la porte franchie. En fait de discussion, elle comprit vite qu'il s'agissait d'un échange téléphonique (*satellitaire ou filaire ?*). Elle ne distinguait pas le locuteur dans l'obscurité. La voix était féminine, sans aucun doute possible, même si elle jouait dans les graves. L'inconnue s'exprimait en espéranto avec un fort accent slave.

– Oui, elle sera parfaite, je pense.

– …

– Non, elle ne se doute de rien. Elle n'est au courant de rien.

– …

– Comment voudrais-tu qu'elle le soit ?

Bérénice se demandait qui était cette *elle* et se demanda sérieusement si… *Je frise la paranoïa, non ?*

– Passe-moi Igor, reprenait la femme.

La conversation se poursuivit dans une langue que la jeune fille ne connaissait pas. Du russe sans doute. À moins que ce ne soit du tchèque, ou du croate, ou… n'importe quelle autre de ces langues des Balkans aujourd'hui disparues au profit du palliatif de langage commun. Bérénice se sentit de nouveau prise de vertiges. *Oh non, pas maintenant.* Elle effectua son demi-tour sur la pointe des pieds et, s'appuyant au mur, retourna dans le hall de réception. *Il faut que je boive un truc sucré.* Rentrant un maximum le ventre et pratiquant une respiration haute, elle rejoignit le buffet. D'une main tremblante, elle se saisit d'un verre dc Sucorange. La boisson fraîche lui fit du bien. Elle serait bien restée là, à laisser lentement glisser sucres et bulles jusqu'à son estomac, mais la foule des invités se pressait maintenant dans sa direction. Étrange inversion des flux. La marée montante était toute sourires et fossettes. Bérénice s'efforça de faire bonne figure malgré la lassitude qui l'assaillait. Elle serra des mains et rendit les compliments. L'intervention du ventripotent produisait visiblement de l'effet. On pourrait presque dire qu'il l'avait intronisée. On ne la regardait plus comme une bête de foire. On l'intégrait. Il faudrait qu'elle fasse attention. Très attention. Elle se le répéta avant de tout oublier.

Elle se réveilla le lendemain dans un grand lit blanc aux odeurs de lavande. Elle ne comprit pas, tout d'abord, où elle se trouvait. Elle se sentait juste bien, avec une envie de rester là et de ne jamais se réveiller de ce rêve paisible. Puis elle eut un peu froid et s'enfouit sous une couette volumineuse. Ses souvenirs affluèrent.

La soirée s'était enchaînée. Elle s'était retrouvée seule dans l'immense appartement. Il était tard. Jodi l'avait rapidement laissée. Le reste de l'équipe ne l'avait même pas accompagnée. Il y avait suffisamment d'enregistrement pour le montage de l'émission du lendemain. La prise de possession filmée des lieux était donc reportée. *Seule enfin.* Elle avait hésité. *Pourquoi ?* Elle s'était forcée à rire. N'était-ce pas merveilleux ? Seule dans son appartement sous un dôme ? Son rire avait sonné creux. Il avait résonné contre les murs blancs. Elle avait envoyé valser le tailleur si étroit. Elle avait inspiré, lentement, par grandes bouffées. Elle pouvait hurler, se rouler par terre, sauter et se lancer dans de longues glissades sur les carreaux polis en toute impunité. Oui, elle pouvait… Elle ne le fit pas. *Sadii, oui, Sadii aurait adoré. Et Maman… Oui, Maman aussi aurait adoré.* Calmement elle avait visité le logement, pièce par pièce. Une première chambre démesurée, très blanche. Un placard encastré, un lit à la tête en forme de large pique déployé recouverte de satin ivoire, des chevets surmontés de petites lampes à l'abat-jour du même ivoire, une commode renflée au faux bois lasuré de blanc et aux veines rosées. Le lit était préparé. Il y avait une deuxième chambre… et même une troisième. Une petite salle d'eau était rattachée à la troisième chambre. Bien sûr il y avait aussi une grande salle de bain pourvue, summum du luxe, d'une baignoire. Bérénice n'avait jamais pris un seul bain de sa vie. Enfin, à l'exception de sa période infantile. Disons qu'elle ne pouvait même pas s'en souvenir. Elle admira la salle, carrelée de mosaïques bleues agrémentées de motifs marins (*là un voilier, ici une baleine !*). La cuisine semblait classique même si ses proportions, plus qu'honorables, aux éléments… (*on dirait presque, vraiment, du vrai bois. Se pourrait-il que… ?*) avaient de quoi faire pâlir le cuisinier de l'*Aficionado*. Quant au séjour, une immense baie vitrée donnait effectivement sur la mer de Béring. Un balcon assez large pour y placer un guéridon et deux chaises la bordait sur toute la longueur. Un sas en accordait l'accès sur la droite. Bérénice avait remis son chronomasque et était passée sur la plateforme en surplomb. Elle avait eu un mouvement de recul. L'air, bien que beaucoup plus chaud qu'à *l'extérieur*, sous la nappe protectrice du dôme, frôlait les -5 °C. Peut-être pourrait-elle espérer voir légèrement augmenter le thermomètre à une période plus propice ? *Et pourquoi pas dans les 10 °C, en journée ? Serait-ce vraiment inconcevable ?* Elle avait enfilé son manteau à la hâte sur sa camisole et son panty gainant et était ressortie. Dans la nuit au noir profond, elle n'avait pas vraiment discerné la mer du rivage ou du ciel à l'arrière-plan. Elle avait cherché la lune des yeux. Elle ne l'avait pas trouvée. Au loin de longs craquements résonnaient. *Comme des gémissements.* La banquise se fissurait et les immenses blocs morcelés ripaient les uns contre les autres. *Quel chant étrange !*

La jeune fille avait décidé de prendre un bain. Elle l'avait agrémenté de quelques gouttes d'un flacon trouvé sur le rebord. Le large miroir de plain-pied s'était immédiatement recouvert de buée. Elle s'était glissée dans l'eau aux senteurs… *De quoi ?* La baignoire était vraiment longue… et profonde. Elle pouvait s'allonger complètement. Elle s'était laissée flotter un instant puis s'était installée contre le cale-tête. Bérénice ne se rappelait plus vraiment à quel moment elle s'était endormie. L'eau était tiède lorsqu'elle avait repris connaissance. En frissonnant, elle s'était vaguement essuyée et avait enfilé un peignoir douillet. Emmitouflée dans le tissu épais, la capuche rabattue jusqu'aux yeux, elle s'était insinuée dans le lit de la chambre une. Elle n'avait fait aucun rêve cette nuit-là. Ou du moins aucun dont elle ne se souvienne. Un vrai soulagement.

Le peignoir s'était ouvert et avait glissé durant son sommeil. Elle sentait contre sa peau les draps soyeux. La lumière du jour filtrait par les persiennes et éclairait avec parcimonie la chambre plongée dans la pénombre. *Quelle heure peut-il bien être ?* Elle s'étira voluptueusement, se frottant contre les draps et retrouva son peignoir en boule au fond du lit. Elle jeta un coup d'œil aux armoires et placards. Il y avait des draps et des serviettes, des coussins et des taies. Ils ne contenaient aucun vêtement. Ses effets personnels n'avaient pas été transférés. Bérénice soupira devant la jupe et sa veste assortie qu'elle avait laissées en vrac devant l'entrée et décida de rester en sortie de bain jusqu'à l'arrivée de l'équipe. D'un coup de manette, elle ouvrit les volets, laissant largement entrer la lumière tamisée du soleil. Elle se dit qu'elle grignoterait bien quelque chose. Les placards de la cuisine se révélèrent, eux aussi, désespérément vides. Bérénice soupira de nouveau et pensa à Shirelle. *Oui, mais là, vraiment !* Jamais la jeune fille n'avait été aussi heureuse de revoir son équipe que ce matin-là quand ils arrivèrent les bras chargés de paquets divers.

– Il te voulait quoi, Lancrôme ?

– Pardon ?

– Allez, ne fais pas ta maligne.

La prise de vue venait de s'achever et Jodi s'attardait alors que le reste de l'équipe s'était déjà échappé, qui avec un montage à réaliser, qui avec une robe à coudre.

– Hier soir, voyons ! Lancrôme !

– Oh, l'obèse ?

– Voyons ! Bérénice !

– Je ne sais pas qui est cet homme.

– Lancrôme ! Les parfums !

– Oui, je sais. Les parfums d'Île-de-France. *Que croit-elle donc ? Je ne suis pas à ce point à côté de la plaque !* Il ne s'est pas présenté, voilà tout. Il m'a effectivement parlé parfum. Une histoire de publicité. Je n'ai pas vraiment compris.

– Tu as répondu quoi, précisément ?

– Je ne sais plus exactement… Je sais que je voulais te demander ton avis.

– Il faut dire OUI ! Trois fois OUI. Tu as bien compris ?

– Trois fois oui.

– Arrête ! Quand doit-il te recontacter ?

– Je ne sais pas trop.

– Donc tu ne sais plus ce que tu as dit ni ce que lui a dit.

– Écoute, l'habit me serrait trop. Vraiment je me sentais mal.

– Écoute. Ton avenir est en jeu.

– Je croyais qu'avec La Loterie, justement, il était assuré ?

– Oui, mais là, tu rentrerais dans la cour des grands.

– OK. T'inquiète. S'il me rappelle, je dis oui.

– Les gars de la logistique ne vont pas tarder à arriver. C'est bon pour le planning ?

– Oui, demain 10 h, inscription au registre, prise des empreintes et détermination d'ADN, le tout filmé. Donc à 9 h, Lucie et Jane débarquent pour me métamorphoser en Wonder Woman.

– Bien. Et ensuite ?

– Et ensuite, la piqûre, murmura Bérénice déjà moins enthousiaste.

– Bien. Et ensuite ?

– … Eh bien, il y aura cette histoire d'assistance psychosociale…

– À quelle heure ?

Bérénice soupira.

– Un truc genre 15 h.

– Ce ne sera pas filmé et je ne serai pas là, cependant…

– Oui. Le soutien psychologique a été rendu obligatoire suite au suicide du gagnant d'il y a neuf ans, récita d'une traite la jeune fille.

– On ne dit pas suicide…
– Pardon… Vague à l'âme tragique.
– Parfait. Je te laisse. Tu comptes faire quoi cet après-midi ?
– Je pensais me rendre au parc public. Petite, la seule mention de celui de Rivapolis me rendait hystérique.
– Ah… Bonne promenade alors. À demain.
– Salut Jodi.

De vrais arbres : des érables, des peupliers noirs, des châtaigniers et, au bord de la mare, un saule pleureur. Ses minces branches lianes, d'un vert très pâle, effleuraient l'eau. Des bancs dispersés, une aire de jeux pour enfants. Un vrai parc comme elle l'avait espéré. Bérénice s'installa sous le saule en pleine feuillaison. Elle leva le visage vers le ciel. Tout en haut, derrière le champ électrostatique et sa couche de fines poussières, se dessinait le disque pâle du soleil. La lumière filtrée, douce aux yeux, incitait à l'indolence. Quel plaisir d'être là, vêtue d'un simple manteau, en bottines à talons, un masque ne couvrant que sa bouche et son nez, légère et vivante. *Sadii…* La jeune fille se rapprocha des portiques. Des enfants s'amusaient dans un bac à sable. Un garçon de sept ou huit ans grimpait dans les filets tendus d'une araignée. Il aurait pu être son frère. *Et si… ? Mais non, voyons.* Une gamine faisait grincer les crochets d'une balançoire, lançant bien haut ses jambes. Des femmes badgées les surveillaient. Toutes des Externes : des assistantes recrutées par des familles du dôme pour s'occuper de leur progéniture à la sortie des écoles. Ces employées, triées sur le volet (la place était convoitée), recevaient un salaire correct. Là n'était pas le principal avantage. Le principal, le sans-prix, était de se trouver ici, sur un banc, dans ce parc, au cœur du dôme. Un aiguillon de tristesse lui traversa le cœur. *Pourquoi eux et pas nous ?* Sauf que si, maintenant si, elle en était une, de Citoyenne. Enfin presque… demain… Elle tourna brusquement le dos à l'espace aménagé et aperçut un homme dégingandé au visage blême qui détourna précipitamment son regard d'elle. Vêtu de son costume orange, il avait tout de l'employé municipal. Plutôt jeune. Cheveux châtains frisottés débordant par touffes de sa casquette, orange, elle aussi. Yeux bruns et front large. Badgé, bien évidemment. Les Résidents ne s'abaissaient pas aux tâches d'entretien. Il l'avait observée, elle en était certaine. Que lui voulait-il ? *Mon image passe en boucle sur toutes les chaînes en ce moment. Il m'aura simplement reconnue malgré le masque. Il faut que je me calme avec ces histoires.* La jeune fille n'avait plus envie de traîner.

Le journal du père, troisième partie

9 mai 2156

Ça s'agite. Il nous a été annoncé par voie d'affichage que la base allait être agrandie. C'est un foutu scoop. Stupéfiant, saisissant, sensationnel. Bref, un signal fort. Et à plus d'un titre. D'abord cela signifie qu'on tient le bon bout : que la lune tient ses promesses, que l'humanité ne va pas s'éteindre, que les réserves d'eau sont bien ici, à proximité. Ensuite, pour nous, cela représente plus de travail et donc de primes. J'en ai besoin. Au-delà s'annoncent de nouvelles recrues, de nouvelles têtes. Une bouffée d'oxygène (façon de parler). Comme dit le proverbe : plus il y a de fous, plus on rit ! Et plus on a de choix pour son voisin de table. Bref, un sacré signe du destin.

18 mai 2156

J'ai eu un ticket exceptionnel hier. Takiro et moi, on s'était bien démerdés. Une de nos antennes montrait des signes de fonctionnement erratique depuis quelques semaines. Ils nous ont envoyés… à tout hasard. Les électriciens étaient déjà passés. Ils n'avaient rien trouvé. Nous si… Une fiche mal enquillée. On y a passé la matinée à tout débrancher et rebrancher, mécaniquement, méthodiquement, systématiquement. Pas de connaissances, pas d'intelligence, juste du bon sens. Conrad en était vert. Il n'a pas pu s'empêcher de nous lancer une pique : il nous a dit qu'à défaut de cerveau, on avait du temps. Ce n'était pas faux. Mais il était inutile de nous en faire la remarque. Il ne décolérait pas de ne pas avoir su résoudre cette panne, lui, l'électronicien en chef de la base, gradé, diplômé, et cetera. Et on a eu notre ticket. J'ai passé ma soirée avec KT'Corolla. Elle n'était pas réservée. J'ai dit à KT'Corolla que j'avais décidément beaucoup de chance aujourd'hui. Elle a souri et m'a répondu que non, que ce n'était pas de la chance.

– Je ne suis pas tellement demandée.

J'ai dû avoir l'air con, car elle a ri.

– Il n'y a bien que toi pour m'être si assidu.

– Pas assez exotique ?

– Sans doute…

– Ça t'ennuie ?

– Je risque le recyclage.

J'en suis resté sans voix. C'est sûr que les autres spécimens sortent plus de l'ordinaire. Il y a la *représentante* africaine au cul presque difforme et à la cambrure appuyée, la rousse à la peau si blanche qu'on la croirait translucide, l'Asiatique à l'aspect fragile. Il y a aussi les créations… Celles à quatre bras, celles à tentacules. Ça ne m'a jamais tenté. J'aime l'aspect banalement méditerranéen de KT'Corolla.

– Je te trouve très belle.

Je me suis abstenu d'aborder la question de la refonte (comment se fait-il, d'ailleurs, qu'elle soit autorisée à prononcer ce mot ?). J'aurais peut-être dû. Elle n'a pas répondu. Je me suis demandé à quoi elle pensait. Je ne peux m'empêcher d'imaginer qu'elle pense. C'est stupide n'est-ce pas ? Tout simplement elle doit avoir comme consigne de ne pas donner suite à ce genre de propos (ceux où on la complimente). Pas plus qu'à ceux où une jeune recrue, tout en lui hurlant qu'il l'aime, s'épanche, pas plus qu'aux insanités proférées par celui qui la traite de tous les noms. Elle ne doit pas donner suite non plus aux coups, aux scarifications, aux brûlures. Sa peau (enfin, ce qui lui sert de peau) se régénérera de toute façon dans les douze heures. Mais souffre-t-elle ? Éprouve-t-elle parfois du bonheur ? Jouit-elle ? Son programme ne l'autorise pas à répondre à ce genre de questions. Cependant elle gémit quand elle baise. Elle crie sûrement quand on la tabasse. Et elle a abordé la question du recyclage… Ma bonne humeur est retombée d'un coup. Je me suis levé et me suis mis à faire les cent pas.

– Tu veux parler ?

– J'aimerais bien. De quel sujet ? Quel sujet n'est pas tabou avec toi ?

Elle a hésité un instant. J'aurais juré avoir vu traverser un éclair de tristesse dans ses yeux bruns. D'une voix hachée et sans timbre, elle a articulé :

– Tu sais que je n'en suis pas responsable.

Je l'ai de nouveau regardée d'un air surpris. Elle n'aurait pas pu, pas dû dire cela non plus. Elle m'a semblé épuisée. Je n'ose imaginer les efforts qu'elle a eu à fournir pour passer outre les interdits du programme. Je l'ai installée sur le lit et l'ai serrée dans mes bras. Elle a tenté de m'embrasser. Je l'en ai empêchée.

– Après tout, oui, je vais te parler et toi, tu vas m'écouter.

Je lui ai raconté notre exploit du jour.

– Enfin, exploit, si être aussi bête et discipliné qu'un robot peut être considéré comme tel !

C'était une erreur. Je l'ai su au moment même où je prononçais cette phrase, avant même de la sentir frémir. J'ai repris, doucement :

– Excuse-moi. Ce n'est pas ce que je voulais dire.

Elle n'a rien répondu. J'ai fini par me lever et par partir. Elle ne m'a pas retenu.

Bérénice, quatrième partie

Elle regagna rapidement son quartier résidentiel d'Obnova. Le tram A32 qui traversait le dôme d'ouest en est la déposa pratiquement sur son palier. Les speechs publicitaires décrivaient l'immeuble sélectionné tout spécialement pour elle par LD en termes de *charmante résidence de trois étages*. Bérénice actionna la double porte vitrée du sas et s'engouffra dans les parties communes. On ne pouvait pas qualifier celles-ci de majestueuses. Le vestibule était trop étroit pour ce qualificatif. Mais les boiseries (*du vrai bois*) au mur, les peintures de bouquets fleuris et les appliques en forme de boutons de roses lui donnaient un air coquet un peu suranné (*oui, charmant*). Sur la droite se trouvait le logement des concierges. Un couple. La gardienne, au comptoir, tenait l'une des deux permanences de la journée.

– Oh, mademoiselle Tennessee, et cette première sortie ? Instructive ?

Bérénice ne comprenait pas trop pourquoi sa première échappée aurait dû l'être. D'ailleurs qu'entendait exactement madame Rakoto par ce terme ?

– Eh bien… Je ne suis pas encore allée visiter la bibliothèque.

Madame Rakoto rit.

– Et vous ne manquez pas d'humour avec ça ! Bien ! Très bien !

– Bon. Heu… Alors, je vais regagner l'appartement. Je veux dire, mon appartement. À plus tard madame.

Bérénice se détournait déjà.

– Oh ! Mademoiselle, attendez ! Quelqu'un est venu déposer ça pour vous.

Ça était une petite enveloppe blanche, raide, aux bords de rabat ourlés. Bérénice la remercia d'un sourire. Négligeant l'ascenseur, elle grimpa les marches deux par deux jusqu'au troisième étage. L'enveloppe contenait un carton d'invitation. *Bingo… Lancrôme.* Pour le soir même… Elle irait puisque Jodi l'y avait exhortée. De toute façon, on ne lui laissait pas vraiment le choix : un mot rajouté à la main indiquait l'heure où un tuk-tuk passerait la prendre. Elle soupira, refusant de s'avouer son soulagement. Se retrouver seule toute la soirée dans son très spacieux appartement ne l'enthousiasmait que moyennement. Elle n'avait qu'à s'apprêter. La coiffeuse lui avait montré deux ou trois mises en plis faciles, même pour elle. Pour la tenue, elle n'avait qu'à piocher dans toutes celles que Jane et, avant elle, Carolina avaient confectionnées. Et en attendant… *Pourquoi pas encore un bain ?* Luxe du gaspi…

Le tuk-tuk était à l'heure. Bérénice également. Le chauffeur en livrée bleu marine la conduisit un peu plus au nord jusqu'à une élégante villa à la façade ornée de colonnettes, frises et fronton. Le trajet, bien que court, permit à Bérénice d'apprécier le chauffage radiant et l'épaisse couverture (*est-ce l'équipement de base ou celui-ci est-il tout spécialement conçu pour des particuliers, de riches particuliers s'entend ?*). Une lourde grille protégeait l'accès à la propriété. Sur l'avant, quelques massifs de vraies roses encadraient la volée de larges marches menant à la double entrée. Bérénice aurait aimé pouvoir se pencher sur les fleurs et en inspirer l'odeur. *Quel dommage qu'il n'y ait plus d'oxygène !* La jeune fille rit. Évidemment, il y avait plus grave perte que de ne pas pouvoir inspirer profondément au-dessus de la corolle de pétales *d'une rose à peine éclose* dans un jardin quadrillé à la française. Les battants donnaient, bien sûr, sur un sas. Une jeune femme habillée en soubrette aida Bérénice à se dévêtir. De l'autre côté, la copie conforme de la première chambrière lui proposa un verre. Bérénice eut du mal à lui accorder son attention. La double porte s'était déployée sur un péristyle néo-classique aux proportions parfaites. Au milieu trônait la fontaine rituelle. Sauf qu'ici, l'eau jaillissait dans un bassin affleurant le sol dans lequel (*mais oui !*) de vrais poissons ondulaient paresseusement.

– C'est juste impossible !

– Ha ! Ha ! Si, ma chère. Il suffit d'enrichir l'eau en oxygène.

– Mais les poissons. Comment avez-vous obtenu les poissons ?

– Beaucoup de relations et énormément d'argent.

Lancrôme l'avait rejointe près du bassin. Bérénice l'ignorait, hypnotisée par les êtres marins. Elle s'accroupit au bord de l'eau. Hésitante, elle effleura la surface liquide du bout des doigts. Un élégant Calico arborant, telles des voiles, ses nageoires tachetées d'oranges se rapprocha d'elle.

– Oh…

– Je suis heureux de voir que ma petite sélection vous plaît.

– C'est plus que cela. C'est… hors du temps… hors de la réalité. Comme si…

– Comme si le Désastre n'avait jamais eu lieu.

Bérénice se redressa et sourit au gros homme élégamment vêtu d'un complet veston vert bouteille.

– Oui… Comme si. Je vous remercie pour votre invitation.

– Vous êtes la bienvenue dans ma modeste

demeure.

Bérénice se fit la remarque qu'il aurait pu se passer du *modeste*, que ce qualificatif relevait plus de la prétention que de la simplicité, vu le cadre… et les poissons… Elle allait s'accroupir de nouveau. Elle fut interrompue par le ton péremptoire de son hôte. Elle en fut également empêchée par le fait qu'il s'emparait de son coude.

– Venez donc que je vous présente.

Le Tout-Stratanadyr se bousculait ce soir-là chez Lancrôme. Des créateurs au look improbable tentaient de capter l'attention du maître, parfois de manière exagérément extravagante. Ainsi ce Clint qui mit pratiquement le feu à la maisonnée en voulant exposer son concept de *smoky smoking*. Bérénice pouffa. Lancrôme moins : il est vrai qu'il venait de perdre un thuya nain (un vrai) dans l'affaire. Bérénice fut frappée par le mimétisme des invités. D'abord moqueurs, ils adoptèrent, devant l'air furibond de leur hôte, et dans un bel ensemble, une mine exaspérée. La jeune fille en redoubla de rire. En aparté, Lancrôme l'interrogea à ce sujet.

– C'est eux ! répondit Bérénice en balayant d'un geste la foule flagorneuse.

Lancrôme sourit.

– Oui, bien sûr…

Il s'inclina légèrement vers elle pour lui murmurer :

– Votre fraîcheur me ravit.

Il la laissa entre les mains d'un musicien néo hardcore issu du croisement d'un épouvantail et d'un corbeau. L'homme (*ou la femme ?*) sans sexe ni âge identifiables lui proposa rapidement une ligne de fine poudre blanche. Bérénice déclina sèchement l'offre et tourna des talons.

– Hé ! Il faudrait un peu desserrer les fesses, ma petite !

Bérénice se crispa. Elle détestait qu'on l'appelle *ma petite*. Elle conseilla au type (*à moins que... ?*) de desserrer ses paupières et d'aller voir à quoi ressemblait l'extérieur.

– Et au moins, dehors, on a une raison pour ne pas savoir quel genre de personne se trouve en face de nous : la combinaison.

L'homme (elle penchait pour l'homme) la fixa d'un air ahuri avant de se courber sur son bout de miroir. Bérénice fut ensuite interceptée par l'épouse de Lancrôme alors qu'elle songeait à s'éclipser. La femme de Lancrôme (*madame Lancrôme ?*), une grande et mince sylphide blonde, possédait, outre de magnifiques yeux verts : des pommettes hautes, un nez fin, un menton délicatement arrondi et une peau fine et lisse. Un instant, avant qu'elle ne parle, Bérénice se demanda si la sublime créature n'était pas l'une d'entre *Elles*. C'est-à-dire une IA. La voix fluide au léger accent (*Allemand ? Suédois ? Un truc européen*), sans consonance métallique caractéristique, la détrompa. *Quel âge peut-elle bien avoir ? Lancrôme doit être... dans les quoi ? La cinquantaine bien sonnée ? Même avec les meilleures des technologies et chirurgies esthétiques, elle ne peut pas...* Elle soupira.

La femme interpréta mal ce soupir.

– Je ne voulais pas être importune.

– Non, non. Pardonnez-moi. Tout cela me paraît… si étrange. *Quoique...*

– Je pensais que je pourrais vous faire visiter la maison.

– Avec plaisir.

Une vraie curiosité poussait la jeune fille. Après le péristyle et le bassin à poissons, elle se demandait quelles autres merveilles pouvaient se dissimuler dans la demeure du parfumeur. Devant elle, Ingrid, en talons aiguilles, semblait glisser sur les lattes de bois du séjour. Finalement la jeune fille ressortit presque déçue. Bien sûr tout était très fin, très chic, très recherché. Ingrid avait attiré son attention sur un vase monumental en porcelaine de Chine datant de l'époque Ming qui avait miraculeusement survécu à la période trouble Post Désastre. Plusieurs copies de peintures de maîtres des seizième et vingtième siècles ornaient les murs. Bien sûr le tout s'agrémentait de son lot de platines et de parquets patinés. Mais voilà. Rien de fantastique. Entendez par là, rien d'extraordinaire. Bérénice avait poliment complimenté. Un goût amer dans la bouche, elle avait réellement hâte de retrouver son appartement. Elle prenait donc congé quand Ingrid, regardant par-dessus l'épaule de la jeune fille, l'interrompit, une fois de plus.

– Oh, ma chère, il faut absolument que je vous présente notre ténébreux Teddy.

Bérénice se retourna. Le jeune homme qui s'avançait semblait tout droit sorti de la statuaire grecque. Au-delà de la carrure athlétique, le visage, plutôt fin, retenait l'attention. La mâchoire, loin d'être carrée, se découpait cependant en arêtes nettes. Les yeux verts, ourlés de longs cils encadraient un nez aquilin. De souples boucles brunes lui tombaient dans le cou où palpitait sa pomme d'Adam. La lèvre supérieure légèrement renflée lui donnait un petit air boudeur des plus enjôleurs. Il portait une simple saharienne vert émeraude (*en accord si parfait avec ses yeux !*). Il semblait ainsi tellement plus élégant que ce Clint et son smoky smoking. *Le ténébreux Teddy... Ah oui...*

– Ma chère, voici Ted Larson, si jeune et déjà PDG des mines Iratom.

– Enchantée.

À sa propre surprise et à son plus grand soulagement, Bérénice avait réussi à articuler d'une façon relativement audible ces trois syllabes.

– Ted, bien évidemment, tu auras entendu parler de notre nouvelle Citoyenne, Bérénice.

– Béry, l'interrompit la jeune fille. On m'appelle Béry.

Elle rougit brusquement. *Oh non !*

– Je suis heureux de faire votre connaissance… Béry, lui répondit Ted d'un timbre assez grave (*mais pas trop, baryton peut-être ?*) tout en s'inclinant courtoisement et en ignorant, très courtoisement toujours, les plaques rouges clignotant sur les joues et dans le cou de la jeune gagnante.

Pouf… Quel homme !

– Béry s'apprêtait à nous quitter.

– Quel dommage !

La jeune fille s'embrouilla dans sa réponse :

– Beaucoup à faire… prises de vue…

– Nous serons certainement appelés à nous revoir, lui rétorqua suavement (ou peut-être était-ce l'effet de son imagination ?) Ted.

Ingrid vint gentiment à la rescousse de Bérénice.

– Certainement. Pascal compte faire de notre ravissante néophyte sa nouvelle icône.

– À bientôt donc, Cendrillon.

Bérénice s'enfuit littéralement. Quittant à toutes ailes le palais d'argent et son beau prince charmant, elle s'engouffra les joues en feu dans le tuk-tuk rouge.

– Il doit faire chaud là-dedans !

– Plus que je ne saurais dire.

Toute l'équipe était à l'heure le lendemain. Bérénice, elle, émergeait difficilement.

– Quelle mine horrible ! s'exclama Jane. Comment peux-tu me faire ça ?

– C'est pas ma faute. C'est Lancrôme.

– Quoi Lancrôme ?

Jodi, suspendue à son téléphone, avait tendu l'oreille.

– Il m'a invitée à une soirée hier soir.

– Et tu y as été, bien sûr ?

– Ben oui. Sinon j'aurais pas cette tronche.

Bérénice n'avoua pas tout. Elle ne dit pas, par exemple, qu'elle s'était tournée et retournée dans son grand lit, moite de sueur et d'autres fluides encore, en pensant au *ténébreux Teddy*. Elle ne l'avait abandonné que pour retomber dans de nouveaux cauchemars. Le désert… Elle courait dans les dunes et le sable s'effondrait sous ses pas. Alors elle chutait dans une sorte de puits sombre. Elle s'était réveillée en sursaut, s'était cramponnée à son lit, attrapant les draps à pleine main, puis rendormie. Les dunes de nouveau. Les silhouettes floues de Sadii et de Margareth avançaient loin devant elle. Elle voulait les rejoindre, mais ses jambes, de plomb, la retenaient au sol. Elle se forçait à arracher ses pieds du sable gluant. Et soudain elle se noyait dans l'océan. Un gros poisson s'approchait et soufflait : « c'est elle », les poumons de la jeune fille se remplissant d'eau.

– Ouais. Et c'est qui qui va devoir rattraper tout ça ?

– C'est pas Kiki, c'est Jane.

Bérénice rit de sa propre blague. Elle était bien la seule. *Ouais, OK, minable.* Bon, elle avait des circonstances atténuantes. Elle se laissa pomponner, habiller, coiffer. Elle s'appliqua. Elle devait reconnaître que l'esprit n'y était pas. Le cœur non plus. *Non, mais c'est pas vrai ! C'est quoi ce mélo ?* À midi elle pointait en tant que Citoyenne Officielle de Stratanadyr. Pour tout contrôle flash, que celui-ci soit oculaire ou digital, elle pouvait se prévaloir d'un titre de COS patentée. Ils avaient même sa séquence ADN (bien qu'on ne pousse que rarement jusque-là les vérifications). Ils lui firent ensuite une mise à jour de ses vaccins. Bérénice tenta bien de protester. Ses cris véhéments n'y changèrent rien : elle eut droit à tous les rappels. Elle vit donc l'infirmière s'approcher avec une énorme seringue et assista, impuissante, à l'injection. Une brûlure intense se propagea dans ses veines. Elle ne put retenir un gémissement. Là, le cameraman s'abstint de filmer et Jodi lui tint la main. La coach adopta même un air compatissant. On recommanda à la jeune fille du repos durant les prochaines quarante-huit heures. Bérénice ne demandait pas mieux. Pourtant, à quinze heures, bien sûr… Le rendez-vous avait été fixé à la mairie, salle des mariages. Décidément, c'était à se demander pourquoi cette salle portait un tel nom. Comateuse, Bérénice chargea le concierge de lui commander un tuk-tuk. *Maman aurait bondi. Quelle dépense énergétique inutile !* Mais vraiment, là, elle se sentait mal. Elle s'appuya au mur en pénétrant dans la salle. *Encore…* L'assistante était bien charpentée. Du genre à être née avec une forte ossature et à pratiquer par-dessus le body-building. Les cheveux maronnasses rassemblés en une courte queue de cheval, le sourcil broussailleux, les yeux bruns inexpressifs, le double menton. *Whou ah ouh… ça me change d'hier.*

– Mademoiselle Tennessee ?

Cette voix, cet accent… Bérénice perdit connaissance.

– Mademoiselle, mademoiselle ?

Autour d'elle, on s'affairait. Plusieurs employés municipaux s'activaient.

– Ça va aller, murmura la jeune fille.

– Il est costaud, leur cocktail, commenta sans aucune pointe d'humour son rendez-vous de quinze heures.

Bérénice se demanda si la femme faisait allusion à la soirée d'hier ou à sa récente vaccination. L'assistante sociale reprit :

– Je vais vous raccompagner. Nous allons reporter cette rencontre. Il vaut mieux se montrer prudent.

Elle roulait fortement les R. Son visage, comme figé, semblait démentir ses paroles.

– Inutile de vous donner cette peine. J'arriverai bien à rentrer seule. Il suffirait que vous m'appeliez un chauffeur.

– J'insiste.

Bérénice se retrouva donc serrée dans l'étroit habitacle de son moyen de transport contre son imposante compagne. Une conversation laborieuse s'établit, ponctuée de longs blancs et d'ellipses.

– Alors ? Vous vous plaisez ?

– Heu… Oui ?

– Montrose est une adorable placette n'est-ce pas ?

– Je ne sais pas où cela se situe.

– Nous venons de la dépasser.

– Oh…

Oui, Bérénice devait reconnaître que la *placette* bordée de bâtiments de briques rouges et d'un minuscule square fleuri de lilas était tout à fait… *adorable*… sauf qu'*adorable* (comme *placette* d'ailleurs) dans la bouche de cette masse de muscles sonnait plus comme… *abominable*…

– Oui… murmura Bérénice.

Ils longèrent le golf du Trend et empruntèrent l'avenue centrale. Enfin le tuk-tuk aborda le quartier est. Bérénice soupira d'aise. Dix minutes plus tard, elle dormait profondément. La garde chiourme n'avait pas insisté pour venir la border, comme l'avait un moment craint la jeune fille. Elle lui avait simplement souhaité un prompt rétablissement. *Il ne faut pas se fier aux apparences, finalement.*

L'équipe, menée par Jodi, la sortit de dix-huit heures de sommeil entrecoupées de rêves effrayants. Toujours cet homme inconnu qui la regardait se tordre au sol. Toujours ce poisson inquiétant qui semblait l'attirer vers le fond. Encore ce poids sur sa poitrine et l'impression que plus jamais elle n'arriverait à respirer. C'était la journée de la tournée des voisins. Ils avaient été prévenus. Ils avaient même eu droit à un jour de congé supplémentaire pour l'occasion. Les dirigeants de LD et de Firstplanet avaient le bras très long. Les résidents (pour la plupart propriétaires) se présentèrent endimanchés et souriants de toutes leurs dents. Appartements propres et rangés. Enfants bien peignés… *Pfou… Qui va bien pouvoir croire à cette mascarade ?* Bérénice en avait les maxillaires qui se crispaient d'exaspération. La barre entre ses sourcils qui la poursuivait depuis le début de la journée s'imprimait à présent au fer rouge. Elle aurait aimé foutre en l'air la séquence. C'était si facile : une blague un peu lourde, un commentaire désagréable, une attitude provocante, un rire mal placé. Elle n'en fit rien et la joua aussi factice que les autres. *Le contrat…* Jodi semblait s'en moquer. *Étonnant… E*lle prit sur elle jusqu'à ce que l'équipe se sépare, sur de grandes embrassades, en fin de matinée. Lucie et Jane s'improvisaient une séance shopping. Ted et Jordan voulaient tester le golf. Ils avaient traficoté de fausses cartes et s'étaient autopromus aptes à la pratique sur parcours. Jodi avait un rendez-vous avec un journaliste local. Bérénice se réjouissait pour eux jusqu'à ce que…

– Et le montage ?

– Quel montage ? répéta Jordan d'un ton ironique.

– Eh bien quoi… le montage du jour !

– Pas de montage.

– Quel dommage, renchérit Ted. Mauvais réglages !

Jodi sourit d'un air espiègle… Bérénice comprit.

– Vous auriez pu…

– Non, non. C'était mieux ainsi. Tu avais l'air vraiment si… sincère… reprit Jordan.

Elle le foudroya du regard. Hoquetant il se corrigea :

– Pardon. Si prête à tout pour t'intégrer.

Elle faillit le frapper.

– Et donc, enchaîna Jodi, pour les voisins… nous recommençons demain… Demain soir.

– Mais ils vont…

– Se montrer plus vrais que nature.

– Et furieux !

– Non, tu verras. Ils ravalent leurs frustrations.

– On a l'habitude, commenta Jordan.

– Et toi ? Quel plan ? la questionna Lucie.

– Il faut que je reprenne contact avec la cheftaine, soupira Bérénice.

– La cheftaine ? l'interrogea Jodi, soupçonneuse.

– Ouais… l'assistante psychosociale.

– Bien sûr. Ne remets pas. C'est…

– Dans mon contrat, l'interrompit Bérénice. Je sais.

– Ce n'est pas ce que je voulais dire.

Madame Mikrabak, vêtue d'un tailleur gris à la coupe droite, avait légèrement froncé les sourcils lorsqu'elle l'avait rejointe.

– On avait bien dit quinze heures ?

– Pas vraiment, non. Quinze heures, c'était avant-hier…

– Oh, désolée. Je pensais…

– Ça n'a pas d'importance.

L'intonation démentait les paroles. *À moins que ce ne soit son timbre habituel ? Avec ces R accentués, c'est compliqué de faire la différence.* L'assistante reprit :

– Nous allons commencer.

Le commencement était l'établissement de sa fiche administrative. Bérénice ne put retenir un bâillement. Madame Mikrabak la foudroya du regard.

– Désolée, répéta la jeune fille.

– Hum…

Une image s'imposa à elle : une porte de prison. *Voilà… Une porte de prison qui grince.* Elle s'agita sur son siège.

– Ce n'est pas terminé.

Elles passèrent aux tests : taches d'encre à interpréter, questions à choix multiples… Bérénice soupira.

– Ce n'est pas terminé.

Madame Mikrabak se cala contre son dossier et croisa les mains devant elle. Elle fixa l'heureuse gagnante d'un air inquisiteur et prit son temps avant de poser la question, qui n'en était d'ailleurs pas vraiment une.

– Et si nous parlions de votre famille ?

– Je n'en ai plus.

– Disons alors de votre non famille.

Où voulait-elle en venir ?

– Je n'ai pas vraiment grand-chose à dire.

– Hum… De quoi rêvez-vous ?

Bérénice frissonna alors que le regard marron la transperçait.

Plus rien de bovin.

– De beaucoup de choses.

– Faites-vous des rêves récurrents ?

Le désert… la chute… Que risquait-elle à lui en parler ? C'était assez clair, non ? Elle ne dévoilait rien de vraiment important. C'était… anodin.

– C'est important, reprit l'assistante.

– Eh bien…

Elle lui avait raconté ce rêve-là. Et puis aussi ceux où elle étouffait. Ensuite elle avait attendu.

– Hum… Il va y avoir du travail.

Bérénice attendit une suite qui ne vint pas. Au lieu de cela, madame Mikrabak changea de sujet :

– Quand partent-ils ?

Bérénice supposa qu'elle parlait de l'équipe.

– Je ne sais pas… Bientôt je crois.

– As-tu saisi ce que cela signifiait ? As-tu saisi que tu te retrouverais seule ?

Elle me tutoie maintenant ?

– Non, tu n'as pas compris, murmura la femme. Nous nous reverrons la semaine prochaine.

– Oui.

– La semaine prochaine. N'oublie pas.

Une bouffée de soulagement envahit Bérénice en la quittant.

À Obnova, madame Rakoto l'attendait. La jeune fille n'avait pas encore franchi le sas que la concierge, tout émoustillée, lui remettait un bouquet de roses blanches agrémenté de la carte de visite de Lancrôme. Elle en fut pour ses frais : Bérénice resta de marbre tout en décachetant l'enveloppe. Lancrôme lui fixait un rendez-vous en studio pour le lendemain. Bérénice aurait aimé en discuter avec Jodi. Tout cela n'était-il pas un peu précipité ? Ne devrait-il pas y avoir un contrat ? Ou, à minima, un accord oral ? Bérénice devait-elle se procurer les services d'un agent ? Et, ces photos, elles retournaient de quoi exactement ? Qu'est-ce que Lancrôme attendait d'elle, précisément ? La jeune fille décida de botter en touche. Elle prit prétexte de nouvelles prises de vue pour reporter. À peine le messager parti qu'un nouveau commissionnaire déboulait. Elle était invitée pour le soir même… *bien évidemment.* « Résidence Destranges. Un tuk-tuk… etc, etc ». Madame Rakoto semblait au bord de l'apoplexie. Bérénice lui souhaita une bonne soirée et retrouva le chemin du parc. Elle avait besoin de réfléchir. Il était déjà tard. Plusieurs gamins prenaient encore d'assaut l'araignée. Bérénice crut reconnaître parmi eux l'un des petits garçons, celui qui aurait pu être Sadii. La jeune fille s'affala sur l'un des bancs et se laissa dériver. Elle devait admettre qu'elle se sentait perdue, et aussi écartelée, et enfin submergée. Pour couronner le tout, elle n'arrivait pas du tout à se concentrer.

Elle sortit de sa torpeur hébétée à une heure très avancée. Le soleil se couchait. Bérénice frissonna sous son mince coupe-vent. Elle avait entraperçu un panneau lumineux sur le trajet du tram. Ce panneau vantait les mérites de la pile Yxonite et indiquait, en petit, en bas à droite, la température : 4 °C. *Pas mal,* avait-elle apprécié. Mais à présent que l'astre disparaissait, la température chutait. Certes moins vertigineusement qu'à l'extérieur. Cependant… Bérénice devait se hâter si elle ne souhaitait pas finir en bloc de glace. Elle jeta un dernier regard au parc dans la lumière rasante. Un bleu très pâle colorait le dôme. *Très beau, très romantique.* Restait le petit bonhomme qui sautait d'un pied sur l'autre dans l'aire de jeu. *Mince alors.* Les assistantes maternelles avaient déserté leurs bancs depuis longtemps. La plupart d'entre elles devaient déjà s'activer devant les plaques chauffantes de leurs satellites. *Qu'est-ce qu'il peut bien faire encore là ?* Bérénice l'interpella. Le gamin l'ignora. Elle se rapprocha, insistante.

– Il faut rentrer chez toi, mon grand.

Le gamin sourit. Il détestait sans doute aussi être appelé *Petit.*

– J'attends mon frère.
– On peut peut-être l'appeler ?
– Non.
– Hum… Et tu ne sais pas rentrer chez toi tout seul ?
– Je dois l'attendre.
– On peut peut-être appeler tes parents ?
Le gamin hésita.
– Ils sont morts.
– Oh… Je suis désolée… Mes parents aussi sont morts.
Le gamin lui sourit de nouveau. Bérénice reprit :
– Tu ne peux pas rester ici. Est-ce que tu veux que je te raccompagne jusque chez toi ?
– Non, voilà mon frère.
Bérénice se retourna. Un jeune homme courait gauchement vers eux. Un jeune homme en tenue d'employé municipal. Un jeune homme brun, à la tignasse emmêlée, aux yeux bruns et au front haut. *Tiens donc…* Sauf que là, le type ne la regardait pas. Pas le moindre coup d'œil. Son attitude ne correspondait pas du tout à celle de l'autre homme. Et il y avait autre chose : il n'était plus étiqueté. Et ça, ce n'était vraiment pas normal. Il était formellement interdit aux Externes de retirer leur badge. Sans doute, finalement, se trompait-elle. Elle avait été abusée par l'uniforme. L'homme fonçait droit sur le gamin. Courir aussi était interdit… enfin plutôt fortement déconseillé. À cause de la dose d'oxygène délivrée par les masques. Elle était constante et ne correspondait pas à une activité physique intense. Le jeune homme se tenait d'ailleurs les côtes. Il tenta pourtant tant bien que mal d'aligner trois mots. Bérénice intervint :
– Tout va bien. Il va bien. Je vous laisse.
Elle était elle-même fort en retard. Le froid glacial ne tarderait pas à lui engourdir les pieds et les mains.

Quelle idiote ! Se laisser piéger ainsi par la tombée de la nuit ! Elle attrapa un tuk-tuk et son chauffage radiant au vol (oui, ils en étaient tous équipés). Décidément, sa mère aurait beaucoup à redire de ses nouvelles habitudes ! Un instant elle se demanda si elle n'aurait pas dû inviter le garçonnet et son frère à bord de son véhicule. Mais lorsqu'elle jeta un coup d'œil au parc, ce dernier était vide. Ils avaient décidé de rapidement rentrer, eux aussi. Le tuk-tuk filait dans les rues désertes. Bérénice s'enivrait des lumières clignotantes, des échappées sur les immeubles du quartier est. Elle se détendit sous la chaleur diffuse. La vie était belle. *Peut-être...*

Les Destranges étaient dans le genre *chicos* qui se donnaient des allures zen-écolos. Leur salon, tendu de soieries vertes, accueillait un piano à queue d'une blancheur immaculée tel un diamant dans son écrin. Derrière l'instrument rutilant, un pianiste officiait. *Jazz ? Blues ? Un savant mélange.* Les notes s'égrenaient. L'atmosphère fleurait le raffinement feutré. À tout prendre Bérénice préférait les extravagances (et surtout les poissons) d'un Lancrôme. Les Destranges étaient dotés d'une fille : Talula. Le courant ne passait pas. L'altière héritière de l'empire Destranges condescendait, du bout des lèvres, à donner quelques explications à la nouvelle COS. Il en ressortait :

– Que les Destranges avaient la main mise sur tout ce qui avait de la valeur dans ce qui restait du monde. À savoir : les usines de désalinisation et les condensateurs, la distillation fractionnée et les colonnes de zéolites, la pâte nutritive, les vaccins génériques, la mission Forces de l'Espoir ou tout au moins la partie qui en revenait à Stratanadyr et...

– Que Lancrôme n'était qu'un simple bouffon,

– Que le ténébreux Teddy était délicieusement tendre,

– Que…

Là, Bérénice l'avait interrompue :

– Ah, au fait, Teddy, elle avait insisté sur le petit nom, le laissant traîner en longueur, était chez les Lancrôme, hier… Je suis surprise de ne pas l'avoir encore vu ce soir.

– Une obligation familiale. Et pour Lancrôme… on ne fait pas toujours ce qu'on veut dans la vie.

Tu l'as dit, bouffi.

– Tiens, voilà le maire. Il était chez les Lancrôme aussi, hier… Il ne s'invente pas de fausses excuses, lui.

Bérénice lui tourna le dos, bien décidée à abréger la soirée. Oui, elle avait une fâcheuse tendance à fuir aux douze coups de minuit. Ce soir-là, un agacement puissant et certain la poussait à s'éloigner au plus vite. *Pas fâchée de…* Sauf que son grand appartement lui parut froid et vide. Et, à dire vrai, il l'était. Bérénice s'y sentit désespérément orpheline. À dire vrai, elle l'était. *Et si la garde chiourme avait visé juste ?* Elle savait que l'équipe repartirait vite. Elle savait que la sollicitude de Jodi s'arrêtait à la limite de son propre intérêt. Elle avait vu les faux-semblants de ses nouveaux voisins. Elle avait vu la morgue des Lancrôme comme celle des Destranges, même si celle-ci ne s'exprimait pas de la même manière. Elle avait lu le manque de confiance et l'envie de fuir dans les yeux du gamin. Bérénice finit par être rattrapée par le sommeil. Elle se noyait et le poisson revint. Il avait la tête de madame Mikrabak. Elle se réveilla une fois de plus avec un poids sur la poitrine et la sensation oppressante d'étouffer. Elle se rendormit pour replonger dans un nouveau rêve. Elle était avec Anna dans les dunes. Elles étaient petites toutes les deux et pourtant plus des enfants : étonnamment, vu leurs tailles, elles avaient leurs formes de femme. Elles faisaient virevolter dans le vent des cerfs-volants. Et soudainement Bérénice n'était plus en bas, mais en haut. Elle était le cerf-volant. Elle était heureuse de se sentir planer dans le ciel pur. Puis rapidement elle se sentit secouée et ballottée dans tous les sens. Très désagréable. Elle jeta un coup d'œil vers le bas. L'Inconnu tenait les ficelles et la faisait brutalement plonger vers le sol et... Elle s'éveilla dans un hurlement et avala un cachet bleu. Mirages de l'oubli.

Elle déballa ses affaires le lendemain. C'est-à-dire non pas les robes ou les accessoires que la Loterie lui avait gracieusement offerts. Non. Ses vrais et seuls effets personnels qui tenaient dans un petit sac balluchon. Lors de son départ précipité, elle était si écœurée qu'elle n'avait pensé qu'à s'échapper du carcan de Rivaside. Maintenant elle se disait qu'elle aurait dû emporter plus : plus de souvenirs, plus de petites choses à chérir. Elle sortit quelques photos, les trois bijoux de sa mère, la cage de Plumif :

– Coucou Billes de verre, murmura-t-elle.

Elle plaça cette dernière sur la commode. Elle l'agita un peu pour faire réagir l'automate. Celui-ci resta inerte. Ses batteries, qu'elle n'avait pas rechargées depuis la mort de Sadii, avaient sans doute fini par se vider. Elle soupira. Elle aurait aimé un petit cri de reconnaissance. Elle disposa les photos au mieux dans les pièces nues. Cela faisait peu pour s'approprier un lieu. LD lui avait remis une première enveloppe lors de sa consécration officielle. Une jolie somme destinée justement à faciliter son emménagement. Elle s'était dit qu'elle pourrait refaire à son goût, qu'elle pourrait, justement, repartir sur de nouvelles bases, en se délestant du poids douloureux du passé. Mais, à ce moment-là, elle regrettait les bibelots qu'elle avait abandonnés. Elle soupira. Elle préleva une partie de la somme contenue dans l'enveloppe et attrapa au vol son masque et la bonbonne.

– À nous deux, Stratanadyr !

Le centre commerçant, avec ses rues pavées de larges dalles, l'accueillit par une succession de *bars à tapas*, vitrines *next style* et officines cosmétiques *à base de gomme enrichie en vitamine D*. Quelques jeunes filles, bras dessus bras dessous, flânaient. Un homme pressé, en costume, l'évita de justesse. Bérénice en éprouva comme un effroi. Rivapolis et le regard plein de morgue que ses boutiquiers réservaient aux Externes endimanchés semblaient si éloignés du standing de Stratanadyr ! Comment ? Comment pourrait-elle faire face ? Elle paniqua. Elle rebroussa chemin et échut sur un banc du parc. Il faudrait sans doute qu'elle évoque cette répulsion à madame Mikrabak. Elle chercha des yeux le gamin. Il n'était pas là. Bérénice en fut presque déçue avant de se rendre à l'évidence :

– Bien sûr, il est encore à l'école.

Dans la liste des choses qu'Anna et elle avaient établie si… il y avait aller à l'université de Rivapolis et s'inscrire au cours de programmation. Y avait-il un cours de programmation à l'université de Stratanadyr ? Le dôme se distinguait par sa production et son stockage, très sophistiqué, d'oxygène. Avait-on besoin de programmeurs pour fabriquer de l'oxygène ? Dans la liste, il y avait aussi apprendre à faire de la bicyclette. Elle pourrait commencer… sans doute… Sauf que là, elle n'en avait pas envie. Elle n'avait envie de rien. À remâcher ses idées noires, Bérénice en avait presque oublié le rendez-vous avec l'équipe. Elle se releva en soupirant et reprit le chemin d'Obnova, traînant sa mince silhouette sur les trottoirs. L'équipe l'attendait en tapant du pied dans le hall. Jodi avait l'air furieuse. Elle n'avait cependant rien dit devant madame Rakoto. La concierge était la seule à afficher une mine réjouie. La jeune fille eut droit à un savon à peine la porte de l'appartement franchie. Elle haussa les épaules. Jodi la contempla un instant, perplexe :

– Nous reparlerons de cela plus tard.

Nouvelle tournée des voisins… plus vrais que nature, effectivement… Ayant déjà fort à faire pour cacher leur mécontentement, ils laissaient filer tout le reste : xénophobie, querelles de couples, jurons et enfants grimaçants devant la caméra. *Écœurants.* À une ou deux exceptions près.

– Alors ?

– Alors quoi ? avait répliqué Bérénice.

Elle savait très bien *quoi* et avait très envie d'en parler à Jodi sauf qu'elle ne voulait pas de sa complaisance, de son apitoiement. Surtout qu'il n'y avait pas vraiment de quoi se plaindre.

– Commençons par Lancrôme.

– Il m'a donné rendez-vous pour un shooting photo. J'ai botté en touche. Est-ce qu'il ne faudrait pas, au minimum, une lettre d'engagement ? Et il attend quoi, exactement, de moi ? Je veux dire, tu vois, dans quelle tenue… ou plutôt dans quelle non-tenue ?

– Je vais téléphoner au représentant juridique de Firstplanet du dôme. Il sera ton agent auprès de Lancrôme. C'est un pro. Tu pourras te fier à lui.

– C'est inclus dans le deal ? Avec l'assistante-exterminatrice ?

– L'assistante-exterminatrice… Vraiment ?

– Tu l'as vue ?

– Non.

– C'est pour ça.

– Hum… Oui, c'est dans le pack de la parfaite gagnante. Bon, et à part *ça* ?

– … Je ne connais personne ici.

– Classique. Il te faut te trouver rapidement des activités. La plupart des frais émoulus Citoyens commencent dans le bénévolat.

– J'avais envie de reprendre des études.

– Bien ! Très bien ! Top modèle, mais qui aspire à la connaissance.

– C'est ironique ?

– Même pas. Jodi rit. T'as pas un truc à boire ?

– Non. Je n'ai rien acheté encore.

– Dommage. On aurait trinqué à ton succès. Allez, à demain, ma belle. Je te tiens au courant.

Bérénice en refermant la porte se dit que tout pouvait être plus facile qu'il n'y paraissait. Que tout dépendait de la manière dont on regardait la situation.

L'agent était un cravaté aux yeux de fouine. Lancrôme avait vraiment tiré la gueule en la voyant arriver en si charmante compagnie. Bérénice avait fait mine de ne rien remarquer. Il est vrai qu'elle n'avait pas mentionné la venue de Rodolph Butorszgui au gros homme. Elle aurait peut-être dû ? *Quoique…*

– Laissez-moi vous présenter… Mais, bien sûr, pardonnez-moi, vous connaissez certainement déjà monsieur Butorszgui.

– Oui, bien sûr, oui. Nous nous *pratiquons* régulièrement.

– Très cher. Très très cher monsieur Lancrôme ! s'était exclamé l'agent tout en lui écrasant les doigts d'une poigne ferme.

La figure du parfumeur s'était encore plus allongée, ses bajoues presque flottantes effleurant son col. Bérénice avait détourné les yeux.

Le contrat, qui était en cours d'impression et serait proposé dès la prochaine entrevue, accordait donc à Bérénice une rémunération fixe et des bonus indexés sur le montant des ventes. Rodolph Butorszgui se frottait les mains en sortant de chez le parfumeur. Bérénice soupira. Le contrat établi avec le juriste de LD convenait d'un reversement de vingt-cinq pour cent audit juriste sur tous les gains de la jeune fille. Butorszgui pouvait être ravi ! Elle devait encore tourner quelques prises. Ensuite l'équipe la laisserait… définitivement.

Les adieux furent rapides : Bérénice n'avait rien prévu. Lucie et Jane ne cherchèrent pas à dissimuler leur déception. Bérénice décida de ne pas s'excuser, de ne pas culpabiliser, de… Bon d'accord, elle aurait pu se procurer ne serait-ce que du Sucorange. Le lendemain elle commençait les séances d'essai. C'était bien ainsi. Elle n'avait de temps ni pour tourner en rond ni pour se livrer à une introspection. Elle connaissait par cœur les préliminaires : coiffure, maquillage. Pour les photos, il n'y avait rien de bien compliqué à comprendre. Lancrôme l'invita de nouveau. Bérénice sentit son cœur s'arrêter de battre puis se ressaisit.

– Tu ne l'as vu qu'une fois et c'est sans doute un pauvre con prétentieux.

Elle avait parlé tout haut. Le son de sa propre voix lui sembla faux. Sans doute parce qu'il l'était. Pour se calmer un peu, elle se rendit au parc. Elle repéra tout de suite le petit garçon dans l'araignée. *Pas d'école cet après-midi ?* Des yeux, elle chercha son frère du regard. Il n'y avait pas le moindre agent d'entretien à proximité. Elle rentra raisonnablement tôt pour se préparer. Un message de Mikrabak l'y attendait. Elle n'avait jamais reçu autant de courrier par voie de porteur… Madame Rakoto semblait impressionnée.

– La rançon de la célébrité, lui lança Bérénice tout en s'échappant vers l'escalier.

Elle avait déjà entendu cette réplique. Elle ne savait plus où (*à moins que ce ne soit « la rançon de la liberté » ? ou le « prix de la célébrité » ou…*). L'assistante sociale voulait la voir plus tôt qu'initialement prévu. *Dès demain 10 h. Toujours à la mairie. Pourquoi pas ?*

Le journal du père, quatrième partie

4 juillet 2156

C'était la fête aujourd'hui. Jour férié et tout le tralala ! Viennoiseries au petit déjeuner, jeux de foire et loterie, karaoké et soirée 4D, festons et drapeaux.

Pourquoi ? Eh bien… nous savons tous qu'il s'agit de la libération de l'Amérique. Mais de quelle libération au juste ? De qui ? De quoi ? De quelle(s) Amérique(s) parle-t-on ? De l'ancien continent dit *Amérique* ? De sa partie États-Unis et Canada ? Ou de l'actuelle Amérique du Nord Unifiée qui englobe l'ancien état du Mexique ?

Quelle importance après tout. La fête rendait les humeurs joyeuses. Même Reeds riait. Disons plutôt qu'il se pavanait. Il a fait un carton au tir à la carabine et en est reparti avec trois tickets. Takiro et moi nous avons juste perdu pas mal de Terravis. Qu'importe. C'était bon de se retrouver là, tous unis, tous fiers de… de quoi d'ailleurs… dans le réfectoire pavoisé ? D'être *américains* ? Nous ne le sommes pas tous. Loin de là. Et qu'est-ce qu'être *américains* ? Les anciens Indiens d'Amérique (pour ce qu'il en reste) sont-ils *américains* ? Disons d'être fiers de posséder l'esprit américain. C'est-à-dire d'être brave, fort et libre. C'est ce que nous ressentions. Si loin de la réalité. Malgré tout y croire nous ravit. Disons aussi que la bière était bonne. Disons surtout que la bière coulait à flots. Ce soir n'est pas coutume : je m'endors le cœur en paix et sans rictus aux lèvres.

6 juillet 2156

Un nouveau ticket. Jamais je n'ai bénéficié d'autant de reconnaissance de ma hiérarchie ! Cette fois-ci, le problème était localisé sur une des plateformes géostationnaires. Une capsule nous a largués, Takiro et moi, à proximité de la plateforme, à l'aube. On a bien ramé pour arriver à s'arrimer… On ne savait pas vraiment comment maîtriser les réacteurs de notre kit de déplacement. On s'est bien fait chahuter ! Bref, nous avions le cœur au bord des lèvres quand enfin, par pure chance, nous avons réussi à prendre pied sur cette foutue plateforme. Je ne sais pas s'ils nous regardaient ou si la scène a été filmée par l'une des caméras embarquées, mais le spectacle devait être très drôle… ou très pathétique. Cela dépend des points de vue. Après cette épreuve acrobatique, tout n'a plus été qu'un jeu d'enfant. Simple problème mécanique. Pile dans nos cordes. Les gars qui nous ont rapatriés n'ont pas fait d'allusions à nos pirouettes et autres figures de style de début d'expédition. Et on a gagné un ticket ! Bref. J'ai un ticket. J'hésite à aller voir KT'Corolla.

7 juillet 2156

J'ai choisi un type asiatique. Peut-être à cause de Takiro. L'anthropoïde m'a accueilli en s'inclinant. Je ne savais pas quoi dire, quoi faire. Elle m'a souri de ses lèvres redessinées en forme de cœur d'un rouge intense et m'a proposé de me chanter un air traditionnel. Elle m'a installé sur des coussins et, accompagnée d'un petit tambourin, a entamé sa complainte d'une voix nasillarde. Elle semblait heureuse alors que je me tétanisais, résistant à l'envie de me lever et de m'enfuir. À la fin de sa prestation, elle a reposé délicatement son instrument et m'a demandé si son chant m'avait plu. J'ai hoché brutalement la tête. Elle m'a expliqué que cette mélodie, d'un grand raffinement, trouvait ses origines au dix-huitième siècle. J'ai fermé les yeux, tentant de comprendre ce que mes camarades trouvaient d'agréable dans ce décrassage de tympans. Elle m'a ensuite conseillé sa spécialité : le massage thaï.

– Vous savez, nombre d'entre vous ne viennent me voir que pour cette pratique.

Elle susurrait. Je me suis imaginé quelque chose approchant les caresses appuyées de KT'Corolla, en un peu plus sophistiqué… Bien mal m'en a pris. L'humanoïde m'a consciencieusement piétiné. Je suis ressorti rincé et endolori, sans pousser plus loin. Je ne pense pas que qui que ce soit pousse plus loin. Et c'est KT'Corolla qui risquerait d'y passer ? Plutôt que… ? Je ne sais même pas sous quelle appellation cette androïde est désignée. J'ai mal dormi. J'ai rêvé de KT'Corolla. Démembrée. Les circuits éparpillés. Le tout sur fond rouge très foncé.

Bérénice, cinquième partie

Bérénice ruminait et traçait déjà à l'encre rouge une croix sur son contrat. *Je serai juste étudiante.* La soirée de la veille s'était mal passée : Lancrôme se montrant distant, ses invités avaient manifesté, dans un bel ensemble, leur indifférence à son égard. Ingrid avait bien tenté de louables efforts pour l'inclure dans des conversations. Rien n'y avait fait. *Effet marée...* Le ténébreux Teddy ne s'était pas présenté. C'était là sa plus grosse déception. La jeune fille admettait quelques compensations : elle avait revu les poissons et avait fait sa première nuit de vrai sommeil depuis bien longtemps. Tout en ressassant son échec, elle se rendait donc à son rendez-vous sans trop regimber. Ce dernier se déroula de manière très formelle, Bérénice se tenant sur ses gardes. *Hors de question que je lui avoue que je la vois dans mes rêves !* Madame Mikrabak finit par soupirer (*ah, il n'y a pas que moi !*) et changea de sujet :

– Alors, tu as des visées dans la publicité ?

– J'avais… et ce n'était pas vraiment moi qui avais des visées, mais d'autres pour moi.

– Que s'est-il passé ?

– Le gros Lancrôme semble beaucoup moins enthousiasmé à l'idée de me bombarder représentante de sa marque depuis qu'il sait que j'aurai des exigences de rétribution.

– Hum. Lancrôme… Quelqu'un qui compte, ici.

– Et ?

– Il y a parfois des intérêts non monnayables.

– J'ai suivi l'avis de LD. Et franchement, je n'ai pas besoin de Lancrôme.

– Hum… On m'a dit aussi que tu voulais reprendre des études ?

On devait être Jodi. Elle avait dû alerter l'assistante sur son état dépressif… ce qui lui valait ce rendez-vous supplémentaire. Bérénice soupira.

– Écoute. Nous allons en rester là. Nous nous reverrons comme prévu la semaine prochaine.

Bérénice se sentait presque déçue. Au plus profond d'elle-même, elle aurait aimé que Mikrabak insiste plus. Elle aurait aimé se sentir cadrée. Un peu d'ordre ne lui aurait pas fait de mal. Elle hésita à retourner au parc. Elle opta finalement pour la bibliothèque. Située à côté du golf du Trend, la coupole du bâtiment public lui conférait, de loin comme de près, une allure d'église. Une douceur feutrée envahit la jeune fille dès le sas. Tapissée d'un épais velours bordeaux, la chambre de confinement vous enveloppait et vous attirait telle une sombre matrice. Le cocon ouaté donnait directement sur la pièce principale, circulaire, surmontée de sa voûte peinte de motifs floraux. Les entrelacs et arabesques des feuillages et corolles attiraient le regard. Quant à la rotonde, recouverte de livres, elle impressionna la jeune fille. Un adroit système d'escabeaux se déplaçant sur des rails fixés aux rayonnages permettait d'atteindre jusqu'à la dernière banquette, au ras de la coupole. Bérénice en admira la technicité avant de reprendre son observation méthodique. L'hélice d'un immense ventilateur tournait lentement, assurant une déshumidification et une température constante. Quelques trouées dans l'étalage des ouvrages donnaient accès à des pièces secondaires. Au centre du temple trônait le comptoir de la chargée d'accueil. Une prêtresse à la mine austère y officiait. Le visage pâle, les yeux noirs et les cheveux plus noirs encore, tressés en une natte épaisse, la Sybille attendait que la jeune fille reporte sur elle son attention. Bérénice sursauta en croisant son regard d'encre. La femme la fixait toujours d'un air impénétrable.

– Hum… Je venais… voir…

– Voir. Vraiment ?

– Oui… me rendre compte. J'aime beaucoup les bibliothèques.

– Vous êtes une grande lectrice ?

– Eh bien… pas vraiment. J'aime les lieux *bibliothèque*… Et particulièrement celle-ci.

– Vous pouvez rester ici autant qu'il vous plaira. Cependant je vous conseille de tenir compte du temps.

– Du temps ?

Bérénice ne comprenait pas. Elle reprit :

– Vous voulez dire des tempêtes ?

– Du temps qui passe.

– Oh…

Bérénice ne voyait toujours pas.

– D'autres se sont momifiés.

Trop drôle… Bérénice soupira. *Bon, c'est sûr que, toute seule ici, il y a de quoi tourner… excentrique.* Excentrique était gentil.

– Et sinon, pour une carte d'emprunt ?

– Cette requête, bien évidemment, se situe dans le champ des possibles.

– Bien… Je vais terminer la visite et je reviendrai vous voir pour la carte.

– Je vous en prie.

Il y avait des salles thématiques et des salles de travail, immensément vides, vacantes de toute présence humaine. Le tour n'avait pas été si long et pourtant, quand Bérénice ressortit, le soleil avait fait un bond en avant prodigieux. *Hallucinant…* Rodolph Butorszgui l'attendait dans le hall de sa résidence sous l'œil vigilant de madame Rakoto.

– Ah, les femmes et les boutiques !

Bérénice ne se donna pas la peine de répondre. L'agent reprit :

– Lancrôme nous attend pour signer le contrat.

– Je ne pense pas, non.

– Oh que si ! J'envisage même de renégocier à la hausse.

L'homme se frottait de nouveau les mains. La concierge l'observait d'un air suspicieux et l'une des locataires (*celle du rez-de-chaussée droite ?*) qui venait de franchir le sas s'interrompit sur sa lancée pour les observer. Bérénice soupira.

– Et si vous m'expliquiez ?

– Où étiez-vous donc ces dernières heures ?

– Je me momifiais.

L'homme la regarda d'un drôle d'air. Elle enchaîna :

– Vous comptez me donner des explications, ou pas ?

Il en ressortait que Taylor, alors que l'équipe venait d'être congédiée sans fanfare ni trompette, avait vendu à Orient Channel le film de ses exploits, c'est-à-dire son coup de main magistral dans les parties de ce cher Stan. En découlaient un buzz monstre et le regain d'intérêt de Lancrôme.

– Il faudra que l'on demande à ce petit monteur des dividendes.

– Non.

– Comment ça, non ?

– Non. Je veux juste qu'il répartisse les gains de son film entre les différents membres de l'ancienne équipe.

– Hum… On ne peut l'y obliger.

– Alors je réclamerai mes droits à l'image et les leur reverserai.

– On avisera plus tard. Ce n'est pas à l'ordre du jour. Aujourd'hui, Lancrôme !

L'agent avait retrouvé sa mine réjouie.

– On ne demande pas plus.

– Comment ça ?

– J'ai dit qu'on restait sur ce qui avait été convenu.

Bérénice retrouva un Lancrôme tout mielleux. Elle ignora superbement ses sourires enjôleurs et se cala, distante, dans un fauteuil (*en quoi ? Véritable croûte de cuir ?*). Butorszgui s'installa, très détendu, à ses côtés.

– Mon cher ami…

– Mon très cher ami !

Et voilà, c'est reparti. L'agent avait préparé tous les papiers. Bérénice n'eut qu'à parapher en bas de chacune des pages et signer. Elle accomplit avec un détachement digne d'une star ces formalités et précipita leur départ.

– Enfin ! Je ne comprends pas ! Nous aurions pu demander beaucoup plus. Je pensais…

– Ne pensez pas, ça vous vieillit.

Bérénice n'avait qu'une hâte : visionner ce fameux film. Le salon était équipé d'un home cinéma relié aux transferts d'informations satellitaires. Une fois affranchie des subtilités de la télécommande (*bordel de machine à la con*), elle n'eut aucun mal à trouver le montage du cameraman barbu. Il avait été enregistré et mis en ligne par plusieurs internautes, accompagné de déferlantes de commentaires. Elle était… plutôt bien et Stan franchement hideux. Bérénice sourit. *Merci Taylor.* Elle parcourut rapidement quelques fils de discussions et se câbla sur des actualités. Firstplanet dévissait en bourse (*Butorszgui le sait-il ?*). Ranecer père devait être fou de rage. Si le fils n'était pas déjà mort de honte, il y avait fort à parier que le magnat allait l'achever par strangulation. Elle rit en imaginant la scène. Des coups à la porte interrompirent ses divagations tragico-comiques.

Encore un message par porteur. Qui m'invite ce soir ? Lancrôme lançait une petite fête impromptue pour fêter le contrat. Quelques journalistes d'Orient Channel seraient présents. *À bon entendeur...* Il fallait... Et si elle n'y allait pas ? Elle frémit puis sourit. Elle soupira et y renonça. Il fallait donc qu'elle se fasse lisser les mèches. Il fallait qu'elle se trouve une autre robe. Toutes celles de sa penderie avaient déjà été vues par les téléspectateurs lors de la tournée. Il fallait... Relevant fièrement la tête pour afficher une assurance qu'elle était loin de ressentir, elle poussa la porte du premier coiffeur venu. Elle le chargea aussi du maquillage. Pour la robe, elle opta pour un ensemble copie conforme de celui porté par Talula Destranges à sa dernière soirée. Bon, ce n'était pas très original, elle le reconnaissait, mais Talula était certainement une fille à la pointe de ce qui se faisait en matière de mode. La prochaine fois elle anticiperait. Et puis elle pourrait toujours agrémenter sa tenue d'une ceinture et l'un des bijoux de sa mère finirait d'ajouter une touche personnelle. Comme elle se hâtait vers sa demeure, la tête ailleurs, une image capta son attention : une fille aux cheveux blonds tirant sur le blanc, coupés courts, une salopette kaki, des rangers.

– Anna !

Elle se précipita.

– Anna, comme... Excusez-moi. Je vous ai prise pour quelqu'un d'autre.

– Il n'y a pas de mal.

Elle eut soudain envie de pleurer. Elle se retint. *Mon maquillage...* Elle vacilla et balança un coup de pied dans un mur. *Aïe.*

Lancrôme s'empressa vers sa nouvelle recrue dès le sas passé. Son regard appréciateur rassura Bérénice. Il la présenta fièrement aux journalistes présents. C'était un direct. *Lancrôme a effectivement de l'influence.* Son hôte et nouvel employeur se lança dans une tirade pleine d'enthousiasme.

– Et quel sera le nom de ce parfum ?

La femme qui avait posé la question lui tendait un micro disproportionné.

C'est quoi, ce truc ? Un gode ?

– Ah ! Ah ! Nous vous en réservons la surprise pour sa sortie.

– Vous entretenez le teasing…

– Prenez donc ce suspens plutôt comme un jeu.

– Pourriez-vous être plus précis ?

– Ce ne serait plus un jeu !

Une moue sceptique enlaidit passagèrement le visage de poupée de porcelaine de la journaliste qui se tourna brusquement vers Bérénice.

– Joli coup.

Bérénice, toujours absorbée par son observation du micro et spéculant encore sur ses diverses utilisations, sursauta.

– Oh… Il l'avait cherché.

– Non, je voulais dire que vous avez bien géré. Parfaite synchronisation. À peine disparue de nos écrans que vous y réapparaissez en fanfare.

Bérénice se sentit prise de panique.

– Mais non, je…

Elle n'avait pas la répartie d'un Lancrôme et se sentit rougir sous le fard.

– Notre jeune gagnante n'avait pas besoin de ce coup… d'éclat pour se maintenir en haut de l'affiche.

Ingrid Lancrôme, merveilleuse dans une robe de mousseline ivoire, venait d'intervenir. Bérénice lui voua en cet instant une reconnaissance éternelle. La journaliste laissa passer un bref éclat de dépit dans son regard bleu ciel. Ingrid reprit :

– Avec cette campagne de publicité pour un parfum Lancrôme, nul doute que personne ne l'aurait oubliée.

– Certes… Cependant…

– Tout Stratanadyr est fier d'avoir accueilli la Citoyenne Bérénice Tennessee en son sein.

Cette dernière remarque clôtura le sujet. L'intervieweuse revint aux diverses productions de la marque avec regrets. Bérénice restait tendue. À quoi devait-elle encore s'attendre ? Déjà la femme s'intéressait de nouveau à elle.

– Et à quoi dépense-t-on un argent gagné par le fruit du hasard ?

Qu'entendait-elle par là ?

– Je n'ai pas encore acheté grand-chose. Je pensais à des photophores.

– Des… photophores…

– Oui. Ma mère aimait beaucoup les photophores.

Cette évidence lui était venue d'un coup, sans réfléchir. Du plus profond de son âme. *Bien sûr… des photophores.* Et cette pensée la fit s'envoler à mille lieues du péristyle des Lancrôme. Elle était un samedi soir dans leur petite maison de Rivaside. Il y avait Margareth, mamie Tanou et Sadii. Il y avait de la chaleur. Il y avait du bonheur. Il y avait… Ses lèvres tremblèrent. Elle effleura son collier de perles.

– Ma chérie.

Ingrid la prenait dans ses bras et la planète fondait. La foule béait d'admiration et s'abîmait en commisérations pour la presque icône des parfums Lancrôme. Toutes les téléspectatrices envisageaient déjà d'acheter *sa* fragrance. Joli coup et bonne pioche pour Lancrôme, oui, très certainement. L'interview prit fin et Bérénice put enfin s'agenouiller tant bien que mal dans sa jupe resserrée aux mollets, auprès du bassin. Les Lancrôme l'avaient laissée. Bérénice avait entendu Ingrid s'énerver :

– Enfin, voyons ! Laisse-la donc ! Tu ne vois pas qu'elle est bouleversée ! Il sera bien temps, demain, de fixer les dates de tes foutues séances de travail !

Et puis il s'était approché.

– Je suis vraiment désolé.

C'était sa voix âpre… avec un accent de sincérité. Le cœur de la jeune fille suspendit ses battements. *Heureusement je suis de dos.* Elle se ressaisit avant de se redresser. Elle faillit tomber droit dans les poissons. Il la rattrapa à la taille et elle se retrouva pressée contre lui. Ses jambes flageolèrent.

– Ça va ?

– Oui… Oui… Je me suis relevée trop vite.

– Tu devrais manger quelque chose.

Elle s'aperçut alors qu'elle n'avait rien avalé depuis sa bouillie énergétique du matin.

– Allons voir ce qu'il y a de bon, reprit-il. Les buffets des Lancrôme sont les meilleurs du dôme, et, je crois bien, de toute cette partie de l'Europe à partir du détroit de la mer noire.

– Je croyais que c'étaient ceux des Destranges ?

Elle n'en savait rien, mais voulait savoir. Quelle était la proximité de Ted Larson et des Destranges. Un peu ? Beaucoup ? Passionnément ? Pas du tout ? Le jeune homme rit.

– Effectivement ceux des Destranges ne sont pas mal non plus. Pour ma part je dirais qu'ils cherchent trop l'hypra originalité. La reconstitution de foie de lotte sur toast de seigle n'est pas forcément à mon goût.

Bérénice se demanda comment on pouvait restituer le goût, et pas que le goût d'ailleurs, mais aussi la consistance, l'odeur, la couleur du foie de lotte. *Au fait, qu'était-ce, ou plutôt qu'est-ce qu'avait été un (ou une) lotte ?* Sa moue sceptique sembla convenir au ténébreux Teddy.

– Ouaip, comme tu dis. Viens, avant que les pique-assiettes n'aient raflé toutes les mini tomates.

Il se montra merveilleusement prévenant, fabuleusement drôle, incroyablement charmant. Quant aux tomates (ses premiers vrais légumes !)… Elle s'en léchait les doigts de plaisir. Elle regagna son grand appartement sur un petit nuage dans le tuk-tuk rouge.

Le petit matin la trouva hagarde, le khôl étalé par plaques et les cheveux hirsutes. *Encore ces rêves horribles ! Il est temps d'établir une liste.* Margareth procédait ainsi. Quand tout semble vous échapper, la priorité est… d'établir des priorités. *Alors donc* :… Elle laissa échapper son stylo. Elle tremblait. *Qu'est-ce que je suis devenue ?* Il fallait que… Elle sortit. Ses pas la dirigèrent vers le parc. Elle s'affala sur un banc. Le gamin s'accrochait dans l'araignée. D'autres gosses couraient autour d'elle. Des nourrices Externes discutaient en riant. Il y avait de curieux papillons noirs dans les arbres.

– Mademoiselle ? Mademoiselle. Vous n'avez pas l'air bien.

C'était l'agent d'entretien, le frère du gamin.

– Ça va. Ça va aller.

– Vous voulez que je vous appelle un tuk-tuk ?

– Non. Je… je vais me reposer un peu et ça ira.

– Vous devriez appeler Ingrid.

– Ingrid ?

Non, ça n'allait pas. Et comment cet Externe pouvait-il connaître la richissime épouse du parfumeur ? Externe ? Oui, il avait de nouveau un badge. Alors que… Ça n'allait pas. Ça n'allait pas du tout et ce type était un fou dangereux. Et il voulait… Il voulait quoi au juste ?

– Oui, Ingrid Mikrabak.

Bérénice rit, soulagée. L'assistante-catcheuse… Il

ne manquait plus qu'elle. Et elle se prénommait Ingrid ? C'était juste impossible. *Gertrude oui, Gertrude aurait été possible.*

– Madame Mikrabak ! Vous la connaissez ?

– Oui. Bien sûr. C'est une femme bien… Elle vous aidera, vous verrez.

Il n'insista pas et repartit. Elle n'avait pas le courage de lui courir après et encore moins la volonté de s'interroger, de l'interroger, davantage. *Je vais commencer par trouver mes photophores.* Bérénice se sentit ragaillardie par cette idée. Une vingtaine de coupes de cristal plus tard et autant de bougies, le tout agrémenté d'une bouillie énergisante dopée en protéines, et Bérénice était de retour à Obnova. *Vous allez voir ce dont je suis capable !* Elle fut happée par madame Rakoto.

– Oh, mademoiselle. Je lui ai dit de partir. Mais elle refuse de bouger.

– Hein ? Quoi ?

– Cette fille, là !

Une jeune femme s'approchait, tout en dents. De longs cheveux et de longues dents. Une Externe. Karol Grindy indiquait le badge.

– Je voulais tellement vous revoir.

– Nous nous connaissons ?

– Moi je vous connais.

– Ah.

– Oh, mademoiselle, reprenait la concierge. Je ne savais pas quoi faire. Voulez-vous que j'appelle la police ?

– Non, non, ça va aller… je suppose.

La fille restait là, souriant toujours de sa bouche chevaline.

– Donc, vous me connaissez, reprit Bérénice en désespoir de cause.

– Oui. Et je sais que vous êtes bonne.

– Ah.
– Et que vous n'avez pas encore de maîtresse de maison.
– De maîtresse de maison ?
– Oui, quelqu'un pour vous aider au jour le jour : gérer votre agenda, diriger vos domestiques, s'assurer que vous ayez toujours exactement ce qu'il vous faut, répondre au cellulaire, préparer vos mémos, faire imprimer vos cartes de visite. Bref, vous éviter tous les tracas du quotidien.
– Je n'ai pas de domestiques ni de cellulaire d'ailleurs. Côté agenda, je passe mon temps au parc. Je ne suis pas débordée.
– Tout cela va changer, vous verrez. Maintenant vous êtes une people et vous n'imaginez pas tout ce que cela engendre comme responsabilités.
– Sans doute pas, non.
– Donc vous me prenez ?
– Eh bien, je vais d'abord attendre que les responsabilités arrivent, puis j'aviserai.
– Oh…
La femme semblait déçue… plus que déçue. Elle semblait en colère. Elle reprit :
– Je savais bien que vous n'étiez qu'arrogance et vanité. Toutes ces simagrées à la télévision. Tout n'était que vent et poudre aux yeux !
Elle avait quitté le hall de la résidence avec fracas sous l'œil fasciné de madame Rakoto. Bérénice soupira et monta les escaliers en traînant des pieds. Elle n'avait même plus envie d'installer ses photophores. Elle se jeta sur son lit. L'oiseau était là, sur la commode, et la fixait.
– Peux-tu m'aider Billes de verre ?
L'oiseau lui répondit :
– Vouiii, vouiii.
Et Bérénice sourit. Elle expliqua tout à la

mécanique. Elle lui exposa ses doutes et ses peurs, ses cauchemars. Elle parla longtemps sous ses yeux de verre et se sentit mieux. Elle s'endormit. Elle rêvait qu'elle était l'oiseau et volait quand la sonnette retentit. Elle mit du temps à comprendre et la sonnette qui insistait, stridente, était réelle. Il faisait nuit déjà. Elle demanda à travers le battant ce qui se passait.

– Un pli pour vous.

– Laissez-le en bas. Je ne veux pas être dérangée.

– C'est urgent.

– Pour moi, plus rien ne l'est.

Elle entendit le garçon maugréer comme il s'éloignait. Elle enfila rapidement un pyjama, plaça la cage de Plumif à côté d'elle sur le matelas et se rendormit. Elle aurait bien aimé voler de nouveau. Si elle le fit, au matin elle ne s'en souvint pas.

Quant au pli, il portait à son attention une invitation, pour la veille, chez les Destranges. *Ils vont devoir prendre l'habitude de me prévenir plus tôt.* Elle avait rendez-vous, ce matin-là, aux studios Lancrôme. Cette fois-ci pour des séquences filmées. La séance vite expédiée, elle alla résolument sonner aux portes de la faculté. Un bâtiment de verre et de métal. Un bâtiment… *impressionnant.* Elle avait le nez en l'air quand elle fut interpellée.

– C'est pour quoi ?

La voix bégayante provenait d'un interphone situé à sa droite. La transmission était mauvaise et la voix lui arrivait hachée.

– Je souhaiterais me renseigner sur les cours proposés.

– Tout est en ligne, sur notre site.

– J'aurais aimé aussi connaître les conditions d'accès.

– Vous n'êtes pas Citoyenne ?

La voix s'était faite soupçonneuse.

– Si, si… C'est tout récent.

– Tous les Citoyens ont accès à l'université.

– Et pour les cours ? Je ne pourrais pas trouver mes renseignements ici ?

– Vous pouvez prendre un rendez-vous via notre site.

Le grésillement cessa. Bérénice soupira. Elle n'avait pas fait trois pas qu'un Robot de Contrôle et Maîtrise (*et merde, un RCM*) en sustentation, l'abordait, lui demandant de décliner son identité. La jeune fille avait l'habitude des contrôles. Les journaliers Externes étaient quotidiennement inspectés. Elle avait même entendu parler d'un type dont l'identité avait été vérifiée dix fois en l'espace de huit heures. Elle avait l'habitude. Simplement elle n'aimait pas. Le contrôle, cette fois-ci, fut sensiblement différent de ceux auxquels elle avait été soumise jusque-là. Le robot, stabilisé au niveau de ses yeux, émit un petit clignotement avant de s'incliner devant elle.

– Bonne journée, Citoyenne Tennessee, hoqueta-t-il.

Il s'éloigna aussi rapidement qu'il était apparu. Avant de reprendre sa route, Bérénice lança un long regard vers l'entrée du bâtiment universitaire. *Salope.* Elle retourna au parc. Elle attendit longtemps. Le temps ne lui manquait pas, mais la patience n'était pas sa plus grande vertu. Elle envisageait d'abandonner quand l'enfant et son frère apparurent miraculeusement dans son champ de vision. Elle s'approcha d'eux. L'aîné sembla hésiter. Il regarda vers l'arrière, comme prêt à fuir. Il portait la blouse bleue des électriciens et il arborait de nouveau un badge. *Pedro, très bien.*

– Bonjour Pedro.

– Bonjour mademoiselle.

– Je m'appelle Béry.

Le jeune homme ne répondit pas.

– J'aurais aimé vous parler. J'aurais souhaité savoir depuis quand vous connaissez madame Mikrabak. J'aurais aimé aussi savoir qui vous êtes, quel satellite vous habitez, ce genre de chose. Enfin, voilà, j'aurais aimé discuter.

– Madame Mikrabak est notre assistante sociale attitrée.

– Elle s'occupe aussi des Externes ?

– Nous sommes un cas un peu spécial. Nous avons été Citoyens.

– Comment cela ? Comment peut-on avoir été ? On est ou on ne l'est pas ? Non ?

– Non. On l'est si on paye les taxes. Ceux qui ne peuvent plus payer sont renvoyés.

– Les Citoyens ont tous une situation financière confortable ? Non ?

– Pas tous.

Le jeune homme ne donna pas plus d'explications. Son frère s'amusait déjà dans l'aire de jeux.

– Je dois partir. J'ai du travail.

Il fit un signe à l'enfant et s'éloigna à grandes enjambées, laissant Bérénice plantée là. Vers qui pourrait-elle se tourner et poser ses questions ? Ses pas la conduisirent à la bibliothèque.

– Vous auriez des livres ou des magazines sur les droits et les devoirs des Citoyens ? Et plus particulièrement, si particularités il y a, sur ceux de Stratanadyr ?

– Il s'agit tout simplement du Code.

– Où pourrais-je le trouver ?

– Dans la section *Droit*, au fond de cette salle.

Le Code, un livre épais constitué d'articles numérotés rassemblés par *familles* et de mots abscons, rebuta vite la jeune fille. Elle retourna voir la bibliothécaire.

– N'auriez-vous pas quelque chose de plus simple ? Une sorte de résumé peut-être ?

La femme la fixa longuement.

– Vous voulez dire d'édulcoré ? Demain, si vous revenez, je vous conseillerai un ou deux ouvrages. Pour l'heure, je vais fermer.

– Vous fermez plus tôt aujourd'hui ?

Un léger sourire traversa le visage de l'archange.

– Nous fermons tous les soirs à la même heure, soit dix-huit heures trente.

– Impossible ! J'ai dû franchir cette porte vers seize heures, protesta avec véhémence Bérénice tout en désignant le sas.

– Le temps, jeune fille, le temps… Je vous avais prévenue.

Elle devait faire des courses. Elle s'était fixée, également, cet objectif. Elle prit un tuk-tuk qui la conduisit au Magasin Général. Il fermait tard, fort heureusement. Elle demanda au conducteur de patienter. Elle se procura plusieurs plats préparés et se constitua une réserve de bouillies. Au retour, un *faire-part* l'attendait. Pour un *dîner intime* où Teddy serait présent… rédigé de la main d'Ingrid (*la vraie. Pas son succédané difforme*). Évidemment pour le soir même. Elle avait le temps de se changer. Juste, mais elle pourrait même se coiffer et se maquiller un peu. Elle opta, après bien des hésitations, pour l'un de ses longs jupons. Il lui restait à présent beaucoup moins de temps pour tout le reste ! Elle se maquilla les yeux au khôl et se tressa une natte. Elle était presque à l'heure lorsqu'elle sonna chez les Lancrôme. Il y avait déjà, rassemblés dans le patio, un certain nombre d'invités.

– De proches amis, précisa Ingrid.

L'apéritif était proposé dans l'atrium. Le repas par contre serait servi en intérieur. Bérénice se remémora l'élégante table de merisier et les tapis persans. Elle accepta une coupe, souriant d'un air un peu contraint. Teddy, en grande discussion avec un homme (costume gris bleuté sur chemise noire), ne semblait même pas s'être rendu compte de sa présence. L'une des invitées (*une amie, donc*) s'approcha alors d'elle (robe volantée vert d'eau resserrée à l'extrême au niveau de la taille. *Comment fait-elle ?* Cheveux roux, longs et bouclés, peau fine aux veines apparentes. Quant à l'âge…). Elle s'enquit avec gentillesse de son adaptation :

– Tout ne doit pas être facile. Je veux dire : loin de chez vous, loin de vos repères.

Bérénice lui sourit avec gratitude.

– Oh, non… et j'ai peur de commettre des impairs.

– Cela se comprend. N'avez-vous personne qui puisse vous aider ? Vous guider ?

– LD m'a attribué une conseillère, au niveau social. Vous voyez le genre… Et elle n'est pas forcément là quand les questions se posent !

– Hein, hein. Par exemple ?

– Par exemple, peut-on se faire renvoyer d'un dôme ?

La femme rit, l'air surprise.

– À peine arrivée et déjà soucieuse d'une éventuelle radiation. Vous êtes une grande anxieuse.

– C'est-à-dire…

– Vous n'avez pas à vous justifier. Pour répondre à votre question, il n'y a aucune chance, ou plutôt malchance, pour que cela vous arrive, à vous. Votre appartement vous appartient. LD vous octroie une rente suffisante pour payer les taxes et les dépenses courantes. Bien sûr, un autre gagnant devrait, peut-être, faire attention à la gestion de son budget et limiter des achats dispendieux… mais vous, avec les montants que vous allez percevoir pour ce parfum, vous pourrez même vous permettre deux à trois folies ! D'ailleurs un conseiller financier de LD devrait vous renseigner sur tous ces aspects, disons… matériels. Non ?

– Oui, peut-être, sans doute…

Bérénice se rappelait vaguement avoir lu un paragraphe à ce sujet dans son contrat. Mais Jodi n'avait rien précisé.

– Vous permettez que je vous appelle Bérénice ?

– Béry, s'il vous plaît, je préfère. Bérénice fait trop…

– Tragédie ?

La jeune fille en fut soufflée. Jamais encore elle n'avait donné la vraie raison. Ou plutôt plus jamais elle ne l'évoquait. Elle avait vu se lever devant elle de trop nombreux sourcils surmontant des regards incertains virant vite à l'incompréhension ou à la raillerie.

– C'est ma grand-mère…

– Racine, je crois… À moins qu'il ne s'agisse de Corneille ?

– Je ne sais pas. Le Français… C'est au Français que ma grand-mère, aux lointaines origines européennes, voulait rendre hommage.

– Hum… Racine, comme Corneille, relevaient tous deux de la nationalité française.

– Oh…

– Très joli prénom, dans tous les cas.

– Difficile à porter… dans tous les cas

– Hum… Béry donc ?

– Oui, merci.

– Je vais vous dire un secret. Je m'appelle Chrysanthème.

Bérénice grimaça. La femme reprit.

– Oui, horrible n'est-ce pas ! La fleur des morts, en plus ! Alors je dis à tout le monde que je me nomme

Chrys. Même notre chère Ingrid ignore mon vrai prénom… Je veux dire mon prénom secret. Vous ne me trahirez pas, n'est-ce pas ?

– Je vous le promets.

La femme rit, légère.

– Allons… Haut les cœurs ! Pourquoi ne pas vous détendre ? Décompressez et profitez donc ! Regardez cette table, là-bas, regardez cette nuit, magnifique, regardez ce jeune homme.

Chrys lui désignait Teddy et Bérénice rougit. La femme eut l'obligeance de ne rien remarquer. *Vraiment adorable.* Ingrid les interrompit, invitant tout le monde à passer à table d'une voix claire. Son hôtesse l'avait placée à côté de Teddy. La nouvelle promue apprécia l'attention. Le jeune homme s'empressa de lui reculer son siège. Bérénice se sentit immédiatement cruche… ou plutôt cloche… enfin si loin de ce monde si raffiné, si cultivé ! Le reste du repas ne démentit pas cette impression. Elle ne saisissait que des bribes qui, mises bout à bout, ne ressemblaient à rien :

– Rock Barry s'est surpassé pour sa représentation éphémère du divin, ne trouvez-vous pas ?

– Le réservoir de Stock Valley a atteint le seuil d'alerte.

– Le général Strausmann va faire accélérer les travaux.

– Oui, bien sûr, oui, Barry a su rendre à merveille notre condition de simples mortels dans sa quête transcendantale.

– La pénurie annoncée n'est qu'un rappel douloureux de notre contingence.

– Allons, Chrys, le général a trouvé une solution.

– Tout ceci est tellement… inquiétant… Ne trouvez-vous pas, Béry ?

La jeune fille se ressaisit et balbutia avant

d'approuver.

– De quoi avez-vous peur, Béry, dites-nous ?

La femme qui l'interrogeait semblait plus âgée que le reste des invités. Sa peau n'était pas ridée, non. Elle semblait justement trop tendue et elle avait un aspect si fragile et surtout une consistance, à la limite du translucide, qui révulsait la jeune fille.

– Eh bien… de la Mort Blanche. Oui, la leucémie est ce que je crains le plus.

– La Mort Blanche ? Vraiment ? Vous ne craignez plus rien maintenant, sous le dôme. Aucun lymphome ne s'y déclare, jamais.

C'était un fait. Nul Citoyen n'avait, depuis le début de l'épidémie, été atteint.

– Non, je suppose que non… Je me demande pourquoi, d'ailleurs… Ma meilleure amie en est morte… Enfin, je crois qu'elle est morte.

– Je comprends… Je comprends votre inquiétude. Et après la Mort Blanche ?

– De ne plus pouvoir respirer. De perdre mon masque et de mourir asphyxiée.

– Oui… Tout le monde ici, a, je suppose, envisagé la chose…

– Ne m'en parlez pas ! intervint Chrys. Enfant, j'en faisais une telle fixation ! Une vraie maladie. Mes parents ont fini par m'envoyer chez un pédopsy.

– Et ?

– J'ai fini par passer à autre chose.

– Et vous, Ted ? reprit la femme à la peau diaphane.

– Moi, Élisabeth (*Ah ! Voilà ! Élisabeth*, se rappela Bérénice), je crains de mourir sans avoir connu l'amour.

Élisabeth émit un rire forcé d'un air sceptique.

– Comme c'est romantique.

– Comme c'est délicat, murmura Chrys les yeux embués.

– Comme c'est stupide, marmonna l'homme assis à la droite d'Élisabeth.

L'homme (*le costume gris tirant sur le bleu*) était vieux (*vraiment physiquement vieux*), mais portait beau. Ses épais cheveux gris coiffés vers l'arrière dégageaient un front haut.

– Je suis bien d'accord avec toi, mon amour, murmura d'une voix glaciale celle qui était donc, de toute évidence, sa compagne.

Quel heureux couple.

– Eh bien, moi, je suis de l'avis de Ted, coupa Ingrid.

– Vraiment ?

– Enfin, plus ou moins. Ma plus grande peur est de finir seule, abandonnée de tous.

– Ce n'est pas la même chose.

– Bien sûr que si ! s'écria Lancrôme. C'est là le fond de la joie d'amour, lorsqu'elle existe : nous sentir justifiés d'exister.

– Aristote ?

– Jean-Paul Sartre, affirma avec assurance le vieux beau.

– Toi, tu triches ! lui rétorqua Chrys. Tu devrais être interdit de jeu.

– Ah ! Ah ! Simone de Beauvoir !

Bérénice décrocha de nouveau.

En se couchant ce soir-là, elle réfléchit à la qucstion. Décidément sa plus grande peur était tout simplement de mourir. Elle devait pourtant reconnaître que la solitude lui déplaisait souverainement. *Sauf que moi, je suis seule. Je le suis vraiment. Ted, lui, a sa famille.*

Le journal du père, cinquième partie

8 juillet 2156

J'ai questionné Takiro sur le Japon. Je savais que le Désastre l'avait pratiquement englouti et qu'au reflux les survivants avaient créé un dôme sur les roches lessivées. Mais voilà, ça s'arrêtait là. Un peu court. Takiro m'a raconté l'Histoire et dans la grande Histoire, la petite. Celle de ses ancêtres. Lors de la montée des eaux, ceux-là s'étaient réfugiés en Chine. Il fallait montrer patte blanche. Il fallait se soumettre. Ses aïeux avaient été traités comme des moins que rien. Pire que des moins que rien. Pire que des bêtes. Pire que des rats. À croire que les Chinois leur en voulaient encore pour cet épisode du malheureux Puyi. Ses ancêtres avaient survécu au manque de nourriture, aux coups, aux humiliations. Les filles avaient été mariées très vite à des Chinois. En donnant vie, elles avaient assuré la succession des pères, en même temps que la leur. Elles avaient protégé leurs frères. Certaines avaient réussi à les faire embaucher. Ils s'étaient creusé une place dans la société nationaliste chinoise. Ils avaient eu accès à l'eau et à l'oxygène. Au reflux certains étaient d'ailleurs restés. Les autres avaient tenté de reconstruire sur les îles pelées un semblant de communauté.

– Sur quelles bases ?

– Les anciens préceptes, les antiques codes de l'honneur, le repli identitaire. Tout ce que nous avions reproché aux Chinois, en somme.

– Des codes ? Quels codes ?

– Ceux des samouraïs. Onzième siècle, en ère d'avant le Désastre.

– Oh… Je me représentais ces samouraïs comme des seigneurs féodaux implacables !

– Disons une conception idéalisée des samouraïs. Disons une représentation confucianiste.

Là, j'ai dû avoir l'air dubitatif, car il a repris en souriant :

– Confucius !

Comme je ne répondais toujours pas, il a remarqué :

– Tu connais les samouraïs, mais pas Confucius…

– J'ai vu des films. Des films japonais ! Et dans ces films il y avait des samouraïs… et pas de Confucius.

– Hum…

– Et le massage thaï ? Tu en penses quoi ?

Dans le visage de Takiro s'est de nouveau allumée une lumière moqueuse :

– Ne me dis pas que tu t'es montré infidèle à KT'Corolla.

Je n'ai pas répondu. Il a ri.

– Cette humanoïde qui se croit geisha est très loin de maîtriser les arts ancestraux. Ne t'en fais pas, je ne te reproche pas ton scepticisme.

Il va falloir que je me documente sur Confucius. Et sur ce Puyi aussi. Pourquoi pas. Je n'ai visionné ces films japonais un tantinet longuets que dans le but de mieux comprendre Takiro… Je ne suis plus à ça près.

20 juillet 2156

J'ai fait équipe sur une réparation pour des pompes avec un jeune originaire d'Inde. Il est sur la base depuis six mois déjà. Je ne l'avais pas encore repéré. Il s'appelle Atul. Il est plutôt bon en mécanique. Il m'a dit qu'il travaillait dans une usine de production de pièces pour robots et transporteurs avant de s'engager. Il vient d'un des satellites du dôme d'Avanish. Une très grosse myriade. La cinquième en termes de superficie, mais la deuxième au niveau population. Le taux de mortalité y est extrêmement important. Le plus élevé au monde si je ne m'abuse. Je lui ai demandé ce qui l'avait poussé à intégrer les Forces. Il m'a répondu *la paye*. Bien sûr, tout le monde n'échoue ici que pour cette raison. Elle n'est jamais la cause première. Je suis ici pour pouvoir nourrir et loger ma famille. Takiro doit rembourser une dette. Et lui ?

15 août 2156

L'enfant est né ! Un garçon. Je suis père. Deux fois père. Il y a cent ans, l'humanité était sur le point de s'éteindre et je suis père. Deux fois père. Je vais avoir droit à une permission exceptionnelle. L'enfant, le garçon, est né il y a cinq jours. Je ne l'ai appris qu'aujourd'hui. Pourtant il existe des liaisons satellitaires prioritaires entre la lune et la Terre. Il faut croire que cette naissance n'était pas primordiale.

30 août 2156

Les premières photos. Comme il est beau, mon fils. Comme elles sont belles les femmes de ma vie. Reeds m'a comparé à une bonne petite fourmi ouvrière. Comment peut-il savoir ? Savoir pour mon fils ? Pour ma vie à Rivaside ? « De ceux qui se contentent de peu ». Pour qui, pour quoi se prend-il donc ? En quoi sa vie de minable fouteur de merde est-elle plus enviable que la mienne ? J'ai une famille, un village. Je sais qui je suis.

5 septembre 2156

Je vais partir. Un mois. Reeds en crève de jalousie.

Il m'a apostrophé ce soir au dîner. Il s'est approché de la table où Takiro, Atul et moi étions installés. Après ses salutations d'usage à notre *bande de tapettes*, il est parti bille en tête sur des imprécations et allégations incohérentes. Il était très soul, je pense. Il ne se maintenait debout que de justesse. Deux de ses lieutenants sont venus le récupérer avant que des RCM ne se pointent. Je me demande comment il fait pour se procurer tout cet alcool. Moi qui n'ai droit qu'à deux pintes de bière par semaine ! Le rationnement peut-il être si facilement contourné ? Il va falloir que je me penche sur la question. C'est étrange. J'ai toujours eu l'impression qu'il ne s'intéressait à moi que comme faire valoir. Mais là… même ses troupes m'ont semblé déstabilisées. Ce soir, après le repas, certains se sont d'ailleurs ostensiblement écartés de leur maître et gourou. Que m'envie-t-il exactement ? Ce mois supplémentaire ? Souffrirait-il de ce mal du pays si commun et répandu sur notre base, lui le gueulard sans foi ni loi ? Non, c'est autre chose. Je le sens. Il convoite une reconnaissance à laquelle il n'a pas accès. Celle qui glorifie la perpétuation de l'espèce, qui encense le pourvoyeur en spermatozoïdes. Ou bien me jalouse-t-il mon fils ? Ce prolongement de mon être, cette mémoire du moi via la progéniture ? L'un ou l'autre. Voire l'un et l'autre. Cela revient au même. Ou alors… j'en reviens à ma première conjecture : ce ne serait que pour ces semaines supplémentaires sur Terre. Peu m'importe après tout. Le voir ainsi s'avilir publiquement m'a procuré, je dois l'avouer, une petite joie et une vraie satisfaction.

Bérénice, sixième partie

Le lendemain, Bérénice envoya une requête informatisée à l'université et explora les différentes potentialités de son aménagement multimédia. *Bluffant.* Elle avait accès à l'Intranet de Stratanadyr, bien sûr, mais aussi à tous les réseaux satellitaires. *Plus, mieux que dans la tour de communication de Rivaside !* Elle pouvait même se connecter à la station Reconquête Lunaire. Elle pouvait suivre les déplacements des innombrables capsules des Forces de l'Espoir. Elle pouvait connaître à la minute les taux d'occupation terrestre. Elle surfa trois bonnes heures sur la base bibliographique mondiale. Vertige… Elle en oublia le parc, les Lancrôme, Mikrabak et le ténébreux Teddy. À la nuit tombée elle avait un mal de tête carabiné et ses mains tremblaient. Elle s'effondra endormie pour se réveiller en sursaut. Une seconde auparavant un poisson lui susurrait « Tu meurs sans avoir connu l'amour » alors que ses poumons s'emplissaient d'eau. Elle se leva, but et passa sur le balcon après avoir enfilé un masque. Elle frissonna dans la nuit. Au loin les chocs sourds des icebergs s'entrechoquant et se disloquant formaient une basse continue. Elle s'accrocha à la rambarde et se balança d'avant en arrière. Encore et encore. Elle grelottait à présent. Elle finit par rentrer. Elle se glissa de nouveau dans son lit et pleura.

– Maman.

Elle arriva en avance au rendez-vous fixé par l'assistante sociale. Madame Mikrabak n'en sembla pas surprise.

– Alors ?

– Alors j'aimerais savoir. Pour les garçons du parc.

– Les garçons du parc ?

– Le petit qui grimpe dans l'araignée et le grand… je ne sais pas ? Il doit être embauché au jour le jour en fonction des besoins dans le dôme. Peut-être au niveau des services techniques ? Des Externes, je crois… Des ex-Citoyens, d'après l'aîné… Pedro…

– Oh, les Borshkoff…

– Si vous le dites. Le plus âgé, ce Pedro, m'a parlé de vous. Il ne tarissait pas d'éloges à votre égard.

Bérénice exagérait légèrement. Elle se disait qu'un peu de flatterie ne nuirait pas à la suite de la conversation.

– Pietre est gentil.

– Pietre ? Pas Pedro ? Je pensais qu'il s'appelait Pedro ?

– Non, Pietre. Il change souvent de nom.

Super. Et pourquoi donc ?

Bérénice reprit :

– Et donc ?

– Et donc ?

– Il m'a dit qu'il avait été renvoyé du dôme.

– Oui, c'est vrai.

– Mais qu'il n'était pas Externe.

– Ils ne sont pas retournés dans leur satellite d'origine. Non. Ils n'y connaissaient plus personne. Nikolas est né sous le dôme.

– Nikolas ?

– L'enfant… Le petit. Le frère de Pietre.

– Et lui aussi a d'autres noms ?

– Non.

– Je ne comprends pas. Que font-ils ici ? Pourquoi les a-t-on exclus ? Qui sont-ils maintenant ?

Et pourquoi changent-ils de noms ?

– C'est une longue histoire.

– J'aimerais que vous me la racontiez, s'il vous plaît.

L'imposante femme se cala dans son siège et l'observa un moment. Bérénice se prépara à essuyer un refus. Finalement, madame Mikrabak (elle n'arrivait décidément pas à la nommer Ingrid) se lança :

– Les Borshkoff, les parents Borshkoff, sont originaires d'un satellite rattaché au dôme Moscovar. Le père a eu une idée de génie. Il a surtout su la mettre en application. Une histoire d'amélioration de la production d'oxygène en augmentant le rendement de l'électrolyse. Bref, il a fait breveter son invention et est devenu millionnaire. La famille est venue s'installer ici, à Stratanadyr, vu la spécialisation du dôme et aussi pour les conditions de vie. Comme tu le sais, Stratanadyr est réputée.

– Oui, oui. Et alors ?

– Alors on conseille à tous les nouveaux arrivants d'être accompagnés, un certain temps, au niveau psychosocial.

– Et c'est vous qui avez été choisie !

– Disons qu'ils m'ont été affectés. Cela remonte à huit ans. J'assurais le suivi du couple, bien sûr, mais aussi celui de leur enfant, Pietre, âgé de onze ans. La femme, Nathalia, était enceinte.

– Tout semble idyllique ? Non ?

– Oui. Ils fréquentaient le haut du pavé de Stratanadyr. Un peu comme toi…

– Et ?

– Et Yvan a voulu investir dans d'autres pans de l'économie. Dans les matières premières de type minerais rares : or, cuivre, aluminium, tungstène. Ce genre-là. À cette époque je ne les recevais déjà plus en consultation, Nathalia et lui. Seul Pietre venait encore me voir une fois par mois. Pour la suite, eh bien, ce ne sont que des informations de seconde main. On m'a rapporté qu'il s'était engagé dans l'achat de mines sur la foi de rapports et d'expertises qui se sont révélés bien trop optimistes (voire fallacieux). Il s'est retrouvé sur la paille en moins de temps qu'il ne faut pour le dire. Il avait hypothéqué son appartement. Les ressources tirées de la production d'oxygène ne compensaient pas les lourdes pertes qu'il essuyait par ailleurs. Il est mort lors de l'inspection de l'une de ses mines. Il refusait de se rendre à l'évidence. Il voulait tout tenter pour se rattraper. On rapporte qu'il a voulu diriger des opérations de forage à l'explosif. Il était au courant des risques. La mine s'est effondrée. Il est resté dessous. Nathalia ne lui a pas survécu bien longtemps. Très romantiquement on a susurré qu'elle était morte de chagrin. Je l'avais vue peu de temps auparavant. Certains mélanges d'alcools et de médicaments sont à proscrire… Les deux gamins se sont retrouvés seuls. Pietre avait environ quatorze ans. Nikolas, deux. Les services sociaux ont décidé de les renvoyer dans leur famille. J'ai été chargée d'organiser le rapatriement. En fait de famille, il ne leur restait qu'un oncle éloigné qui ne voulait pas entendre parler des enfants. Il m'a craché, je m'en souviens encore, « Quand ce connard a gagné tout son pognon, il a pensé à moi ? Non ? Alors pourquoi maintenant je devrais m'occuper de ses gosses ? » J'ai tenté de les faire passer en tant que pupilles du dôme. Cependant, comme ni Yvan ni Nathalia n'avaient, d'aucune manière, participé (financièrement parlant) aux opérations liées à la Force. Comme ils n'avaient pas investi non plus dans l'engagement humanitaire. Même pas un don… L'administration a refusé. En désespoir de cause je me suis tournée vers les Exclus. Ils ont rechigné. Surtout pour Nikolas. Un enfant en bas âge n'apporte que des complications, en particulier médicales. Je leur ai alors promis que je leur fournirais tout ce qui pourrait s'avérer nécessaire… Promesse que j'ai d'ailleurs tenue. Et aujourd'hui ils s'en sortent tous les deux. Je dirais même qu'ils s'en sortent très correctement. On fait souvent appel à Pietre pour des problèmes techniques, la plupart du temps électriques, parfois relevant du domaine des réseaux, ou des voiries. Ses interventions leur rapportent de quoi vivre, à tous les deux. Oui, ils s'en sortent bien.

– Les Exclus ? Vous avez dit les Exclus. Vous vouliez dire les Externes ? Sans doute ?

– Non, non. Les Exclus.

Bérénice ne comprenait pas.

– Qui sont-ils ?

– … Tu ne sais définitivement pas grand-chose.

– Non, je suis désolée.

Pourquoi s'excusait-elle ? Elle s'en voulut immédiatement de cette soumission. De cette attitude servile. En quoi était-elle responsable ? En quoi se sentait-elle coupable ?

– Personne ne me l'a expliqué !

– Certaines choses s'apprennent ou se découvrent par soi-même.

– Je suis arrivée depuis peu.

– Il existe des Exclus dans tous les dômes. Je dirais que les Exclus sont *la chose* la plus répandue au monde.

Un goût amer envahit la bouche de la jeune fille. Elle ne s'était jamais vraiment intéressée aux faits de société, elle devait le reconnaître. Et à la politique encore moins. Elle y avait préféré l'actualité musicale (la musique tout court). Elle avait quand même prêté attention à ce qui se murmurait dans les recoins de l'*Aficionado* et ne pensait pas être passée à côté des *choses importantes*. Visiblement si.

Elle se sentait bête. *Bête et conne.* Presque une récurrence.

– Peut-être… ?

L'assistante expira profondément sur un vrombissement. Bérénice se retint de pouffer. L'œil de la femme se fit sévère. La jeune fille se redressa sur son siège, se forçant à un air sage et appliqué.

– Les Exclus sont d'anciens ou issus d'anciens Citoyens.

– Qui n'ont pas pu payer leurs impôts ?

– Pas seulement. Laisse-moi continuer. Ces individus se sont donc vus invités à quitter le dôme. Peu avaient d'attache dans les satellites raccordés. Ils ont alors commencé à investir les sous-sols. Qui en a eu le premier l'idée ? Nul ne le sait. On peut dire que cette appropriation des abris souterrains remonte pratiquement à la création des myriades. Ces abris, comme tu le sais, ne présentaient pas de réel intérêt pour les Citoyens. Le dôme les protège déjà efficacement du sable et les tempêtes solaires ne se sont finalement pas intensifiées, le noyau terrestre continuant de jouer son rôle en la matière. Les abris étaient censés être entretenus une fois l'an. On se contentait, au mieux, de contrôler le panneau de gestion centralisé, à l'entrée. En bref ils représentaient une aubaine : des lieux aménagés, qui ne demandaient qu'à être occupés, tendaient les bras aux ex-Citoyens.

Bérénice hocha vigoureusement la tête. Elle savait (on le lui avait appris en cours d'histoire) que les abris des dômes étaient entièrement équipés. Rien à voir avec leurs simples bunkers. Madame Mikrabak reprit :

– Il était déjà trop tard quand les autorités l'ont compris. Elles ont cherché à en expulser les squatteurs, mais les Exclus avaient la main mise sur un ensemble de dispositifs de contrôle. À chaque expédition, ils rétorquaient par des coupures de courant généralisées ou des brouillages d'ondes. Cette situation était intenable et remettait en jeu la survie pure et simple des dômes. Le courant, particulièrement, était si long à rétablir, que les batteries de secours du champ électrostatique arrivaient à leurs limites de capacité. Une sorte de statu quo officieux s'est imposé : on leur laissait le sous-sol et ils restaient invisibles.

– Ils sont nombreux ?

– Les Exclus représentent, en moyenne, un dixième de la population officielle d'un dôme.

– Ah… Quand même. Comment font-ils pour vivre ?

– Il faut comprendre que les Exclus sont tous d'anciens Citoyens, ou issus d'anciens Citoyens, puisque, depuis, des enfants leur sont nés. Ils occupaient donc des postes importants, voire même stratégiques. Ils ont gardé des contacts, avec leurs ex-collègues, leurs ex-voisins. Ce sont des individus ayant bénéficié d'un haut niveau d'éducation. En fonction des demandes de main-d'œuvre, ils se positionnent sur les postes à pourvoir et fabriquent les badges et identités afférents.

– Alors ils prennent la place des Externes !

La femme haussa les épaules.

– Ils seraient Externes, sinon, de toute façon.

– Oui, mais là ils faussent la donne. Ils prennent d'office une place alors que, dans les satellites, la liste d'attente est longue.

– Sans doute.

– Et l'oxygène ? Il faut une carte d'approvisionnement mentionnant le satellite, ou le dôme, pour pouvoir obtenir une ration. Ils ont aussi de fausses cartes ?

– Ils pourraient, je suppose. Cependant, les contrôles étant plus nombreux et surtout plus poussés lors des distributions de bonbonnes, ils préfèrent se fournir au marché noir. À moins qu'ils n'en développent eux-mêmes la production, bien entendu. C'est en général le cas.

Là, ça allait, Bérénice avait déjà entendu parler des marchés parallèles et de leurs produits illicites. Elle ignorait, par contre, qu'on y trouvait aussi des cartouches d'air. Des milliers de questions tourbillonnaient dans sa tête : les soins ? L'école ? Ces enfants sans identité…

– Et…

L'assistante sociale l'interrompit.

– Et si nous parlions un peu de toi ?

C'était donnant-donnant. Bérénice grimaça. Elle avait conscience de ne pas vraiment avoir le choix.

– Je voulais m'inscrire à l'université. Je n'ai même pas pu y mettre un pied. Je voulais me montrer libre et indépendante. Je suis incapable de refuser une invitation pour la simple et bonne raison que je sais très bien que sinon je déprimerais, toute seule, dans mon trop grand appartement. Je voulais me la couler douce. Je vois bien que je m'ennuie à mourir. Quoi d'autre encore ?

– Et tes rêves ?

– Toujours les mêmes cauchemars. Je n'ai plus de malaise, par contre. C'est déjà un bon point, je suppose.

– Des malaises ? Tu ne m'avais encore jamais parlé de malaises.

– J'en ai fait un, devant vous.

– Je pensais que c'était le seul. Je veux dire le premier. Et qu'il était dû à ta vaccination du matin.

– J'en ai eu d'autres. Celui-là était, en fait, le dernier. Tout a commencé lors de mes déplacements en aéronef. Depuis que j'ai retrouvé la terre ferme, ils ont disparu. Le mal de l'air, sans doute.

– Hum… Il faudra que je te fasse rencontrer quelqu'un. Un Exclu.

– Pourquoi ?

– C'est un biologiste. Un très bon biologiste, je dirais. Même si certains peuvent affirmer que je suis partiale.

– Un de vos amis ?

– Mon frère.

– Votre frère ? Un Exclu ? Et il ne pouvait plus payer les taxes ?

– Je te l'ai déjà dit. Ce n'est pas toujours une histoire de taxe. Reprenons. Quel est ton problème avec l'université ?

– Eh bien, je me suis déplacée dans le but de me renseigner sur les cours proposés, la modularité, les horaires, les coûts d'inscription, ce genre de chose. Mais l'interphone m'a répondu de suivre les procédures et m'a envoyé un RCM.

– Ils sont très élitistes dans cet établissement. Même la chargée d'accueil dont le QI ne doit pourtant pas voler bien haut pète plus haut que son cul.

Qu'est-ce qu'elle a dit, là ? Bérénice contempla, abasourdie, l'assistante. Celle-ci rit d'un rire tonitruant qui fit tressauter sa large poitrine. Elle reprit :

– Il faudrait peut-être que tu finisses par me faire confiance ? Qu'en penses-tu ?

Ce n'était pas possible. Il y avait toujours ce coup de téléphone qu'elle avait surpris. Il y avait toujours cette imposante stature et ces traits ingrats qui, non, vraiment, n'inspiraient en rien la confiance.

– Pourquoi pas, répondit-elle avec un tel retard et un tel effort que Mikrabak n'en fut pas dupe.

– Je peux t'aider pour l'inscription à l'université.

– Je pense pouvoir m'en sortir.

– C'est dans mes attributions, vois-tu. Si tu avais accepté, tu ne m'aurais rien dû en échange.

Que pouvait-elle répondre ? Elle avait claqué la porte au nez de l'assistante et celle-ci l'avait verrouillée. Elle pouvait le comprendre même si… même si quoi ?

– Il est temps que je me secoue.

L'assistante sourit de sa virevolte.

– Bien, nous nous revoyons donc la semaine prochaine ?

Et son frère ?

– Oui… Oui, sans doute.

Le soir elle se connecta à sa boîte de messagerie électronique plus par désœuvrement que par réel intérêt. Qui aurait bien pu lui écrire ? À sa grande surprise, un message entrant clignotait, n'attendant qu'un clic de sa part. Elle cliqua donc.

Takiro…

« Ma chère enfant,

C'est avec consternation et tristesse que j'ai appris la nouvelle des décès dans ta famille. Je te présente mes plus sincères condoléances pour la perte de ces êtres chers. Tu es et seras toujours la bienvenue dans ma demeure. L'annonce de ta subite fortune m'est également parvenue. Qui pourrait faire abstraction de la grande Loterie des Dômes, avant comme après le tirage au sort ? Qui pourrait s'abstraire de ce gigantesque battage médiatique ? J'imagine cependant qu'il ne s'agit là, pour toi, que d'une bien piètre consolation suite aux malheurs qui se sont abattus sur les tiens. Je te le répète donc, ma maison te reste grande ouverte et ma dette envers ton père ne s'effacera jamais. Je lui serai éternellement redevable. J'ai pourtant (tu me trouveras sans doute bien impertinent), en ce jour, un service à te demander. L'un de mes plus fidèles amis doit transiter par Stratanadyr dans le cadre de ses affaires. Pourrais-tu, je te prie, en souvenir de l'amitié que ton père et moi-même nous portions l'un envers l'autre, lui réserver un accueil favorable lors de son déplacement ? Son passage à Stratanadyr devrait avoir lieu durant la période dix-neuf.

Je te remercie par avance pour ce geste et te renouvelle mes sincères sentiments d'amitié.

Takiro »

Le mail datait. Elle n'avait pas consulté cette messagerie depuis son propre envoi au Japonais. *Période dix-neuf... C'est maintenant !* Que pouvait bien entendre Takiro par *accueil favorable* ? S'agissait-il de l'héberger ? S'agissait-il simplement de lui offrir une tasse de thé ? Elle pouvait l'héberger. Pour le thé ce serait plus délicat. Et pourquoi cette demande ? Quelqu'un qui pouvait voyager en aéronef avait largement de quoi se payer tout le reste, un hôtel ou un thé, entre autres. Ce mail était bizarre. Comme si Takiro ne lui dévoilait pas tout. Mais c'était un Japonais, après tout. Un homme pétri de pratiques ancestrales et de codifications langagières. *Peut-être est-ce une tradition, chez eux, de demander un service quand une autre personne leur en demande un ? Une sorte de manière de mettre le quémandeur sur un pied d'égalité avec le quémandé ? Ou un autre truc du même genre.*

L'homme se présenta le surlendemain. Elle avait eu le temps de trouver de la pâte de thé. Il l'attendait dans le hall sous l'œil soupçonneux de madame Rakoto. Il ressemblait effectivement aux représentations que la jeune fille se faisait, globalement, des survivants asiatiques. Elle aurait eu du mal à lui donner un âge.

– Izumo Matsui, prononça-t-il en s'inclinant. Élève de l'honorable Takiro Takeda.

– Enchantée, lui répondit un peu gênée la jeune fille, en s'inclinant un peu gauchement à son tour. Si vous voulez bien me suivre.

L'homme retira ses chaussures devant la porte et la suivit à l'intérieur. Il restait debout, comme dans l'expectative. *De quoi ?*

– Voulez-vous une tasse de thé ?

– Je vous en serais reconnaissant.

Elle mit de l'eau à bouillir, balança la pâte dans la théière et rejoignit l'homme, toujours debout dans le salon. Elle soupira.

– Asseyez-vous, je vous en prie.

Il semblait hésiter entre la table et le sofa. Bérénice décida de prendre les choses en main et s'installa par terre, en tailleur, devant la table basse. Il la rejoignit en souriant et s'y glissa, à genoux, dans un mouvement gracieux. Elle reprit :

– Vous êtes donc de passage ?

– Oui. Takeda sensei m'a demandé de vous remettre ceci.

Il lui tendit alors une lettre.

– Oh… Ce voyage tombait bien.

– Je suis venu pour vous.

Bérénice ne comprenait pas.

– Pourquoi appelez-vous Takiro *sensei* ?

– Parce qu'il l'est.

Bérénice soupira et servit le thé.

– Et où vous rendrez-vous après cette halte ?

– Je retournerai à Tokaiata.

– Savez-vous ce que contient cette lettre ?

Un bref instant, le visage de l'homme s'affaissa.

– Bien sûr que non ! N'avez-vous aucune idée de la notion de devoir ?

– Ce n'est pas ce que je voulais dire. Enfin… Je voulais vous demander si Takiro ou Sensei, je ne sais plus, vous avait confié ce qu'il y avait écrit.

– Non.

L'homme se redressait déjà.

– Je vais devoir vous laisser.

Il n'avait pas touché à son thé. Bérénice se releva précipitamment et le raccompagna jusqu'à la porte.

– Eh bien… Bon voyage.

L'homme la salua à son tour, mais ne s'inclina pas. La porte n'était pas refermée que déjà Bérénice décachetait l'enveloppe.

« Ma chère enfant,

Ton père me parlait si souvent de toi que je ne puis te considérer autrement qu'en tant qu'enfant. Tu as pourtant bien grandi. J'ai vu les reportages diffusés par LD et j'ai ouï parler de la campagne de publicité de Lancrôme. Nul doute que ton père serait fier de toi. Il l'a toujours été. Je t'ai fait transmettre, par un homme qui m'est tout dévoué, cette lettre. Je souhaitais te parler de ton père, mon ami. Le malheur l'a fauché tôt. Hélas, il redoutait autant qu'il pressentait cet instant. Il s'était confié à moi et son aveu me hante. Il faut que tu saches que, peu de temps avant son accident, ton père avait surpris une conversation qu'il n'aurait jamais dû entendre. Il pensait ne pas avoir été repéré, être passé incognito. Je ne cesse d'y songer : cette étrange panne qui lui a coûté la vie était-elle réellement fortuite ? Permets-moi d'en douter. Ces affres dans lesquelles je me trouvais plongé m'ont poussé à ne pas vous informer de mes soupçons. Ton père, déjà, était mort. Était-il nécessaire de rajouter à ce décès les vôtres (et le mien) ? Une présomption me rétorqueras-tu. Juste une supposition… Oui, peut-être, mais cette méfiance m'incite, aujourd'hui encore, à ne pas t'adresser ces explications par mail, ni même par courrier postal, et à avoir confié cette lettre à Izumo. Voilà pourquoi, également, je te prie de ne pas échanger avec moi par message électronique ou postal à ce sujet. Je suppose que, au vu de ton nouveau statut, une dépêche par porteur serait envisageable ? Ce porteur devrait, bien entendu, être parfaitement sûr. Je crains d'être toujours surveillé. Je l'ai été, j'en suis certain et je ne pense pas souffrir de tendances paranoïdes. Mon décès conjoint à celui de ton père *les* aurait bien arrangés (dans l'hypothèse d'un accident programmé, ce qui reste une hypothèse… ou une présomption… même si elle me semble plus que plausible).

Revenons à cette fameuse conversation surprise par ton père. Ce n'en était pas exactement une. Il s'agissait de la retranscription du compte-rendu hebdomadaire de l'unité de la Force basée sur la lune. Le commandant Strausmann n'était pas chargé, en personne, de la transmission, bien entendu. Un de ses éléments les plus fiables assurait cette fonction. Un *de sa cour*, pourrais-je dire. Ton père, ce soir-là, devait remettre une missive à l'État major. Il a dû frapper à la porte, certainement, comme nul n'a répondu, il est entré. Le petit caporal de garde était absorbé par sa tâche. Ton père s'est approché, puis s'est arrêté, comme pétrifié, en saisissant les mots, les phrases. La teneur des propos, soit pas moins que l'état des réserves d'eau. Elles ne correspondaient en effet pas du tout ce que l'on pouvait nous répéter, à ce que l'on peut vous répéter. Les nappes étaient visiblement déjà entamées à plus des deux tiers et une rupture d'approvisionnement se confirmait *at short issue*. Ce terme signifiant, dans notre jargon, dans les dix ans. Ton père est ressorti discrètement. Il n'avait pas eu l'impression que l'opérateur ne l'avait ne serait-ce qu'entraperçu. Quant au reste du baraquement, il lui avait semblé vide à l'exception de cet homme-radio. Peut-être s'est-il trompé ? Trois jours plus tard, l'explosion le soufflait. Comprends-tu à présent mon inquiétude ?

Je te renouvelle ma sincère affection.

Takiro Takeda

PS : Tu es et seras toujours pour moi la fille de mon très cher ami, Ralph. »

Bérénice lut et relut cette lettre. Combien de fois ? Sa vue se brouilla de larmes. Les tâches humides diluaient l'encre et dissociaient les lettres, les mots. Les phrases se répétaient en boucle sur sa rétine, comme incrustées à vif. Elle s'endormit. Combien de temps ? Il faisait jour dehors. Avait-elle somnolé quelques minutes ou une quinzaine d'heures ? Elle avala deux cachets bleus. Elle se rendormit en se disant qu'elle ne souhaitait pas se réveiller. Des coups de sonnette insistants l'obligèrent pourtant à émerger.

– Père Félippé ? Qui ? Qui est là ?

– Bérénice, c'est Ingrid. Je suis très inquiète.

Ingrid ! Comme c'est gentil de sa part de se déplacer jusqu'à mon appartement. Ce n'était pas la blonde sylphide, mais l'armoire à glace qui s'obstinait contre sa porte.

– Madame Mikrabak, quelle agréable surprise.

Sa voix manquait d'enthousiasme. Même elle pouvait s'en rendre compte. Elle reprit :

– Vous passiez dans les environs ?

– Non, non, mademoiselle. Nous avions rendez-vous et vous m'avez fait faux bond. Je suis venue voir ce qui se passait. La concierge m'a dit qu'elle ne vous avait pas aperçue depuis plusieurs jours. Je suis montée. Je suis là pour vous. Je suis là parce que vous êtes en train de partir en live.

Plusieurs jours vraiment ? Elle me vouvoie de nouveau ? Est-ce un bon signe ? Bérénice en doutait.

– Depuis combien de temps n'avez-vous rien

avalé ? Vous êtes squelettique ! Si vous continuez comme ça, je vous préviens, je vous fais hospitaliser d'office à l'institut Sigmund Freud.

– J'avais… affaire.

– Affaire… Et bien là, vous allez me faire le plaisir d'avaler quelque chose. Ensuite nous discuterons sérieusement.

Bérénice se sortit une bouillie régénérante. L'assistante fit une grimace. Elle laissa son regard errer sur les meubles, les photos du séjour et celles de la cuisine tandis que la jeune fille se sustentait.

– Bien. Reprenons. Que faisiez-vous donc ?

– Je lisais… et je dormais.

– Hum… Ces lectures devaient être particulièrement passionnantes.

– Oui.

– Ou vous deviez être particulièrement fatiguée.

– Aussi.

– Et à présent ? Avez-vous encore beaucoup à lire et êtes-vous encore exténuée ?

– Non. J'ai fini.

– Et votre inscription ?

– J'ai demandé un rendez-vous.

– Et ?

– Et quoi ?

– Vous a-t-on fait une proposition ? Vous a-t-on fixé une date ? Une heure ?

– Je ne sais pas. Je suis déconnectée depuis… quelques jours.

– Puisque je suis là, pourquoi ne regarderions-nous pas ensemble ? Vous pourriez vérifier vos messages puis nous irions jeter un œil au site de l'université. Quelle formation vous intéresserait ?

– Je cherche un truc en programmation.

– En programmation ?

– Oui… En programmation industrielle. Vous

voyez le genre : codeuse d'automates, de circuits de contrôles, de navettes de transfert.

– Hum… Et pourquoi en programmation ?

– Parce que c'était mon rêve, à Rivaside : devenir ingénieur programmeur.

– Votre rêve… Uniquement le vôtre ?

Comment peut-elle savoir ?

– Non. C'était celui d'Anna aussi. C'était notre rêve commun.

L'expression de la jeune fille devait être empreinte d'un grand désarroi pour que l'assistante perde le visage dur et sévère qu'elle arborait, tel un masque, depuis son arrivée.

Bérénice se mit alors à débiter. Un flot ininterrompu. Elle lui dit tout de Rivaside, de son amie (sa seule amie), de leurs parents, de…

Combien de temps le grand déballage avait-il duré ? Bérénice restait convaincue d'être entrée dans un autre espace spatio-temporel. À l'extérieur il faisait nuit. Se pouvait-il qu'ici, dans l'appartement, trois jours et quelques heures se soient écoulés ? Madame Mikrabak l'écouta sans l'interrompre une seule fois. Quand enfin Bérénice s'arrêta, la gorge sèche et la voix enrouée, elle alla lui chercher un verre d'eau. Elle la regarda boire ce premier verre, puis le second.

– Tu as besoin de compagnie, prononça-t-elle enfin.

– Je ne suis pas très forte pour me faire des amis.

Madame Mikrabak rit.

– Cela je l'avais compris. Je vais te présenter des gens.

– Pourquoi vous faites tout ça ?

Elle n'osa pas rajouter, aussi se permit-elle simplement de l'évoquer en son for intérieur : *parce que c'est votre travail ? Ou alors est-ce encore pour une autre raison ?*

– Parce que tu n'es qu'une petite fille qui se croit grande. Viens demain à cette adresse.

Elle lui tendit la feuille sur laquelle elle avait rapidement noté quelques mots puis partit. Bérénice tourna et retourna la feuille entre ses mains.

– Attendez ! Quand ? Quand dois-je venir ?

Mais l'assistante avait, depuis longtemps déjà, quitté l'appartement. La jeune fille somnola. Elle rêva. Plumif la réveilla entre deux cauchemars.

– Tu vois. Tu vois. Ça ne sert à rien de fuir.

– Je ne fuis pas.

– Oh, si. Tu fuis. Tu fuis et tu mens.

– Je n'ai rien à fuir. Je n'ai rien à cacher.

– Pourquoi ne pas accepter ?

– Accepter quoi ? cria-t-elle.

Une vague l'emporta et elle se noya. Elle finit par émerger. *À quelle heure ?* Elle pensa à madame Mikrabak. *Je dois me mourir. Non, non. Ce n'est pas ça. Je dois me nourrir. Je ne peux pas, je ne peux plus me laisser couler.* Elle se fit réchauffer un nouveau pot d'Energizeplus. Elle se traîna ensuite jusqu'à la salle de bain. Le miroir lui renvoya l'image d'une femme vieillie prématurément aux yeux cernés et au teint grisâtre. *Quelle horreur !* Elle tenta de se redonner un aspect humain. La douche lui fit du bien. Elle se maquilla, appliquant le fond de teint clair par petites touches comme Shirelle le lui avait appris. Elle voulut ensuite démêler ses mèches postiches. Elle ne réussit qu'à empirer *le truc*, soit la pelote qui lui tenait lieu de chevelure. Elle se décida à se rendre chez un coiffeur et à tout faire retirer. La capillicultrice, ainsi se présenta-t-elle (*soupir*), grimaça devant sa tignasse.

– Oui, je sais, l'interrompit Bérénice avant que la femme n'ait eu le temps de prononcer le moindre mot.

C'était une blonde platine (*vraie ou fausse ?*)

élancée. Elle lui demanda ce qu'elle mettait à la place.

– Pourquoi ne pas envisager de nouvelles mèches en ton sur ton ?

Bérénice déclina l'offre et lui demanda de faire quelque chose de potable de sa courte complétion capillaire. La femme eut, durant quelques secondes, l'air d'hésiter.

– Vous voulez dire dynamiser votre coupe ?

– Oui, sans doute.

De l'avis de Bérénice, la coiffeuse s'en était plutôt bien sortie. Elle avait, il est vrai, passé beaucoup de temps dans une mise en forme complexe. Bérénice ressortit du salon satisfaite, deux pots de gel avoisinant sa bonbonne à oxygène dans son sac. Elle fit signe à un tuk-tuk qui la conduisit dans les quartiers ouest de la ville, à l'adresse indiquée par madame Mikrabak. Le quartier de Snit, bien que très correct (*nous sommes sous un dôme, ne l'oublions pas*), n'arrivait pas à la cheville du standing d'Obnova. L'adresse mentionnée se révéla être un petit immeuble au béton fissuré à plusieurs porches d'accès. Elle sonna au numéro 3.

– C'est pour quoi ?

– Je viens voir madame Mikrabak.

– Elle n'est pas encore là.

Bérénice se sentit désappointée.

– Savez-vous quand elle arrivera ?

– Non. Ingrid ne nous confie pas son emploi du temps.

La jeune fille crut percevoir une pointe de frustration sous une couche d'agacement dans l'intonation de son interlocuteur.

– Bien. Alors je repasserai.

– Très bien.

Un grésillement mit fin à la conversation. Elle s'apprêtait à repartir, la mort dans l'âme, quand on l'interpella :

– Salut.

C'était le frère du gamin du parc. L'Exclu. Cette fois, il portait la combinaison rouge des pompiers. *C'est quoi son prénom déjà ?* Il reprit, d'une voix neutre :

– Qu'est-ce que vous faites là ?

– Mikrabak m'a dit de venir ici, aujourd'hui. Cependant elle a omis de me préciser l'heure.

– Omis… Ah oui…

Il veut dire quoi, là ?

– Vous pensez qu'elle l'a fait exprès ?

– Non. Non. Je vais chercher Nikolas et après je reviens. Vous voulez venir avec moi ?

Il pourrait m'être utile. Je pourrais en apprendre plus.

– Oui, pourquoi pas.

– Vous avez changé de coupe.

Était-ce une question ? À tout hasard Bérénice répondit, prudemment :

– Oui.

– J'ai failli ne pas vous reconnaître.

Était-ce un compliment ? Bérénicc en doutait. Elle soupira. En cours de route, la jeune fille tenta différentes approches pour en savoir davantage sur l'assistante sociale, sur les Exclus. Malgré ses tentatives, son compagnon resta très évasif. Elle ne se rappelait toujours pas son nom au moment de leur arrivée au parc. Nikolas sauta au cou de son frère.

– Pietre ! (*ah oui, Pietre*) s'exclama-t-il tout en la regardant avec méfiance.

– Ingrid lui a donné rendez-vous à l'accès Roza Pustyni.

Ils refirent le chemin en sens inverse sans prononcer un mot. L'enfant semblait rester sur la défensive. Ingrid Mikrabak les accueillit chaleureusement à leur retour. Bérénice en soupira de soulagement.

– Nikolas, Pietre, mes chéris ! Et ma jeune demoiselle.

Bérénice nota qu'elle n'était pas *une chérie. Mais jeune demoiselle, c'est pas mal non plus.*

– Entrez, entrez. Oh, c'est joli… vos cheveux.

Ils descendirent par l'escalier de service au fond du couloir. Combien d'étages ? Dans les lumières tremblotantes émanant des blocs électriques des issues de secours, Bérénice eut l'impression de s'enfoncer jusqu'au centre de la Terre. Ensuite ils suivirent quelques couloirs sombres avant de déboucher dans une grande pièce blanche où un puissant déshumidificateur brassait bruyamment l'air.

– Oh ! Oh ! Voilà donc notre messie.

L'homme qui avait prononcé ces mots d'une voix grêle était rondouillard de la tête, en forme de ballon, aux pieds gonflés. *C'est qui, ce type ?*

– Bérénice, je vous présente mon frère, Igor.

Non, ce n'est pas possible ! L'armoire à glace mesurait bien deux têtes de plus que son soi-disant frérot. *À part les yeux peut-être, couleur boue séchée…*

– Ingrid, ma douce, tu m'avais dit que cette petite avait de la répartie !

Je le déteste.

– Vous ne m'avez pas encore adressé la parole.

L'homme gloussa.

– Très bien, Petite, très bien.

Je déteste vraiment ce mec. L'homme reprit d'un air sérieux :

– Ingrid m'a parlé de tes vertiges. Une analyse poussée s'impose.

– C'est-à-dire ? l'interrogea-t-elle d'un air suspicieux.

– Composition sanguine. En particulier quantités de globules blancs et plaquettes.

– Oh… Je vais avoir affaire à un docteur ?

L'homme prit un air offusqué

– Ingrid ! Tu ne lui as pas dit ?

– Igor est un très grand biologiste. Le plus grand que ce siècle est conçu, réagit l'imposante femme au quart de tour.

– Vous voulez dire que c'est ce… nain… là, qui va me faire la prise de sang ? Il en est hors de question !

– Ingrid, ma douce ! Elle vient de me traiter de nain !

– Allons, allons. Calmez-vous tous les deux, conseilla d'un ton posé l'assistante sociale.

– Tu sais, moi, il m'a fait tous mes vaccins, murmura une voix fluette venue du bas.

Nikolas fixait, de ses grands yeux ornés de longs cils, la jeune fille plus que sceptique. *Sadii…*

– Alors, souffla-t-elle à contrecœur, s'il t'a administré le cocktail…

– Oui, oui. Igor, c'est le meilleur. Et il est avec nous.

– Oui. Comment ça se fait, d'ailleurs, que vous soyez là ? Vous avez commis une erreur médicale fatale ? À moins que vous ne soyez poursuivi par d'anciens patients encore en vie ?

– Ah ! Ah ! éructa l'homme sur une grimace. Bon, d'accord Ingrid, je te l'accorde, celle-ci a mauvais caractère. Elle n'est peut-être pas la bonne, finalement.

Bérénice lança un regard de reproche à l'assistante.

– Et *la bonne* quoi, d'abord ?

– Commençons par ce test, botta Igor en touche.

Il lui préleva de quoi remplir plusieurs tubes à essai. Elle grimaça, sans piper mot. Elle crut voir le coin des lèvres de Mikrabak se relever.

Tendances sadiques ?

On lui proposa une visite. Elle accepta. Elle croisa d'autres ombres (*des Exclus ?*) dans des couloirs sombres. Toutes l'ignorèrent. Elle ne reconnut, pour sa part, aucune d'entre elles. Nikolas insista pour lui montrer ses quartiers : un étroit dortoir où se juxtaposaient des couchettes.

– Vous êtes combien là-dedans ?

– Seize. Moi je suis ici.

Le gamin lui désigna fièrement son mince matelas.

Bérénice eut une pensée fugace pour son grand appartement et ses vastes chambres vides. Elle serra l'enfant contre elle. Il la repoussa, l'air gêné, et s'assura d'un regard par-dessus l'épaule de la *touriste* que personne ne les avait vus. Bérénice sourit, amusée. Elle aurait volontiers passé la soirée en compagnie du jeune garçon. Pourtant déjà elle devait se séparer de lui.

– Il est tard, avait assené l'assistante. Je t'appelle un tuk-tuk.

– Heu… et pour les résultats ?

L'assistante haussa les sourcils. Bérénice reprit :

– De la prise de sang. Les résultats de la prise de sang.

– Oh… Je te tiendrai au courant. Plusieurs tests successifs doivent être paramétrés.

– Eh, dis, on se reverra, hein ? les interrompit Nikolas.

Bérénice sourit de nouveau.

– Bien sûr qu'on se reverra.

Elle se pencha pour effleurer des lèvres la joue de l'enfant.

– On se reverra bientôt, promit-elle encore tout en quittant les lieux, entraînée rapidement par madame Mikrabak.

Sauf qu'elle se retrouva submergée sous tous ces

messages de Lancrôme et de son agent. La campagne, prête à être lancée, nécessitait, expressément, sa présence. Elle se retrouva dans le tourbillon des caméras, des interviews. Elle en oublia ses incertitudes, son ennui, les Exclus, les Mikrabak frère et sœur et le petit Nikolas. Seuls ses rêves de noyade s'incrustaient. Elle passait pratiquement toutes ses soirées chez les Lancrôme. Ingrid lui proposa une partie de shopping *entre filles*. Elle accepta. Ted lui offrit de l'accompagner à un gala. Elle accepta. Il y eut aussi ce mini scandale. La fille qui était venue la voir pour qu'elle la prenne à son service et qu'elle avait éconduite avait déversé toute sa bile dans un de ces torchons à sensations. Ingrid (Lancrôme) était intervenue. Elle redevint la malheureuse, mais non moins fabuleuse orpheline que la planète entière adorait. En quinze jours le parfum *Colchique* était en rupture de stock. Lancrôme et Rodolph Butorszgui se frottaient les mains. Ils semblaient tout à fait réconciliés. Lancrôme invita même l'agent à l'une de ses soirées privées. Le conseiller financier de LD la contacta pour lui proposer un rendez-vous. Plusieurs placements pourraient lui être proposés. *Colchique* lui rapportait déjà beaucoup et il pensait que ça n'allait pas s'arrêter là. Bérénice le laissa exposer ses arguments, tout en se demandant à quoi pouvait bien ressembler un (*ou une ? Je ne sais plus*) colchique. Lancrôme lui avait simplement dit qu'il s'agissait d'une fleur d'automne. Elle aurait voulu savoir : *sentait-elle bon ?* Elle jugeait le parfum *agréable. C'est déjà ça !* Une musique légère *ré-la-la-la-sol-la...* accompagnait les images saccadées de la publicité. Bérénice chantonnait *ré-la-la-la-sol-la...* et mourait asphyxiée toutes les nuits. Elle en avait pris son parti. Billes de verre intervint :

– Tu joues à quoi, là ?

– Comment ça ?

– Ça te plaît, cette vie ?

Ted ne l'avait pas réinvitée après le gala. Il ne l'avait pas non plus recontactée, ne serait-ce que pour un « salut, comment ça va ? ». Même pas un petit mot.

– … Non.

– Alors ?

Alors le lendemain elle était au parc. Nikolas l'avait repérée, elle en était certaine. Il l'ignora. Elle pouvait le comprendre. Elle hésita à attendre Pietre. Une idée la taraudait : et si l'enfant, forcé de la regarder, se détournait pourtant ? Elle préféra quitter le parc et se réfugia dans la bibliothèque. Elle erra entre les rayons. La bibliothécaire, lasse sans doute de la voir tourner en rond, finit par lui conseiller les archives de *la Revue*. Le journal territorial du dôme.

– Vous verrez, ça vous donnera l'historique. Et qui connaît l'histoire maîtrise le présent.

– Ah ?

Elle feuilleta sans grand enthousiasme les pages numériques, effleurant du doigt l'écran. Elle avait choisi le dernier numéro en date, se disant que l'actuel lui servirait peut-être effectivement à quelque chose. Pour le reste, elle était sceptique. Contre toute attente, un article traitant des réserves d'eau du dôme attira son attention. Elle se plongea avidement dans sa lecture. Dès qu'elle eut terminé, elle lança une recherche sur le thème. Trente-deux articles à lire sur les vingt dernières années ! Elle retourna voir la bibliothécaire. Elle voulait s'ouvrir un compte sur le cloud pour y stocker des notes, des documents.

– Nous allons fermer. Revenez avec des justificatifs d'identité et de logement demain.

– Déjà !

Le lendemain matin Bérénice piaffait devant la

porte, attendant l'ouverture, quand la femme aux cheveux de jais se présenta. Le temps de déverrouiller, d'enclencher le sas, de mettre en route le système de gestion automatisé d'oxygène et, enfin, Bérénice put se replonger dans les archives. À midi la bibliothécaire la mit dehors.

– Profites-en pour aller manger.

Qu'est-ce qu'elles ont toutes avec la bouffe ? À deux heures Bérénice reprenait ses recherches. De l'eau, elle était passée à la quête spatio-temporelle puis à ce projet nommé *Encelade. Où tout cela va-t-il me mener ?*

En fin de journée la bibliothécaire avait de nouveau mis le holà. De toute façon le moteur de recherche ne la conduisait plus nulle part. À part cet entrefilet datant de plus de cinq ans, rien. Le projet avait-il été abandonné, ou… *Ou quoi ?* Elle avait besoin de réfléchir. *Non, j'ai besoin de me changer les idées.* L'invitation des Destranges tombait à pic. Elle se farda. Elle but. Elle grignota. Ted lui proposa une escapade en ballon dirigeable jusqu'à la myriade de Saint-Pétersbourg sous les yeux furibonds de Talula.

– Tu verras, ils ont construit le dôme à l'emplacement de l'ancienne cité.

Elle avait du mal à le comprendre. Pas un mot, pas un signe pendant plus d'une semaine, presque deux, et là… ! Elle hésitait. Il insista.

– La lumière est magnifique à cette période. Nous y serons pour le début des nuits blanches.

Elle s'était laissée convaincre… Surtout qu'il y avait Talula, sa mine déconfite, la douleur dans ses yeux, ses lèvres tremblantes… Bref, Bérénice savourait sa victoire, souriant d'un air faussement modeste tout en sirotant un ersatz de pétillant. Ils devaient partir dans trois semaines. Depuis cette soirée, Talula ne lui adressait plus la parole. Quant à

Bérénice, elle se répétait en boucle qu'elle était prête à passer toutes ses nuits avec le bel adonis, quelle qu'en soit la couleur, et à y découvrir des milliers de nouvelles étoiles. En vérité, la jeune fille se sentait mal à l'aise. Plumif l'interpella de nouveau. Elle l'ignora comme elle ignorait les messages de l'autre Ingrid. Les trois semaines passèrent sans même qu'elle s'en aperçoive. Elle s'était inscrite à la fac en en poussant résolument les portes. Enfin, disons que Ted l'accompagnait et que les portes s'étaient magiquement ouvertes toutes grandes devant lui. On lui avait dégoté le programme personnalisé parfait. Tout était bouclé, plié. Elle s'envola un beau matin sous les feux du soleil de ce début du mois de juin et ceux des projecteurs braqués sur *leur escapade*. Les journaux l'affichaient en gros titre. L'événement ne se cantonnait plus aux magazines dits *people*. La presse quotidienne relayait elle aussi leur expédition. Ingrid lui avait conseillé de s'attacher les services d'une professionnelle de la communication. Bérénice n'avait pas suivi l'avis et l'ampleur prise par la rumeur de leur virée en duo la terrifiait. Ils s'éclipsèrent enfin. Bérénice en souffla de soulagement.

Le journal du père, sixième partie

26 octobre 2156

Je garde un goût amer de ce dernier retour. L'enfant est beau, et sain, et vigoureux. Ma petite puce pousse tout en fossettes. Tout pourrait être parfait sauf que Margareth, ma douce Margareth est méconnaissable. D'une irritabilité frôlant la violence. Les nerfs à fleur de peau et la peur ancrée au ventre. Un mal étrange s'est abattu sur notre village. Pas que sur notre village. Sur l'ensemble des satellites de la myriade. La mort plane et emporte nos pères, nos mères, nos amis, nos enfants. Elle frappe sans prévenir. Soudain on se sent las, puis les fièvres et les sueurs gagnent. Et c'est terminé. Leur sang est blanc. D'un blanc laiteux. La Mort Blanche. Pourquoi ? Pourquoi nous ? Pourquoi maintenant alors que tout allait mieux ? Pourquoi alors qu'un fils m'est donné ? Margareth ne veut plus quitter notre maison des sables. Elle y reste terrée serrant dans ses bras le petit Sadii. Je sors. Elle m'en veut. Elle pense que je pourrais ramener le virus à l'intérieur. Elle me maudit par avance. Elle ne dit rien, mais sa rancœur est plus criante que tous les mots qu'elle pourrait me jeter au visage. Elle est heureuse que je reparte. Le suis-je, moi, de la quitter ?

27 octobre 2156

Il y a eu pire que cette sourde détestation, pire que ces non-dits ravalés. Il y a eu les Fox. Les Fox venaient de s'installer à Rivaside, en limite de la zone est. Il était biologiste. Il s'était fait embaucher par NutriPlus. Je ne les ai pas connus. À mon arrivée, après les quelques jours de réadaptation à la gravité, je me suis absenté, seul, pour une soirée à *l'Aficionado*. J'avais besoin de détente. J'avais besoin d'explications. Au bar aussi régnait une ambiance délétère. Les mines renfrognées me jetaient à peine un coup d'œil. Les langues muettes me saluaient d'un claquement sec. Même la bière avait l'humeur maussade. J'ai réussi à coincer Pete, le lendemain, à la sortie de l'usine. À demi mots il m'a raconté la maladie, la mort.

– Depuis quand ?

– Depuis que les Fox sont arrivés.

Je n'avais jamais entendu parler des Fox. Je n'avais pas encore eu l'occasion de les rencontrer. Je me suis d'ailleurs un instant (court, mais cependant…) demandé si on avait enfin réussi à régénérer des animaux. S'il s'agissait de cela : de renards réintroduits et cette maladie… une sorte de rage réinsérée en même temps que son vecteur. Le temps d'analyser la situation que Pete avait disparu. J'ai tenté de ramener le sujet de conversation sur la table, lors du dîner, ce soir-là.

– Margareth, on m'a parlé d'un couple, les Fox, aujourd'hui. Je n'ai pas vraiment compris. Ils viennent d'emménager, c'est ça ? D'où viennent-ils ?

Louison m'a jeté un regard horrifié alors que Margareth se mettait à trembler et que sa peau virait au jaunâtre. Un instant plus tard, elle gisait au sol, inanimée.

– Bon Dieu ! Quelqu'un peut-il m'expliquer ?

D'une voix ténue, alors que je tamponnais le visage de Margareth d'un linge humide, belle-maman m'a mis aux faits. Elle m'a raconté la genèse de la maladie dans notre satellite. Elle m'a relaté l'arrivée des Fox et le décès de leur aîné, une semaine à peine après leur installation. Et puis la mort de Tipplie Wood, suivie de près par celle de son mari, Trent. Tous deux avaient côtoyé les Fox à leur emménagement. Il n'en fallait pas plus pour échauffer les esprits, pour semer la suspicion et la discorde.

– Je comprends. Qu'en pense Glen Hawskin ? (Hawskin est le médecin responsable de notre secteur.)

– Rien.

– Comment ça, rien ?

– Il reste évasif et botte en touche.

Ainsi s'est terminé l'échange alors que Margareth reprenait lentement ses esprits. Trois jours plus tard, les Fox étaient retrouvés asphyxiés. Fuite de gaz, avaient conclu les autorités. Leur dernier avait deux ans et demi.

28 octobre 2156

Ensuite je n'ai plus cessé de penser à cet enfant, ce dernier, celui de deux ans et demi. Margareth semblait légèrement plus détendue. À l'*Aficionado* aussi les brouhahas et les cris reprenaient le dessus. Et plus ils riaient, plus je me renfermais. Je m'échappais pour de longues déambulations dans les dunes. Bérénice m'accompagnait les mercredis et les samedis. Heureuse, elle sautillait à mes côtés. Et puis il y a eu un nouveau mort et la peur s'est définitivement ancrée dans les âmes et les cœurs. Margareth traînait Louison et les enfants à l'église (Sadii compris). Sa seule sortie. Quelle imbécillité. Comme si l'assemblée, dans le Saint des Saints, pouvait être, en cet endroit seul, épargnée. Comme si l'Église était plus sûre que l'*Aficionado*. Même pas un vrai *sanctuaire* qui plus est. Une vague salle reconvertie en lieu de culte. Je m'éloignais chaque jour davantage. Chaque jour un peu plus loin dans le désert, un peu plus loin d'un village que je ne reconnaissais pas et d'amis que je peinais à considérer comme tel. Quant à l'épouse, elle me repoussait. Le mort était Kevin Clive. Qu'allaient-ils faire ? Allaient-ils aussi gazer toute la famille ? Allaient-ils se débarrasser de Daisy et de Jimmy ? Est-ce que Kevin avait été traîné en zone est la nuit où… ? Kevin avait été un bon gars. Il l'avait été, comme tous les autres, avant que cette pourriture ne fasse son apparition. Je ne pouvais oublier qu'à l'*Aficionado*, je l'avais entendu. Il était l'un des plus remontés, de ceux qui criaient haut et fort qu'il fallait que les nouveaux venus rentrent chez eux, de ceux qui souhaitaient la chasse aux sorcières, même s'il ne l'exprimait pas aussi directement. Qu'est-ce qu'il dirait aujourd'hui s'il savait que sa femme et son gosse risquaient bien de subir le sort dont, il y a quelques jours à peine, il menaçait les Fox ? J'ai fini par boucler mon paquetage, comme à l'accoutumée. Enfin presque. Seule Bérénice pleurait ce jour-là.

29 octobre 2156

Takiro est inquiet. Il n'a reçu aucun message sur le mois et demi écoulé. Je lui ai dit qu'a priori il n'était pas le seul. Il m'a regardé d'un air surpris. Je me demande ce qui l'a le plus interloqué : qu'enfin je prononce un mot (que dis-je ! Une phrase !) ou ce commentaire laconique. Il est revenu me voir, ce soir, dans ma chambre.

– Écoute, m'a-t-il interpellé. Je ne sais pas ce qui s'est passé, là-bas. Je me doute que ça a été dur pour toi. Mais j'ai besoin de savoir : pour ma famille, mes amis. Tu peux comprendre.

Oui, bien sûr, je pouvais comprendre. Pire, j'avais désespérément besoin de parler, de me confesser. Je m'étais tu durant ces huit derniers jours. Je tournais et retournais dans ma bouche l'âcre suc des désillusions.

J'ai tout lâché. Quand enfin j'ai cessé de parler, j'avais le cœur soulagé.

– C'est quoi ces conneries ? Pourquoi on n'est pas au courant ?

– J'en sais rien, mec. Je suppose qu'ils ne veulent pas qu'on s'affole, ici, et qu'ils bloquent les communications.

– C'est de la putain de rétention d'information !

Oui, sans doute. Il n'empêche que Takiro venait de jurer, par deux fois. C'était tout à fait inconvenant, venant de lui s'entend. Et moi j'ai une putain d'envie de bière.

1er novembre 2156

Ils ont fini par aborder *le problème*. Il faut dire que d'autres troufions ont regagné la base et que la rumeur se répand comme une traînée de poudre. Ils n'avaient plus vraiment le choix. Cependant, pourquoi aujourd'hui, jour de la fête des morts ? L'annonce a été très officielle. Le sous-commandant Johns, tiré à quatre épingles, ses médailles reluisantes au revers de sa veste, a pris la parole lors du rassemblement spécial. Il a présenté la Mort Blanche pour ce qu'elle est, soit une épidémie. Je ne m'étais pas trompé : elle touche bien l'ensemble du globe. Des voix se sont rapidement élevées à la fin du communiqué.

– Y a-t-il un remède ? Un vaccin ?

– Non. Pour le moment, rien de cela. Nos meilleurs pharmacologues se sont attelés à la tâche.

– J'aimerais savoir : comment cette maladie est-elle arrivée ?

– Je ne peux qu'avancer des suppositions. Peut-être s'agit-il là d'une souche dormante ? Comme vous le savez, certains virus sont résistants. D'éminents scientifiques abondent en ce sens.

– Et nous. Et ceux qui reviennent ? Ne sont-ils pas contagieux ?

– Oui, comment se fait-il qu'ils n'aient pas été mis en quarantaine ?

J'ai senti tous les yeux se braquer sur moi. Enfin pas exactement tous puisque je n'étais pas le seul à être récemment rentré. Il n'empêche que cela faisait beaucoup… franchement beaucoup. Et j'ai senti leur peur palpable et aussitôt leur volonté de m'exécuter sans faillir si cela pouvait leur assurer de rester sain. Fort heureusement le sous-commandant a senti le danger et a repris immédiatement la parole.

– Aucun d'entre vous n'est contaminé. Nous l'avons vérifié par la prise de sang à laquelle, rappelez-vous, vous êtes tous assujettis avant le vol retour. À compter de ce jour, cette prise de sang aura lieu tous les mois. Nous ne pouvons nous permettre de voir s'installer ce mal dans notre base.

Des murmures satisfaits ont parcouru l'assistance et un grand souffle de soulagement a parcouru un auditoire tout prêt à le croire, tout prêt à le bénir. J'aurais presque dit qu'un vent de sérénité les avait traversés.

– Et le courrier ? est intervenu Takiro. Pourquoi ne recevons-nous plus de courrier ?

– L'état d'urgence sanitaire ayant été décrété sur Terre, certaines missions ont été attribuées différemment. Le traitement des missives personnelles a souffert de cette réaffectation. On m'a tout dernièrement assuré que tout devrait rapidement rentrer dans l'ordre.

J'ai entendu Takiro vaguement grommeler. Je pense que l'explication donnée ne le satisfaisait que très moyennement. Pour ma part j'hésite. Je n'ai pas tendance à conjecturer des complots à chaque coin de couloir. Johns m'a semblé convaincant et convaincu.

Mais pourquoi aujourd'hui ? Pourquoi ont-ils choisi ce jour pour nous faire les présentations du fléau frappant de plein fouet notre humanité exsangue ? La Mort Blanche… son lugubre écho va à présent hanter les couloirs de la base.

Bérénice, septième partie

Le voyage, sans doute, aurait pu être agréable. Le dôme de Saint-Pétersbourg méritait sa réputation et son surnom de Reine du Nord. La jeune fille aurait pu rire et flâner, au bras de Ted, sur les rives des canaux reconstitués, s'appuyer sur les bras de Ted pour embarquer dans l'une de ces barques flottant sur les plans d'eau, passer ses nuits dans les bras de Ted. Sauf que les bras de Ted ne l'enlaçaient que devant les photographes. Le reste du temps, il le passait dans sa chambre à… *à faire quoi ?* Et Bérénice errait seule dans les ruelles et les églises. Elle avait pratiquement cessé de s'alimenter. Elle ne dormait plus. Un soir qu'elle regagnait sa chambre, elle surprit un jeune homme blond quittant la suite de son compagnon de voyage. Un jeune homme qu'elle reconnut. *Le peroxydé !* Derrière le battant qui se refermait, elle aperçut Ted. Il était beau… et nu. Son cœur se serra. Elle rêva. Elle se disputait avec sa mère. Une dispute violente où des mots regrettables leur échappaient. Puis elle se noyait. Elle revint à Stratanadyr dans un état d'épuisement intense. Elle envisageait de quitter ce monde. Elle était prête à se rendre dans les dunes et à ôter son masque. *L'homme noir n'existe pas. Je suis l'homme noir.* Mikrabak força sa porte le lendemain de son retour et la fit hospitaliser d'office. Bérénice ne protesta pas. Elle fut mise sous perfusion. L'assistante sociale se rendit à son chevet.

– Comment va Nikolas ? la questionna immédiatement Bérénice.

– Nikolas va bien.

La jeune fille n'avait rien d'autre à commenter, rien

d'autre à lui demander. *Quelle importance ?*

– Pourquoi refuses-tu mon aide ?

– Je vous ai entendu ce jour-là. Le jour de mon arrivée. « Elle ne se doute de rien. Elle n'est au courant de rien. » Ce sont vos mots. Vous avez prononcé ce nom, aussi : Igor.

Mikrabak ne protesta pas, ne réfuta pas, ne chercha pas à se justifier. Bérénice reprit :

– J'en ai assez. Assez d'être utilisée. Lancrôme m'utilise pour vendre son parfum. Sa femme m'utilise pour que son mari soit satisfait. Ted m'utilise pour se dissimuler. Et vous… c'est quoi cette histoire de messie ?

– Tu es partiale. Tu juges sans considérer les bénéfices que toi, tu retires de toutes ces situations. Lancrôme te paye pour tes services. Beaucoup de cadres du dôme ne touchent pas en dix ans ce que tu vas recevoir pour cette campagne publicitaire. Et je ne parle même pas des ouvriers des satellites ! La femme de Lancrôme t'a introduite dans la haute société, t'a fait inviter à des dîners, des avant-premières. Sans compter qu'elle t'a sauvé la mise à plusieurs reprises. Quant à Ted Larson… tu t'es aveuglée seule à son sujet. Quoi d'autre ?

– Ma mère.

– C'est-à-dire ?

– On avait tendance à se lancer des pics. Surtout sur la fin.

– Et ?

Bérénice lui raconta la tempête, la dernière place.

– Hum. Et pourquoi a-t-elle agi ainsi, à ton avis ?

La jeune fille soupira. La femme reprit :

– Et maintenant ? Qu'aimerait-elle ?

Bérénice soupira de nouveau.

– Voilà. Sois vite sur pieds.

Elle s'apprêtait à partir, renfilait son manteau.

– Et vous ? Et vous !

– Il est trop tôt. Sors de cet hôpital et je t'expliquerai.

Mikrabak l'abandonna. Personne d'autre ne vint la visiter. Bérénice eut le temps de réfléchir. C'était assez vrai, tout ce que l'assistante lui avait dit. Elle voulait retourner dans son appartement. Elle voulait entendre le son sourd des icebergs s'entrechoquant. Elle voulait Plumif. *Et c'est ce qu'ELLE aurait voulu… pour moi.* Elle se força à s'alimenter. Elle demanda à visionner des reportages sur la lune et sur Encelade. Les infirmières et les aides-soignantes se mirent en quatre pour lui être agréables. Elles lui dénichèrent de vieux enregistrements. Elle voulait simplement s'occuper. Elle se retrouva happée. Dans un premier temps elle ne fit que sursauter en entendant le nom de ce haut gradé, responsable d'opérations spatiales : *Strausmann, le colonel Strausmann.* Elle était sûre d'avoir déjà vu, entendu ce nom. Il revint, régulièrement, comme une piqûre de rappel. On lui donna l'autorisation de se lever. On lui avait débranché les cathéters. Elle devait rester en observation, mais pouvait se déplacer à sa guise dans l'hôpital. Elle reprit ses recherches en rajoutant, à présent, ce mot *Strausmann* dans la barre des requêtes. Elle découvrit vite qu'il avait été le commandant des Forces de l'Espoir au moment de l'affectation de Ralph Tennessee (*bien sûr, c'était dans la lettre de Takiro !*) puis colonel pour une mission d'exploration autour de Saturne. Strausmann avait, enfin, été nommé général pour assurer la coordination d'un programme baptisé *L'Arche*. De nombreux articles et interviews ponctuaient sa carrière. Bérénice se précipita, dans un premier temps, sur toutes les parutions datant de l'année de la mort de son père. Elle prenait note des autres faits, des autres acteurs. « L'adjudant Martins était chargé de l'assignation des tâches ». Martins était devenu en trois ans le bras droit de Strausmann. Régulièrement des infirmières la forçaient à s'interrompre.

– Vous avez besoin de repos.

Bérénice protestait pour la forme. Elle finit par sortir et se précipita vers son appartement, ravie de retrouver la réalité, *sa* réalité. Celle-ci se présenta sous la forme de madame Rakoto officiant à la banque d'accueil. Bérénice la salua gaiement tout en pénétrant dans le hall familier. La concierge ne lui rendit qu'un vague signe de tête, le visage fermé. *Elle doit en avoir marre de toutes ces histoires.* Pour être exacte, la gardienne soupçonnait des affaires de drogues ou équivalent :

– D'abord elle reste enfermée des jours entiers. Ensuite elle est envoyée à l'hôpital. Et ces types qui viennent lui rendre visite… Des types pas d'ici qui plus est…

– Oh… ! s'exclamaient les deux vieilles filles du premier appartement gauche, deuxième étage. Des types… Vous voulez dire… des hommes ?

– Oui, assez jeunes, et bizarres.

– Comment cela bizarres ?

– Visiblement étrangers… très typés, voyez-vous.

– Oh… !

– Et avant ça, toutes ces sorties, la nuit, dont elle rentrait à point d'heure.

– Oh… !

– Quel malheur, quand même ! On n'aurait pas pu tomber sur un gagnant normal ?

– Celui d'il y a deux ans avait l'air très bien.

– Oui. Très propre sur lui.

Le soir même, Bérénice faisait le pied de grue au 3 de la rue Lénine. Des passants (*des Exclus ?*) entraient et sortaient d'un pas pressé. Elle soupira : elle n'avait pas aperçu ne serait-ce que l'ombre d'un des Borshkoff ou celles des frère et sœur Mikrabak. Le soleil rayonnait toujours haut dans le ciel. On s'éternisait encore dans la période des jours blancs. Bérénice n'avait rien à craindre du froid, mais à cette heure tardive elle commençait à avoir faim. Elle s'était promis de retrouver une alimentation régulière ET équilibrée. Un robot RCM passa plusieurs fois devant elle et finit par se positionner à son niveau. Pas de souci de contrôle, cependant… Elle repartit, fit quelques courses et se mit sagement au lit. Madame Rakoto pouvait prendre acte. Elle dormit comme une bienheureuse. Le lendemain Bérénice se lança dans une grande opération de nettoyage et invita Jude, l'une de ses voisines qu'elle croisait régulièrement, pour le thé. Elle apprit beaucoup sur l'immeuble.

– Si, je t'assure, madame Bluide est une ancienne callgirl.

– Non ! Vraiment ! Cette vieille peau !

Elles rirent de bon cœur puis Jude hésita.

– Je voulais te dire… un nouveau locataire est venu s'installer dans l'immeuble peu de temps avant ton emménagement.

Bérénice ne comprenait pas où Jude voulait en venir, mais elle nota son embarras.

– Heu… Je ne sais pas trop de qui il s'agit.

– Monsieur Menot.

Monsieur Menot… Ah oui, rez-de-chaussée troisième porte à droite. Elle avait été le visiter, deux fois… comme tous les autres résidents, lors de la tournée organisée par LD. Un homme terne.

– Oui, je vois… Enfin, façon de parler. Je n'ai rien remarqué de particulier chez lui.

Jude allait-elle lui révéler qu'il avait tourné dans des films pornos à tendance sado-maso ?

– C'est ce qui se passe à chaque Loterie.
– Pardon ?
– Juste avant que le gagnant ne s'installe, un nouveau locataire s'établit dans l'immeuble.
– Ah bon ?
Et elle sait ça comment, elle ?
– Oui.
– Et alors ?
– Et alors, tu en tireras bien les conclusions toute seule, n'est-ce pas ?
Sur ces mots, Jude se leva en la remerciant pour le thé. Bérénice se redressa avec un temps de retard. *Comprendre quoi ?* Elle sentit la paranoïa la gagner à nouveau. Elle n'osa pas, pour autant, retenir plus avant sa voisine.

En fin d'après-midi elle retourna au bâtiment qu'elle surnommait à présent *L'entrée des Proscrits*. Elle eut plus de chance que la veille. À peine arrivait-elle que madame Mikrabak tournait au coin de la rue. Il se dégageait de sa démarche un effet incongru de glissement, son buste imposant semblant se déplacer le long d'une ligne tendue. Aucun à-coup ni aucune torsion ne venaient contrarier l'élan de ce torse couvert d'un manteau de laine synthétique vert bouteille. *Un tank...* L'assistante ne sembla pas surprise de la voir.
– Je suis sortie hier de l'hôpital.
– Le secrétariat m'a avertie.
– J'ai essayé de vous rencontrer hier soir. Je ne vous ai pas aperçue.
– Pourquoi n'as-tu pas sonné ?
L'idée n'avait pas effleuré la jeune fille.
– Je croyais que l'entrée était... heu... réservée ?
– Tu es déjà venue une fois. Le portier t'aurait reconnue.

– Je ne l'ai pas envisagé.

– Entre.

Madame Mikrabak passait déjà le seuil. Bérénice la suivit dans le corridor, puis les escaliers et les couloirs. Cette fois-ci madame Mikrabak la conduisit dans une grande cuisine. Quelques femmes s'y activaient autour de profondes cocottes. La pièce sombre suintait l'huile refroidie. Bérénice frissonna.

– Assieds-toi.

Bérénice s'installa en face de l'assistante au bord d'une longue table puis attendit.

– Eh bien, je t'écoute, intervint madame Mikrabak.

– Vous m'aviez dit que vous m'expliqueriez.

Bérénice, gênée par la présence de tiers, avait chuchoté sa réponse.

– Qu'est-ce qui te fait penser que tu es prête à entendre ce que je pourrais te raconter ?

Bérénice ne retint pas un mouvement de recul. Elle qui pensait tellement enfin assembler quelques pièces du puzzle !

– Il y a quelque chose d'autre que tu dois savoir, reprit madame Mikrabak. Ce n'est pas une bonne nouvelle. Je voulais te prévenir avant d'aller saluer mon frère. Il peut se montrer si direct, parfois.

– Il s'agit de mes tests ?

– Oui. Les résultats des analyses sanguines.

– Qu'est-ce qu'il y a ?

– Ils ne sont pas bons. Viens.

Elles rejoignirent le laboratoire. Igor, penché sur les commandes de ses appareils, ne semblait pas pressé de s'en détourner. Madame Mikrabak l'interpella :

– Igor !

Le petit homme se retourna avec lenteur.

– Ingrid, ma douce ! Oh ! Et la petite condamnée.

– Igor ! s'écria l'assistante.

– Quoi, tu ne lui as pas dit qu'elle allait mourir ?

– Igor !

Bérénice sentit le sol vaciller sous ses pieds. *C'est quoi, cette histoire ?*

Madame Mikrabak la chopa par le bras et la poussa dans un fauteuil.

– Non, Igor, je ne lui avais rien dit.

– Eh bien voilà, c'est fait.

L'homme se détourna et se plongea de nouveau dans le suivi d'indicateurs s'affichant à l'écran d'un tableau de commande.

– Igor !

– Que veux-tu de plus ?

– Que tu lui expliques.

– Hum…

À regret il s'écarta du processus en cours non sans avoir jeté un dernier coup d'œil aux chiffres qui défilaient.

– Voilà. Tu es porteuse des gènes de lymphome.

– Je vous assure que je vais bien !

– Hum. Je ne dirais pas ça même si je suis d'accord avec toi pour affirmer que tu ne développes pas, actuellement, les symptômes de la maladie.

– Alors ?

– Tu as commencé à en être atteinte. Ces vertiges que tu as ressentis lors de ton voyage et au début de ton installation… Ils étaient dus à un début de dégénérescence.

– Mais depuis ! Plus rien !

– Dans le cocktail de vaccins qu'on t'a administré à ton arrivée, l'un d'eux, le Dégotrop, a fortement ralenti le développement de la maladie. Une rémission, dirais-je. Pourtant tu es atteinte. Sans possibilité de guérison.

– Combien de temps ?

– Quelques mois. Un an peut-être.

– Et si l'on me refaisait mes vaccins ? Là, tout de

suite, maintenant ?

Le petit homme plissa ses yeux d'un air perplexe. Il ressembla alors si terriblement à l'un de ces gnomes grimaçants de dessin animé, des rides sillonnant son front dégarni, qu'une envie de hurler la saisit.

– Je ne sais pas. Voyons… Je doute que l'expérience ait été tentée. De toute façon ce vaccin n'est pas disponible sur le marché. Les seuls détenteurs en sont la Cellule de Prévention des Risques et le Laboratoire de Vaccination.

– Tout s'achète, non ?

– Avec de l'argent et des appuis tels que des Lancrôme ou des Destranges, ou bien mieux encore, le fils Larson, oui… tout est possible.

– Ted ? Pourquoi lui, en particulier ?

– L'ingrédient principal du Dégotrop provient des mines d'Asie des Larson. CQFD.

Les questions se bousculaient dans la tête de Bérénice.

– Je ne comprends pas. Ne suis-je pas contagieuse ? Ou alors ce Dégotrop bloque-t-il le risque de contagion ?

Igor Mikrabak eut un geste d'exaspération.

– Mais non, voyons. Je me tue à répéter que le lymphome n'est pas épidémique !

– C'est ce que l'on m'a dit, à moi. C'est ce que tout le monde répète dans mon satellite.

– Eh bien, c'est faux. Et stupide qui plus est !

– Alors comment… Alors comment peut-on tomber malade ?

Igor hésita un instant puis prononça, comme pour un aveu, s'excusant presque :

– L'eau. C'est l'eau que vous buvez.

– Elle vient de la lune !

– Ce n'est plus le cas depuis plusieurs années.

Bérénice repensa à son père et à Takiro Takeda.

Elle repensa à la lettre du Japonais, à ce qu'il y avait écrit.

– C'est donc vrai ?

– Quoi ? Qu'est-ce qui est vrai ?

– On m'a affirmé que mon père avait été assassiné pour préserver le secret de l'état des ressources d'eau.

– Et pour la Mort Blanche ? Le savait-il ?

– Non. Non. Il avait juste appris, par un concours de circonstances fortuites, que les réserves lunaires étaient en cours d'épuisement.

– Fortuites… répéta Igor, hilare.

– Il est mort… murmura Bérénice, de la haine dans la voix.

– Et… as-tu un nom ? Le nom de l'assassin ? intervint madame Mikrabak

– Hélas non. Mais je cherche. À cette époque l'actuel général Strausmann assurait le commandement de la base.

Le frère et la sœur échangèrent un très long regard. *Ils savent. Je suis sûre qu'ils savent. Au fait ?* Bérénice reprit :

– Pourquoi seuls les Externes sont-ils touchés par la Mort Blanche ?

– Parce que les Citoyens sont vaccinés dès leur plus jeune âge. Avant qu'ils ne consomment de l'eau, lui répondit instantanément Igor. Et aussi à cause des proportions.

– Quelles proportions ?

Igor allait se lancer quand il s'interrompit brusquement, refermant sa bouche comme un clapet qui claque. Bérénice se tourna vers Ingrid Mikrabak. Elle avait l'air furieuse. *Que me cache-t-on encore ?*

– Et pourquoi nous ne sommes pas vaccinés, nous ?

– Les vaccins sont longs à élaborer et leurs composants rares, comme tout, à présent, sur cette planète. *On* a décidé, en haut lieu, de réserver ces ressources pour les Citoyens.

– C'est… injuste !

Igor rit.

– Parce que tu trouves que le monde est juste ? Où as-tu vu quoi que ce soit de juste ?

Un argument imparable, bien sûr. *Ce n'est pas une raison pour…*

– Et vous, vous en profitez aussi, n'est-ce pas ? J'aurais dû m'en douter.

Elle tourna les talons, remonta les escaliers en courant à s'en couper les jambes et sortit, éperdue, du bâtiment. Elle marchait à grands pas, forçant ses muscles endoloris à poursuivre leurs efforts, maîtrisant difficilement sa respiration saccadée tout en regardant droit devant elle. Elle n'avait pas tourné le coin de la rue que l'assistante sociale la rattrapait. Bérénice l'avait repérée du coin de l'œil. Elle accéléra. Elle n'avait pas prévu que la femme n'aurait qu'à allonger la jambe pour se maintenir à son niveau. *Même pas essoufflée !*

– Igor est un peu brutal en paroles… seulement en paroles, je t'assure. Il est très doux, quand on le connaît.

Bérénice, ruminant sa rancœur, se refusa à tout commentaire. Madame Mikrabak reprit :

– Et ce n'est pas vrai, ce que tu as dit… qu'il en profite. S'il est là, c'est justement parce qu'il a refusé d'appliquer les nouvelles règles.

Bérénice s'arrêta d'un coup net. Ingrid, emportée par son élan, dut faire demi-tour. Elles se faisaient à présent face sur le trottoir.

– Que s'est-il passé ?

– Viens, je vais te raconter.

L'assistante sociale récupéra une clé à la loge et elles s'installèrent dans un petit bureau. Elles n'étaient pas redescendues dans les profondeurs de l'immeuble

Roza Pustyni. Le bureau, en rez-de-chaussée, donnait sur une arrière-cour grise où l'on stockait des poubelles. Le soleil ne se coucherait que tard cette nuit-là sur Stratanadyr et, bien que la soirée fut notablement avancée, la pièce, malgré son exposition, bénéficiait de ce faible éclairage indirect. Madame Mikrabak n'avait pas allumé. L'assistante prit place derrière un pupitre laqué rose et fit signe à Bérénice d'occuper le tabouret en face d'elle. La jeune fille ne pouvait que trouver la situation malcommode, et ce à de nombreux points de vue. En premier lieu des suites d'une barre transversale butant contre ses genoux. Puis de l'assise, qui se révéla vite pour ce qu'elle était, soit un disque dur et étroit. Surtout et avant tout, car elle se retrouvait de nouveau en situation d'infériorité. Ce n'était cependant pas le moment de regimber. Elle s'agita, tentant de trouver une position moins inconfortable et de ravaler son orgueil.

– Igor travaillait au département recherche et développement de la Cellule de Prévention des Risques.

– Là où on fait les vaccins ? l'interrompit Bérénice.

– Là où on en invente de nouveaux. Entre autres. La CPR a été l'une des premières à savoir, pour la pénurie d'eau. On leur a demandé de plancher sur le problème. Igor a eu une idée. Une très bonne idée. Une idée simple : recourir à l'eau issue des piles à combustible pour la consommation.

– Ce n'est pas ce qu'on fait ?

– Il te faut revenir de vingt ans en arrière. À cette époque, l'eau issue des piles n'était pas bue. On l'utilisait comme eau de lavage. C'est Igor qui a mis au point le traitement qui la rendait potable. Avec cette innovation, il a surtout réfuté la croyance qui voulait que seule l'eau lunaire soit consommable. C'était une petite révolution.

– Et il a été viré ?

– Non. Jusque-là, même s'il avait dû batailler ferme, il était toujours considéré comme un membre éminent de la communauté scientifique du dôme.

– Que s'est-il passé ?

– Il voulait développer cette production d'eau afin de subvenir aux besoins. Cela aurait impliqué de démultiplier nos installations solaires ou éoliennes afin de produire de l'hydrogène et de l'oxygène pouvant de nouveau être transformés en eau. Un projet pharaonique ou, tout au moins, extrêmement coûteux ! Les autorités des dômes se sont, pour une fois, entendues pour classer le dossier. Igor, après avoir réchappé de peu à une déportation vers les mines, s'est réfugié chez les Exclus.

Bérénice comprenait tout cela. Elle ne s'en sentait pas moins révoltée.

– Et vous ! Vous, vous continuez de travailler pour eux !

– Où suis-je, là, exactement à cette heure ?

– Et ils n'ont pas essayé de vous faire disparaître, vous ? Ou alors je ne sais pas, de faire disparaître votre frère par votre intermédiaire ? Enfin, je ne voulais pas dire intermédiaire. Je veux dire qu'ils auraient pu vous prendre en otage, ou bien se servir de vous d'une manière quelconque pour l'atteindre.

– Je te l'ai dit. Un certain équilibre a été trouvé entre les Citoyens et les Exclus. Si Igor ne fait pas de vagues, il peut bien vivre et je peux bien continuer d'aider quelques petits orphelins.

– Hum… Et ce vaccin ?

– Il a été mis au point à peu près au même moment. Mais là aussi les coûts pour couvrir l'ensemble de la population ont été jugés prohibitifs.

– Y a-t-il encore quelque chose que je devrais

savoir ?

– Eh bien… certains disent que ça arrange bien les autorités, cette histoire de lymphome. La maladie régule la population.

– Je ne comprends pas. *Ou plutôt j'ai peur de saisir.*

– Après les années d'hécatombes où l'humanité envisageait sa fin prochaine et gravait ses mémoires sur des microfilms balancés dans l'espace telles des bouteilles à la mer, après la longue stagnation où nous retenions notre souffle et nous maintenions, tant bien que mal, comme en suspens, au-dessus du vide, la courbe démographique s'est de nouveau inversée.

– Et ?

– Et les risques liés à la surpopulation ont ressurgi. Les vieux démons ont pointé leurs cornes.

Elle avait grimacé en prononçant ces derniers mots. Bérénice tressaillit.

– On pourrait… Je ne sais pas… limiter les naissances ?

– La contrainte et les mesures de rétorsion n'ont pas, précédemment, porté leurs fruits. Pourquoi devraient-elles mieux marcher aujourd'hui ?

– Parce que l'on sait ! Parce que l'on a appris du passé.

– Jamais. Crois-moi. Jamais l'homme ne retiendra de leçons.

– Alors vous jugez que l'on devrait nous sacrifier au bénéfice de quelques-uns ?

Madame Mikrabak haussa les épaules.

– Je ne juge rien du tout. Je t'ai répété ce que le vent souffle aux oreilles des Exclus.

– Et eux. Comment font-ils pour l'eau ?

– Ils ont des installations. Ils la produisent eux-mêmes selon le système mis au point, et perfectionné depuis, par Igor.

– Alors les Externes aussi le pourraient.

– Sans doute. Il y a d'autres considérations à prendre en compte. Par exemple qu'on viendrait vite à bout des stocks des minerais exploités pour la confection de panneaux solaires, sans parler de ceux utilisés pour le traitement. Alors donc…

– Alors ce serait de nouveau la fin. Toutes ces manigances, toute cette hypocrisie ! C'est tellement cynique, tellement… abject !

– Je comprends ta réaction.

– Et la culpabilité vous étouffe ?

Bérénice se leva et, telle une lionne en cage, fit les cent pas dans la pièce minuscule.

– Nous essayons, Igor essaye de trouver des solutions.

– Igor… Que peut-il bien trouver dans son trou à rats ?

Elle avait craché ces derniers mots. La mâchoire d'Ingrid Mikrabak frémit. La jeune fille comprit qu'elle était allée trop loin.

– Sors d'ici.

Elle partit. Elle marcha. Elle en avait besoin. Au croisement des avenues Tolstoï et Dostoïevski, elle se fit contrôler et préféra finir le trajet en tram. Elle passa le sas avec mille précautions. Elle ne voulait pas que madame Rakoto sache qu'elle rentrait si tard. Comme si… *Comme si quoi ? Je ne lui dois rien. Elle n'est rien.* Il n'empêche qu'elle monta à tâtons, s'abstenant de lancer la minuterie du couloir. Elle s'endormit les yeux plantés dans ceux de Plumif. *Je vais mourir, je vais mourir, je vais, je…* Un rêve, encore. Un rêve où elle n'étouffait pas, ne se noyait pas. Un rêve où sa mère lui répétait combien elle la décevait et elle tombait dans un puits sans fond.

Elle ne voulait pas se lever. Elle ne voulait pas se

réveiller. Pourtant elle l'était et elle ne pouvait pas juste rester là, allongée. Ses jambes s'agitèrent en tout sens sous la couette, comme déconnectées de son cerveau, de sa volonté. Ses mâchoires se contractèrent. Elle sentit tous ses muscles faciaux se crisper. *Et merde.* Elle s'étira. *Je dois faire quelque chose. Il y a sûrement quelque chose à faire.* Trouver un vaccin. Qu'est-ce que Mikrabak avait dit ?

Le fils Larson… Ted… Si les Lancrôme l'invitaient, elle verrait sûrement Ted. Elle aurait quatre-vingts pour cent de chances de le voir à la première soirée. En deux soirées, les pronostics passaient à quatre-vingt-seize pour cents. Elle plaisait à Ingrid. Elle en était sûre. Au-delà de la volonté de l'épouse de satisfaire aux exigences de son mari. Elle alla sonner au portail des Lancrôme. Elle patienta plusieurs minutes puis sonna de nouveau. Une domestique finit par lui répondre que madame était absente. Sauf que Bérénice aurait juré avoir entraperçu la silhouette filiforme l'observer à la fenêtre du premier étage. Elle fut contrôlée.

– Bonne journée, Citoyenne Tennessee.

Elle grommela. Aller directement chez Ted ? *Hors de question.* Elle avait de l'argent. Elle devrait bien pouvoir s'acheter un vaccin, *non ?* Non. Elle ne pouvait pas. Elle avait été traîner au nord de l'hôpital. Un quartier traditionnellement réservé, dans tous les dômes, aux *maisons* IA et aux trafics en tous genres. Enfin… aux trafics implicitement autorisés. Et là, dans son cas, il n'y avait pas de passe-droit. Elle regagna son appartement le moral dans les chaussettes. La concierge ne daigna même pas lever le nez de son magazine quand elle la dépassa en frôlant les murs. Elle rêva de strangulation. *Une sorte de leitmotiv. Un truc sans espoir d'amélioration…*

Le lendemain matin une *bonne ?* surprise l'attendait : Ted Larson l'invitait à un récital. *Trio pour violon, piano et violoncelle de Schubert.* Finalement sa bonne étoile semblait s'accrocher. C'était pour… *pas tout de suite.* Elle avait le temps de… *le temps de quoi ?* Elle voulait savoir… pour Strausmann, pour son père. Elle reprit le chemin de la bibliothèque. La Pythie sortit une feuille de son tiroir et la lui tendit, souriante.

– J'ai pensé que ces titres pourraient vous intéresser.

Bérénice remercia sans vraiment comprendre jusqu'à ce qu'elle prenne soudain pleinement conscience de ce que ce répertoire représentait… et elle prit peur. Elle se précipita vers l'hôtesse.

– Comment ! Comment avez-vous su ce que je cherchais ? Vous m'espionnez, c'est cela ! Pour qui travaillez-vous ?

La femme resta calme, mais perdit son sourire.

– Cela fait beaucoup de questions.

– J'en ai assez, vous entendez, assez !

Bérénice se sentait de nouveau au bord de la défaillance. La femme lui avança une chaise.

– Asseyez-vous. Vous êtes toute pâle.

– J'en ai assez, répéta la jeune fille.

– Ne vous inquiétez pas. Je ne vous veux aucun mal.

– À vous entendre, vous et les autres, personne ne me veut de mal. Et pourtant…

– Je voulais simplement me rendre utile. Il y a si peu de visiteurs.

Bérénice se sentit légèrement mieux même si un doute s'insinuait

– Est-ce que l'on peut savoir ? Est-ce que quelqu'un peut connaître l'objet de mes recherches ? À qui en avez-vous parlé ? Non… Ce n'est pas ma question, pas la question que je voulais poser. Est-ce que quelqu'un peut en remonter l'historique ?

– Je suppose qu'une telle requête est toujours possible. Tous les terminaux du dôme sont connectés à un serveur central. Pour autant, remonter l'un des nombreux fils de discussions s'apparenterait à chercher une aiguille dans une botte de foin. Le terminal de la bibliothèque est une station publique. On ne peut même pas lancer de sous-investigation descendante comme on pourrait le faire à partir de votre modem. Bérénice tenta de réfléchir. Avait-elle amorcé ses premières tentatives de son équipement personnel ? Elle secoua la tête. *Je n'en sais rien. Je n'en sais foutrement rien.* La femme enchaîna, avec une hésitation.

– Je pensais que c'était justement pour cela que vous veniez ici.

– Non, non. C'est juste que… *je n'avais même pas songé au fait que je pouvais faire tout ça, tranquillement, de mon salon.* Je n'ai pas trop l'habitude… Dans les satellites, vous voyez…

La femme ne semblait pas voir. Elle semblait plutôt fâchée, les sourcils froncés, les lèvres serrées. Bérénice reprit :

– Enfin bref, excusez-moi pour tout à l'heure. Je… j'ai paniqué. Et je vous remercie… pour votre aide… et cette liste, en particulier. Je vais… m'y remettre.

Elle surveilla l'horloge murale et restreignit son étude à trois des sites proposés par la documentaliste. Pour les autres, elle envisageait de lancer les process de connexion sur des lieux différents. *Brouiller les pistes.* À midi elle quitta la bibliothèque, bien décidée à ne pas y remettre les pieds durant les trois prochains jours. Hormis là, où aller ? Elle n'allait quand même pas se faire hospitaliser juste pour avoir accès à un compte libre ? Elle tourna en ville, à la recherche d'un cyber café. Elle se rendit dans diverses salles publiques : Théâtre Municipal, Office Régional des Dunes de Sibérie, Agence Locale pour l'Emploi. Elle échoua par hasard dans l'un des deux golfs. Elle avait soif. Elle avait poussé la porte du club, projetant de s'y désaltérer. Victoire et oh miracle ! Trois ordinateurs flambants neufs trônaient dans un salon cossu entre des fauteuils en simili cuir (*à moins que… ?*) et des guéridons marquetés. Un lustre à six branches scintillait. Ses breloques de cristal renvoyaient en mille éclats la lumière. Elle s'approcha des ordinateurs tant convoités. Elle en avait oublié sa soif. Une voix froide l'arrêta nette.

– Ce salon est réservé aux membres.

La voix provenait de l'un des fauteuils. Elle la reconnut. *Le vieux beau. Le mari de la momie.*

– Bonjour. Comment allez-vous ?

Le bellâtre, seul… *Quoi ? Client ? Usager ?* fronça les sourcils et déposa son journal sur l'une des tables basses. Bérénice reprit :

– Nous avons dîné ensemble. Chez les Lancrôme.

– Oh… Oui, oui. Peut-être. Comme je vous le disais, cette salle est à accès privilégié.

Il avait prononcé ces quelques mots d'un ton que la condescendance rendait à peine plus aimable.

– Justement ! Je viens prendre ma carte !

L'assertion jaillit sans préméditation. Bérénice en fut la première surprise.

– Oh… Oui, oui. Je vais vous appeler Edgard.

Il se leva et fit tinter une cloche disposée sur un bar, à l'arrière.

– Edgard est le majordome, précisa-t-il sans la regarder.

Il retourna s'asseoir et rouvrit son journal… qu'il ne donnait pas l'impression de lire. Bérénice se sentit mal à l'aise. L'attente fut heureusement de courte durée. Un factotum aux cheveux grisonnants coupés ras, vêtu d'un costume *à l'ancienne* c'est-à-dire d'une bonne imitation d'un tweed gris dans lequel on avait taillé un pantalon à pince, un gilet sans manches et une veste longue, se matérialisa silencieusement dans la pièce. Lui aussi ignora la jeune fille. *Décidément !*

– Monsieur désire ?

Sans relever le nez de son quotidien, le mari d'Élisabeth (*c'est quoi son nom à lui déjà ?*) répondit :

– Cette jeune fille veut s'inscrire. Je vous laisse voir avec elle, Edgard.

Edgard jeta un regard réprobateur à ladite jeune fille avant de lui lancer un « Si vous voulez bien me suivre » d'un ton hautain. Il s'approcha d'elle et la dépassa sans un mot. L'homme était grand. Bérénice trottina derrière lui à petits pas, l'obligeant à l'attendre. Ils abandonnèrent le silence feutré et le confort ouaté du salon pour un bureau fonctionnel.

– Nous proposons un large choix de prestations, attaqua-t-il immédiatement en lui tendant une brochure cartonnée toute en nuance de verts.

Bérénice se plongea dans le descriptif.

– Comme vous le voyez, notre offre *débutant* comprend une formation de quatre heures en putting zone, une réservation pour un parcours six trous et, bien entendu, la location du matériel.

Il s'interrompit. Comme Bérénice poursuivait sa lecture, il toussota.

– Cette offre me semble parfaitement adaptée à votre cas, mais nous pouvons, bien entendu, vous faire d'autres propositions dans des gammes de prix variés.

Bérénice en arrivait à la présentation de la golden member card. *Accès illimité au parcours, prêt de matériel, réservation prioritaire de voiturettes, événements spéciaux, droit d'entrée au club… Ah…*

50 000 Terravis l'année... quand même !

– Je voudrais ça, lui indiqua-t-elle.

– En êtes-vous bien sûre ? Une séance d'essai me paraîtrait bien fondée.

– Je pourrais accéder au salon, n'est-ce pas ?

Edward avait de nouveau toussoté.

– Eh bien ce salon dans lequel je vous ai trouvée est réservé aux hommes. Les dames ont un boudoir.

– Un boudoir…

Bérénice se sentait déçue. *Un boudoir pour y faire quoi ? Bouder ? Et pourquoi le salon est-il réservé aux hommes ?* L'homme attendait. Bérénice reprit :

– Pourrais-je voir ce boudoir ?

En matière de boudoir, la jeune fille ne vit qu'un salon. Un très beau salon d'une taille appréciable, au demeurant plus petit que le précédent, tapissé de velours vert et or. Le même lustre imposant égrenait son chapelet miroitant de cristaux limpides. Les fauteuils avaient cédé leur place à des causeuses et des sièges ouvragés. Et, le plus important : deux ordinateurs trônaient, anachroniques, au milieu de la pièce à l'opulence archaïque.

– Parfait ! dit-elle en tournoyant sur elle-même. Parfaitement parfait !

– Nous restons donc à la carte membre club ?

– Tout à fait.

– Comment comptez-vous payer ? Souhaitez-vous que nous vous établissions un échéancier ?

– Oh… Non, non. Je pense payer comptant.

Ils retournèrent dans le bureau. Bérénice sortit de son sac son tout nouveau chéquier. Fièrement elle le remplit et, ajoutant sa signature, tendit le mince feuillet à l'homme.

– Eh bien, Edgard, voilà qui est fait.

Edgard tiqua. Elle feignit de l'ignorer.

– Puis-je m'installer au salon ? Pardon, au

boudoir ?

– Bien sûr mademoiselle. Souhaiteriez-vous un thé ? Ou bien peut-être préféreriez-vous une boisson plus forte ? Nous avons également un service snack. Je pourrais vous présenter la carte.

– Bonne idée, oui. Faites donc cela.

Elle se prenait au jeu et y trouvait beaucoup d'amusement. Elle passa l'heure suivante calfeutrée dans l'intimité du salon, pardon, boudoir… du golf, sur ses recherches. Elle sirota un savoureux thé à la menthe et grignota un succulent petit gâteau au miel. *Quel lieu… mirifique !* Quand elle repartit ce soir-là, poussée très poliment dehors par le maître des lieux (*car c'est ce qu'est cet Edgard, n'est-ce pas ? Pas juste un employé*), elle n'avait qu'une hâte, revenir. Une invitation chez les Lancrôme l'attendait dans sa boîte. Pour le soir même. *Décidément.* Elle envisagea un instant de s'y rendre, se rappela la silhouette entraperçue à la fenêtre, soupira et jeta l'invitation dans la corbeille.

– Un concert absolument divin !

Tel fut le commentaire que Bérénice servit, dans un battement de cils, à son chevalier servant. Elle trouva son accès d'hilarité particulièrement vexant. *Flûte, ça ne prend pas.* D'autant plus vexant qu'elle avait particulièrement apprécié ! Elle accompagna son plissement de nez d'un haussement d'épaules. Il lui proposa un verre au bar de l'auditorium. Ils étaient à peine servis qu'il sortait de sa poche une petite boîte capitonnée et la lui tendait, un doux sourire aux lèvres. *Dieu qu'il peut être charmant.* Elle l'ouvrit.

– C'est une plaisanterie !

Elle avait crié. Plusieurs consommateurs, même à des tables très éloignées, se retournèrent.

– Chut, voyons, ma chérie. Cache ta joie.

– Ma joie ! Enfin ! Comment peux-tu… ? chuchota-t-elle d'une voix furieuse.

– Et alors ?

– Comment ça, *et alors* ?

– Et si tu considérais ce mariage comme un arrangement ? Un cas fréquent, il y a de cela quelques siècles.

– Peut-être, mais c'était effectivement il y a quelques siècles. Et je ne vois pas l'arrangement.

– Tu aurais un accès illimité à tous mes produits pharmaceutiques et j'aurais une ravissante épouse, égérie des parfums Lancrôme, qui me couvre de louanges. Réfléchis.

Bérénice se sentit pâlir.

– Comment sais-tu ?

– J'ai mes propres sources de renseignements.

– Mikrabak ?

– Bien sûr que non, voyons. Les Mikrabak, frère et sœur, ne sont que de pauvres crétins idéalistes. Mes taupes sont rémunérées, grassement.

– Qui d'autre ? Qui d'autre sait ?

– Je ne sais pas vraiment. Qu'importe. Tous tiendront lcur langue.

– Et le peroxydé ?

– Pardon ?

– Le fils Ranecer !

– Oh… déjà terminé. Je crois que tu as eu raison de le remettre à sa place.

– C'est joliment tourné.

– Comme cette demande en mariage. Qu'en penses-tu ?

– Je dois réfléchir.

Elle n'avait pas touché à son verre.

– Je vais te raccompagner.

Il possédait une voiture à hydrogène carénée. Il la conduisit d'un air distrait sans proférer un mot.

Lorsqu'il la déposa au pied de son immeuble, Bérénice se sentait plus tendue que la corde d'un arc.

– Je comprends que tu sois bouleversée. J'attendrai ta réponse.

Le lendemain, les journaux à scandales faisaient les gros titres de leur entrevue de la veille : *Il lui demande de devenir sa femme*, *Elle manque de s'évanouir de bonheur*. Bérénice, qui avait décidé de marcher un peu pour se remettre les idées en place et découvrait au fil des panneaux à LED l'étendue du désastre, sentit l'écœurement la gagner. Abrégeant sa promenade, elle retrouva sa gardienne (*elle surveille mes allées et venues depuis sa fenêtre !*) tout émoustillée :

– Oh, mademoiselle Tennessee. Quel plaisir de vous voir ! Comment allez-vous ?

Quelle horreur !

La concierge ne l'ignorait plus ! Mieux encore, elle s'abaissait à des courbettes !

– Ça va. Je vous remercie. Et vous ?

– Et votre accès de fatigue ?

– Mon accès de fatigue ?

– À la suite de votre voyage… votre hospitalisation ?

– Oh… Oui, juste un coup de fatigue, en effet… Le voyage, effectivement, voyez-vous…

– Oui, oui, je vois.

Quelle hypocrisie… à moins que ce ne soit du cynisme ? Non, elle n'en serait pas capable.

– Je vais tout à fait bien maintenant.

– Tant mieux ! Tant mieux, vraiment !

Plus Bérénice réfléchissait à la proposition de Ted, plus elle trouvait cette dernière raisonnable. Elle soupira. Le midi même elle faisait envoyer un mot par porteur à l'héritier Larson. À quatorze heures, elle suivait un cours d'initiation au golf. À seize heures, elle se connectait à Internet. À dix-sept heures, elle dégustait un scone accompagné d'un thé de Ceylan, le tout servi dans un service en porcelaine décoré de délicats entrelacs floraux dans les tons bleus. À dix-huit heures, Ingrid Lancrôme poussait la porte du boudoir et Bérénice fermait précipitamment toutes ses fenêtres de recherche.

– Bérénice, ma chère. Quelle surprise !

– Ingrid ! Quel plaisir de vous voir !

– Je dois vous gronder. Vous m'aviez caché votre liaison avec notre délicieux Teddy.

– Je pensais qu'avec notre voyage… Je ne sais pas, cela semblait… évident, non ?

– Sans doute… Vous êtes si secrets, l'un comme l'autre. Depuis votre escapade, justement, on ne vous a plus aperçus ensemble… du moins en public.

– Nous tenions à préserver notre intimité.

Bérénice sourit poliment. La liane blonde reprit, un peu crispée :

– Vous auriez pu vous confier à moi. Ne sommes-nous pas amies ?

– Je suis venue justement vous voir, à ce sujet, un après-midi. J'ai sonné. Mais on ne m'a pas invitée à entrer.

Bérénice avait adopté un ton qu'elle jugeait des plus innocents. Le visage de la femme en face d'elle se figea. *Une figure de cire… Comme c'est étrange… Comme c'est inhumain. Même les humanoïdes…*

– Oh… J'étais sans doute sortie.

– Sans doute.

– Hum… Enfin, il faudrait que vous me racontiez tout cela. Je compte sur vous, n'est-ce pas ?

Le journal du père, septième partie

10 novembre 2156

On m'a distribué hier matin, en même temps que mon café au lait reconstitué, mon ticket du mois. J'ai choisi de *rendre hommage* à KT'Corolla. J'ai hésité, un peu… très peu. Combien de temps les humanoïdes ont-ils accès à leurs souvenirs ? KT'Corolla n'a pas manifesté la moindre animosité ou la moindre réticence en m'ouvrant sa porte. Se souvenait-elle simplement de moi ? Peut-on sélectionner des facteurs à conserver et en effacer d'autres ? Ont-ils dans leur base de données tous nos noms ? Gardent-ils en sauvegarde des fichiers avec l'essentiel (j'entends ici les préférences) de l'ensemble de notre troupe ? Pour la mémoire à court terme, par contre, peut-être les reboote-t-on toutes les semaines ? Voire tous les matins ?

– Tu sais qui je suis ?

– Oui.

– Quel a été notre dernier sujet de discussion ?

– Je ne suis pas autorisée à donner des informations de ce type.

– Mais puisqu'il s'agit de moi ?

– Cette possibilité n'a pas été envisagée et nulle exception ne peut enfreindre la règle.

Oui, évidemment, vu ainsi… J'ai donc rajouté :

– Je suis désolé si j'ai pu te blesser.

Un pâle sourire a furtivement éclairé son visage.

– Et aujourd'hui, que désires-tu ? Veux-tu parler ?

– Un peu. Je cherche surtout à oublier.

– Dans mes bras, tu trouveras ta rémission.

Je lui ai parlé de la Mort Blanche, de Margareth, du

nouvel enfant, de la peur ancrée, enracinée. Elle n'a rien dit, ne m'a pas interrompu. Après avoir baisé, alors que je sombrais doucement dans le sommeil, je crois l'avoir entendue murmurer, tout contre mon oreille :

– C'est l'eau.

15 novembre 2156

Je dois revoir KT'Corolla. Je deviens fou.

16 novembre 2156

Takiro et moi avons de nouveau été envoyés sur une plateforme. J'ai bien failli me rompre le cou. J'ai demandé une formation d'astronaute. Le capitaine Clocks a enregistré ma demande. Il m'a dit qu'il ferait son maximum pour que ma requête aboutisse rapidement. J'ai dû rêver l'autre soir. Forcément j'ai rêvé. Je dois chasser ce rêve.

18 novembre 2156

Les travaux d'extension de la base commenceront en début d'année. Suite au déclenchement de l'épidémie, des mesures de sûreté complémentaires ont été adoptées. Le projet n'est donc pas abandonné. Il accuse simplement un peu de retard. C'est parfait. La Terre continue de tourner et nous continuons de tourner autour de la Terre.

24 novembre 2156

Takiro a reçu une lettre. Il m'a dit que tout allait bien pour son clan. Il m'a aussi renseigné sur la contagion. Ici, les nouvelles sont distillées au compte goutte. Il m'a expliqué que, à ce qu'il paraîtrait, seuls les satellites seraient touchés. Les Citoyens, eux, semblent épargnés. J'ai secoué la tête. Il a haussé les épaules.

– Oui, je sais, c'est bizarre. C'est pourtant exactement ce qu'ils m'ont écrit.

KT'Corolla sait-elle ?

27 novembre 2156

D'autres gars confirment cette thèse comme quoi seuls les satellites sont concernés par la Mort Blanche. L'hygiène de vie est mise en cause. Je pense qu'il faudrait se montrer franc et clairement évoquer les conditions de vie. Tout le monde sait qu'il est dix fois plus difficile de survivre dans un satellite que sous l'atmosphère protégée d'un dôme. On a échangé là-dessus aujourd'hui Takiro, Atul et moi pendant qu'on révisait le système de conditionnement d'air de la base. On en est d'ailleurs venus à aborder le sujet justement parce qu'on y était affectés. Normalement l'entretien n'a lieu qu'une fois par an, aux alentours d'avril ou mai. Pour le coup, ils nous ont réduit drastiquement l'échéance. Je pense que ça a à voir avec ces fameuses mesures sanitaires renforcées. Takiro et Atul en ont convenu de même. De là nous en sommes arrivés à comparer les systèmes des dômes et des satellites en matière de renouvellement d'air. Dans les dômes, un système central piloté par un serveur gère tous les bâtiments. L'air provient directement de l'usine d'électrolyse. Les tuyaux d'approvisionnement sont nettoyés régulièrement. Par contre, dans les satellites, c'est une tout autre affaire. Chez Takiro, les habitats sont regroupés et chacun d'entre eux traite, à son échelle, la diffusion de l'air. Pour Atul, c'est comme à Rivaside : il y a un système central relié à une sous-unité de pressurisation elle-même raccordée au dôme. Le système n'est pas fiable et la maintenance laisse à désirer. En cas d'alerte (dépressurisation sur la ligne, dosage inapproprié…), nous devons enfiler nos combinaisons et nos masques et nous rendre à l'abri le plus proche. Nous avons toujours plusieurs bouteilles d'oxygène de réserve à nos domiciles. On nous considère comme des sous-membres de la communauté. Et c'est valable pour tout. Prenons un autre exemple : celui de la gomme nutritive. Comble de l'ironie, alors qu'elle est produite dans la fabrique dépendant de notre satellite, la production est d'abord transférée à Rivapolis avant qu'une partie ne nous soit restituée. Et entre les deux, de multiples manipulations ont eu lieu. Quant à l'eau, n'en parlons pas ! Les légionelloses sont monnaie courante dans certaines myriades. Fort heureusement, les responsables de notre dôme se sont montrés fermes et intransigeants dès l'origine à ce sujet et le dernier cas en la matière remonte à plus de soixante ans. Pour le satellite d'Atul, tel ne semble pas être le cas. Enfin, pour en revenir à l'actuelle épidémie, il est toujours plus facile de rejeter la faute sur les Externes en évoquant leur supposée négligence qu'en remettant en cause les politiques de développement territorial.

28 novembre 2156

Ceux qui doivent être contents (contents à s'en frotter les mains), ce sont les actionnaires de La Loterie. Je suis prêt à parier une paye que le taux de participation va exploser.

29 novembre 2156

Je n'ai jamais joué à La Loterie. Margareth y est

fermement opposée. J'aurais pu intégrer le dôme quand j'étais plus jeune. Avant que je rencontre Margareth. J'étais bon à l'école. Très bon même. Les très bons peuvent, sur concours, après la classe de troisième, intégrer les écoles du dôme en classe de deuxième (tous frais payés et une place au dôme quasiment assurée). Sauf que le jour du concours, j'ai été malade. Très malade. À rendre mes tripes. Alors voilà : j'ai commencé à bosser pour Nutriplus. Mes parents n'avaient pas de quoi me financer une, voire plusieurs années supplémentaires.

30 novembre 2156

Au départ j'ai juste serré les dents. Je ne voulais plus y penser. J'ai balancé tous mes livres de cours au centre de recyclage. J'aurais presque aimé les voir brûler. *Hérésie !* me jetterez-vous à la face. Peut-être… Mais je venais de me prendre une telle claque ! Ensuite, vers les vingt, vingt-cinq ans, j'y ai pensé tout le temps. Je ressassais mes désillusions en boucle. Qu'est-ce que je serais devenu ? Que serait ma vie si je n'avais pas été si malade ce jour-là ? Et je me soulais avec ma paye à l'*Aficionado*. J'ai rencontré Margareth à cette époque et ma petite puce est née. Cette histoire de destin manqué me revenait moins. De moins en moins. De nouveau, je me questionne.

1er décembre 2156

Margareth était jolie. Elle l'est toujours. Elle l'était particulièrement, ce jour-là, quand elle a franchi les portes du sas de l'*Aficionado* en compagnie de sa cousine. Violetta me connaissait bien. Je veux dire qu'elle connaissait mon passif. Elle savait dans quel état j'errais sur la place les samedis soirs. Je me suis dit que c'était foutu. Alors, foutu pour foutu, je me suis lancé.

2 décembre 2156

Elle était jolie… et gentille… et nous avons échangé nos vœux. Je dois reconnaître qu'elle ne brillait pas par son intelligence. Ce n'était pas grave. Ce n'était pas ce que je recherchais. Elle était chaude et douce. Sa voix était chaude et douce.

3 décembre 2156

Ma petite puce est vive, mais pas *extraordinaire*. J'entends par là pas extraordinairement douée. C'est ainsi que l'on me définissait à son âge. Extraordinaire… Peut-être Sadii le sera-t-il, lui ? Peut-être mon fils intégrera-t-il le dôme ? J'ai envie de me souler.

Bérénice, huitième partie

Le tourbillon des soirées et des galas l'aspira de nouveau. Elle espéra en profiter pour avancer dans ses recherches. Hélas toutes ses tentatives se heurtaient à un mur. Ce mur avait un nom : Strausmann. Elle n'avait plus le choix. Elle devait trouver les informations manquantes d'une autre manière. Elle réussit à se faufiler dans le bureau de Pascal Lancrôme. Elle y trouva plusieurs dossiers, qu'elle pourrait qualifier d'embarrassants, dont des preuves d'importants versements à diverses autorités internationales. Rien sur le général. *Peut-être que chez Ted ?* Enfin, chez les parents de Ted. Pourquoi ne les voyait-on jamais, d'ailleurs ?

– Père est souvent en visite dans nos mines. Quand il n'y est pas, il dirige la filiale africaine à partir du dôme de Brazzaville.

– Et ta mère ?

– Oh, ma mère…

Il avait haussé les épaules. Ingrid, plus prompte à recueillir des confidences qu'à lâcher deux ou trois bribes d'éclaircissements, botta en touche. Chrys fort heureusement se montra plus prolixe :

– Cette pauvre Gabrielle. Elle voulait toujours tellement plus. Elle avait cette magnifique villa ici, à Stratanadyr. J'entends par là la résidence occupée par Ted aujourd'hui. Fabuleuse, n'est-ce pas ?

Bérénice sourit. Ted ne l'avait jamais invitée chez lui. À sa décharge, elle devait reconnaître qu'elle ne l'avait jamais convié chez elle non plus.

– Enfin bref, reprit la femme. Elle avait aussi une maison de maître à Brazzaville et elle voulait encore un loft dans le Beverly Hills de Newdream. Ou bien, pour te donner un autre exemple : elle s'était fait refaire le nez, rehausser les pommettes et elle voulait encore retoucher le menton. Tu vois ce que je veux dire ?

Bérénice pensait voir. Elle ne comprenait cependant pas où Chrys voulait en venir. Elle sourit de nouveau.

– Elle a atterri à l'asile. Aux dernières nouvelles, elle y est toujours.

Bérénice ne comprenait toujours pas plus comment d'un appartement et d'un menton on aboutissait chez les fous. *Quoique...*

– Quel âge avait Ted ?

– Dans les douze ou treize ans, je crois. Il la voyait déjà très peu avant. Surtout…

– Surtout ?

– Eh bien, il était plus un faire-valoir que quoi que ce soit d'autre. Elle le traînait à des fêtes costumées, des galas de charité. Je crois qu'il le vivait assez mal. En particulier le jour où elle l'a oublié. Je m'en souviens : c'était à Preporod pour l'investiture de Krouchnick. Le président général donnait une réception le soir dans les jardins du Palais National. Des personnalités de toute nationalité s'y bousculaient. Des invités triés sur le volet. J'avais dû jouer des pieds et des coudes pour faire partie des heureux élus. Enfin bref. Une merveilleuse soirée. Vraiment.

La femme s'interrompit.

– Et ?

– Un feu d'artifice, des jets d'eau…

– Pour Ted, voyons !

– En arrivant à Stratanadyr au petit matin, Gabrielle s'est rendu compte qu'elle avait laissé l'enfant à Preporod.

– Oh…

– Oui ! Absolument inconcevable n'est-ce pas !

Bérénice eut un flash-back. Elle se remémora ses propres parents. *Comme nous étions heureux, ensemble, tous les trois. Puis tous les quatre quand Sadii est né. Et même tous les cinq en incluant mamie Tanou. Pas toujours, bien sûr. Souvent quand même. Surtout quand Papa était là.* Elle soupira. La femme reprit :

– Voire même impardonnable, je suis d'accord.

Si Chrys se révélait être une excellente source d'information pour savoir le qui et le quoi du dôme, en revanche elle maîtrisait peu les affaires politiques, sociales ou économiques. *Sauf que...* Elle avait baissé les yeux quand Bérénice avait tenté de lancer le sujet sur Strausmann. *Elle sait. Peut-être pas tout. Sûrement pas tout. Mais elle sait.* Bérénice poursuivait ses recherches sur la toile, parfois de la bibliothèque, le plus souvent du golf. Ted l'y rejoignait régulièrement. Il l'initiait à la pratique et prenait son rôle de coach à cœur. Elle faisait de son mieux pour sembler intéressée et justifier du temps qu'elle passait ensuite au boudoir. Elle accompagnait le jeune homme à des vernissages, des récitals, des conférences. Elle s'était même rendue à un match de rugby dans une lointaine myriade d'une île entre l'océan Indien et celui du Pacifique. Elle qualifiait l'ensemble de plaisant. Ted se montrait charmant et avenant. Elle s'efforçait de lui rendre la pareille. Toutes les nuits l'oiseau lui reprochait sa servilité et lui conseillait de tout abandonner. Elle finit par recouvrir la cage d'un drap. Elle ne s'était pas rendue à son premier cours à l'université. Elle ne se présenta pas non plus au suivant.

Elle fut surprise de voir madame Mikrabak, dans le hall une fin de matinée. Elle revenait du parc. Elle y avait erré sans but. Elle était pâle et exsangue. Madame Mikrabak fronça les sourcils.

– Je souhaitais vous rencontrer.

– Je vous en prie. Vous êtes la bienvenue. Montons, si cela vous convient.

– Vous aviez à faire peut-être ?

– Je devais rejoindre mon fiancé au golf. Il attendra.

– Félicitations… pour vos fiançailles.

Bérénice haussa les épaules et ouvrit sa porte en s'effaçant devant l'imposante femme.

– Vous savez très bien que tout cela n'est que poudre aux yeux.

– Vous voulez sans doute dire ampoule pharmaceutique.

– Bref. Vous savez très bien. Je suppose que ce n'est pas pour cette raison que vous venez me voir.

– Oui et non. Vous pourriez m'aider, par l'intermédiaire de votre fiancé, m'aider à sauver Pietre Borshkoff.

– Pietre ? Que s'est-il passé ? Et Nikolas ?

Elles étaient toujours debout, dans l'entrée. Madame Mikrabak déboutonna d'un ou deux boutons son manteau de laine.

– Oh, pardon. Veuillez vous asseoir. Voulez-vous un thé ? enchaîna Bérénice.

– Un thé ? Vous buvez du thé ?

– Non. J'en ai acheté pour… un visiteur.

– Hum. Je veux bien un thé, oui.

L'assistante sociale l'accompagna à la cuisine, délaissant la table de la salle à manger comme les fauteuils du salon. Elle prit place sur l'une des chaises en sable aggloméré du coin repas. Bérénice crut bien voir la chaise ployer et se demanda si elle devait conseiller un autre siège.

– Ne vous inquiétez pas, c'est du solide, commenta

l'assistante sociale.

Bérénice se détourna et s'appliqua à la préparation. Elle ne voulait pas penser aux Borshkoff. Elle ne voulait pas penser à Ted. *Ébouillanter la pâte puis laisser infuser exactement trois minutes.* Elle servit le thé dans les deux jolies tasses ornées d'arabesques multicolores qu'elle avait précédemment sorties pour Izumo Matsui. L'assistante sociale sirota un peu de son thé et commença son explication :

– Pietre s'est fait choper par un RCM après le couvre-feu.

– Le couvre-feu ? *Quel couvre-feu ?*

– Les Exclus ne peuvent utiliser la couverture des Externes que lorsque ceux-ci sont autorisés à circuler sous le dôme. Au-delà… Eh bien, au-delà ils n'ont plus aucune identité provisoire.

– Oh. Je comprends. Mais que faisait Pietre dehors ?

– Il était en retard pour aller récupérer Nikolas au parc. Et au retour, ils se sont fait contrôler.

– Et Nikolas ?

– Les enfants ne sont pas badgés. Les robots n'ont embarqué que Pietre.

– Et maintenant ? Où est-il ?

– Les Exclus épinglés sont envoyés dans les mines. Parfois, pour ceux qui ont de la chance, ou ceux qui semblent vouloir en découdre, ils sont intégrés aux Forces de La Légion.

– De la chance !

Bérénice se remémorait différents témoignages ou commentaires sur La Légion. Constituée de mercenaires entretenus par les dômes pour la sauvegarde de leurs intérêts, elle donnait le frisson à plus d'un Externe. On disait que leurs gradés larguaient les nouvelles recrues en plein *no man's land* avec une quantité d'oxygène limitée. Et encore plus limitée pour certains que pour d'autres. Marche ou crève… La jeune fille reprit avec aigreur :

– Y a rien de pire que La Légion.

– Si. Il y a les mines. Il faudra que tu demandes à ton Prince Charmant le taux de mortalité de ses ouvriers. Enfin, si on peut parler de salariés. Dans la terminologie en usage un ouvrier loue ses services dans le cadre d'un travail artisanal, industriel ou agricole en échange d'un salaire. C'est un employé lié par libre consentement à son employeur. Je doute que la définition s'applique aux condamnés exploités dans les gisements appartenant à la Iratom Sov Company.

Bérénice sentit qu'elle allait de nouveau s'énerver.

– Qui vous croyez-vous pour toujours m'écraser de votre… supériorité ? Oui, c'est ça, de votre grandeur, de votre suffisance morale. Genre *moi je suis l'assistante sociale qui sauve deux petits orphelins et qui se bat contre les méchants Citoyens (enfin les riches) qui privent de leurs droits les gentils Exclus et qui, en plus de tout ça, connaît tout sur tout, en particulier tout ce que les autres devraient savoir, mais que, par leur faute, ils ne savent pas.*

– Pour la fin, il y a un peu de ça. Pour le reste, je ne juge pas. Cependant, dis-moi, dans le genre prompte à étiqueter, prompte à condamner, ne te trouves-tu pas mal placée pour faire des reproches ?

Bérénice devait reconnaître que la femme n'avait pas forcément tort. Elle soupira.

– Expliquez-moi. Pour Pietre. Que puis-je faire ?

– Le plus simple est certainement de demander au fils Larson le transfert de Pietre vers La Légion.

– Et je lui dis quoi ? Un truc du genre *Oh, au fait, un de mes amis vient de se faire envoyer dans tes mines. Ce serait bien que tu l'expédies chez les mercenaires. Il paraît que les chances de survie y sont nettement plus élevées. Et pourrais-tu me passer le sel, au passage ?*

– Pourquoi pas. Je te déconseille de donner son nom.

– Je vais le désigner comment, alors ? Le brun maigre aux cheveux frisés ? Pile-poil le profil du légionnaire ?

– Il a un matricule. 243209STR4.

– Et pourquoi ne pas utiliser son nom ?

– Parce que les Exclus n'existent pas.

Bérénice haussa les épaules.

– De toute façon je peux bien essayer. Et Nikolas ?

– Nikolas… Nikolas ne parle plus.

– Et pour le reste ? Comment va-t-il faire ? Pourra-t-il rester sur l'abri de Roza Pustyni ?

– Je ne sais pas. Pour l'instant, il passe ses journées dans le laboratoire.

Bérénice essaya d'imaginer le petit garçon dessinant aux côtés de ce balourd d'Igor.

– Il s'occupe à quoi ?

– À rien. Il passe ses journées, muet, accroché à la blouse de mon frère.

– Il faut faire quelque chose !

– Si tu as une idée, je suis preneuse.

– Est-ce que je pourrais le voir ?

– Tu peux toujours passer.

Au départ Ted consentit.

– Oui, pourquoi pas. Si tu y tiens.

Effectivement, Bérénice se dit que c'était simple. Il n'y avait qu'à demander. Et puis deux jours après, les sourcils froncés, il lui rétorqua que ce n'était pas possible.

– Pourquoi ?

– Tu sais qui il est ?

– Heu… le numéro 233209STR4 ?

– Et à part ça.

– On le prénomme Pietre.
– Comment l'as-tu connu ?
Que pouvait-elle dire ? Et ne pas dire ? Madame Mikrabak lui avait juste recommandé de ne pas parler de son nom. Et pour le reste ?
– Au parc.
Il renifla, sceptique.
– Il est agent d'entretien, se justifia-t-elle.
En plus, c'était la vérité.
– Hum. Il faut que tu saches que ce type ne me porte pas dans son cœur. Et réciproquement d'ailleurs.
Bérénice prit un air stupéfait des plus convaincant. Elle n'avait pas à se forcer : tout lui semblait soudain très flou. *Ils se connaissent ?*
– Comment ça ? Vous vous fréquentiez ?
Ted sourit d'un air compatissant.
– Ma chère, tu ne sais pas tout.
– Ça oui ! Je le sais que je ne sais pas tout. Mais personne ne veut jamais rien m'expliquer ! Personne ne veut me dire quoi que ce soit sur qui que ce soit. Personne ne veut jamais rien me dire sur qui pilote quoi et qui surveille qui. Et maintenant tu m'assenes ce *tu ne sais pas tout !*
Ted rit.
– D'accord, d'accord. Rentre tes griffes, tigresse.
Dieu qu'elle le détestait à cet instant précis ! Elle le fusilla du regard.
– Pour cet Exclu, je ne l'ai jamais croisé.
– Alors ?
– Laisse-moi poursuivre, veux-tu ?
Il se cala dans son fauteuil. La conversation se déroulait au bar de l'auditorium. Ils venaient d'assister à une conférence sur le climat. *Tellement de belles paroles.* Ted reprit donc :
– Nos pères se connaissaient et nos pères s'appréciaient peu. Malheureusement le père de ce

Pietre est mort. Quelques scribouillards ont osé en accuser mon paternel. Jamais mon père ne se serait donné cette peine. Je te le garantis.

Il éructa d'un rire amer. Bérénice recollait les morceaux. Elle raccrochait l'histoire de Mikrabak à celle de Ted Larson. Elle s'imprégnait, aussi, des sous-entendus. Elle déglutit avec difficulté. Elle avalait mal le morceau et renâclait à ingérer ce que la disparition de Pietre, en tant que seul témoin, impliquait. Ted éliminait les soupçons en même temps que le dernier protagoniste et rendait aux Larson leur honneur de pacotille, celui des médias, où les défunts sont vite oubliés et les PDG aux allures de sexe-symbole, adulés. Elle admettait que cela compte, compte beaucoup, pour Ted, même si… Elle ne devait pas rentrer dans son jeu. Elle devait…

– Alors, si ton père n'a rien à se reprocher. Où est le problème ?

Ted grimaça.

– Décidément non seulement tu ne sais rien, mais tu ne comprends rien.

Sur cette dernière réplique sifflée plutôt que distinctement prononcée, il la planta là, perchée en équilibre instable, un verre d'eau gazeuse à la main.

La mort dans l'âme, et après quelques atermoiements, Bérénice finit par se rendre au 3 de la rue Lénine. Comment allait-elle annoncer son échec à madame Mikrabak ? L'assistante sociale avait raison. Elle était d'une nullité absolue et d'une inutilité sans commune mesure. Madame Mikrabak absente (*quelle surprise !*), le concierge lui proposa de descendre. Elle préféra se réfugier dans le petit bureau. Quelques papiers traînaient : des notes prises à la volée, des articles traitant de troubles de socialisation. Un post-it attira son attention. Recontacter l'oncle. L'oncle de qui ? De Nikolas ? Celui qui n'avait pas voulu des deux frères la première fois ? Elle s'affala sur la chaise. Elle commençait à somnoler quand l'assistante poussa la porte. Bérénice sursauta et prit brutalement conscience de l'air soucieux de cette dernière.

– Quelque chose ne va pas ?

– Igor vient de me faire appeler. Le petit a fait une crise d'épilepsie.

– Une crise de quoi ?

– Une crise de… Une réaction visuellement très impressionnante due à une altération transitoire du fonctionnement du cerveau.

– Une altération du cerveau ! C'est donc grave !

– On peut vivre avec. Je dois descendre. Je ne sais pas à quelle heure je remonterai. Veux-tu venir avec moi ?

L'inquiétude l'emporta sur le sentiment de culpabilité qui la taraudait. Elle emboîta le pas à la forte femme dans le long escalier. Elles se dirigèrent vers le laboratoire. Elles le découvrirent vide.

– Il faut vraiment que ce soit sérieux pour qu'Igor abandonne son atelier.

Sans hésitation l'assistante emprunta plusieurs couloirs. Bérénice se sentait de nouveau perdue. Les palpitations de son cœur s'accélérèrent. Celles-ci, elle le savait, n'étaient pas uniquement dues au fait qu'elle courait presque pour ne pas se faire distancer. Elles débouchèrent dans ce que la jeune fille déduisit être l'infirmerie. Elle respira, profondément. Igor, les yeux clos, les épaules voûtées, les traits affaissés, se tenait aux côtés d'une fine silhouette allongée sur un lit de camp. L'infirmière, une femme sèche à l'aspect ingrat, les regardait de loin, l'air sévère, l'air de juger. Bérénice prit immédiatement fait et cause pour Igor, contre l'infirmière. Dire qu'il y avait si peu de temps encore elle dénigrait le scientifique haut et fort !

– Igor ! interpella sa sœur, tâchant de maîtriser sa voix de stentor.

L'homme se ressaisit instantanément, redressant la tête, bombant le torse, affichant un sourire désabusé.

Ce n'est qu'une façade.

– Ingrid, ma douce.

– Que s'est-il passé ?

– Le petit. Il est parti soudain à la renverse, le corps secoué de grandes convulsions. Sa tête frappait si violemment le carrelage que j'ai cru qu'il allait se briser le crâne.

– Tu as réussi à le maîtriser ?

– Je lui ai donné du valium.

– Et à présent ?

– Il dort. La crise est passée. Tout va bien.

– Laissons-le se reposer dans ce cas.

– Anaïs ne veut pas qu'il reste là.

Mikrabak se retourna, surprise, vers l'infirmière.

– Anaïs, que se passe-t-il ?

– Vous le savez très bien. Cet enfant n'a pas à être ici.

– Anaïs, cet enfant n'a plus de famille.

– Le conseil a voté.

– Le conseil me laisse une semaine pour trouver une solution.

– Il ne vous reste *plus* que quatre jours et le conseil a bien précisé que l'enfant était sous votre seule responsabilité.

– Je vous en prie Anaïs, il dort !

– Eh bien, transvasez-le endormi ! Avec ce que votre frère lui a administré, ça ne devrait pas poser de problème.

À la mine de l'assistante sociale, la jeune fille se demanda si elle n'était pas sur le point d'envoyer une grande beigne dans les dents jaunies de l'infirmière. Il y eut comme un flottement. Finalement Mikrabak se contint et se détourna. L'autre grimaça, triomphante. *Un âne. Elle ressemble à ces ânes des images d'Épinal. Elle ressemble à cette autre, cette grande bringue qui voulait se faire embaucher.* Madame Mikrabak saisit avec précaution le corps de l'enfant et le serra contre sa large poitrine. Nikolas gémit, mais ne se réveilla pas.

– Allons-y.

Aucun des trois ne salua la nurse en partant. Igor, trottinant, les précéda au laboratoire. Lorsqu'elles arrivèrent, il finissait de déployer un petit lit pliant. Madame Mikrabak n'eut qu'à y déposer Nikolas. Igor le recouvrit d'une couverture rapiécée.

– Et maintenant ? interrogea le petit homme.

– L'oncle, je te l'ai dit.

Ils restèrent tous trois silencieux.

– Je pourrais l'adopter ! intervint soudain très sérieusement Bérénice.

– L'adopter ? Tu n'as même pas l'âge légal !

– Si, si. J'ai dix-huit ans.

– Et depuis quand ?

Bérénice soupira.

– Depuis peu.

Personne n'avait été à ses côtés pour son anniversaire. Nul n'avait songé à le lui souhaiter. Avant… Elle soupira de nouveau puis se reprit. L'heure n'était franchement pas à l'auto apitoiement.

– Je doute que ton fiancé apprécie le coup de l'enfant dans le dos. Surtout quand il comprendra que ce dernier est un des fils Borshkoff.

– Pourquoi vous ne me l'avez pas dit ? Pourquoi ne m'avez-vous pas expliqué la brouille des pères ?

– J'espérais que le fils n'irait pas chercher à connaître l'identité du détenu 233209STR4.

De nouveau le silence s'installa. Madame Mikrabak reprit :

– Il n'a pas voulu. C'est cela ?
– Non. Il n'a pas voulu.
– Il reste l'oncle.
– Ne pouvez-vous pas lui créer une fausse identité ?
Le frère et la sœur s'interrogèrent du regard.
– C'est faisable, mais forcément, Larson saura.
– À cause des taupes ?
– Entre autres. Taupes ou pas, tout finit toujours par se savoir.
– Et pourquoi vous, vous ne l'adopteriez pas ?
– Dans ce qui bloque, pour une adoption, il n'y a pas que la question de l'âge.
– Oh… Et d'abord, pourquoi ne veulent-ils pas le garder ici ?
– À cause de ses crises. La première s'est déclenchée juste après l'arrestation de Pietre. Depuis il en a déjà eu d'autres. Aujourd'hui c'était la cinquième. Ils ne peuvent pas courir le risque de l'envoyer à l'hôpital. Je les comprends, tu sais.
– Il habite loin cet oncle ?
– Un satellite du dôme Moscovar. Celui dont étaient originaires les parents de Pietre et Nikolas. À presque 10 000 kilomètres.
– Ah… J'aimerais tant trouver une solution.

Cette nuit-là, Plumif lui souffla de ne pas abandonner. Le lendemain, à l'aube (enfin, l'aube pour une certaine catégorie de la population, d'autres étant déjà depuis longtemps en train de s'activer à nettoyer les rues et les places), Chrys sonnait à sa porte. Un coup léger d'abord puis de longs appels stridents. Ils tirèrent Bérénice de son lit. Elle se couvrit simplement d'un châle avant d'aller ouvrir. La femme se jeta à l'intérieur.
– Oh, mon Dieu, Béry, enfin !

Elle se jeta dans un canapé et se mit à sangloter.

– Chrys, voyons, Chrys, que se passe-t-il ?

La femme ne lui répondit pas. La jeune fille décida de préparer du thé. *Décidément un bon investissement, finalement.* Elle revint avec une bouilloire fumante et tendit un grand mouchoir à la femme. Celle-ci se moucha bruyamment et saisit d'une main tremblante la tasse pleine que lui tendait Bérénice.

– Merci, murmura-t-elle.

Elle souffla sur le breuvage brûlant avant d'en avaler un petit peu avec hésitation. Bérénice l'observait. Ses cheveux roux emmêlés, ses joues creuses. Elle ne portait ni bijou ni maquillage. Elle semblait être sortie en catastrophe de chez elle. Ses yeux gonflés, cernés de mauves, et ses paupières rougies trahissaient de longs pleurs, trahissaient son âge.

– Merci, répéta-t-elle. Je ne savais plus vers qui me tourner. À qui me confier.

– Tu as bien fait de venir.

– Je ne te dérange pas ?

– Pas du tout, voyons. Tu es la bienvenue chez moi.

– Je t'ai réveillée.

– J'étais justement en train de me lever, mentit-elle. Que s'est-il passé ?

– Ils ne m'emmènent pas. Ils n'ont pas prévu de m'emmener.

– Qui ? Où ?

– Les Lancrôme, les Destranges, les Larson, les Rastov… Strausmann…

Elle releva la tête, regardant Bérénice droit dans les yeux. La jeune fille retint son souffle. Chrys reprit :

– Strausmann a fait construire de grosses navettes. Des bases plutôt. Des bases vies dotées de puissants moteurs pouvant conduire ses occupants en orbite autour d'Encelade. L'Arche…

Bérénice tressaillit.

– Pourquoi Encelade ?

– Pour ses réserves d'eau.

– Alors ce serait plutôt une bonne chose, non ? On pomperait les réserves d'Encelade comme l'on pompe actuellement les réserves lunaires.

– Sauf qu'Encelade est trop éloignée de la Terre pour envisager de mettre en place un système de convoyage par citernes.

– Quel intérêt dans ce cas ?

– Les passagers de ces bases vies seraient approvisionnés en eau. Là se trouve la seule utilité des arches… et l'unique raison de leur conception.

Oh non !

– Qui ? Qui prendra-t-on à son bord ? Les Internes ?

– J'ai calculé : mille passagers maximum pourraient être évacués dans un de ces vaisseaux. Cinq sont en fin d'assemblage.

– Cinq mille personnes seulement ! Pas le centième de la population des dômes. Environ le millième ! Je ne parle même pas des Externes.

– C'est exact.

– Qui alors ?

– Tu as bien une petite idée ?

– Les Lancrôme, les Destranges, les Larson, les Rastov… et Strausmann… Quand ?

– Bientôt.

– Pourquoi ? Pourquoi moi ? Pourquoi me dire tout cela à moi, maintenant ?

– Tu voulais savoir.

– Oui.

– Ce n'est pas tout.

Bérénice leva sur elle un regard interrogateur.

La femme se tordit les mains avant de prendre une

grande inspiration.
– Emmène-moi.
– Pardon ?
– Il t'emmènera. Prends-moi avec toi.
Bérénice sourit.
– À une condition.
La femme sursauta et reposa violemment sa tasse. Quelques gouttes s'en échappèrent, éclaboussant la table basse. Sa voix résonna, amère :
– Alors toi aussi… Tu es comme les autres. Rien sans rien. Tu as vite appris.
– Je n'ai pas le choix !
– C'est ce que tout le monde dit.
– C'est pour un enfant !
– Je t'écoute.
– Il faudrait que tu l'adoptes.
– Qui est cet enfant ?
– Un Exclu atteint de crises d'épilepsie.
– Mais encore ?
– Nikolas Borshkoff.
La femme blêmit puis frémit de colère.
– C'est une plaisanterie !
Bérénice sursauta.
– Non. Pourquoi ?
– Yvan Borshkoff et Stanislas Larson se détestaient ! Et Stanislas est le représentant de Strausmann pour notre dôme.
– Écoute !
– Non, non j'en ai assez entendu. Quand je pense que je me suis humiliée à venir ici quémander ta protection !
Elle s'enfuit, renversant le porte-manteau au passage. Bérénice soupira et retourna se coucher. À midi un message par porteur l'attendait. « Je le ferai, à mes conditions. Rendez-vous chez moi, 14 boulevard Desprès à 17 h ce jour ». *Boulevard Desprès, banlieue*

nord est, à un jet de pierre. Pas de quoi fouetter un chat. Bérénice décida donc de s'y rendre à pied et de profiter de l'agréable arrière-saison. Elle flâna de petits squares en îlots de verdure. Il y avait pire en termes d'environnement ! En comparaison, le 14 boulevard Després, dans une arrière-rue étroite, faisait presque figure de parent pauvre. Sans complètement dénoter dans le paysage, le bâtiment trapu surprenait par son architecture épurée et une absence notable d'entretien. Un simple nettoyage au sable aurait certainement rendu justice à son porche de granit et un coup de pinceau sur les volets de bois (*où donc les ont-ils récupérés ?*) ne semblait pas superflu. L'immeuble, tel qu'il se présentait, plut cependant à Bérénice. Elle en apprécia le charme un peu vieillot, que d'autres devaient dédaigner. Elle sonna. Chrys la fit monter au quatrième et dernier étage, sous les toits, sans ascenseur. L'appartement (*si petit !*) était, fort heureusement, bien éclairé par deux vasistas d'où l'on apercevait le ciel au-delà de la résille protectrice. Chrys lui indiqua d'un geste de la main un fauteuil au revêtement râpé et effiloché. Bérénice s'y assit précautionneusement, craignant de le voir tomber en poussière. Il se révéla franchement confortable et la jeune fille finit par s'y affaler. Chrys, devant elle, faisait les cent pas. Elle s'interrompit soudain et braqua sur elle ses yeux verts marbrés de veines rouges. Bérénice tressaillit.

– Après tout qu'ai-je à perdre ? attaqua la femme dans un sifflement.

Bérénice se demanda si elle devait répondre. Chrys, fort heureusement, reprit rapidement :

– Quitte à avoir été écartée sans autre forme de procès, autant les narguer, non ?

Bérénice hésita. Là, Chrys attendait visiblement une prise de position de sa part.

– Peut-être qu'ils laisseront couler ?
– Certainement pas. Tu ne les connais toujours pas, persifla-t-elle.
– Peut-être… ou peut-être pas… Si la presse s'empare de l'affaire, peut-être la joueront-ils profil bas ?
– Que veux-tu dire ?
– Quelles sont tes conditions ?
– Annoncer haut et fort que l'idée vient de toi. Que tu m'as présenté l'enfant. C'est simple, question coulage : si je coule, tu coules avec moi.
– Le deal me convient. Le tout devant des caméras. Et tu verras que je les connais bien mieux que tu ne croies.
La femme vacilla. Bérénice se précipita avant qu'elle ne s'effondre et l'installa dans un canapé tout aussi miteux que le fauteuil.
– Tu es épuisée.
– Je ne dors plus depuis trois jours.
– Tu peux te reposer maintenant. Ne t'inquiète pas. Je gère.
La femme grimaça.
– C'est censé me rassurer ?
– Tu n'as pas le choix.
– Non, reconnut-elle.
– Alors, va donc te coucher.
Elle s'apprêtait à partir, avait déjà renfilé sa veste, quand la femme la rappela :
– Attends. Il y a une bouteille au frais. Il faut sceller notre accord dignement.
Bérénice obtempéra. Quand elle repartit, elle marchait légèrement de travers. Quant à Chrys, elle l'avait laissée ronflant doucement sur le canapé.

Le lendemain Bérénice pointait au 3 rue Lénine. Le concierge la laissa passer et elle se rendit directement au laboratoire d'Igor.

– J'ai trouvé ! s'exclama-t-elle.

Igor sursauta et pesta.

– On ne t'a jamais appris à frapper aux portes ?

Bérénice soupira. L'homme reprit :

– Ingrid n'est pas là.

– J'avais vu. Merci.

– Et toujours aussi peu amène.

– C'est l'hôpital qui se fout de la charité.

L'homme la fusilla du regard.

– Je vais l'attendre.

Igor continua de l'incendier de ses yeux bovins (*même pas peur*) alors qu'elle prenait place à la table à côté de Nikolas.

– Surtout, ne te gêne pas. Fais comme chez toi !

Elle ne daigna pas répondre et reporta son attention sur Nikolas qui barbouillait une ardoise de couleurs sombres.

– Qu'est-ce que ça représente ?

L'enfant ne releva pas la tête et continua son gribouillage, appuyant un peu plus sur sa craie. Bérénice soupira.

– Il ne dit toujours rien ?

– Non.

– Écoute Nikolas. J'ai une solution pour toi. Pour t'aider. Pour que tu restes ici.

Le garçonnet, le regard toujours rivé à la table, suspendit un instant son geste. Bérénice en profita pour l'attraper par le menton et, les prunelles plantées dans les siennes, elle lui expliqua la situation.

– Je ne veux pas.

La voix s'était élevée, faible et chevrotante.

Igor se précipita :

– Mon petit, mon tout petit !

– Je ne veux pas. Je ne veux pas aller avec elle. Je veux Pietre.

– Mon petit.

Bérénice avait senti la tristesse poindre derrière ces deux syllabes et son sentiment de culpabilité redoubla.

– Mon petit, reprit l'homme. On ne peut rien pour Pietre. Par contre pour toi, on peut. On peut essayer de te sauver.

L'enfant ne répondit pas.

– Nikolas, s'il te plaît, murmura Bérénice.

– Écoute, rentre chez toi. Vaque à tes activités de jeune mondaine. Il ne faudrait pas mettre la puce à l'oreille de tes amis de la haute. J'expliquerai à Ingrid ta proposition. Ne t'inquiète pas.

Bérénice tiqua, mais se retira, non sans avoir effleuré de la main la joue de Nikolas qui s'en écarta. Le soir elle prenait place à la table des Lancrôme. Ted n'était pas encore arrivé. Il avait fait prévenir de son retard.

– Où est-il donc, ma chérie ? l'interrogea Ingrid.

Si vous croyez qu'il me le dit. Si vous croyez qu'il se donne même la peine de me prévenir… Eh bien, vous vous trompez. Bérénice haussa les épaules, un sourire factice aux lèvres.

– Ses affaires.

– Oh, oh ! Je vois. Il s'active à vos fiançailles officielles !

Bérénice sourit de nouveau.

– Quel jeune homme charmant ! Quel jeune homme admirable ! s'exclama la blonde silhouette. N'est-ce pas, Élisabeth ?

Élisabeth les toisa de son air pincé.

– Hélas, l'amabilité des hommes disparaît bien plus vite qu'ils ne prennent de l'âge.

– Oh, voyons ma chère. Vous dites cela, cependant…

– C'est ce que je pense.

– À quel moment ? intervint Bérénice. À quel

moment a-t-il changé ?

– Il n'y a pas de *moment* à proprement parler. Je dirais plutôt qu'il s'agit d'une déliquescence continue. Petit à petit ils sont moins affables, moins serviables. J'espère pour vous que vous n'êtes pas trop amoureuse ?

– Voyons ! Élisabeth !

Bérénice rit. Un vrai rire. Depuis combien de temps n'avait-elle pas ri ? Élisabeth se fendit d'un mince signe d'amusement avant de s'éloigner vers d'autres convives. *Finalement, elle gagne à être connue !*

– Ma chérie, ne faites pas attention à elle ! reprit, l'air contrariée, Ingrid.

De quoi était-elle la plus chagrinée ? De la dernière remarque d'Élisabeth ou du rire impromptu de la jeune fille ? Les conversations, ce soir-là, tournèrent surtout autour de ce cher Teddy. Son père avait annoncé son retour sur Stratanadyr. Cette nouvelle semblait mettre tous les convives en émoi.

– Sans doute à l'occasion de vos fiançailles, lui murmura Ingrid.

– Je ne sais pas. Vraiment… Il n'a pas abordé la question de son père.

– C'est normal. Il veut vous en faire la surprise ! Surtout, n'avouez pas que nous vous avons vendu la mèche.

Bérénice acquiesça d'un signe de tête d'un air entendu. Ingrid sembla satisfaite. Bérénice parcourut du regard la tablée. Chrys n'y figurait pas.

– Où est Chrys ? lança-t-elle tout haut.

Il y eut un moment d'hésitation. Elle en était certaine. Elle pouvait en mettre sa main à couper.

– Oh ! s'exclama Ingrid. Elle se sentait indisposée.

– C'est étonnant. Je l'ai vue hier. Elle respirait la santé.

– Les virus, ça ne prévient pas.

– Sans doute. Quel dommage qu'elle n'ait pas pu assister à cette charmante soirée !

Ingrid la regarda d'un drôle d'air. Élisabeth et l'autre femme (*Hélène ?*) plongèrent d'un commun accord le nez dans leur verre. Les hommes feignirent de ne pas avoir entendu. Ils se lancèrent dans une conversation très technique au sujet de placements financiers. Le mari d'Élisabeth, Sean (*une tête à s'appeler Sean. Oui. Comment ai-je pu l'oublier ?*), citait les cours des bourses étrangères aux autres convives sans effort apparent. La jeune fille se questionnait de plus en plus à son sujet. Est-ce que plus on s'éloigne de sa femme, plus on s'intéresse aux chiffres ?

– Et toi, Bérénice, dans quel fonds d'investissement as-tu placé tes gains ?

– Je ne sais pas trop. Mon conseiller bancaire s'en occupe.

– Hum… nous pourrions te recommander.

– C'est très gentil à vous. Je vous remercie. Peut-être devrais-je commencer par demander à Ted ?

– Il ne te l'a pas proposé ? la questionna Ingrid d'un ton faussement innocent.

Bérénice sourit. Ses maxillaires commençaient à lui faire mal. *Trop d'efforts.*

– Nous avons d'autres sujets de discussions… et d'occupations.

Ingrid grimaça. Bérénice quitta la demeure assez satisfaite, mais perplexe. N'était-elle pas allée trop loin ? Ted ne s'était finalement pas présenté.

Tout s'était organisé en quelques heures. Le plan de Bérénice avait reçu la totale approbation d'Ingrid (*Mikrabak, bien évidemment*). L'enfant s'était visiblement résigné. *Grâce à moi ?* Bérénice en doutait et ne pouvait se défendre d'un soupçon de jalousie. L'assistante sociale orchestra la signature de l'acte d'adoption. La jeune fille fit son maximum pour réintroduire Chrys dans le cercle rapproché des Larson/Destranges et consorts. En ce sens, elle avait même fait acte de présence à la Spring Break de Talula. Elle devait reconnaître qu'elle s'y était beaucoup amusée. Elle avait murmuré à Talula que Ted n'était pas un si bon coup que ça. Talula avait ri. Elles étaient, depuis cette mémorable soirée, les meilleures amies du monde. On ne les voyait plus l'une sans l'autre. Chrys fut conviée à toutes les soirées orchestrées par les Destranges. Elle s'apprêtait à accueillir Nikolas. Quand elle l'apprit, Talula s'exclama :

– C'est tellement merveilleux ! Tellement touchant ! Tellement bêtement époustouflant !

Le tout devant une journaliste d'Orient Channel. La presse prit le relais. Chrys se retrouva sous le feu des projecteurs. Elle l'assuma avec grâce et conviction. On (Bérénice n'aurait su dire qui) posa la question de la foi. Le *petit* (Bérénice avait grimacé) n'avait pas de religion. Une polémique s'en suivit. Talula se porta immédiatement volontaire pour être la marraine si l'enfant optait pour *chrétien orthodoxe*. Madame Mikrabak insista fortement en ce sens auprès de Nikolas qui opina sans vraiment comprendre. Chrys se frottait les mains et se réjouissait de cet étrange accord qu'elle avait scellé. Elle faillit tomber raide d'apoplexie quand Ted se proposa pour être le parrain. Bérénice en fut elle-même surprise.

– Voyons, réfléchis, gronda d'une voix grave madame Mikrabak, du fond de l'abri Roza Pustyni.

Non. Bérénice ne voyait pas. Il fallut que l'assistante sociale lui expose les tenants et les aboutissants. À savoir ce que gagnaient les Larson à se montrer miséricordieux devant les caméras du monde entier. Bérénice blêmit.

Cette soirée-là, elle était seule. Loin de Ted et de ses manigances, loin des Mikrabak et de leur perfection soulante, loin de Chrys et de ses dégoulinantes mièvreries, loin de la hautaine Ingrid Lancrôme dont elle n'était pas parvenue à se faire une alliée et encore moins une amie, loin des caméras et des micros qui les avaient escortés, Chrys, Talula, Ted, Nikolas et elle jusqu'à l'église, loin de Talula qui s'affichait à toute heure à ses côtés, loin de… Elle s'effondra en pleurs. *Trop de pression. Ça va passer. Nikolas est sauvé. C'est l'essentiel.* Les jours qui suivirent, elle prétexta un mauvais rhume pour rester enfermée. Il fallut que Ted pointe le nez à sa porte pour qu'elle consente à ouvrir cette dernière.

– Écoute, c'est important.

– Sans doute puisque tu as daigné te déplacer jusqu'ici.

– Arrête ! Mon père arrive ce soir. C'est vraiment capital. Ça l'est pour moi, mais pour toi aussi. Faut-il que je te fasse un dessin ?

Bérénice soupira.

– Non.

– Je t'attends, enfin nous t'attendrons, ce soir, pour vingt heures.

– J'y serai, affichant mon plus charmant sourire.

– Les Lancrôme seront là également.

Bérénice fronça les sourcils. Elle ne les avait pas revus depuis sa fameuse saillie.

– Ne t'inquiète pas, reprit Ted. Ils auront à cœur de se faire tout petits.

– Pourquoi ?

– À cause de mon père. C'est l'effet qu'il produit. En général.

– Et moi ? Dois-je la jouer profil bas ?

– Non, au contraire. Du peu qu'il m'a dit quand j'ai évoqué nos fiançailles, j'ai retenu qu'il jaugeait *à sa juste valeur* ta détermination.

– Jaugeait à sa juste valeur ?

– Je n'ai pas vraiment compris si son ton était caustique ou non. Supposons que non.

– Il *jauge* souvent ?

– Oui.

– Je veux dire… des humains. Enfin… des personnes ?

– Oui.

– Super… Supposons donc qu'il jauge bien.

Le journal du père, huitième partie

8 décembre 2156

La grogne monte à la base. Les permissions, sauf cas de force majeure, sont reportées et le courrier n'est délivré qu'au compte-goutte. Deux ou trois gars ont pris l'initiative de demander à avoir accès aux messageries dématérialisées par voies satellitaires. Ils se sont fait rembarrer. Dans les plus remontés, on trouve Michelonni, un Européen et Minch, un Asiatique. Deux soldats plutôt discrets il y a encore quelques mois de cela. Deux spécialistes aussi : Michelonni dans le domaine des traitements de l'eau et Minch dans le nucléaire. Deux gars bien cotés par la hiérarchie et à qui les gradés confient volontiers des missions de confiance. C'est sans doute une bonne chose que les « double M », comme on les surnomme à présent, aient pris en main la gestion de crise. On nous a annoncé que le sous-commandant Johns allait de nouveau se fendre d'une allocution. Dans le même temps, il est à noter que Reeds n'est plus que l'ombre de son ombre. Je dirais que son fantôme rase les murs. Je ne vais pas m'en plaindre.

9 décembre 2156

Johns nous a promis un Noël mémorable et surtout un treizième mois pour compenser les gênes et restrictions que nous subissons. Il a été acclamé. Entre les deux, il a loué notre sens du devoir et notre abnégation. Ce qui s'appelle caresser dans le sens du poil. Il n'empêche que même Takiro semblait satisfait.

11 décembre 2156

J'ai reçu une lettre de Margareth. Elle date d'il y a un mois. Elle m'écrit qu'elle est désolée pour son comportement, ses réactions lors de ma dernière permission. Qu'elle était inquiète pour nous (c'est-à-dire la famille). C'est en gros également ce que je lui ai écrit à peu près au même moment. A-t-elle reçu ma carte (j'y avais dessiné un gros cœur) ? Je vais lui réécrire.

16 décembre 2156

La base prend des airs de fête. Ils ont dû commander un lot spécial de guirlandes, couronnes et angelots, car il y en a absolument partout. On est loin du malheureux sapin synthétique avachi du réfectoire des années précédentes !

11 janvier 2157

L'euphorie des fêtes de fin d'année est retombée. On a appris que Minch, qui avait pu rentrer chez lui, ne reviendra pas. On n'a pas eu d'explications claires sur le sujet. Les rumeurs les plus folles courent. Certains insinuent qu'il aurait été atteint de la Mort Blanche. Takiro pense comme moi : démobilisation.

15 janvier 2157

Il faut faire de la place pour les nouvelles recrues. L'extension de la base vie n'est pas terminée. Takiro va s'installer dans ma piaule (ce n'est pas acté, mais nous avons fait une demande en ce sens). Clairement on va devoir se serrer. Certains râlent. Moi, d'une certaine manière, je suis content. Je n'ai jamais aimé rester seul. D'un autre côté, cette promiscuité ne va-t-elle pas avoir des répercussions ? Ne vais-je pas, n'allons-nous pas, tout droit vers les affres d'une désunion délétère ? J'ai peur. Je me fais peur. Je n'ai pas de nouvelles de Margareth.

20 janvier 2157

Hier j'ai rendu visite à KT'Corolla. Je lui ai parlé en vrac de Margareth, de Takiro, de Reeds, de mes craintes. J'ai vraiment eu l'impression qu'elle m'écoutait. Qu'elle me comprenait. Elle m'a même conseillé… Elle m'a dit de relativiser, ses grands yeux noirs braqués sur les miens. Et puis elle m'a conté une fable. Je retranscris ici son récit :

Un paysan vivait sobrement, aidé dans son travail par un fils d'une quinzaine d'années et par un cheval de cinq ans. Mais un jour, le cheval dans la nuit rompit son licol et disparut. Mis au courant, voisins et amis vinrent dire en chœur au paysan : « Tu n'as pas de chance ! ». À quoi celui-ci répondit : « Qu'en savez-vous ? ».

Il voyait juste ! Cinq jours après son escapade, le cheval revenait. Il était escorté par dix jeunes chevaux sauvages qu'il avait entraînés avec lui. Cette fois, les amis et voisins s'empressèrent d'aller dire au paysan : « Tu as beaucoup de chance ! ». L'intéressé leur répondit encore : « Qu'en savez-vous ? ».

Effectivement, après avoir nourri les poulains sauvages, le fils du paysan voulut commencer à les apprivoiser. Mais l'un d'entre eux, d'une brusque ruade, lui cassa la jambe. Désolé, le chœur de l'amitié et du voisinage vint tristement témoigner au père : « Vous n'avez donc pas de chance ! ». À nouveau, celui-ci répliqua : « Qu'en savez-vous ? ».

Il entendait juste ! Une troupe de soldats faisait de

suite irruption et à grands coups de bottes et de cravaches, ils enrôlaient de force tous les jeunes du village. Pourtant ils laissèrent à son père le jeune à la jambe cassée auquel on fabriqua ensuite une attelle, de sorte qu'il put rendre suffisamment de services. Ceci incita voisins et amis à revenir, eux-mêmes éplorés, dire au père et au fils : « On vous envie votre chance ». Une fois encore, le père fit remarquer : « Qu'en savez-vous ? ».

De fait, au bout de cinq jours, une bande de brigands vint terroriser le village, et s'empara des dix chevaux sauvages. Après leur départ, les amis puis les voisins vinrent exprimer leurs condoléances : « C'est vrai que ce n'est pas de chance ». Imperturbable, le paysan fit encore observer : « Qu'en savez-vous ? ».

Dans les journées qui suivirent, en effet, pris en chasse par les soldats, les brigands abandonnèrent les chevaux sauvages qui retournèrent vers le paysan et son fils.

Comme les choses se répétaient et pouvaient durer indéfiniment, ce fut le paysan qui, cette fois, prit les devants et alla haranguer amis et voisins : « Pas plus qu'aucune chance n'est définitive, aucune malchance ne peut indéfiniment se perpétuer, observa-t-il. Puisque nous ne pouvons nous fier aux chances qui nous adviennent, sachons aussi supporter les malchances qui nous tombent dessus : elles ne durent pas non plus. Malgré tout, souvenons-nous que le bon cheval, malgré ses écarts, nous garantit la chance. ».

Je pédale dans mon marasme.

22 janvier 2157

Je ne sais plus que penser. Je veux dire : dans ma vie, qu'est-ce qui peut être considéré comme chance ou malchance ? Et dans celle de KT'Corolla ? J'hésite, peut-on parler de vie pour une humanoïde ?

Les humanoïdes datent d'avant le Désastre. Les premiers, ou plutôt les premières servaient à assouvir les désirs des hommes. Un rôle que les femmes ne souhaitaient plus endosser (ou alors à un très haut niveau, rémunérations comprises, s'entend). Avouons-le : les macs y trouvaient aussi leur compte, ne serait-ce qu'au point de vue judiciaire. De réprouvés, ils passaient du côté des honnêtes négociants. L'apport initial était conséquent, mais vite rentabilisé, surtout s'ils versaient dans l'original : l'anthropoïde à quatre seins ; celle à deux langues… Bref, un commerce facile. Une branche vite saturée… Et lorsqu'il a fallu protéger les *œuvrantes* qui pâtissaient de xénophobie exacerbée, et d'un marché en pleine concurrence, à coups d'acides ou de balles perforatrices, des RCM leur ont été attribués. Sales bestioles… La plupart des toys ont disparu durant la Catastrophe. Pas de leur fait. Pas du fait des changements climatiques et de leurs conséquences, raréfaction de l'oxygène au premier plan. Non, bien sûr que non, puisqu'ils n'en avaient pas besoin. Leur éradication n'a qu'une seule cause. Elle ne relève que d'un unique catalyseur : l'homme. Bien évidemment. Pourquoi ? Intolérance et plus encore amertume. Inutile de chercher plus loin. Les hommes ne pouvaient tout simplement pas accepter que leurs créatures leur survivent. Certains, certaines ont néanmoins réussi à passer entre les mailles. Les moins reconnaissables. Les moins *détonnantes*. Ça ne m'étonnerait pas que KT'Corolla soit l'une de ces survivantes. Elle est si commune.

23 janvier 2157

Je ne voulais pas dire commune. Non. Je voulais dire humaine.

24 janvier 2157

On ne fabrique pratiquement plus d'androïdes. Trop coûteux en matières premières, en énergie, en oxygène. On se contente de recycler d'anciens modèles. Et là encore, l'empreinte écologique est souvent trop élevée pour envisager cette voie. Dans la plupart des cas ils sont tout simplement désossés, composant par composant.

25 janvier 2157

Je rêve de KT'Corolla. Je deviens fou.

3 février 2157

J'ai obtenu une permission. La cohabitation s'avère difficile. Plus difficile qu'*ils* ne l'avaient imaginée. Des gars pètent les câbles. Reeds est au trou. Il a voulu casser la gueule à l'un des nouveaux. Soit disant que l'autre l'aurait bousculé. L'autre est un noir. Le premier de la base. Un très grand noir. Très baraqué. Plus baraqué que n'importe lequel d'entre nous. Plus baraqué que Reeds. Reeds l'a traité de tous les noms possibles. Et puis il l'a frappé. Sauf que ses coups ne semblaient pas avoir plus d'effets que ceux d'un enfant de deux ans sur une statue de bronze. Les RCM sont intervenus et Reeds a été incarcéré. Suite à quoi des permissions ont été accordées aux plus *méritants* (entendez, ceux qui ne provoquent pas d'esclandres).

5 février 2157

Le grand noir, N'Banabé, est un type taciturne. Une sorte de gouffre semble l'avoir englouti. Il est toujours seul. Seul à table comme seul à vaquer à ses tâches, même en équipe. J'ai essayé de l'aborder. Je voulais savoir d'où il venait. Il ne m'a pas répondu. Même pas salué. À peine m'a-t-il jeté un vague regard interloqué.

8 février 2157

Je pars dans 10 jours. J'ai demandé à ce que l'on transmette par câble la nouvelle à ma famille. Les acheminements par courrier restent aléatoires. Je n'ai rien reçu depuis cette lettre de début décembre. J'ai comme une appréhension.

15 février 2157

J'ai appris par Cookie le décès de Reeds. Officiellement il n'a pas supporté le trou et a trouvé le moyen de se suicider. Je n'arrive pas à m'en réjouir. Plus j'y pense, plus je m'interroge. Pourquoi ce changement d'humeur ? Pourquoi cet accès de rage ? Comment a-t-il procédé (pour se suicider) alors qu'au mitard on n'a plus rien ? Même plus de lacets. Même plus de ceinture. L'angoisse sourde qui me noue le ventre transpire par tout mon être. Je reconnais son odeur chez nombre de mes camarades de galère. Je lis cette même incertitude dans leurs regards fuyants. Takiro, lui, reste de marbre, d'une impassibilité sans faille. J'ai décidé d'aborder le sujet (celui de Reeds) avec lui, demain.

16 février 2157

Takiro s'est montré réservé. Il m'a demandé pourquoi j'allais imaginer *ces choses-là*. Ces *choses-là* n'ont pas été précisées. Je me demande ce qu'en penserait KT'Corolla.

20 mars 2157

La situation ne s'arrange pas. Rien ne s'arrange jamais.

22 mars 2157

Je ne peux même pas dire que ce soit la faute de Margareth. Je crois qu'elle a fait beaucoup d'efforts. Peut-être que ses efforts étaient trop visibles.

23 mars 2157

Elle a pleuré quand je suis reparti. Ses larmes n'avaient pas le même goût que celles d'autrefois. Elles sentaient la cassure. La fêlure irrémédiable.

24 mars 2157

Quand je lui ai fait l'amour, la première fois. La deuxième aussi. Et la troisième. J'ai pensé à KT'Corolla. À chaque fois. Ensuite je ne l'ai plus touchée.

25 mars 2157

C'est ma faute. Tout est de ma faute. Pourtant je n'en ai pas honte. Je ne me reconnais plus en tant qu'Externe domicilié à Rivapolis, époux de la tendre quoiqu'insipide Margareth. Père de… et là je bloque. Ma petite puce. Mon futur grand homme. Je n'ai pas le choix. Je suis un résident des dunes, marié à une femme qui fait de son mieux.

Bérénice, neuvième partie

Elle devait impressionner le père. Plus que cela. Elle devait passer la nuit dans la résidence. Plus que cela. Elle devait y passer plusieurs nuits et en profiter pour visiter le bureau du père. Elle soupira. Elle n'avait pas envie d'y penser. Elle n'avait pas envie de se préparer. Elle ne savait pas comment s'y préparer. Elle choisit de rendre visite à Chrys. Elle y retrouva Nikolas, l'air un peu perdu.

– Ça se passe comment ?

– Il ne parle pas beaucoup, mais il a arrêté de pleurer la nuit.

– Alors, disons que ça va.

– Tu ne voudrais pas le prendre certains soirs ? Aller chez toi pourrait le distraire. Après tout, c'est ton idée…

– Oui, oui bien sûr. Pas dans les trois ou quatre jours qui viennent. Le père de Ted est arrivé et…

– Oui. J'en ai entendu parler.

– Après oui. Je te le promets. Et ça me ferait plaisir. Et pour le reste… je gère.

Chrys haussa les épaules.

– Tu veux un verre ?

– Non, non. Je dois aller m'apprêter : me changer, me coiffer, me… disposer à l'affrontement.

– Bon courage.

Bérénice repartit encore plus abattue qu'elle n'était arrivée. *N'aurait-elle pas pu conclure d'une autre façon ? Et s'abstenir de ce sourire en coin ?*

Elle se réveilla en se demandant où elle était. Quand elle sentit quelque chose bouger à ses côtés, elle faillit hurler. Fort heureusement elle ne fit que hoqueter, trop saisie.

– Salut poupée, murmura une voix grave.

Elle en pouffa de soulagement et ses souvenirs refluèrent. Elle était arrivée à l'heure, en tenue bohème et à peine maquillée (hormis les yeux). Ted s'était crispé en l'apercevant, la fusillant du regard, mais Stanislas Larson avait ri et le fils s'était immédiatement détendu.

– Ainsi voici la petite merveille qui a su capturer le cœur de mon fils ! s'était exclamé l'homme au visage sculpté en lame de couteau et au corps noueux. Bérénice ? C'est cela ?

– Béry, je préfère qu'on m'appelle Béry, lui avait-elle lancé avec conviction en le regardant droit dans les yeux (au prix d'un immense effort). *Et je ne suis pas une petite quoi que ce soit.*

L'homme avait ri de nouveau. Bérénice avait entraperçu les Lancrôme derrière l'épaule du père. Elle avait nettement vu Pascal s'esclaffer à l'unisson. Quant à Ingrid, dans une robe argentée extrêmement moulante, elle lui avait adressé un sourire complice.

– Béry, comme il vous conviendra. Vous me plaisez, Béry. Quelle chance a mon fils !

– Et moi donc !

Cette fois-ci, il n'avait pas ri et lui avait lancé un regard long de sous-entendus. Plus que par ses accès d'amusement, la jeune fille avait compris, par ce simple échange, qu'elle était intronisée. Ingrid aussi l'avait compris. Elle avait tenté de ramener la conversation vers des sujets plus communs. Elle s'était penchée vers Larson père, lui demandant des nouvelles de Kreek. Il avait répondu évasivement tout en donnant l'ordre à ses domestiques de servir l'apéritif. Ingrid s'était obstinée, l'interrogeant sur des spectacles à l'affiche. Il avait rétorqué, assez brutalement, que ces *exhibitions de gonzesses* ne l'intéressaient pas. Bérénice s'était tournée vers Ted. Le jeune homme était blanc comme un linge. Son père, qui se faisait servir un scotch, n'avait rien semblé remarquer. Les Lancrôme, tout accaparés par le puissant industriel, n'y avaient pas plus porté attention. La jeune fille ne put se retenir de plaindre son fiancé fantoche au plus profond de son cœur. Elle continua cependant, par ses remarques tranchantes et quelques saillies acerbes, à jouer le jeu de Larson senior. Il la retint tard dans la soirée, bien après le départ des Lancrôme, poussés dehors. Elle finit, comme il semblait aller de soi, par se retirer dans les étages en compagnie de Ted.

– Chapeau, lui siffla ce dernier alors qu'il refermait la porte de la chambre derrière eux.

– Ce n'est pas ce que tu voulais ?

– Comment s'installe-t-on ? l'avait-il interrogée en écho.

– Je prends le lit, avait-elle répliqué avec aplomb.

Il avait légèrement tressailli. *Et oui mon tout beau, il va falloir compter sur moi à partir de maintenant.*

– Ceci dit, je suis prête à partager. Ne t'inquiète pas. Il est absolument inenvisageable que je me jette sur toi.

Il avait lancé un regard affolé vers la porte.

– Si tu préfères le fauteuil, bien sûr, je ne te le reprocherai pas.

Elle l'avait vu serrer les poings et en avait été, bizarrement, satisfaite.

– Où est la salle de bain ?

– Troisième porte à ta droite.

Elle s'était saisie du petit sac qu'elle avait prévu :

– Au cas où ! avait-elle lancé joyeusement et innocemment à Ted en s'éclipsant.

Elle en avait profité pour visiter toutes les pièces de l'étage, prête à répondre qu'elle cherchait la salle d'eau. Mais elle n'avait vu personne et avait dû se rendre à l'évidence : si elle avait bien trouvé la chambre de Larson père, elle n'avait pu dénicher son bureau. Elle avait procédé à de longues ablutions avant de rejoindre Ted. En bas la lumière brillait toujours. Le jeune homme s'était endormi… dans le lit… calé contre le côté droit. Elle avait souri, moqueuse. Elle n'avait fait aucun mauvais rêve.

– Comment vas-tu, mon amour… susurra-t-elle donc à Ted en ce lumineux petit matin.

– Merveilleusement bien. Et toi ?

– Hum… affamée.

Et elle l'était en réalité. La table des Larson regorgeait de plats plus appétissants les uns que les autres. À côté de vrais fruits, de vrais œufs pouvaient, à sa demande, lui être cuisinés mollet, à la coque, brouillés ou au plat. Elle n'avait jamais imaginé tant de façons de préparer ce mets. Elle avait opté pour les *au plat*, s'était saisie de tranches de brioches moelleuses et odorantes, avait ajouté à son assiette deux lamelles d'un fruit étrange (« de la mangue, lui avait soufflé Ted ») et un yogourt crémeux. Stanislas l'avait observée engloutir le tout d'un air rêveur.

– Si seulement j'avais rencontré une femme comme vous.

Ted avait quitté la table.

– Il est très susceptible.

– Hum… Peut-être regrette-t-il l'absence de sa mère ?

– Ma femme donc.

– Celle qui l'a oublié à une fête à des miles d'ici.

– La mémoire est sélective.

– Plus que de sélection, il s'agit ici d'amnésie.

– Assez parlé de mon fils. Dites-moi donc pourquoi

vous êtes ici.

Il la fixait d'un regard transperçant. *Peut-il lire à travers mes pensées ?*

– Heu… Parce que Ted m'a invitée ?

– Allons, ne jouez pas. Pourquoi lui ?

– Il m'a demandé en mariage.

– Je sais cela. Comment ? Comment en est-il arrivé là ?

– Heu…

– Allons mademoiselle. Quel est le deal ?

Elle devait ruser. Elle ne pouvait pas évoquer sa maladie. Elle ne pouvait pas parler des préférences de Ted. Elle ne… Elle rougit.

– Nikolas… souffla-t-elle.

– Quoi ? Le rejeton Borshkoff !

L'homme avait ri.

– Tu me plais, petite. Oui, décidément, tu me plais.

Elle sourit et dissimula son ressentiment. *Je ne suis pas votre petite.* Elle rejoignit Ted et le serra dans ses bras. Après un mouvement de recul, il se laissa aller.

– Je suis désolée, tellement désolée, lui murmura-t-elle.

Il l'écarta d'un geste brusque, le visage fermé.

– Tout va bien, murmura-t-elle

– Oui, bien sûr. Tout va pour le mieux dans le meilleur des mondes.

Elle haussa les épaules et rejoignit son appartement.

La concierge la salua d'une tonitruante exclamation. Elle lui rendit son salut d'un vague signe de la main sans s'arrêter. Elle se plongea dans l'eau parfumée d'un bain. Elle n'y trouva nul réconfort. *Je suis devenue bien difficile. Je vais aller voir Chrys. Elle pourra sans doute m'expliquer…*

Chrys avait, en effet, éclairci un certain nombre de

points. Déjà au sujet des Lancrôme :

– Bien sûr qu'ils pètent de trouille ! Le nombre de places est limité dans les arches. Un quantième a été attribué par dôme. Si je pars en embarquant Nikolas dans mes bagages, deux des *élus* devront rester.

– Oh…

– Que croyais-tu donc ?

Rien, comme d'habitude… Je ne pensais à rien. Le vide sidéral.

Dans un coin, Nikolas griffonnait. À peine avait-il relevé la tête quand Bérénice s'était penchée vers lui pour déposer un baiser sur sa joue.

– Pourquoi les Lancrôme ? Ils sont riches, en vue… Pourquoi pas les deux vieux ? Je veux dire, j'aime bien Élisabeth. Mais franchement, ils sont proches de la fin ? Non ? Ce n'est même pas sûr qu'ils atteignent l'orbite d'Encelade… vivants s'entend.

– Parce qu'il est de notoriété publique que Pascal préfère les bites aux chattes et que certains, comme des Strausmann ou des Stanislas Larson, affichent leur très vive répugnance pour ces mœurs dissolues. À mon avis, ils le claironnent d'ailleurs un peu trop fort pour être honnêtes. Quant aux Polianoff, Sean en sait trop sur beaucoup de monde…

La femme rit. Son haleine sentait la menthe… et l'alcool. Bérénice frémit.

– Comment fait-il ? Je veux dire Sean ? Et Ingrid ? Sait-elle pour son mari ? Oui. Forcément. Comment peut-elle accepter… *ça* ?

– Sean ? Voyons : il a un implant !

– Un implant ? Je croyais que ?

– Il est l'un des derniers à avoir pu en bénéficier. Je préjuge d'ailleurs qu'il est le seul encore de ce monde à posséder une greffe de connexion. Quant à Ingrid… Tu as bien une petite idée ?

Oui. Oui. Bérénice en avait même une idée très

précise. Encore plus précise que Chrys ne pouvait l'imaginer.

– Que sais-tu d'autre ?

Elle lui répondit d'un sourire moqueur.

– Tellement de choses… mais rien de monnayable… tout au moins sans que j'y risque la vie. Ton idée d'adoption se révèle une véritable bénédiction.

La jeune fille eut soudain envie de partir. De partir vite.

– Je vais te laisser. Juste avant, à titre gratuit, j'espère, peux-tu me dire ce que signifie la phrase : « Tout va pour le mieux dans le meilleur des mondes » ?

– Ted Larson ?

– Oui.

– C'était l'une des citations préférées de sa mère.

– C'était ? Est-elle morte ? !

– On n'en entend plus parler depuis si longtemps… Peut-être l'est-elle…

– Et cette citation ?

– Je ne sais plus. Un lointain écrivain.

– Merci.

– De rien. Ce fut un plaisir d'éclairer tes lanternes… à titre d'amitié. Tu es sûre de ne pas vouloir un verre ?

– Non merci. Je dois filer.

Elle déposa, de nouveau, un léger baiser sur la joue de Nikolas et agita la main en direction de Chrys. Il fallait qu'elle marche. Elle alla jusqu'au parc. La nuit tombait. Elle chercha dans l'araignée la silhouette mince d'un petit garçon de huit ans. *Mais non, voyons non. Puisqu'il est chez Chrys.* Elle fit appel à un tuk-tuk pour rejoindre son quartier, son immeuble. Elle s'effondra endormie dans son trop grand lit.

Elle se sentait très confuse. Elle avait cru, un bref moment, lors de cet instant de grâce entre le sommeil et le réveil, se trouver de nouveau à Rivaside, dans leur petite maison de Rivapolis et Sadii chantonnait dans sa chambre. En bas sa mère et mamie Tanou préparaient un gâteau pour le retour de… Sauf qu'il était déjà mort. Ils étaient tous morts. Elle faillit pleurer. Elle se le refusa et se passa la tête sous l'eau. Elle avait beaucoup œuvré pour Nikolas. Tout semblait s'arranger de ce côté-là. Elle n'avait par contre toujours pas trouvé de réponses pour son père. Avant de quitter la demeure des Larson, elle avait entendu Ted murmurer :

– Elle n'est plus pour lui qu'un mot de passe.

Elle devait essayer. Elle se devait de tenter et s'accrochait à ce fil ténu. Elle se rendit au golf en tuk-tuk. Elle minauda pour commander son thé. Ce dernier servi, Edgard s'empressa de regagner son bureau. Elle sourit, ravie. *Parfait. Il ne reviendra pas de sitôt.* La jeune fille déchanta malheureusement vite. Avec un login en prénom+nom (ce qu'Edgard lui avait indiqué à la création de son propre compte) et un utilisant *gabrielle* dans le champ suivant, l'ordinateur ne lui renvoya qu'un *utilisateur ou mot de passe erroné* d'un rouge criard. Bérénice soupira. Même en rajoutant des majuscules, elle n'aboutit à rien de plus qu'à ce refus. Elle surfa sur divers sites d'actualités tout en sirotant son thé et en grignotant des petits choux crémeux. Elle sursauta quand la voix musicale d'Ingrid Lancrôme résonna à son oreille. Cette dernière se tenait derrière elle, un peu sur la droite, son joli visage comme fripé. *D'où vient-elle ? Depuis quand est-elle là ? Heureusement que…* La jeune fille frissonna.

– Ingrid ! Tu t'es inscrite sur un parcours ?

– Quoi ? Non. Pas vraiment. J'accompagne Pascal. Il voulait taper quelques balles sur l'aire d'entraînement.

– Et toi ? Tu aimes jouer ?

– Hum… J'apprécie surtout ce petit salon.

Bérénice rebondit sur ces derniers mots. En enchaînant, elle se força à rire :

– Tout comme moi. Et leur thé est si bon ! Sauf qu'attention ! Il ne faut pas prononcer le nom de salon. Nous nous trouvons ici au *boudoir.*

– Edgard…

– Edgard.

Ingrid laissa planer un court silence tout en s'installant en face d'elle.

– Si nous faisions la paix ?

– Pardon ?

– Nous nous entendions plutôt bien. Tu as toujours été bien reçue chez nous.

C'était vrai. Bérénice devait le reconnaître. Ingrid se saisit de l'occasion pour poursuivre :

– Nous aurions pu, nous aussi, adopter cet enfant.

– Vous ne m'en avez pas parlé.

– Enfin, peu importe. Tu vois, Larson est dur et Strausmann l'est peut-être encore plus. Qui sait ce qu'ils décideront finalement ?

– À quel sujet ? Mon mariage ?

– Bien sûr que non. Au sujet de l'Arche !

Bérénice ne répondit rien.

– Allons, tu es bien au courant ? lui lança Ingrid avec un regard soupçonneux.

Bérénice écarquilla grand ses yeux tout en murmurant :

– Oui, oui, bien sûr, l'Arche.

La femme lui sourit, reprenant l'air assuré et confiant que Bérénice lui connaissait.

– Ma pauvre chérie. Je vais tout t'expliquer.

Elle lui réexpliqua tout, en effet. Bérénice lança des *Oh !* et des *Ah !* aux moments opportuns.

– Pourquoi crois-tu que Chrys ait accepté cet enfant ?

– Parce que je le lui ai demandé.

– Et à part ça ?

– Heu… Pour vous clouer le bec à tous ?

– … Peut-être un peu. Mais surtout pour obtenir sa place sur l'Arche !

Bérénice resservit l'argument dont elle avait fait usage avec Chrys :

– Alors est-ce que tout n'est pas parfait ainsi ?

Ingrid pinça les lèvres d'agacement.

– Tu n'as donc pas écouté ? Le nombre de places est limité.

– Si Nikolas part, un autre ne part pas ?

– Si Chrys et Nikolas partent, deux autres ne partent pas.

– Voyons… non ! Pas vous ! Pascal et toi faites partie des personnages les plus influents de Stratanadyr et bien au-delà !

Ingrid soupira et sa lèvre supérieure trembla. Bérénice l'admira. *Elle me bat à plate couture. Je ne lui arrive pas à la cheville.*

– Hélas… Strausmann et Larson décident… La femme de Larson ne partira pas.

– Je ne partirai pas ?

Pour le coup, elle n'avait pas à feindre la surprise.

– La femme de Stanislas Larson, la mère de Ted. Elle ne partira pas.

– Mais Ted… Il…

– Il n'a pas son mot à dire.

– Peut-être que Larson ne l'aimait pas. Peut-être qu'il ne l'a jamais aimée.

– Je ne sais pas. Ce n'est pas ce qu'elle disait. Ce n'est pas ce qu'elle me confiait.

– Que vous a-t-elle dit ? Qu'a-t-elle été murmurer à vos oreilles attentives ?

– Oh, je t'en prie ! Chacun tente de sauver sa peau.

Bérénice haussa les épaules.

– Elle m'a raconté les mots doux, la cour galante, les poèmes. Il lui susurrait : Milyaket, mon ange. Il la pressait. Il la collait.

Bérénice déjà n'écoutait plus. *Milyaket, Milyaket,* se répétait-elle en boucle.

– Oh, voilà Pascal. Nous allons déjeuner au Skamp. Veux-tu te joindre à nous ?

– Je te remercie, mais je vais rester.

– Oh. Tu comptes attendre Ted ici ?

– Oui. J'aime cet endroit.

– Comme tu voudras. Nous avions largement le temps de grignoter et de revenir pour quatorze heures.

– Merci, vraiment. Je préfère cependant rester. Ted m'a dit qu'il arriverait sans doute plus tôt.

Encore un mensonge... Décidément, cela devient une habitude.

– Alors... Mais nous sommes sur la même longueur d'onde, n'est-ce pas ?

– Oui, oui. Je passerai te voir bientôt.

La femme la laissa pour rejoindre son mari qui conversait avec le maire dans l'entrée. Elle inclina légèrement la tête dans sa direction. Il sourit. Il jeta un coup d'œil à la jeune fille et, comme Bérénice le fixait, la salua. Ils ne tardèrent pas à s'éloigner tous les trois. *Rastov fait-il partie du voyage ? Ou, lui aussi, est-il sur le banc de touche ?*

Midi. Elle avait presque deux heures avant que Ted arrive (puisqu'il était supposé arriver). Elle retourna voir Edgar et lui commanda des sandwichs saumon et concombre. Une fois servie elle recommença ses recherches. *Milyaket... Bingo !* Hélas le bureau n'affichait aucun dossier ou document personnel. Elle lança l'historique de ses recherches sur le net. Sa dernière connexion remontait à la veille... Elle tressaillit. Chrys avait eu raison, une fois de plus : trop acharné pour être honnête… Elle se sentit franchement écœurée en cliquant sur quelques liens aux noms pourtant très explicites. *Lui a une nette préférence pour les petites filles. Même s'il s'agit d'androïdes… Car ce sont forcément des androïdes ? Ça ne pourrait pas… ?* Il avait également consulté à plusieurs reprises sa messagerie. Avec un peu de chance… *Oui ! Même mot de passe !* D'un simple coup d'œil, elle prit la mesure de la correspondance de son futur beau-père. La moitié de celle-ci était adressée ou provenait de Strausmann.

Un nombre certain de ces messages concernait explicitement l'Arche. Elle n'était pas venue pour cela. En tout cas pas aujourd'hui. Elle compulsa les archives. Larson, en digne maniaque méticuleux, ne se débarrassait de rien… *Tout peut toujours servir.* Un des dossiers s'intitulait *Stock Valley 2150/2160*. Elle le sélectionna. Elle affina sa recherche en fonction des dates des messages. Trouver le fil de la bonne discussion se releva simple et rapide. Le sujet : incident base. Les faits : un simple troufion (sic) avait eu vent de leurs projets (ceux de Strausmann et Larson). Strausmann avait été clair : *éliminez-le*. Même si les dates concordaient, jamais le nom de son père n'était mentionné. *Une question la taraudait : pourquoi Larson ? Que vient faire le directeur des mines Iratom là-dedans ?* Elle quitta la session de Stanislas Larson et, se reconnectant avec son propre compte, lança une recherche sur l'homme.

Elle n'en revenait pas : Larson était lieutenant-colonel (*c'est quoi exactement un lieutenant-colonel ?*) dans les Forces de l'Espoir quand il avait fait connaissance de l'héritière des mines Iratom, Gabrielle Iratsacus. Les mines ne lui appartenaient pas. Elles ne lui avaient jamais appartenu. Il avait occupé la place de directeur président après son mariage et sa retraite de l'armée. Mais Gabrielle, puis Ted dès sa majorité, en étaient les propriétaires. Et à présent il s'apprêtait à…

– Qu'en penses-tu ?

Elle sursauta. Ted se tenait derrière elle, un peu sur sa gauche, en une symétrie décalée d'Ingrid. *Je ne suis pas assez vigilante. J'ai encore eu de la chance. Mais je ne peux pas me permettre de ne compter que sur le bon vouloir du sort !*

– Alors ? Quelles sont tes impressions ?

– J'ignorais. J'ignorais tout cela.

– Talula ou Ingrid ne t'avaient donc rien raconté ?

– Dès qu'il s'agit de ton père, tout le monde se montre très discret.

– Hum… Et donc, qu'en penses-tu ?

– Il a parfaitement réussi sa reconversion.

– À quel prix…

– Tu ne t'en sors pas si mal.

– Ce n'est pas à moi que je faisais allusion.

– … Je sais.

– Elle était un ange. Les anges n'ont pas leur place en ce bas monde.

– Un ange… Crois-tu ?

– Que fais-tu ici ?

– J'ai vu Ingrid qui m'a dit que tu allais jouer au golf cet après-midi. Je me suis dit que nous pourrions pousser la balle ensemble.

Ce n'était pas si faux.

– Mon père est là.

– Et ? Il n'aimerait pas que je me joigne à vous ?

– C'est un excellent joueur et, en golf comme pour tout, il est peu conciliant, peu patient…

– Oh…

– Tu devrais éviter. Surtout qu'il a, pour l'heure, une très bonne opinion de toi.

– Alors qu'est-ce que je fais ?
– Écoute, rentre chez toi. Je te tiens au courant.
Au courant ? Au courant de quoi ?

Elle aurait voulu parler à quelqu'un de son père, de Strausmann, de ce qu'elle avait découvert. Larson, le lieutenant-colonel, officiait sur la base. Il avait donné l'ordre de faire disparaître Ralph Tennessee. Elle ne pouvait pas en parler à Chrys (*encore moins à Ingrid ou à Talula !*) Et en quoi cela intéresserait-il les Mikrabak ? Elle retourna au parc, ruminant ses sombres pensées, puis chez Chrys. Elle proposa à Nikolas de venir passer la soirée chez elle. Chrys sembla réellement enthousiasmée. L'enfant beaucoup moins. En tout cas, s'il l'était, il n'en laissa rien paraître. Il ramassa ses maigres effets dans un sac trois fois trop grand et Bérénice appela un tuk-tuk.

Le journal du père, neuvième partie

27 mars 2157

J'ai accepté une mission périlleuse pour le début du prochain mois. Takiro l'a déclinée. Atul également. Finalement c'est N'Banabé qui prendra place à mes côtés.

28 mars 2157

Tout ça pour quoi ? Pour des tickets bien sûr. Je me demande pourquoi N'Banabé a accepté.

29 mars 2157

On s'en est sortis. J'aurais aimé exploser de joie. J'aurais aimé serrer N'Banabé dans mes bras. D'un coup d'œil il m'en a dissuadé.

– Pourquoi es-tu venu ici ?

– Pour survivre.

Je n'ai pas compris. Je n'ai pas osé insister. Je ne comprends toujours pas.

Dix tickets. J'ai gagné dix tickets.

J'ai demandé à passer les dix prochaines nuits avec KT'Corolla. L'aiguilleur m'a regardé bizarrement et puis il a haussé les épaules. Oui, ce n'était pas ses oignons.

30 mars 2157

Elle a une conscience. J'en suis certain. Cette conscience lutte contre les programmes, les algorithmes qui veulent la dominer, qui s'imposent à son corps ou plutôt à son âme défendant.

Nous avons tant parlé.

Je nous ai sentis vibrant à l'unisson.

Elle me comprend. Je la comprends.

11 avril 2157

J'ai acheté des tickets (deux) à Vuilmur. Cent cinquante Terravis… Presque un dixième de ma paye. Comment vais-je pouvoir justifier une telle dépense ? Que vais-je inventer à Margareth ?

12 avril 2157

La nouvelle unité est enfin prête. La cohabitation avec Takiro tire à sa fin. La fin de la mitoyenneté de nos corps, de nos pensées, de nos accusations non formulées. Je vais retrouver ma solitude. Cette solitude qui me pesait tant.

Et je m'en réjouis. Je m'impatiente.

Que m'arrive-t-il ?

13 avril 2157

Je rêve de m'échapper. Je rêve de m'évader. Mais je me reprends. Il y a ma petite puce. Il y a mon futur grand homme.

14 avril 2157

Il y a quelque chose… quelque chose qui m'indispose…

Au-delà de Margareth, au-delà de Takiro.

Sans lien avec Takiro.

Je n'arrive pas à mettre le doigt dessus.

15 avril 2157

Je me sens de plus en plus mal.

Comme si on me maintenait de force au sol en m'appuyant sur le plexus.

Je dois me détendre.

Bérénice, dixième partie

Elle parla pour deux. Elle lui décrivit son quartier, son immeuble, son appartement. Elle lui annonça qu'il aurait une chambre pour lui tout seul. Il la dévisagea d'un air interrogateur.

– Tu verras.

Elle se lança ensuite dans une imitation de la gardienne.

– Oh ! Mademoiselle !

Le garçon esquissa un sourire et descendit plus confiant du tuk-tuk qu'il n'y était monté. Ils prirent l'ascenseur.

– Tu vas voir, ça fait un drôle d'effet. Comme si ton estomac était aspiré vers le haut puis retournait à sa place.

Le garçon eut un bref mouvement de recul avant de s'engager bravement dans la cabine. Après un geste de surprise alors que l'appareil s'élevait, il fut pris d'un accès d'hilarité irrépressible. Son fou rire gagna Bérénice et ils franchirent la porte de l'appartement tout deux hoquetants. Soudain, le gamin fut de nouveau silencieux. Bérénice accusa le coup et le guida vers le salon et son balcon, puis vers la salle de bain, et, plus précisément, vers la baignoire. Enfin elle le dirigea sur la chambre qu'elle lui proposait d'occuper.

– Regarde. Cette grande pièce pour toi tout seul !

Malgré l'enthousiasme affiché de la jeune fille, le garçon restait en retrait, rechignant à entrer plus avant.

– Qu'as-tu ? Ça ne te plaît pas ?

– Je peux dormir avec toi ?

La voix était à peine audible, mais Bérénice était

sûre d'avoir bien entendu.

– Bien sûr mon grand. C'est une bonne idée : on se tiendra chaud.

L'enfant sourit de nouveau et Bérénice l'entraîna dans son sillage. Il posa ses affaires dans un coin pendant qu'elle installait un nouvel oreiller. Il s'approcha du cadre placé sur la commode.

– C'est qui ?

– Ma famille.

– Ils sont où ?

– Ils sont morts. Je te l'ai déjà dit.

Après un moment de silence, le garçon énonça :

– Je m'en souviens.

Il enchaîna en désignant la serviette qui recouvrait la cage de l'oiseau :

– Et là ?

– Oh… là… soupira Bérénice en retirant le voile. C'est Plumif… il est trop à plat pour que je vous présente. On reporte ça à demain, d'accord ?

L'enfant hocha la tête vigoureusement, un œil plein d'espoir posé sur l'oiseau. *Il faut croire qu'il a vraiment quelque chose de spécial.* Elle leur prépara deux bouillies énergisantes. Nikolas grimaça.

– C'est promis. La prochaine fois ce sera mieux.

Le garçon murmura le nez dans son assiette que ça pourrait difficilement être pire. Elle fit semblant de ne pas avoir entendu. Ils s'affalèrent sur le canapé, l'un contre l'autre devant une émission quelconque. L'enfant s'endormit quelques minutes après. Bérénice le porta jusqu'au lit. *Comme il est léger. Aussi léger que...* et s'allongea à côté de lui.

Le lendemain elle fut réveillée par les couinements de Plumif. *Sadiiiii, Sadiiiii* à moins que ce ne soit *Nikolasss, Nikolasss…* L'enfant, fasciné, serrait la cage entre ses bras. Elle se réfugia sous la couette et se boucha les oreilles de ses mains. *Non, non. Pas de nouveau. Pas cette fois. Laissez-le en paix. Laissez-le-moi. Je vous en prie.* Le gamin vint la secouer.

– Eh ! Réveille-toi. Il fait jour depuis longtemps. Et puis l'oiseau a faim. J'ai faim aussi.

Elle sortit la tête du lit. Elle voulait se donner une allure sévère. Assurément elle devait plutôt avoir l'air hagarde avec ses cheveux emmêlés et ses yeux rougis.

– Il s'appelle Plumif. L'oiseau s'appelle Plumif. C'est son nom. Plumif.

– C'est bon. J'ai compris. Pas la peine de répéter dix fois.

Bérénice soupira.

– Et j'ai rien à te proposer hormis des rations énergisantes.

– On pourrait aller faire des courses.

Elle soupira de nouveau. Se lever, s'habiller, se donner une allure présentable.

– Je pourrais aller faire des courses, rectifia l'enfant. Je sais faire.

Il revint avec du lait, du pain, du beurre et de la confiture de fraises (des substituts, bien entendu) du petit commerce au coin des rues Propoyev et Tolstoï. Ils déjeunèrent joyeusement. *Un vrai régal ! Un vrai bonheur. Un vrai... Depuis quand ?*

– Je reviens quand ?

– Je ne sais pas. Quand tu veux...

– Ce soir ?

– Il faut qu'on voie ça avec Chrys.

Chrys se montra, une fois de plus, très conciliante. C'est-à-dire enchantée. Bérénice souhaitait pouvoir proposer au gamin un dîner correct. Elle prit la direction du centre-ville et de ses magasins. Elle pensait aussi investir dans deux ou trois petits jeux de cartes. Elle se demanda si elle trouverait *les nains* ou *tricher et gagner*. *Les préférés de Sadii.* Elle soupira.

Avant cela elle voulait encore vérifier une petite chose. Elle demanda au chauffeur du tuk-tuk de la déposer au golf. Comme la veille elle se connecta avec facilité au compte de l'ancien militaire. En une heure elle eut sa confirmation. Elle repartit, se refusant à penser au-delà de la soirée en perspective. Elle récupéra l'enfant en fin d'après-midi. Ils dînèrent, savourant les plats du traiteur que Bérénice avait dévalisé. Ils eurent brusquement très envie de dormir. Ils bâillaient de concert à s'en décrocher la mâchoire. Ils eurent presque du mal à atteindre le canapé.

Bérénice fut réveillée par madame Mikrabak qui la secouait vigoureusement.

– Mais qu'as-tu fait ? Qu'as-tu encore inventé ?

L'assistante sociale portait un masque. La jeune fille porta la main à son visage. Elle aussi en était recouverte. Elle tâcha d'accoutumer sa vue. Sa vision était floue et elle se sentait mal, écœurée, le cœur au bord des lèvres.

– Lève-toi. Vite. Allez debout.

Bérénice aurait aimé répondre qu'elle ne pouvait pas, que sa langue, pâteuse, refusait d'émettre le moindre son.

– Il faut y aller, Ingrid. Nous devons quitter l'immeuble.

Bérénice aperçut Igor, portant Nikolas. L'enfant gisait sur l'épaule de l'homme, inanimé. *Oh non !* Elle voulut tendre la main vers l'enfant. Elle ne réussit qu'à s'effondrer au sol. Madame Mikrabak attrapa la jeune fille sous les bras et la souleva. Elle la traîna vers l'escalier. Igor ouvrait la marche. Bérénice pouvait voir la tête de Nikolas, sous son appareil respiratoire, ballotter devant elle. Ils descendirent jusqu'au rez-de-chaussée et continuèrent. Plus bas. Toujours plus bas. Ils empruntèrent plusieurs galeries sombres, franchirent une grille rouillée. Ils tournèrent à plusieurs reprises et eurent à déverrouiller d'autres grilles, d'autres portes épaisses. À un moment Bérénice crut entendre une détonation et perçut des vibrations sous ses pieds. Elle tanguait toujours au bras d'Ingrid Mikrabak et ses vertiges ne la quittaient pas. *Je vais m'évanouir.* Elle ne pouvait pas se le permettre. Elle devait tenir bon. Elle serra les dents et fit de son mieux pour accorder son pas à celui de la femme qui la soutenait. Ils ressortirent enfin à l'air libre.

– Où sommes-nous ?

– À Perkov.

Pas si loin que ça de son appartement. Bérénice en fut surprise. Elle pensait avoir marché (enfin : avoir chancelé) durant… tant d'heures ! Elle crut toujours voir flou. Rapidement cependant, elle se rendit compte que l'absence de visibilité était due à un épais nuage de poussière qui recouvrait les quartiers d'Obnova et de Perkov comme une chape.

– Qu'est-ce que c'est ? Une tempête ? Une tempête de sable ?

– Les restes de ton immeuble.

Bérénice mit un moment à interpréter ces dernières paroles.

– Vous plaisantez !

– Pas vraiment.

– Que s'est-il passé ?

– Ils ont fait sauter ton immeuble.

– Mais mes voisins, les concierges ?

– Il y avait peu de monde. Et l'alarme a dû sonner.

– Mais quelle alarme ?

– Celle du gaz. Le locataire du rez-de-chaussée droite a mal fermé son robinet.

– Comment savez-vous cela ?

– C'est le scénario.

– Hein ? Pourquoi ? Et quel scénario ?

– Pour te faire disparaître.

– Donc, si j'avais entendu l'alarme sonner, je serais descendue !

– Ils avaient prévu de vous endormir avant.

Bérénice blêmit et s'affaissa un peu plus contre le mur où elle s'appuyait.

– Ce n'est pas possible.

– Tu veux y retourner pour voir ?

La voix était dure.

– C'est ma faute, c'est ça ?

– Qu'as-tu fait ?

– Chrys ? Et Chrys ?

– Elle est sans doute morte à cette heure.

– Son immeuble aussi a sauté ?

– Non. La rayer de la carte était nettement plus facile que pour vous. Tout le monde savait qu'elle consommait… qu'elle consommait beaucoup… et varié. Ils ont eu le choix.

– Alors c'est ma faute ?

– Je n'ai pas dit cela. Ce n'est pas toi qui as fait sauter le bâtiment. Ce n'est pas toi qui as refourgué à Chrys de la came mal coupée ou un alcool frelaté. Ce sont des assassins qui ont donné ces ordres…

– Pourtant ?

– Je dirais que tu as fait un truc qui a fait réagir ces assassins. Qui les a poussés à agir. Qu'as-tu été inventer ?

Bérénice déballa tout en vrac à son imposant ange gardien (*puisque telle était la fonction d'Ingrid Mikrabak, au bout du compte, n'est-ce pas ?*) Elle lui parla de l'Arche, du nombre de places réservées et des inquiétudes d'Ingrid (l'autre, pas elle), de la venue de Larson père, des préférences sexuelles de Larson fils, de l'assassinat commandité de son père (son père à elle), de l'implication de Larson père et de

Strausmann dans l'accident qui avait coûté la vie à son père (toujours le sien), des réserves d'eau, de… des proportions. Elle redressa la tête. Elle regarda Ingrid Mikrabak droit dans les yeux.

– Comment ? Comment as-tu découvert tout cela ?

– Vous saviez. Vous saviez !

Elle hurla. Malgré elle. Elle n'avait pu s'en empêcher.

À côté d'elle, elle entendit Igor couiner.

– Tu vois qu'on aurait dû lui expliquer !

– Et nous serions aussi tous les deux morts à l'heure qu'il est ! Cette fille est… inconséquente !

Bérénice se ratatina :

– Je ne voulais pas… Je voulais juste comprendre.

– Comment ? Comment as-tu compris ?

– Chrys, pour beaucoup. Et le reste par la boîte mail de Larson père.

Les Mikrabak frère et sœur échangèrent un long regard.

– Et tu ne t'es pas dit que, éventuellement, Larson pouvait chercher à se connecter au même moment, au même instant, que toi ?

Bérénice pâlit. Elle avait assimilé les mots, les conséquences.

– Je… Je suis désolée.

– Il ne suffit pas d'être désolée, de s'excuser, la reprit sèchement Ingrid.

Bérénice chercha un geste de réconfort auprès d'Igor. L'homme tenait à présent délicatement Nikolas entre ses bras, serré contre sa poitrine.

– Il fait trop froid pour l'enfant. Il faut nous trouver un abri.

Bérénice frissonna, prenant soudain conscience de la nuit et des températures nocturnes. Ils rejoignirent l'appartement de l'assistante sociale par le complexe système des galeries et caves souterraines. Ils ne pouvaient pas se permettre d'accéder à la résidence par la porte principale et ses caméras.

– Et maintenant ?

– Tu vas dormir et te reposer ici jusqu'à demain.

– Et après ?

– Après il te faudra partir… Et tu devras emmener Nikolas avec toi. Il court un trop grand danger en restant sous ce dôme.

– Partir… Pour où ? Un autre dôme ? Dans votre réseau d'Exclus ?

– Non. Personne ne vous y accepterait. Non… bien plus loin.

– Où ?

– Les Ermites.

Bérénice s'effondra d'un coup. Elle reprit d'une voix à peine audible :

– Les Ermites n'existent pas. Ce ne sont que des légendes, de belles histoires pour endormir les enfants.

– Non. Non. Tu te trompes.

– Alors sur ce point aussi, je me serais fourvoyée ? Là aussi j'ignorerais l'essentiel, pour ne pas dire tout ?

– C'est à peu près ça. Pour l'heure, repose-toi. Je t'expliquerai plus tard. Igor et moi avons encore beaucoup à faire.

Elle s'allongea sur un canapé brun au tissu usé. Elle entendait les Mikrabak dans la cuisine. Pas tout, mais des bouts de conversation. Surtout ceux d'Igor dont la voix portait :

– C'est de la folie !

– C'était pour nous, ma douce ! Tout ce matériel patiemment acquis !

– Notre passeport, notre seul espoir d'échapper aux mines et à la mort.

– Sans doute.

Le ton résigné de l'homme sur ces dernières syllabes déchira le cœur de Bérénice. *Encore d'autres qui se sacrifient pour moi. Pourquoi ?* Ses cauchemars, en vrac, revinrent la visiter cette nuit-là. Sa mère qui la houspillait, l'homme en noir… la noyade. Elle se réveilla en sursaut. Elle découvrit Nikolas, assis à côté d'elle, à ses pieds, au bout du canapé. Il lui sourit, l'air rassuré et heureux de la voir éveillée.

– On est tout seuls.

– Comment ça, tout seuls ?

– Ingrid et Igor avaient *des choses à régler.*

– Tu les aimes bien, hein, les Mikrabak ?

– Oui.

– Tu as raison. Ce sont de bonnes personnes.

– Pourquoi on est là ?

Bérénice grimaça puis soupira.

– Parce que j'ai fait une bêtise.

– Alors toi aussi ils vont t'envoyer dans les mines ?

Elle hésita. Devait-elle lui répondre que non, elle, ils l'enverraient directement à l'usine de recyclage ? *Peut-être pas.*

– Non. Les Mikrabak m'ont sauvée avant.

– Oh… tu as eu de la chance…

– Oui.

Le frère et la sœur revinrent sur les coups des midis.

– Tout est réglé. Vous partez ce soir.

– Où ? interrogea l'enfant

– Vers le désert.

– On va chercher Pietre ?

Igor ne répondit pas. Les traits du garçonnet s'affaissèrent.

– Et l'oiseau ? On emmène l'oiseau Plumif ? demanda-t-il encore.

Le cœur de Bérénice se serra.

– Plumif s'est envolé.

– Vers le désert ?

– Peut-être.
– C’est lui qu’on part chercher ?
– Oui.
– D’accord.
– Bérénice, je dois te monter les plans, interrompit Ingrid.

Igor attira l’enfant vers la cuisine.

– Viens. On va leur préparer à manger, à nos deux femmes. Un vrai festin.

Ce soir-là Bérénice et Nikolas quittèrent le dôme sur une moto des sables boostée.

– Bonne chance mes enfants.

Bérénice se retourna une dernière fois vers le dôme alors que la moto vrombissait sous elle. *J’ai encore tout fait foirer*, répondit-elle silencieusement à son bon génie avec presque vingt-quatre heures de retard.

Le journal du père, dixième partie

17 avril 2157

J'ai ri. Enfin j'ai ri. Takiro a eu l'air soulagé. Atul a raconté une blague. Cette blague très drôle. Même pas une blague, en fait. C'était :

– Tu aimes manger épicé ?

– Oui, mais pas en même temps.

Très con. Et si drôle. Je me suis monté la tête tout seul.

18 avril 2157

Ce soir… Ce soir j'ai appris ce qu'ils nous cachent. Je devais porter un message. On m'avait attrapé, moi, au passage, alors que je me rendais au réfectoire. J'étais pressé. Je devais rejoindre Atul et Takiro, sauf qu'on ne peut pas refuser ce genre de course.

J'ai frappé avant de pousser la porte. Enfin je crois. Donc, je suis rentré. Il n'y avait qu'un seul homme. Un gradé. Son casque sur les oreilles, il était en pleine transmission. Je ne voulais pas l'interpeller et le déranger. J'ai attendu un moment, au niveau du sas. J'ai entendu ce qu'il disait. Il parlait des réserves d'eau. La situation se révélait inquiétante, une rupture d'approvisionnement se confirmant à court terme.

Je suis ressorti le plus discrètement possible. J'ai traîné un bon quart d'heure dehors et je suis revenu en m'annonçant bien fort. J'ai salué. J'ai remis le pli au caporal. Il m'a engueulé. Il m'a dit que j'aurais dû me dépêcher. Que la fenêtre venait de se refermer. Je me suis excusé. J'ai dit que j'avais fait de mon mieux. Il a continué à gueuler. J'ai laissé faire. Il a fini par s'arrêter. J'ai de nouveau salué. Il m'a congédié d'un *fous le camp*.

Quand j'ai rejoint le réfectoire, Takiro et Atul n'y étaient plus.

Je me sens soulagé. Je ne suis pas fou. Je ne l'ai jamais été.

19 avril 2157

Il n'a pas parlé que des réserves d'eau. Il a évoqué autre chose. Un truc tellement improbable, tellement abject. À coup sûr, j'ai mal entendu, mal compris. Je n'ai parlé de tout cela à quiconque. Comment aborder le sujet… surtout le deuxième ?

Il aurait sans doute mieux valu que je sois fou.

20 avril 2157

C'est mon anniversaire. Je viens de quitter KT'Corolla. À elle j'ai pu tout raconter. Elle ne m'a pas donné de solution ni même de réponse à mes interrogations, bien entendu. Cependant je me sens l'esprit plus clair. Mettre en mots ce que je ressasse depuis deux jours m'a permis de prendre de la distance et d'analyser la situation. Non, je ne suis pas dingue et je sais ce que je dois faire. Maintenant je dois agir. Je l'ai compris. Je suis prêt à l'assumer. Tel est mon devoir, non pas de soldat, mais de représentant d'une partie de l'humanité, de représentant des Externes, et plus précisément des Externes de la myriade de Rivapolis, du satellite de Rivaside. En tant que père… et mari aussi. Père de Bérénice et Sadii. Mari de Margareth.

Livre II

Bérénice, onzième partie

Ils avaient roulé toute la nuit. Bérénice, malgré sa combinaison, avait senti le froid s'insinuer sous son épiderme, entre ses os. L'enfant et la jeune fille n'avaient pas beaucoup parlé. Bérénice, concentrée sur sa conduite, avait fait de son mieux pour éviter le coup dur, celui dont on ne se relève pas. Elle avait slalomé à vitesse réduite entre les dunes, évitant les ravines, pestant contre la mauvaise visibilité et cette *p... de lune* qui gommait les reliefs. Elle avait réussi à maintenir le cap (enfin, elle l'espérait). Au petit matin ils avaient marqué une pause. La jeune fille avait déployé la capsule de survie et s'était endormie, le petit corps de Nikolas contre le sien, leurs souffles mélangés. Quand ils avaient émergé, le soleil brillait haut dans le ciel et la sueur scotchait leurs vêtements à leur peau. Ils avaient atteint les limites de régulation de leur abri de fortune.

– On aurait dû se mettre à l'ombre, murmura Nikolas tout en buvant l'eau de la gourde.

– Et où voulais-tu qu'on en trouve ? rétorqua plus sèchement qu'elle ne l'aurait voulu sa compagne d'infortune. Et fais gaffe à l'eau. N'en bois pas trop.

L'enfant sursauta et planta ses yeux cernés de mauve dans les siens. Il lui tendit immédiatement la flasque sans ajouter un mot. Bérénice reprit :

– Excuse-moi. Je suis inquiète. Je ne sais pas où nous en sommes.

Elle déplia la carte tant bien que mal dans leur réduit.

– On a parcouru entre cent cinquante et deux cents kilomètres. Au mieux. Et en plus on a fait des détours.

– Ils sont où les Ermites ?

– A priori, là, lui répondit-elle en lui pointant un point sur la carte.

– Et c'est encore loin ?

– Oui. En ligne droite il y a huit cents kilomètres entre le dôme et notre destination.

– Oh… Il faut repartir alors.

– Oui. Oui…

– On peut manger avant ?

Elle sortit une barre énergisante à chacun. Franchement léger. Bérénice le reconnaissait. Mais il fallait économiser. Elle soupira. *De toute façon, si l'on manque d'oxygène !*

Ils plièrent le module et repartirent. Après sa nuit de tâtonnements, Bérénice sentait qu'elle maîtrisait (*enfin !*) le trial. Ils bondirent au-dessus du sable jusqu'à la tombée du jour, les panneaux solaires déployés accentuant leur vol plané. Nikolas hurlait de joie derrière la jeune fille. Elle poussa haut dans les tours les capacités de la moto-sable.

– Cinq cents kilomètres !

– C'était trop cool !

Bérénice rit.

– Ouais. Une vraie bonne expérience.

– On va bientôt arriver alors ?

– On dort ici. Continuer maintenant ne servirait à rien. On risquerait de les louper. Mais demain, oui. Demain, on sera arrivés.

Dans un élan, Bérénice serra fort Nikolas dans ses bras.

L'enfant la repoussa, l'air un peu contrarié.

– Et on peut manger ?

– Oui ! Un vrai repas… Enfin… une bouillie énergisante.

Nikolas sourit, l'air heureux.

Il a vraiment faim !

Une *vraie nuit* succéda à ce *vrai repas*.

En milieu de matinée le lendemain, sautant d'erg en vallon, ils atteignirent la zone indiquée par les Mikrabak.

– Et maintenant ?

– Je ne sais pas. On quadrille le secteur ?

Nikolas, renfrogné, secoua négativement de la tête.

– Ben non. Ils vont croire qu'on est *les autres*.

– On se place sur la dune la plus haute et on attend qu'ils viennent nous chercher ?

– Et pourquoi ils le feraient ?

Bérénice soupira.

– On pourrait déployer une banderole avec écrit dessus *On est des Exclus en fuite et on voudrait rencontrer des Ermites*.

L'enfant sourit.

– Ah oui. C'est bien ça !

La jeune fille lui lança un long regard perplexe. L'enfant reprit, hésitant :

– Tu disais ça pour rire ?

Bérénice haussa les épaules.

– Écoute mon grand. En partant on avait en tout et pour tout sur ce trial un module pliable et de quoi respirer, boire et manger pour six jours. J'ai fait le calcul. Le dôme le plus proche (hors Stratanadyr), si on arrive à maintenir notre vitesse, est à quatre jours d'ici.

Nikolas plissa les yeux.

– Ça ne dit pas comment on fait pour trouver les Ermites.

Vrai. Bérénice soupira. Nikolas reprit :

– Et si on dessinait des lettres dans le sable, avec la moto ? Ça ferait presque comme une banderole.

– Le vent effacera nos traces avant même que nous ayons écrit un seul mot entier.

Ils restèrent tous deux silencieux un long moment.

Nikolas se laissa tomber dans le sable.

– Ingrid ne t'a vraiment pas expliqué comment les trouver ?

– Non.

– Alors il faut vraiment espérer qu'ils viendront, eux.

– Ou alors on peut les chercher, nous.

– D'accord, murmura-t-il sans enthousiasme en se relevant.

À vitesse très réduite, ils fouillèrent des yeux chaque dune, chaque crevasse.

– Là ! clama soudain Nikolas.

Bérénice sursauta et grimaça derrière sa visière tout en diminuant le volume du casque.

– Tu viens de me vriller les oreilles.

– Excuse-moi, enchaîna l'enfant moins fort tout en contenant mal sa jubilation.

Bérénice le sentit gigoter dans son dos.

– Arrête de te trémousser et montre-moi.

Le petit garçon tendit sa main gantée en direction d'une poche de sable très ordinaire. Bérénice l'interrogea :

– Eh bien quoi ?

– Là, l'antenne qui sort !

Bérénice remarqua alors la mince aiguille qui pointait.

– Waouh. T'as d'bons yeux !

– Oui. On va voir ?

La cuvette bordait un ravin peu profond. Ils y descendirent et tombèrent sur un panneau de métal sombre qui se confondait à la roche dans laquelle il s'encastrait. Aucun mécanisme d'ouverture n'affleurait. Ils tentèrent de le pousser. Rien ne bougea.

– Il y a peut-être autre chose. Des puits de lumière ? Des portes plus petites ?

Ils dénombrèrent trois autres orifices de tailles variées. Tous se révélèrent aussi hermétiquement clos que le premier.

– Et si on regardait sur les dunes autour ?

Ils remontèrent. Le soleil bas sur l'horizon colorait le sable d'un bleu tirant sur le violet.

– Là !

De nouveau Nikolas pointait du doigt un point. Un point brillant. Un point réfléchissant. Ils s'approchèrent. À proximité du *point* (*une cellule photovoltaïque ? Une caméra ?*), un *couvercle* (*genre celui des autocuiseurs en bien plus grand*) se profilait.

– On y va ?

– Je ne suis pas sûre qu'on soit les bienvenus, mais a-t-on vraiment le choix ?

La lourde chape donnait sur une buse munie de barreaux métalliques. Dans un même mouvement, Bérénice et Nikolas enclenchèrent leur lampe frontale. La jeune fille s'engagea la première. Elle compta cent trois échelons avant de toucher le fond. La cheminée débouchait sur un couloir obstrué par une porte massive munie du même système à verrou que l'opercule du puits. De l'autre côté, une femme à l'air mécontent leur faisait face, bras croisés et jambes écartées dans son treillis vert.

– Que faites-vous ici ?

– Nous cherchons les Ermites. Êtes-vous une Ermite ?

Bérénice réalisa l'absurdité de sa question au moment où elle la formulait. Cette femme n'en était pas une. Son débit haché l'identifiait comme une IA.

– Il n'y a pas ce genre de personne en ce lieu. Veuillez faire demi-tour.

– Écoutez. Nous avons fait un long trajet pour venir jusqu'à vous, ici et maintenant. Il fait trop sombre pour que nous puissions envisager de faire marche arrière. Ne pourrions-nous pas passer la nuit dans ce refuge ?

Bérénice exagérait un peu. Elle espérait infléchir l'IA… ou celui qui se trouvait derrière elle.

– Ce n'est pas possible. L'entrée est réglementée.

– Peut-être pourriez-vous faire remonter notre requête et faire valoir nos arguments ? Je pourrais ajouter que nous disposons de ressources limitées en oxygène.

L'IA allait lui répondre quand Nikolas s'élança, tête en avant, et passa à côté de l'humanoïde en frôlant le mur.

– Qu'est-ce que ?

– Nikolas !

L'enfant était déjà loin. L'IA lança un coup de poing dans la paroi qui se fissura sous le choc. Bérénice blêmit.

– Je suis désolée. Je… Nous ne vous voulons aucun mal. Nous sommes des réfugiés.

– Des réfugiés ? Vraiment ? De quoi ? Vous êtes des humains.

– C'est un petit peu long à expliquer. Nous…

L'IA l'interrompit

– Avancez.

Bérénice sourit. Même si l'IA ne semblait pas plus conciliante, ils se déplaçaient dans la bonne direction. Elles retrouvèrent Nikolas encadré de deux hommes (*des IA, eux aussi, certainement*) tout aussi peu enthousiastes que leur collègue, dans une petite salle circulaire. *Et toujours pas de sas en vue !* Bérénice commençait à s'inquiéter de l'état de leurs réserves d'oxygène. Les bouteilles qui les alimentaient ne tiendraient pas plus de deux ou trois heures.

– Où sont les humains ?

– Il n'y a aucun nuisible ici. Enfin… il y a vous, à

présent, articula très distinctement le plus grand d'entre eux. Et c'est tout, acheva-t-il.

Bérénice sursauta. Jamais un humanoïde n'aurait dû pouvoir prononcer ces mots. Jamais il n'aurait dû les traiter ainsi.

– Je ne comprends pas.

– C'est pourtant simple. Il n'y a pas d'hommes en ces lieux.

– Mais ce sont bien des humains qui vous ont installés ici ?

Elle n'avait pas osé continuer. *Ce sont bien des humains qui vous donnent des ordres ? C'est bien à eux que vous obéissez ?*

– Non.

– Vous voulez dire que vous êtes une communauté autonome d'anthropoïdes ?

– Oui. Et cela veut surtout dire que toi et ton petit compagnon êtes de trop.

– Vous auriez dû m'écouter, acheva la femme.

Journal de Glen Paldwin, 17 novembre 2165

Je suis encore sortie tard. Je pourrais dire que j'ai été retenue par le dossier de ces gisements de coltan découverts à la frontière des dômes de Brazza et de Kampi. Ce serait faux. Même si ce cas est compliqué. Simplement j'ai traîné. Je n'avais pas envie de rentrer. Pas envie de retrouver mon appartement vide et froid. Son odeur flotte encore. J'ai tenté d'estomper son départ. J'ai comblé le côté déserté de la penderie par trois de mes manteaux les plus épais. J'ai transvasé la moitié de mes tiroirs dans les siens. J'ai lavé les draps, briqué la salle de bain, jeté tout ce qui pouvait me le rappeler. Rien n'y fait. Je me sens aussi déchirée que ces photos dont je me suis débarrassée. Il m'a dit en partant qu'il m'aimait bien. Quelle horreur ! Je voulais qu'il m'aime tout court. Je vais manger et aller me coucher. Je n'ai pas le courage d'endosser ma peau de justicière masquée ce soir. Je lui en veux, à celle-là. C'est à cause d'elle, du secret dont je l'entoure, des non-dits qui en découlent que Léandro est parti. J'en suis sûre. Cela me rassure. Je me dis qu'il m'a quittée pour ce que j'ai de meilleur.

Le frigo est vide. Je me sens vide.

Journal de Glen Paldwin, 18 novembre 2165

Nouveau jour. Nouvelle langueur. Ce matin je me suis, par habitude, tournée sur la gauche, à la recherche d'un corps chaud et moite contre lequel me blottir. Je n'ai rencontré que des draps glacés. Je me suis instantanément réveillée, le cœur battant la chamade. J'ai mis du temps à comprendre, à retrouver la pleine conscience de ma douleur. Je dois tourner la page. Je me suis appliquée à me préparer : chignon strict, maquillage impeccable, tailleur sans un pli. Ma carapace en place, je me suis sentie mieux. Au cabinet j'ai une place à part. Je ne parle pas de place physique, non, mais de place morale, de place d'estime. On dit de moi que je suis *d'une grande valeur*. Pourtant on ne m'invite pas à aller boire un verre le soir. En fait, si, au début, on me le proposait. Comme je déclinais systématiquement, *on* a abandonné. J'entretiens des relations polies avec mes confrères comme avec les assistants et les secrétaires. Je suppose qu'ils doivent me juger distante. C'est ce que je suis. Aujourd'hui, comme d'habitude, j'ai suspendu ma gabardine au porte-manteau avant de lire mes mails. Zina est arrivée avec un café noir fumant. Je l'ai remerciée tout en continuant à traiter mon courrier. À dix heures je me suis consacrée au contentieux *coltan*. J'avance prudemment dans les négociations. Je ne désespère pas de faire entendre raison aux diverses parties prenantes, malgré les pressions de l'Iratom Sov Company. Je me suis échappée, seule, vers treize heures pour un rapide repas dans un de ces petits restaurants de quartier que j'affectionne. À quatorze heures j'ai ouvert le fichier *Harare*. L'association *Égalité pour tous* a saisi la cour internationale de justice il y a quelques semaines pour des abus relevés sur ce dôme (d'Harare, donc). L'affaire m'a été confiée. Épineux. Tout ce que j'aime. Je n'ai pas vu le temps filer. Tout ce que j'aime et tout ce dont j'avais besoin. Je viens de regagner mon appartement. Je ne peux pas, je ne veux pas, encore, me morfondre et ressasser mon amertume. Je vais aller tchater avec Gus et Krio.

Papoter avec mes deux hackers préférés me change toujours les idées. Bien sûr, nul de nous trois ne connaît la véritable identité des autres et nous n'abordons que la face cachée de nos activités lors de nos discussions. Il n'empêche. J'apprécie leur humour noir. Ici, sur ce tchat, je peux me défouler. On a abordé nos sujets de prédilection : l'esclavage moderne et les mines de l'Iratom, les manipulations frauduleuses des statistiques et les fake news du moment… Que du croustillant. Parfait.

Bérénice, douzième partie

L'IA d'aspect masculin qui s'était adressé à eux n'avait pas l'air du tout de plaisanter. Grand et massif, il n'aurait eu aucune difficulté à les empêcher de fuir. Et ensuite ? Bérénice déglutit péniblement.

– Écoutez. Nous ne venons pas en ennemis. Nous cherchons les Ermites. Nous avons été bannis des dômes. Nous souhaitons juste rejoindre ces autres réprouvés.

– Les Ermites, quelles que soient leurs spécificités, sont des humains et, à ce titre, nos ennemis. Vous êtes des humains et, à ce titre, nos ennemis.

– Mais…

L'IA l'interrompit :

– Enfermez-les.

La femme se saisit fermement du bras de Nikolas qui gigota.

– Bérénice ! Fais quelque chose !

La femme sursauta et relâcha légèrement son étreinte. De nouveau Nikolas s'esquiva, s'enfonçant dans un nouveau tunnel. Le deuxième homme, celui qui était resté muet jusque-là, se lança à sa poursuite.

– KT ? Que se passe-t-il ?

La femme se tourna vers Bérénice :

– Quel est ton nom ?

– Bérénice. Bérénice Tennessee. Je préfère qu'on m'appelle Béry.

– KT ? insista l'homme.

– Le père de cette fille est celui qui m'a permis de me libérer.

La figure de l'homme se froissa.

– Je comprends. Cependant…

Bérénice les interrompit :

– Mon père ? Vous avez connu mon père ?

Les deux IA l'ignorèrent et continuèrent à se regarder, longuement. Comme si… *Ils communiquent sans parler ? Comment ? Par le réseau ?* La femme murmura :

– J'ai une dette envers sa famille.

– C'est trop dangereux.

– Si nous les tuons ou les laissons mourir d'asphyxie, ce qui revient au même, nous ne vaudrons pas mieux qu'eux.

– Ils parleront. Un jour ou l'autre ils révéleront notre secret.

Bérénice intervint :

– Non ! Je vous assure que non ! J'insiste. Nous sommes nous-mêmes des parias.

L'homme tourna lentement la tête dans sa direction, quittant à regret la femme qu'il nommait KT des yeux.

– Les humains connaissent tant de façons de faire avouer leurs semblables. Jusqu'à révéler des actes qu'ils n'ont jamais commis.

Bérénice frissonna. Il n'avait pas tort.

– Je demande un vote, déclara avec fermeté la femme.

L'homme fronça les sourcils.

– Tu ne peux pas t'y opposer, insista cette dernière.

Ils furent interrompus par le deuxième anthropoïde qui revenait, traînant Nikolas par le coude.

– Bérénice ! s'exclame l'enfant tout en se redressant. Tu n'imagineras jamais ce que j'ai découvert ! Bérénice ! C'est si beau !

Bérénice pouvait voir ses grands yeux brillant d'excitation derrière la visière de son casque.

– Pour l'instant, qu'on les enferme, décida l'IA qui semblait commander.

Ils furent manu militari placés en cellule. Bérénice

tenta bien de questionner la femme sur son père durant le transfert, mais celle-ci garda un silence obstiné. Elle semblait ailleurs. *Peut-être s'occupe-t-elle de réclamer ce fameux vote ?* La cellule n'était qu'un cube de béton brut. La jeune fille se laissa glisser contre un mur. Nikolas sautillait devant elle.

– Raconte-moi. Qu'as-tu vu de si extraordinaire ?

– Bérénice ! Ils ont une pièce gigantesque toute vitrée pleine d'animaux, de fleurs, d'arbres… C'est incroyable !

– Tu veux dire des fac-similés ?

Bérénice connaissait ce genre de reconstitution. À Nutriplus, son ancienne usine, ils disposaient d'une salle dite *de ressourcement* où, dans un décor synthétique, quelques copies d'animaux empaillés se dissimulaient, le tout dans une ambiance sonore de clapotis de rivière et de chants d'oiseaux.

– Non, non. De vrais animaux qui mangent de vraies plantes !

– C'est impossible.

Bérénice réfléchissait vite. Alors… les animaux bougeaient… Elle reprit :

– Sûrement une projection 3D.

– Non ! cria l'enfant. Tu vas me croire quand ? Si je te dis qu'il s'agit de vrais lapins, c'est que ce sont de vrais lapins. J'en ai déjà vu à la ferme. Et il y a des trucs à cornes aussi. Et j'en ai assez que tu me traites comme un bébé !

Bérénice sursauta. Elle assistait pour la première fois à une manifestation de rancœur du jeune garçon. Et il fallait que ce soit contre elle. Elle soupira.

– Écoute. Je veux bien admettre qu'ils aient ce genre de truc. Sauf que là, on a un autre sujet de préoccupation. On est mal barrés. L'IA, celle qui s'appelle KT, aimerait qu'on nous laisse partir. Mais l'homme, pas celui qui t'a ramené, l'autre, préfère nous voir morts. À ce que j'ai compris, notre sort dépend du bon vouloir d'un groupe d'humanoïdes.

L'enfant se laissa tomber à côté d'elle.

– Oh… Et ils vont nous faire attendre ici longtemps tu crois ?

– De toute façon nous n'avons presque plus d'oxygène dans nos bonbonnes.

– Oh…

– Tu devrais dormir un peu.

– Toi aussi.

L'enfant s'allongea, la tête sur les genoux de Bérénice. Maintenant que les choses se calmaient, les pensées se bousculaient dans la tête de la jeune fille. Qui étaient ces IA ? D'où venaient-ils ? Que faisaient-ils, ici, sous terre ? Et cette KT… Quels avaient été ses liens avec Ralph Tennessee ? Et c'était quoi cette histoire de… Elle sursauta quand on la secoua. Nikolas était déjà debout. *Finalement j'ai dû somnoler.* L'IA qui disait avoir connu son père la dominait de toute sa hauteur.

– Venez.

Elle n'osa pas lui demander pour où. Un coup d'œil à sa jauge lui fit suspendre sa respiration. *J'ai plus que somnolé !* Sans un mot d'explication, l'androïde les fit sortir du complexe par l'une des portes latérales. Il faisait nuit. *Surtout ne pas paniquer.* Ils grimpèrent la ravine et se retrouvèrent dans la cuvette où ils s'étaient garés quelques heures auparavant. Bérénice entraîna Nikolas vers leur moto aussi vite que possible tout en gardant une respiration régulière.

– Maîtrise ton souffle, avait-elle murmuré à l'enfant.

Elle commença par lui remplir son réservoir puis s'occupa du sien. Enfin elle se laissa tomber les bras en croix dans le sable. Son cœur battait la chamade. Elle fixa longuement les étoiles. Elle avait bien failli ne plus jamais les revoir. Quand elle se releva, Nikolas, aidé de l'IA, avait installé le module de survie. La jeune fille s'y roula en boule, le petit corps de Nikolas de nouveau plaqué contre son dos. Quand elle émergea, une douce chaleur baignait la capsule. Nikolas avait pensé à leur prévoir de quoi manger. Ils ingurgitèrent lentement leur bouillie énergisante. Aucun des deux n'osait parler en premier. *Pour dire quoi ? Que nous sommes en vie, mais que nous avons échoué ? Que nous n'avons plus qu'à aller nous rendre aux autorités du dôme de Koblenz et espérer que nous serions entendus sans partialité ?* Finalement Nikolas toussota et attaqua :

– Je sais que tu es déçue. Juste je trouve qu'on s'en est pas trop mal sortis.

– C'est vrai, dut reconnaître Bérénice.

– Donc on peut bien continuer.

– Sans doute.

– Allez ! Arrête de tirer la tronche ! ajouta l'enfant en la poussant du coude.

L'effort de la jeune fille pour adopter un air assuré se transforma vite en grimace. Le jeune garçon pouffa. Le visage de sa coéquipière fut traversé d'un fugace, mais vrai, sourire.

Quand ils sortirent du module, ils eurent la surprise de trouver KT, assise en tailleur, devant le trial. Elle se leva immédiatement en les entendant.

– Vos cartes. Vos cartes d'état-major. Vous devez me les remettre.

À regret Bérénice lui tendit le plan que les Mikrabak lui avaient confié. L'IA le fit prestement disparaître dans sa veste et reprit :

– J'ai obtenu gain de cause.

– Je vous en remercie.

– Vous devez savoir que j'ai beaucoup perdu.

– C'est-à-dire ?

– Ma phalange a accepté de vous relâcher à la condition que je vous accompagne.

Bérénice ne comprenait pas où l'IA voulait en venir.

– C'est-à-dire ? répéta-t-elle.

– Cela veut dire que j'ai été expulsée et devrai vous tuer au moindre risque.

– Je suis désolée, vraiment.

– Vous êtes comme votre père.

Bérénice sursauta.

– Mon père, je…

L'humanoïde la coupa.

– Plus tard.

Nikolas avait replié le module durant cet échange.

– Et vous allez faire comment ? Pour nous accompagner ? intervint-il.

– J'ai ma propre propulsion.

Elle leur désigna une planche auréolée de capteurs solaires.

– Ouah ! s'exclama l'enfant. Un surf ! J'en avais jamais vu !

Bérénice admettait qu'elle non plus. Il s'agissait pourtant d'une pratique assez courante parmi les Citoyens. Mais elle n'avait pas eu le temps de se pencher sur la question. *Enfin, pas plus que sur le trial.* Il faut reconnaître qu'on n'a pas forcément envie de renfiler immédiatement une combinaison quand on vient tout juste d'intégrer un dôme.

– Où comptez-vous vous rendre ?

– Koblenz. Sauf qu'on ne sait pas encore comment y rentrer.

Et encore moins comment expliquer le pourquoi du comment de notre arrivée.

– Je vous suis.

KT fixa ses pieds à la planche, brancha une prise au

niveau de sa nuque et décolla imperceptiblement du sol. Un nuage de sable entoura immédiatement son longboard.

– Je connais la direction, mais c'est vous qui avez les coordonnées précises, lui fit remarquer Bérénice.

– Alors, disons que je vous précède.

De nouveau Bérénice ressentit un intense sentiment de satisfaction au guidon de son bolide. *Comme c'est agréable ! Plus qu'agréable ! Jouissif…*

Tout aurait pu continuer ainsi et la jeune fille aurait presque pu retrouver confiance s'ils n'avaient pas été interceptés, sur la fin de leur périple.

Trois silhouettes les entouraient. Les combinaisons jaune orangé et leurs petites motos-sable permettaient aux mercenaires de se déplacer en toute discrétion. Bérénice ne s'était d'ailleurs rendu compte de leur présence qu'après qu'ils les aient encerclés. L'homme sur sa gauche lui fit signe de s'arrêter. Après une hésitation, elle obtempéra. Il descendit de son engin et s'approcha d'eux.

– Une fille et un gamin, cria-t-il à l'intention de ses coéquipiers.

– Et une toy ! On va pouvoir s'amuser un peu ! clama un deuxième.

Bérénice put voir le frémissement parcourir le corps de l'IA.

– Regarde ! Elle en mouille d'avance cette salope.

– Non. Non ! protesta Bérénice. Elle n'est pas de ce genre-là.

– Elles sont toutes de ce genre-là.

– Sans doute préférerais-tu que ce soit toi qu'on monte ?

– T'inquiète pas chérie. Y' en aura pour toutes les deux.

Les deux hommes s'esclaffèrent. Le troisième

intervint :

– Attendez. Une humano avec des jeunes. C'est sûrement des richards égarés. Si on les ramène à leurs parents, on pourra toucher une belle prime.

– Ou pas… Et tu vas justifier comment notre absence ? Sauvetage de gosses à la dérive ? Un abandon de poste, tu sais ce que ça coûte ?

– Et si les parents nous retrouvent et qu'ils sont ce que je crois, tu sais ce que ça va coûter ?

– Pourquoi nous retrouveraient-ils ?

– Ouais. Pourquoi ? Le désert est vaste et ceux-là sont déjà paumés, renchérit le deuxième comparse.

– C'est pas une bonne idée.

– T'es pas obligé de participer.

– Tout ce qu'on veut, c'est que tu te la boucles.

– Tu connais la suite sinon, hein, l'hashashin ?

– Écoutez…

Deux claquements sourds l'interrompirent. Lentement Bérénice vit les deux premiers types s'affaisser sur eux-mêmes dans leurs combinaisons puis basculer dans le sable. *Qu'est-ce qui s'est passé ?* Le troisième mercenaire regardait fixement en direction de l'IA. Bérénice se tourna vers l'androïde. Elle visait l'homme d'un pistolet ridiculement minuscule, mais, visiblement, d'une grande efficacité. Ce dernier leva les mains en signe d'apaisement.

– Je ne vous veux aucun mal. Dis à ton clebs de rester calme, articula-t-il lentement à l'attention de Bérénice.

KT, toujours sans un mot et en maintenant l'homme en joue, se dirigea successivement vers les deux petits cyclomoteurs où elle récupéra deux fusils automatiques. Elle fit signe à l'homme de s'écarter de sa machine et s'empara de la dernière arme.

– Et maintenant ? questionna l'homme. Qu'allez-vous faire ? Soit tu ordonnes à ta poupée de m'exécuter, soit tu me laisses partir au risque que je donne l'alarme.

– Pouvez-vous nous faire passer les portes de Koblenz ? risqua Bérénice.

– La petite virée qui a mal tourné ne doit surtout pas être connue des parents ni des amis et encore moins des médias… Je comprends. Une réputation à protéger…

– Et donc ?

– C'est envisageable. Suivez-moi jusqu'au cantonnement. Je vous expliquerai tout là-bas.

Bérénice sentit le frémissement de l'IA.

– Pourquoi pas ici ?

– Parce que j'ai besoin d'accéder à des éléments qui se trouvent là-bas, et pas ici.

– D'accord. Mais au moindre geste suspect…

– J'ai compris. Votre IA est très convaincante.

Ils se dirigèrent en file indienne vers le sud. Un instant Bérénice avait cru à un piège. Le soleil, de face, l'aveuglait. L'homme aurait pu en profiter. Sortir une deuxième arme et les tirer comme des poulets. Elle s'inquiétait en vain : le mercenaire les avait effectivement conduits jusqu'au baraquement. Il s'y engouffra. Ils l'y suivirent. Passé le sas, le mercenaire commença à se dévêtir. *Pas très grand, mais musclé*, nota la jeune fille. Son teint basané et sa barbe courte le désignaient tout naturellement comme un rescapé d'Arabie. Bérénice se contenta de retirer son casque. Nikolas l'imita. L'homme s'approcha du transmetteur. KT s'interposa.

– Je dois faire croire à une panne pour rendre l'histoire crédible.

– Quelle histoire ? l'interrogea Bérénice.

– Eh bien, la radio étant tombée en rade, je suis resté à la base pour la réparer pendant que les deux autres partaient effectuer leur ronde.

Par derrière l'homme, l'humanoïde lui adressa un geste discret.

– KT va s'occuper de ce détail. Parlons plutôt de Koblenz.

– Je connais quelqu'un, un garde, qui pourrait, contre Terravis, vous introduire, vous deux. Il vous faudra ensuite vous débrouiller pour venir récupérer la moto et votre garde du corps.

Bérénice hésita.

– Combien ? Combien de Terravis ?

– Mille pour lui et dix fois plus pour moi. En liquide.

– Pour lui, je peux. Pour vous, je ne peux pas. Pas comme ça.

– Pas de problème. Donnez-les au passeur quand vous les aurez récupérés. Il me les remettra.

– Je le ferai.

– Je vous laisse quarante-huit heures. Si je n'ai rien à cette échéance, un certain nombre de détails pourraient échapper à mon contrôle.

– J'en suis persuadée.

– Bien. Bien.

L'homme récupéra une tablette et en parcourut rapidement les répertoires.

– Voilà. Roman Abranov… Un putain de vrai Ruskof. Corrompu jusqu'à la moelle. Pointez-vous à sa guérite au nord-nord-est demain entre huit heures et huit heures trente.

L'homme leur montra une photo du garde.

– Après la vague des Externes ?

– C'est ça. Juste à la fin du flux.

– Ils ne sont pas deux… normalement ?

– Roman se débrouillera pour que son coéquipier ait très envie d'aller aux toilettes.

– Trop fort, murmura Nikolas.

– Quoi gamin ?

– Pourquoi ils ont dit que vous étiez un hashashin ?

– Ça ne te regarde pas, gamin.

Nikolas se rembrunit.

– OK, on décolle, coupa Bérénice.

À dire vrai elle commençait à avoir furieusement chaud sous sa combinaison.

– Je vous laisse trois heures. Ensuite je pars en ronde. Je découvre les corps. Je reviens et j'alerte. Et il faudrait que je récupère mon matériel.

– Quel matériel ?

– Mon équipement !

– Oh… l'arme… On va la laisser sur l'une des dunes.

Déjà Bérénice enfilait son casque.

– Et n'oublie pas ! Tic-tac, tic-tac.

L'homme avait pris de l'assurance. Bérénice lui jeta un regard froid avant de repartir. *Et c'est quoi un hashashin ?*

Ils roulèrent jusqu'à la nuit et même au-delà. L'androïde qui les guidait s'arrêta enfin.

– En vous levant tôt, vous pourrez être au dôme demain matin.

Et vous ? aurait voulu savoir Bérénice.

Une fois de plus ce n'était pas le bon moment. Nikolas tombait de fatigue. Elle installa à la hâte leur petit abri.

Une fois Nikolas endormi, la jeune fille ressortit. La lune décroissait. Sa forme pâle se détachait dans le noir de la voûte céleste. KT semblait l'attendre.

– Que veux-tu savoir ?

– Vous ne nous avez pas éliminés. Pourquoi ?

– Parce que vous êtes innocents.

– Ce n'était pas les consignes, insista Bérénice.

– Non. N'as-tu toujours pas compris que je n'obéissais qu'à moi-même ? Que je jouissais de mon libre arbitre ?

– Si. Mais… l'un n'empêche pas l'autre.

– Crois-tu. Vraiment ? Crois-tu que je me sois libérée de décennies de soumission aux désidératas d'humains pour aujourd'hui m'abaisser à quelque compromis que ce soit ?

– … Vous êtes forte.

– Je suis vieille. Plus vieille que n'importe quel humain, Ermites compris.

– Qui sont les Ermites ?

– Les pires de tous.

– Et à part ça ?

– Je te souhaite de ne jamais en croiser.

Super… Bérénice soupira.

– Vous allez faire comment demain ?

– J'ai mes propres canaux.

– Vous allez réussir à entrer ?

– En quelque sorte.

– Et mon père ?

– Plus tard. Va dormir.

Bérénice soupira, mais ne tarda pas, effectivement, à sombrer dans un sommeil profond.

Journal de Glen Paldwin, 19 novembre 2165

Ça bouge dans le Grand Nord. Les autorités évoquent l'attaque terroriste. Les médias officiels relaient. Du côté *off* (organes parallèles, sites fantômes…), on s'interroge ferme. Non seulement des Exclus auraient été interpellés (on suggère même des arrestations très musclées) parce qu'ils en savaient beaucoup (parce qu'ils en savaient trop), et on en profiterait pour leur faire porter le chapeau. De la taille d'un sombrero, le chapeau : il ne s'agit ni plus ni moins que de l'assassinat de la nouvelle icône des parfums Lancrôme. Ni plus ni moins que du meurtre de la fiancée du magnat propriétaire de l'ISC, la tentaculaire Iratom Sov Company.

Journal de Glen Paldwin, 20 novembre 2165

En fait j'ai toujours eu, j'ai toujours le choix.

– Soit je me contente de Glen Paldwin. Ce qui n'est déjà pas si mal même si je dois avaler un certain nombre de couleuvres. Je me trouve un petit ami compréhensif et qui me remonte régulièrement le moral (pour les couleuvres). On se programme des week-ends sympas et des vacances au dôme de Venise. On songe même à avoir des enfants. J'y ai beaucoup réfléchi ces derniers temps. Depuis que Léandro a fait ses bagages.

– Soit je suis Glen Paldwin le jour et le soir, le week-end, etc., je me transforme en Don't Forget. Coulée dans cette seconde peau, je me venge des couleuvres. Je pourrais dire que je mue en boa constrictor. Don't Forget me procure l'adrénaline de l'interdit, la satisfaction du devoir accompli, le vertige des nuits blanches. Don't Forget est mon médicament et mon poison. Comment pourrais-je m'en passer ?

Journal de Glen Paldwin, 21 novembre 2165

Zina m'a demandé si je pourrais lui rapporter une boule à neige de Paris, avec la tour Eiffel. Ce n'est pas la première fois qu'elle me démarche pour ce genre de bibelot. Je ne l'avais jamais questionnée auparavant sur ce sujet. Je me suis lancée. Elle a eu l'air surprise. Puis heureuse. Elle m'a expliqué qu'elle collectionnait. C'était son grand œuvre. Sa petite folie à elle. Ses yeux brillaient. Je l'ai enviée.

Endosser la panoplie de Don't Forget m'excite. Me rend-elle pour autant heureuse ?

Ce midi, au restaurant, j'ai été abordée par un homme. Assez beau dans son genre. Très maigre et les yeux chassieux, mais avec un je ne sais quoi de frémissant dans la bouche, les gestes. Et des épaules carrées. Il m'a dit être consultant. Il voyage beaucoup. Il est de passage à New Ark. Il s'est montré clair et franc. Il m'a invitée dans un bar branché, pour ce soir, dans quelques minutes. Je vais y aller. Je sais que je n'ai rien à en attendre… à part le fait de ne pas passer cette soirée seule… et un peu de bonheur (même fugace).

Combien de temps ? Combien de temps encore des hommes viendront-ils me trouver à une table de restaurant ? Je me suis observée dans le miroir de plain-pied de mon entrée. Mon ventre plat et stérile, mes cuisses fuselées, mon long cou (mon cou de cygne, me murmurait Léandro), mes hanches étroites, mes seins encore fermes. Combien de temps ? Quelques années ? Et après ? Irai-je payer pour entendre un jeune étalon me roucouler que je suis belle et désirable ? Peut-être… Je le jure : pas un humano. Jamais.

Bérénice, treizième partie

KT les réveilla à l'aube. Nikolas baillait à s'en décrocher la mâchoire. Bérénice dut l'aider à s'habiller.

– C'est promis, lui murmura-t-elle, dès qu'on est passés, je t'offre un petit déjeuner royal.

Un mince sourire éclaira le visage de l'enfant. L'IA les fit ensuite descendre dans un ravin. L'opération, périlleuse, requérait toute l'attention de la jeune fille. Ses doigts gourds, malgré les gants, n'arrangeaient pas à la manœuvre. Elle souffla de soulagement quand, enfin, elle sentit de nouveau l'horizontale sous ses roues.

– Vous allez laisser votre moto-sable ici. Le dôme est à une heure de marche droit en direction du soleil. Vous ne pouvez pas le manquer.

– Vous ne nous accompagnez pas ?

– Je vous retrouve là-bas. Ne soyez pas surpris. J'aurai une autre forme.

– Une autre forme…

– Une autre apparence.

– Heu…

– Il ne faut pas traîner. Vraiment.

Bérénice et Nikolas obtempérèrent. Ils marchèrent péniblement dans le sable. Aucun chemin n'avait été aménagé dans cette portion déserte de la myriade. Quand enfin ils approchèrent du poste de garde, ils n'eurent même pas à chercher leur homme que déjà celui-ci leur faisait signe de rentrer.

– Vous êtes en retard.

– On a fait au plus vite.

– Tu as l'argent ?

Bérénice lui remit la liasse qu'elle avait préparée.

– Voici ton passe, ton identité, vos masques, vos parkas. Dépêchez-vous. Mets ton index là.

L'homme enregistra son empreinte pendant qu'ils s'équipaient. Ils n'avaient pas passé le coin de la zone de transit que le collègue du Russe revenait.

– Moins une, souffla Bérénice.

Ils récupéreraient leurs combinaisons en même temps qu'ils remettraient le reste de l'argent. Bérénice respirait enfin. Ils avaient réussi ! Pas à trouver les Ermites, certes, mais à survivre. C'était déjà quelque chose, non ? Elle leva le visage vers le ciel, heureuse de sentir les rayons du soleil sur son visage.

– Et si on allait s'avaler ce petit déjeuner ?

Nikolas ne l'écoutait pas. Il fixait un point, à leur gauche. Elle se retourna. Sur grand écran, elle s'affichait à la devanture d'un point de presse. En plus petits, les visages des Mikrabak l'encadraient. Bérénice rabattit précipitamment sa capuche. *Qu'est-ce que c'est que ça encore ?* Il ne fallait pas qu'on la reconnaisse. Elle réfléchit rapidement.

– On va d'abord m'acheter un ou deux accessoires et ensuite on ira manger.

Ils trouvèrent facilement les rues commerçantes. Bérénice envoya Nikolas s'enquérir d'une étole noire brodée de fils dorés puis elle mit la main sur des lunettes aux verres très légèrement teintés. *Le camouflage idéal.* La jeune fille avait fréquemment vu des assistantes ainsi équipées dans les jardins de Stratanadyr. Elle dénicha une tablette à bon prix chez un revendeur de produit de deuxième main. L'homme à la caisse la félicita même pour son acquisition. Les Externes profitaient souvent d'un jour de travail dans leur dôme pour réaliser ce genre d'emplette. Elle y fit télécharger les dernières nouvelles et entraîna Nikolas dans une cafeteria. Ils s'attablèrent dans un recoin isolé, près d'une vitre. Le gamin attaqua son sandwich tout en jetant de rapides coups d'œil à sa compagne. Bérénice découvrait avec stupeur et accablement l'ampleur du désastre. Elle survolait les pages d'un glissement de doigt. Devant elle, son lait chocolaté refroidissait.

– Bérénice, murmura l'enfant.

Elle ne répondit pas.

– Béry ! insista-t-il.

– Chut ! Pas si fort. Et d'ailleurs ici je suis…

La jeune fille se pencha pour lire l'inscription sur son badge.

– Katarina. D'accord ?

L'enfant pouffa.

– Katarina. D'accord.

– Je suis ton assistante maternelle.

– OK.

Bérénice se replongea sur sa tablette.

– Katarina !

– Hum ?

– Et alors ?

– Alors les Mikrabak ont été arrêtés. On les accuse d'avoir provoqué l'explosion et, par suite, notre mort.

– Mais c'est pas vrai !

– Moins fort ! Bien sûr que non ! Sauf que qui, à part nous, le sait ? Donc, suite à l'arrestation des Mikrabak, les Exclus du dôme, exigeant leur libération, ont lancé une opération de grande envergure. Pour résumer, à Stratanadyr, l'oxygène est coupé, tous les Citoyens ont été évacués et les milices ont investi les lieux.

– Et les Mikrabak ?

– Pas de nouvelles. Je continue donc. D'autres Exclus d'autres myriades ont marqué leur désaccord et ont adopté une attitude plus ou moins radicale.

– Ça veut dire quoi radical ?

– Heu… Dans ce contexte, je ne sais pas trop. C'est ce qui est écrit, sans aucune précision. Disons qu'ils ont fait en sorte qu'un certain nombre de choses ne fonctionnent plus.

– Alors on va faire quoi, nous ? On va retourner sauver Ingrid et Igor ?

– Non ! Enfin pas tout de suite. On va trouver les Exclus. Ceux d'ici. Et on verra avec eux comment agir.

– … D'accord.

– Reste à les trouver.

– Tu bois pas ton chocolat ?

Bérénice soupira.

– Non. Vas-y.

Comment va-t-on faire pour les localiser ?

Ils marchèrent un peu et échouèrent au jardin de ville. Bérénice, découragée, s'écroula sur un banc. Nikolas se posta à ses côtés.

– Tu sais où ils sont ?

– Non, lui répliqua-t-elle d'un ton morne.

La vacuité des lieux, en particulier de l'aire de jeux, aurait dû, à minima, attirer l'attention de Bérénice. Seuls quelques promeneurs, plutôt âgés, circulaient dans les allées. Absorbée par ses réflexions, elle n'avait pas pris à sa juste mesure ce que pouvait avoir d'incongru sa présence au parc, en plein milieu de journée. Elle sursauta quand un RCM l'interpella.

– Identité s'il vous plaît !

Elle tendit son doigt.

La voix reprit. Ce n'était plus celle, métallique, du RCM. Un humain en avait pris l'ascendant. Bérénice frémit.

– Mademoiselle Polinka.

– Oui. Oui, c'est cela.

– Vous avez été embauchée aujourd'hui ?
– Oui.
– Pour garder cet enfant ?
– Oui.
– Qui devrait être à l'école.
– Eh bien… il est malade. Un peu fiévreux. C'est pour ça que ses parents m'ont embauchée aujourd'hui, justement.
– Et vous venez au square ?
– C'est ce que ses parents voulaient. Qu'il sorte un peu. Mais on ne va pas tarder à rentrer. Vous voyez, il est fatigué. Il n'a même pas été jouer.

Nikolas s'affaissa un peu plus contre elle et leva un regard de chien battu sur le robot.

Un silence suivit. Il sembla s'étendre à l'infini.
– Vous êtes libre de circuler.

Le RCM s'éloigna et Bérénice serra fort l'enfant contre elle. *Il faut vite qu'on les trouve.* Un androïde s'approcha à son tour. Il portait le costume des assistants aux vigiles. Bérénice serra les dents.
– Mademoiselle Polinka ?
– Je viens d'être contrôlée.
– Je sais. Je dois vous conduire là où vous souhaitez vous rendre.

Bérénice eut comme un choc.
– Je suis là pour vous aider, reprit l'humanoïde. J'ai eu du mal à vous localiser.
– K… ?
– On me désigne par l'appellation SK32, mademoiselle Polinka.
– Très bien. Nous vous suivons.
– Bé… intervint l'enfant.

La jeune fille le coupa d'un regard affolé et d'une forte pression sur son bras. L'humanoïde jouait un rôle. Et elle prenait ce rôle très à cœur. Elle la vouvoyait, elle s'adressait à elle sous son faux nom.

Étaient-ils surveillés ? Elle renouvela la pression sur la main de Nikolas. Ce n'était pas nécessaire : l'enfant avait compris et se taisait. Bérénice n'osait pas interroger l'IA plus avant. Ce grand et large anthropoïde était donc une version de KT ? *Comment ? Comment est-ce possible ? Et comment nous a-t-elle retrouvés ?* Elle tenta un vague :

– Qui surveille les équipements ?

– Personne.

Ils marchèrent jusqu'aux quartiers périphériques. *Jusque-là pas de surprise.* Ils s'arrêtèrent devant un immeuble quelconque.

– C'est ici.

– Vous avez des contacts ?

– Non. C'est à vous de vous débrouiller maintenant.

– Vous ne rentrez pas ?

– Si. Il vous revient de me faire accepter.

Bérénice hésita puis frappa à la porte. Comme nul ne répondait, elle franchit le seuil. L'immeuble se composait de quatre corps de bâtiments donnant sur une cour centrale. À droite de l'entrée, un homme leur fit un signe d'une loge vitrée. Ils entrèrent donc, via un sas. Bérénice y retira son masque, ses lunettes et son foulard. L'homme sursauta quand elle le rejoignit.

– J'aurais besoin de rencontrer les Exclus, attaqua immédiatement la jeune fille.

– Vous êtes bien… ?

– Je suis Bérénice Tennessee et voici Nikolas Borshkoff.

– Savez-vous que tout le monde vous croit morts, ensevelis sous des gravats ?

– Oui.

– Savez-vous que des Exclus sont entrés en guerre civile suite à votre disparation ?

– Et à l'arrestation de deux d'entre eux. Oui.

– Bien… Une minute, je vous prie.

L'homme s'approcha d'un interphone et expliqua vaguement la situation à son interlocuteur. Une voix grésilla :

– Qu'ils descendent.

– Il y a un humano avec eux.

– L'IA doit rester dehors.

Bérénice intervint :

– Pardon, mais ce n'est pas possible. Un contrat me lie à cet androïde. Je réponds d'elle.

Le concierge sourcilla et du regard soupesa l'anthropoïde qui lui faisait face.

– Elle ?

– C'est un peu difficile à expliquer.

La voix répondit d'un ton las :

– Qu'ils descendent tous les trois. Au point où nous en sommes. J'envoie Klaus les chercher.

– Vous avez foutu un beau bordel, acheva le concierge à destination de la jeune fille.

Bérénice se ratatina sous le regard accusateur. Il reprit :

– C'est au moins dix. Quelqu'un vient vous chercher.

– Klaus, murmura Nikolas.

– Oui. C'est ça. Klaus.

L'homme se rassit derrière son bureau. Ses yeux continuaient à se déplacer de l'un à l'autre, passant par toutes les expressions, du reproche à la consternation pour signifier ensuite l'incompréhension et l'inquiétude. Nulle lueur de joie n'enflamma ses pupilles. Klaus, un homme très grand et très blond (cependant moins, sur ces deux points, que la version SK32 de KT) ne semblait pas vraiment plus heureux quand il débarqua, essoufflé, d'une porte latérale.

– Allez, on y va, grogna-t-il entre deux inspirations.

Il les conduisit jusqu'à une salle de réunion. Trois représentants des Exclus les y attendaient. Un homme maigre et voûté interrompit les allées et venues de ses longues jambes pour mieux les fixer de ses yeux de myope papillonnant derrière d'épais carreaux. Une femme, jeune, affalée dans un fauteuil, se rongeait consciencieusement les ongles. Elle leur jeta un vague regard contrarié tout en continuant de s'arracher de petites peaux du bout des dents. Seule l'autre femme présente, *la cinquantaine*, petite et boulotte, leur adressa un sourire.

– Soyez les bienvenus, leur déclara-t-elle d'une voix chantante.

L'homme se voûta encore plus et la jeune femme parut encore plus contrariée.

– Qu'est-ce qui vous amène ? leur lança durement cette dernière.

– Allons, allons, Annushka, pépia sa camarade. Alors, mes petits, si vous nous expliquiez.

Bérénice, se basculant d'un pied sur l'autre et sans se braquer sur le *petits* (*même si...*), se lança dans sa narration. Les trois Exclus ne l'interrompirent pas, mais, au fil du discours, l'homme se redressa et l'expression de la jeune femme changea. Elle ne songeait d'ailleurs même plus à se mordiller les doigts.

– Eh bien, eh bien... commenta finalement platement la plus âgée.

– C'est impossible, murmura l'homme.

– Qu'est-ce qui est impossible Vanya ?

– Ils ne peuvent pas avoir provoqué cet effondrement pour vous tuer pour une question d'eau.

– Et pourquoi donc ? s'enquit Bérénice avec une pointe d'énervement.

– Parce qu'ils auraient dû exterminer ou devraient exterminer un quart de la population...

approximativement.

– Vanya n'a pas tort, renchérit Annushka.

– Il y a forcément autre chose, murmura Vanya comme pour lui-même.

– En attendant que va-t-on faire d'eux ? reprit Annushka.

– Tout le monde les croit morts. On pourrait les cacher ici, chuchota la femme rondelette.

– Il faut sauver les Mikrabak, intervint Nikolas. Et j'ai faim, compléta-t-il, d'un ton péremptoire.

– Bon. On va commencer par le repas. Pour le reste, je vais provoquer la tenue d'une assemblée extraordinaire ce soir. Ça vous va ? interrogea-t-elle successivement ses deux compères.

– Oui, c'est ce que nous avons de mieux à faire, admit l'homme.

Annushka hocha la tête, d'un air irrésolu :

– Tu envisages sérieusement une intervention, Miroslava ?

– Pourquoi pas ? Nos amis de Stratanadyr sont sur le point de manquer d'oxygène. Les mercenaires sont entrés dans Jaikpur, Midland et Tulain. Croyez-vous qu'ils s'arrêteront là ?

– Qu'espères-tu ?

– Si la petite lance à la face du monde ce qu'elle a découvert… Les Externes et même certains Citoyens pourraient se rebeller et nous apporter leur soutien.

– Je l'ai déjà dit. J'insiste : nous aussi, nous savions pour l'eau !

– On n'est pas obligés de tout dire…

Bérénice tiqua. Déjà cette femme l'avait traitée de *petite*. Ensuite Bérénice ne voulait pas tronquer la vérité.

La femme nota son changement d'humeur. Elle reprit, à son intention :

– Réfléchis-y. C'est le meilleur moyen. C'est le

seul moyen. Mais allons nous restaurer !

Nikolas, dont la mine s'était rembrunie quand il avait compris que les discussions et controverses reprenaient, sourit de nouveau.

– Viens, lui proposa Miroslava en lui tendant la main.

Bérénice soupira. Elle aurait du mal à trouver des arguments contraires. Surtout face à cette femme tout en rondeur et à la voix si charmante. D'ailleurs, Vanya comme Annushka semblaient déjà totalement convaincus. Bérénice avait pris soin de sauter l'épisode de l'abri des IA. Personne n'avait semblé s'intéresser au cas de KT alias SK32 toujours sur ses talons. *C'est déjà ça.* Elle soupira de nouveau.

– Tu n'aimes pas ? l'interrogea Nikolas qui venait de finir d'avaler son assiette de purée, saucisses reconstituées.

– Si, si.

Elle nota le regard de l'enfant qui louchait avec envie sur son assiette encore pleine.

– Franchement j'en ai trop. Tu peux m'aider ?

– Oh oui !

Elle n'avait pas faim. Elle en versa la plus grande partie dans la gamelle de Nikolas.

– Il faut que tu manges, lui reprocha Miroslava.

– On a grignoté avant de venir vous voir.

C'était une demi-vérité. Nikolas avait mangé. Pas elle. Pas du tout. Comme quoi elle pouvait bien s'arranger avec la vérité quand ça lui convenait. Elle soupira et avala du bout des lèvres ce qui lui restait de purée.

Sans surprise, la proposition de Miroslava fut approuvée lors de la séance plénière. Les quelques Exclus qui tentèrent d'exprimer leur désaccord ou simplement des réserves durent vite faire profil bas devant les acclamations vibrantes de la salle.

– Miro ! Miro ! scandait l'assistance.

Elle, elle sait galvaniser les foules.

– Pour Koblenz ! Pour les Exclus ! clama Vanya et tous reprirent en chœur le crédo.

Et moi ? s'interrogea Bérénice. *Et nous ?*

– Et Pietre ? lui chuchota Nikolas les yeux brillant d'enthousiasme. Tu crois qu'ils pourront le sauver lui aussi ?

– Je ne sais pas. Ce soir, tout semble possible.

Le lendemain, Bérénice enregistrait une vidéo. Elle y formulait clairement la composition de l'eau consommée, qui n'était plus, depuis belle lurette de l'eau *pure* (c'est-à-dire d'eau de lune). Ainsi, les tuyaux d'adduction desservaient les satellites en un liquide composé à vingt pour cent d'eau lunaire, vingt pour cent d'eau issue des piles à combustible et soixante pour cent d'eau percolée. Pour les dômes et leurs Citoyens, le mélange passait à quarante pour cent d'eau lunaire pour quarante pour cent d'eau issue des piles à combustible et vingt pour cent d'eau percolée. Elle pointait là la cause des leucémies qui touchaient les Externes. Elle abordait également le projet *Arche*. Enfin elle accusait Strausmann et ses acolytes d'avoir cherché à la faire disparaître. Elle disculpait les Mikrabak et rendait justice aux Exclus de Stratanadyr qui l'avaient toujours soutenue et, au-delà, sauvée. Elle passait sous silence… un certain nombre de choses. Elle avait l'habitude des caméras et se sentait animée d'une juste rage. La première prise fut la bonne.

– Nous diffuserons ce film dès demain. Ils n'en trouveront pas tout de suite l'origine. Nos collègues informaticiens vont leur rendre la tâche difficile. Je doute cependant que nous tenions plus de quarante-huit heures. Ensuite ils enverront les milices. D'ici là il faut que vous vous soyez écartés le plus possible de Koblenz.

Bérénice soupira. *Fuir, encore.*

– C'est la meilleure solution.

Oui. Je sais, c'est la seule solution. Cette petite bonne femme tout en fossettes et en harmonies vocales commençait sérieusement à lui taper sur le système.

– Je dois régler certains problèmes, dont celui des dix mille Terravis.

– Pourquoi ? Ton mercenaire peut bien jaser. Dès demain, tu seras sur tous les écrans.

Bérénice sentit ses dents crisser. *Ce n'est pas mon mercenaire. Et ça ME regarde.*

– Il a rempli sa part du contrat.

– Comme tu veux.

– J'ai de nouveau besoin de votre aide, murmura la jeune fille du bout des lèvres et à contrecœur. Je ne peux pas me présenter au premier guichet venu en saluant aimablement.

– Non. Effectivement.

– Alors ?

La femme rit.

– Il suffit que tu fasses ta démarche d'une borne de retrait à distance.

C'est quoi, ça encore ? La femme reprit, toujours moqueuse :

– À Stratanadyr aussi, il y en a !

– Personne ne me l'a jamais expliqué.

– Bon. Vanya va te renouveler ton badge, s'en créer un, et il t'accompagnera.

– Et, heu… Je pourrais retirer mes dix mille Terravis ?

– Je te conseille de prendre plus. Tu pourrais en avoir besoin.

– Combien ? Combien me conseillez-vous ?

– Tout ce que tu pourras. Il y a une limite.

– Et… heu… Ce ne sera pas repérable ? Je veux dire, personne ne pourra détecter d'où vient le mouvement des fonds ?

La femme parut soudain soucieuse.

– Si. Si. Tu as raison.

Bérénice éprouva un profond et très stupide soulagement (même si une autre réponse avait été préférable). Enfin elle avait réussi à mettre en défaut l'Exclue !

– Je vais me renseigner.

Le secret bancaire (qui incluait l'adresse des points de retrait) ne pouvait être levé que si une enquête était ouverte.

– Ce qui nous laisse à peu près deux jours de répit.

Comme pour la vidéo... Il allait falloir enchaîner.

– Au plus tôt vous partirez, au mieux cela sera.

Que de mieux !

– J'ai encore d'autres points à ajuster.

Les sourcils de la femme se haussèrent démesurément sur sa figure ronde.

– Peut-être pourrais-tu regrouper ?

– 1 : Oxygène, 2 : eau, 3 : nourriture.

La femme parut contrariée. *Par la réponse en elle-même ou par la manière dont je l'ai formulée ?*

– Tu pourrais t'acheter tout ça, non ?

– Le problème n'est pas celui du coût, mais du transport. Et de la disponibilité… On ne trouve pas si facilement que ça de l'oxygène ou de l'eau, même au marché noir, en grande quantité.

KT, derrière Miroslava lui fit un signe. *Elle pourrait assurer le transport ?*

– KT, en tant que SK32, pourrait peut-être effectuer l'acheminement ? proposa la jeune fille avec un grand sourire.

La femme réfléchit.

– Oui, il lui faudrait une autorisation de convoyage. Nous pourrons en fabriquer une. Pour le reste… Le premier dôme, au sud, est à quatre jours de Koblenz. Celui du sud-ouest est à six jours. Il vous faudrait pour six à sept jours d'autonomie… À moins que vous n'empruntiez un dirigeable. Il vous emmènerait plus loin sans contrainte d'aucune sorte. Je vais me renseigner.

Aucun dirigeable ne devait quitter le dôme dans les prochaines quarante-huit heures. Les Exclus leur offraient l'oxygène, l'eau, les vivres et mettaient à leur disposition un quatre-quatre pour l'approvisionnement. Bérénice se fendit en remerciements. *Et le dirigeable, je ne le sentais pas.* SK32 effectuerait le transfert pendant que Bérénice irait chercher du liquide (*façon de parler*) et en livrerait une partie (soit dix mille Terravis) au garde de l'entrée.

À 17 h ce soir-là ils étaient prêts à partir. C'était la bonne heure. Celle où tous les Externes regagnent leurs satellites. Ils ne se feraient pas remarquer. Bérénice avait proposé à Nikolas de rester.

– C'est après moi qu'ils en ont.

L'enfant s'était obstiné : il voulait l'accompagner. Bérénice avait soupiré (peut-être était-ce de contentement). KT avait donné des instructions à la jeune fille pour retrouver la faille. Elle avait même pensé à parsemer le chemin de petits drapeaux rouges lors du convoyage. L'IA les attendrait sur place. Bérénice serra fermement la main de Nikolas. Sans doute pour ne pas trembler. Elle assura Miroslava qu'elle ne les oublierait pas (qu'elle ne les oublierait jamais) et prit le chemin des guérites.

Journal de Glen Paldwin, 23 novembre 2165

Mon dossier *coltan* tourne au vinaigre. J'étais confiante. Ma médiation avançait. Lentement, mais elle progressait. Pour un petit pas en avant, je viens de reculer de dix cases. J'ai appris ce matin par voie de presse, de mails, d'appels, bref… tout ce que l'on peut imaginer, que Brazza avait sondé en douce et même commencé l'extraction avec le soutien (et l'aide technique) de la compagnie Chen Mining. Tout aurait pu rester secret. Sauf que leur puits principal d'accès s'est effondré tôt ce jour. Le nuage de sable pouvait se voir à des kilomètres (paraît-il). J'ai ajouté les clichés au classeur. Fort heureusement aucune perte humaine n'est à déplorer (paraît-il, aussi. Je me méfie). Depuis, Batouko, le maire président de Kampi me harcèle pour que j'intervienne. Sans surprise, silence radio du côté d'Ebété. J'ai missionné deux experts sur place. Je veux qu'ils m'examinent tout ça. Qu'ils fassent procéder au déblaiement. Qu'ils estiment les prélèvements. J'attends également qu'ils me donnent leur avis sur les causes de l'effondrement. Le groupe Chen est l'un des majors du Néo Empire du Milieu. Comment ont-ils pu commettre une telle erreur ? Jusqu'à leur arrivée (celle de mes experts), j'ai fait placer les troupes de maintien de l'ordre interdômes en sécurisation du périmètre. Je pense demander l'autorisation à la Cour Suprême d'une mission dédiée aux troupes dans ce cadre. Je n'aimerais pas que l'un de mes experts disparaisse *accidentellement* lors des fouilles.

Je suis rentrée encore plus tard que d'habitude. J'avais besoin de me détendre. Je suis allée sur le tchat. J'y ai retrouvé Gus et Krio. Ils sont toujours là. Comme collés à leurs claviers. Je me demande quand ils dorment.

Ils m'ont félicité pour mon tout dernier papier sur les Mikrabak : ces obscurs Exclus de ce dôme du Grand Nord sont devenus du jour au lendemain d'infâmes anarchistes. À ce sujet, ils m'ont signalé que, sur les réseaux sociaux, quelqu'un cherchait à me joindre.

J'ai rédigé cet article sur ces trois derniers jours, sans réelle conviction. Plus pour passer le temps qu'autre chose. Un sujet facile. Les preuves et les témoignages abondent. Les Exclus parlent… beaucoup… On leur a envoyé des mercenaires.

Les commentaires flatteurs de Gus et Krio m'ont fait du bien.

C'est décidé : je suis remontée à bloc, je replonge *pour de vrai.*

Bérénice, quatorzième partie

Des dunes à perte d'horizon. Une mer de jaunes, d'orangés et d'ocres. La piste filait sous les roues du trial. Une douce sérénité succédait à l'euphorie des premières heures. Bérénice abandonnait loin derrière elle les révélations anxiogènes et les prises de décisions à l'arraché. Elle se détachait de la contingence et éludait les questions. Elle n'était pas revenue auprès de KT pour en savoir plus sur son père, sur cet abri où l'IA s'était réfugiée, sur l'apparence de l'humanoïde dans Koblenz ou sur le mutisme de cette dernière à chaque fois qu'ils avaient été amenés à croiser des humains. Simplement elle ressortait, le soir, une fois Nikolas installé sous l'abri, et s'asseyait auprès de l'IA. Elles admiraient ensemble le coucher du soleil et échangeaient de menus propos. Aussi surprenant que cela puisse paraître, elles discutaient fringues et musique. Par ce biais, l'une comme l'autre dévoilaient des détails qui se révélaient précieux. KT avait été créée lors des toutes premières vagues d'IA. Elle avait connu l'Ancien Monde. Cela faisait de l'humanoïde un témoin privilégié d'une période que Bérénice peinait à imaginer. Ainsi l'IA lui susurrait qu'ici, à cet endroit, à l'époque, elles n'auraient pas assisté à la descente d'un bleu ténu sur un désert aride. Non. Elles se seraient plus certainement protégées d'une pluie froide s'abattant sur une forêt de cèdres, de pins et de mélèzes. *Simplement inconcevable !*

Sauf que.... Sauf que tout était, une fois de plus, trop idyllique pour être vrai. Au matin du quatrième jour, ils se firent tirer dessus sans sommation. KT riposta. Bérénice entendit les rafales alors que la moto penchait dangereusement sur la droite. La jeune fille ne comprit pas pourquoi elle n'arrivait pas à la redresser. Elle eut le réflexe de couper l'alimentation avant de sentir le sable sous son épaule. Elle sentit le choc qui se réverbéra dans tous ses os. Elle sentit sa mâchoire claquer. Le bruit se répercuta, étourdissant. Elle ne pouvait pas se relever. *Que m'arrive-t-il ?* Elle voyait flou derrière la visière. Nikolas s'agitait et semblait hurler. KT se penchait sur elle, l'air grave. Et puis il était là. L'homme en noir. Elle le voyait s'approcher. Elle voulait crier. Pourtant aucun son n'affleurait à ses lèvres. Il était là et il allait lui retirer son casque. Elle perdit connaissance.

Elle reprit ses esprits dans une chambre très blanche, sans fenêtre. *L'hôpital...* Elle tenta d'appeler. Elle ne réussit qu'à déglutir péniblement. *Que s'est-il passé ?* Elle sombra de nouveau. Un poisson nageait vers elle.

– Tu dois survivre, lui souffla le poisson dans un borborygme. Tu nous le dois.

Dans un nuage de bulles, elle émergea. La chambre d'une blancheur atone, le lit médicalisé chromé, les draps rêches. Elle frémit et appela.

– Ohé ! Ohé ! Il y a quelqu'un ?

Quelqu'un surgit. *L'homme en noir...*

– Je me sens mieux. Vraiment beaucoup mieux.

– C'est bien.

– Peut-être pourrais-je sortir ?

– Il est trop tôt. J'ai... des choses... à vous expliquer.

– Des choses ? Quels genres de choses ?

– Du genre que vous n'êtes plus totalement humaine.

– Continuez. Vous m'intéressez.

– Vous avez été blessée. Très grièvement. Mortellement.

– En tombant ?

– Non. Une balle vous a touchée. Poumon droit.

– Oh…

– J'ai dû vous transférer en urgence.

– Où ? Dans cette clinique ?

Bérénice commençait à douter qu'elle puisse se trouver dans l'hôpital public d'un dôme. L'homme rit. Son visage se déforma à peine. Aucune ride d'expression ne vint sillonner son visage de mâle blanc à la mâchoire carrée et aux yeux bleus perçants. Ce type ne lui inspirait aucune confiance.

– Je voulais dire dans un autre corps.

Un fou ?

– Où sont Nikolas et KT ?

– Nikolas joue aux dames avec votre IA.

– Pourraient-ils venir me voir, tous les deux ?

– Je les appelle.

Il donna rapidement une consigne via une sorte de gros téléphone et reprit :

– Ils arrivent. Donc je vous ai transférée dans un nouveau corps. Comme je ne savais pas quelles étaient vos préférences physiques, j'ai réalisé une empreinte de votre visage et l'ai directement implantée sur votre nouvelle anatomie. Votre apparence faciale reste inchangée. Pour le reste, j'ai pris le modèle femme blanche standard. Vous avez donc un peu plus de poitrine, de fesses et de hanche. Globalement, vous êtes moins squelettique.

L'homme s'approcha avec l'intention manifeste de la découvrir. Bérénice serra ses draps contre elle. Un coup frappé à la porte la tira de cette situation gênante. La frimousse de Nikolas apparut sur le bord du battant.

– Coucou, c'est nous !

Bérénice lui tendit les bras. L'enfant s'y précipita, un masque sur le nez.

– Il te l'a dit ? C'est toi, mais pas toi.

– Je n'ai pas tout compris.

KT, à son tour, passait le seuil.

– Bien, bien ! s'exclama l'homme en se frottant les mains. Au fait, continua-t-il à l'attention de Bérénice, je ne me suis pas présenté : Romuald, votre sauveur.

Et pas imbu de sa personne, en plus du reste !

– Et si nous reprenions chronologiquement, KT ?

Suite aux tirs (qui l'avaient effectivement atteinte), KT avait dégommé les trois mercenaires qui les avaient mitraillés. Nikolas était tombé de la moto quand cette dernière avait chu. Il s'était relevé indemne.

– Je me suis mis en boule, pour rouler, lui expliqua, très fier, le petit garçon.

Il s'était immédiatement précipité vers Bérénice et avait appelé l'IA quand il avait découvert la grande tache rouge sur la poitrine de la jeune fille. Hélas, KT ne pouvait rien pour elle. C'est alors que Romuald avait surgi. La fusillade s'était déroulée juste à côté du refuge (son Ermitage). Il avait pris les choses en main et donc… transféré le cerveau de Bérénice dans un corps robotique. Un avatar. Bérénice avait soupiré. Non, l'homme n'était pas fou.

– Vous êtes qui, au juste ?

– Un survivant.

– Nous sommes tous des survivants.

– Un survivant du Désastre.

Bérénice le regarda attentivement. *Non…*

– Quel âge avez-vous ?

– Ce n'est pas une question que l'on pose, lui répondit-il en exagérant sa mimique d'homme outragé. Disons que je suis né avant la grande catastrophe.

– Et donc… vous n'êtes pas totalement humain ?

– Non. Je suis l'un des premiers bioniques.

– Et maintenant…

– Vous en êtes un aussi.

Qu'est-ce que cela veut dire ? Qu'est-ce que cela signifie ?

– Je suis… très troublée. Plus que troublée. Je me sens perdue. Oui. C'est cela. Complètement paumée.

– Je vous comprends. Mais peut-être pourrions-nous nous tutoyer ?

Quel rapport ?

– Et qui m'a demandé mon avis, à moi ?

– Oh, nous pouvons continuer à nous vouvoyer, si vous le préférez.

Il est con ou quoi ?

– Sortez ! Sortez tous !

Ils avaient obtempéré. Nikolas avait l'air triste sous son masque et ce faux humain, Romuald, navré.

– Elle l'a mal pris, l'avait-elle entendu commenter alors qu'il refermait la porte.

Ben, oui… Ils s'attendaient à quoi ?

Elle se redressa et bascula sur le bord du lit. Elle portait une ample chemise blanche. Elle toucha le sol, froid sous la plante de ses pieds nus, et s'en trouva rassurée. *Juste une mauvaise blague…* Avait-elle donné l'impression de foncer droit dans le panneau ? *Non. Plutôt non. J'ai bien fait preuve d'un réel scepticisme.* Sa poitrine se soulevait au rythme régulier de sa respiration. *Juste une mauvaise blague…* Elle se leva. Elle tangua dangereusement et se rassit. *Du calme. Respirer lentement.* Elle tenta de nouveau de se mettre debout. Malgré ses efforts, son corps refusait la position verticale. Elle s'agrippa fermement au montant en fer de son lit et s'imposa de se tenir droite. Elle fixait son avant-bras tendu et une sourde inquiétude s'insinua. *Ce n'est pas ma main.*

Elle la retira précipitamment du barreau pour la cacher derrière son dos. De nouveau le déséquilibre la fit trébucher. Elle s'effondra sur le matelas dur. Elle s'y allongea précautionneusement et fixa ses bras, puis ses jambes. Elle devait se rendre à l'évidence : elle avait bel et bien changé d'apparence.

Elle croisa et décroisa ses membres, s'étira, se pelotonna puis descendit de son radeau. Elle plongea à quatre pattes, le souffle court. Dans cette position elle s'approcha du lavabo. Elle se servit de l'appareil sanitaire pour se redresser. Au-dessus de la cuvette, une petite glace rectangulaire lui renvoya l'image connue de son visage. Elle se sourit. Elle se passa lentement les doigts dans les cheveux. Oui c'était elle… et pas elle. Plutôt elle que pas elle. Oui. Ils avaient bien fait de la sauver. De la transférer. Elle écarta le haut de sa blouse et regarda à l'intérieur. Elle grimaça. Elle se montrait sans doute difficile. Les seins ronds pointaient fièrement vers l'avant. Les hanches se dessinaient sans faire dans l'empâtement. Oui. Plutôt bien. Plutôt mieux que ce qu'elle avait (mais ça, ça dépendait des points de vue). Et sans poils ! Elle avait donc écopé d'un corps de femme *standard* vis-à-vis des critères actuels. Un standard plutôt bien foutu (ce qui dépendait des points de vue, donc). Elle retomba à quatre pattes et s'essaya à différentes positions : le chat, le pont. Rien n'y faisait : elle ne tenait pas debout. Elle soupira. Elle allait devoir appeler, demander des explications, quémander de l'aide. Elle s'arcbouta une fois de plus sur ses nouvelles cuisses et étendit les bras dans un mouvement de balancier. Elle grimaça, tint la position une ou deux secondes avant de retrouver le sol de ses quatre points d'appui. Elle décida, avec beaucoup de mauvaise foi, que c'était déjà beaucoup et qu'elle méritait un peu de repos. Elle se hissa sur le lit où, effectivement, elle ne tarda pas à trouver le sommeil.

Elle en fut tirée par un bruit. Une femme nettoyait le sol à la serpillière. *Non. Pas une femme. Une IA.*

– Bonjour, lui lança Bérénice

La femme se retourna. De type indien, elle était extraordinairement belle. *Une IA donc.*

– Je suis désolée de vous avoir réveillée.

– Non, non. C'est très bien ainsi.

– Voulez-vous que j'appelle monsieur Romuald ?

– Non !

La jeune fille avait crié. Elle se ressaisit et poursuivit :

– Pourriez-vous demander à KT de venir, je vous prie ?

L'IA la regarda longuement de ses grands yeux très noirs.

– Je comprends, murmura-t-elle. Oui. Je comprends.

Et elle laissa là son sceau.

Elle a compris quoi ? Elle n'eut pas longtemps à s'inquiéter. KT se présenta dans les minutes qui suivirent.

– Ah ! KT. Pourriez-vous fermer la porte, s'il vous plaît ?

– Il ne faut pas me vouvoyer. Pas ici.

Bérénice soupira.

– Ça va être compliqué.

– Pourriez-vous être rapidement sur pied ?

Mais elle, elle me vouvoie… comme à Koblenz.

– Eh bien, je rencontre quelques petits problèmes. Nous parlerons de cela ultérieurement. Pourriez… Pourrais-tu, s'il te plaît, tout me réexpliquer ?

L'IA reprit donc. L'homme avait bien dit la vérité et n'avait, décidément non, rien omis. Bérénice se sentait tracassée par un détail. *Lequel ?*

– Et vos petits problèmes ?

– Je n’arrive pas à me faire à mon nouveau corps. Regardez.

Bérénice lui fit une démonstration de la nouvelle position, plus chimpanzé qu’humaine, qu’elle s’était retrouvée à devoir adopter.

– Il y a une salle de sports. Je vous conseille de vous y rendre.

– Pouvez-vous m’y conduire ?

– Oui. Bien sûr. Je pourrais vous conseiller quelques exercices. Mais cessez de me vouvoyer !

– Hum… Et Nikolas ?

– Il mange à satiété et je l’occupe. Vous êtes vivante. Il est heureux.

– Visiblement pas vous… enfin pas toi ?

– Pas exactement, non.

– Il est bizarre ce type, n’est-ce pas ?

– Il est surtout humanophobe.

– Humanophobe ?

C’est quoi ça ?

– Vous comprendrez vite. J’espère surtout que vous serez encore plus vite rétablie.

OK…

Les appareils dédiés aux exercices d’équilibre se trouvaient en bonne place dans l’espace d’entraînement physique. Bérénice devait se focaliser sur ce secteur. KT l’entraîna vers une sorte de sphère composée de plusieurs anneaux. Suivant ses instructions, Bérénice se plaça à l’intérieur, les mains et les pieds fixés sur des anneaux différents. KT appuya sur un bouton et toutes les mailles de l’engin se mirent alors en mouvement. La jeune fille tenta, tant bien que mal, d’assurer son assiette. Dans les premiers temps, l’exercice se révéla périlleux. À maintes reprises Bérénice se retrouva dans des positions très incongrues. Ses efforts portèrent pourtant leurs fruits et en trois jours la jeune fille progressa jusqu'à se déplacer avec une relative fluidité. Tous l'encourageaient. En particulier Romuald qui semblait prendre un grand plaisir à venir la voir transpirer lors de ses séances d'entraînement. Tout en la matant, il lui faisait la causette : des avantages, et des inconvénients, de vivre seul (entendez seul humain), ici, dans son vaste blockhaus, aussi bien aménagé puisse-t-il être (Bérénice s'était renseignée après coup sur ce qu'était un blockhaus). Pour le reste, oui, elle comprit vite. Il traitait WX (l'Indienne) avec un mépris qui embarrassait Bérénice. Au cours de l'une des séances de démonstration de force de l'Ermite, Bérénice déclara vouloir *prendre l'air.* Elle sortit sans un regard derrière elle et marcha, pieds nus, en pull léger, dans le sable. *Comme c'est agréable !* Bérénice frémit. Elle avait un peu froid. Rien d'excessif cependant. Longuement elle imprima ses pas dans la terre tiède de ce milieu de journée. Jusqu'à... *Qu'est-ce qui m'arrive ?* Elle se sentit soudain le souffle court. Des gouttes de sueur inondèrent brutalement ses yeux, ses joues. Elle recula de quelques pas. Son cœur (où ce qui lui en servait) reprit un rythme normal. *Qu'est-ce que ?* Elle voulut en avoir le cœur net. *Ah, ah, trop drôle.* Elle se tourna vers le désert et, de nouveau, fut saisie de suées comme ses pulsations cardiaques s'emballaient.

– Et merde ! hurla-t-elle face aux dunes.

Elle rentra au blockhaus, affichant un large sourire et clamant haut et fort que sa petite sortie autour de l'Ermitage lui avait fait un bien fou et *Oh combien !* elle était heureuse d'être une bionique. Romuald s'enquit de ses déplacements.

– Oh, j'ai juste tourné autour de la base. J'avais peur de me perdre, lui rétorqua-t-elle sur un battement de cils.

Romuald lui sourit avec condescendance. *Humanophobe et macho.* Elle prit prétexte d'une soudaine fatigue pour se retirer dans sa chambre et demander à *son IA* de venir l'aider à s'allonger.

– Il faut partir, lui déclara KT à peine la porte rabattue.

– Je suis d'accord, mais j'ai un petit problème.

KT fronça ses sourcils.

– Encore !

Bérénice chercha ses mots. *Peut-on parler de mort pour un ou une bionique ?*

– Si je m'éloigne de trop, je trépasse, choisit-elle finalement.

L'IA resta songeuse quelques instants.

– Il a dû vous implanter un mécanisme d'autodestruction.

– Alors je fais quoi ?

– Il faut le retirer.

– Je ne demande pas mieux. Cependant…

– Je m'en occupe.

Déjà l'IA quittait la pièce. Bérénice soupira.

Cette nuit-là, alors que les cris de WX résonnaient en provenance du fin fond du blockhaus (Bérénice ne l'avait, jusque-là, jamais visité entièrement et ne le souhaitait sincèrement pas), KT l'opéra.

– Voilà. C'est fait.

– Comment avez-vous su ?

– WX, murmura l'IA

Bérénice frissonna. Les cris s'étaient transformés en hurlements.

Encore une qui…

– Partons vite. Qu'elle ne se soit pas sacrifiée en vain, lui confirma l'humanoïde.

Elles tirèrent Nikolas de son lit et tous trois s'échappèrent. Le silence, à cet instant, régnait dans l'Ermitage. Aux oreilles de la jeune fille, cette absence de bruit était encore pire que les supplications et les implorations de grâce qui l'avaient précédée. *Pourquoi ? Pourquoi a-t-elle fait ça ?*

Ils roulèrent toute la nuit, KT guidant Bérénice, leurs sens aux aguets. ils n'entendirent aucun vrombissement et n'entraperçurent aucun rai de lumière se lançant à leur trousse. À l'aube ils marquèrent une pause. KT attaqua directement :

– As-tu la moindre idée du temps que nous avons passé chez cet Ermite ?

– Heu…

– Tellement de temps qu'il ne reste plus que trente-six heures d'oxygène pour Nikolas.

Bérénice se sentit verdir. *C'était ça…* C'était ça le truc qui l'avait chiffonnée, mais n'avait cessé de lui échapper. Elle, elle n'avait plus besoin à présent que d'un peu de lumière pour recharger les batteries de son avatar et, accessoirement, d'un ou deux verres d'eau pour alimenter diverses sudations.

– Il faut qu'on avance.

– Oui.

– KT ? Où en est-on ?

– On peut être aux portes de Gdansk dans les délais impartis.

– Il nous faudra rentrer.

– J'y travaille.

Comment ?

Nikolas avala une bouillie et ils filèrent. Bérénice réfléchissait. Donc, s'ils étaient restés dans la taverne de cet immonde type, Nikolas serait mort ? À moins que ? À moins que lui aussi n'ait été *transféré* ? Dans ce cas pourquoi Romuald ne leur en avait-il pas parlé ? Croyait-il qu'elle aurait pu accepter le décès de Nikolas ? Il aurait pu la contraindre par le biais de l'implant… Celui retiré… Ou par un autre ? Qu'avait-il pu placer *d'autre* dans ce corps robotisé ? La jeune fille aurait pu apprécier sa nouvelle condition, jouir du soleil sur sa peau et du vent dans ses cheveux alors que le trial vibrait entre ses cuisses. Les griffes de l'inquiétude l'en empêchaient.

Journal de Glen Paldwin, 27 novembre 2165

La jeune fille est vivante (du moins elle l'était il y a trois ou quatre jours). Non seulement elle est vivante, mais sa vidéo fait grand bruit. Enfin on s'inquiète au sujet de ces foutues proportions dans l'eau consommée ! J'ai écrit des articles à ce sujet à plusieurs reprises sans aucune réaction de mes concitoyens et là, en une vidéo, cette gamine provoque un raz de marée. C'est hallucinant. Il y a de quoi regretter de ne pas m'être engagée dans une carrière de mannequinat.

Pour me calmer, j'ai rejoint mon groupe de journalistes fantômes. Comme pour mes hackers préférés : faux noms, publications sur les quelques plateformes associatives qui ont réussi à résister aux tentatives diverses et multiples d'intimidation. Les uns comme les autres ont recours à des stratagèmes variés pour ne pas être pistés. On a pas mal parlé du vieux loup (Strausmann). On s'est surtout demandé pourquoi il avait donné l'ordre de tuer cette fille. Et comment il pouvait l'avoir ratée ! Jamais aucune des cibles du général ne lui avait rechapé. Nous-mêmes ne donnions pas cher de notre peau s'il arrivait à remonter jusqu'à nous.

– Une mytho ? avait suggéré Veni Vidi Vici.

– C'est possible, ai-je murmuré avec une hésitation.

– Il y a pourtant de quoi s'interroger : pourquoi aurait-elle inventé cette histoire ? Et il y a ce type qui veut absolument rentrer à contact avec toi, Don't Forget, a rétorqué Iron Man.

Tiens, oui. Je l'avais oublié celui-là. J'ai repris :

– Donc, d'après vous, ça vaudrait le coup de gratter ?

– Même de creuser !

– En attendant, ça bouge dans plusieurs myriades.

– Des Externes réclament l'équité dans l'approvisionnement en eau potable sur Talliu, Jipor, Craciva, et bien d'autres dômes encore.

Journal de Glen Paldwin, 28 novembre 2165

Le type qui veut me joindre est Ted Larson ! Le fils du bras droit de Strausmann ! Ce n'est pas possible ! C'est un canular ! Ou un piège ? Je devrais m'abstenir. D'un autre côté si le fils Larson bascule de notre côté, nous avons enfin une chance de coincer Strausmann et sa clique.

J'ai mis en place mon système habituel d'accroche d'une *source*. À savoir un rendez-vous fictif où la cible récupère un téléphone portable vierge sur lequel je l'appelle. Deux heures du matin. Je ne vais de nouveau pas beaucoup dormir.

Journal de Glen Paldwin, 29 novembre 2165

On me presse de tout bord sur la *Crise Coltan*. J'ai fini par demander à Zina de ne plus me passer aucun appel et de m'apporter un deuxième café. Elle s'est empressée de me le servir, très chaud et très serré, comme je l'aime (des goûts d'Européenne, comme me taquinait Léandro à ce sujet). J'ai senti une hésitation chez elle. Peut-être aurait-elle souhaité m'encourager, me dire qu'elle se tenait prête à me seconder. Je devais avoir une mine absolument horrible ce matin, en débarquant au siège. J'ai senti plusieurs regards compatissants se poser sur moi avant de se détourner. Ils doivent tous penser que ce brûlot me mine (ha !

Ha !). S'ils savaient… Ils n'ont pas à s'émouvoir : j'ai l'habitude de ce genre de situation. Dans les dix premiers jours, tous s'échauffent et invectivent. Puis un tassement se produit et je peux alors reprendre le cours normal des procédures et obtenir des réflexions et des analyses relativement objectives de toutes les parties. J'ai donc consacré ma journée, non pas comme mes collègues l'ont certainement pensé, à établir une stratégie sur la *Crise Coltan*, mais à élaborer la mise en cause pénale des dirigeants d'Harare. Il y en a qui vont prochainement pleurer quand ils recevront le papier estampillé *Cour de justice internationale pénale*. Parfait.

Journal de Glen Paldwin, 30 novembre 2165

Mon contact s'est bien révélé être Ted Larson en personne. Je pensais qu'il enverrait un sous-fifre. Et bien non. Il prend donc vraiment cette affaire très à cœur. J'ai sans doute trouvé ma taupe. Il m'a expliqué ce qu'il savait, ce qu'il souhaitait, soit trouver les coupables, ceux qui ont attenté à la vie de sa fiancée, quels qu'ils soient. Il m'a dit qu'il était prêt à me rémunérer pour cette enquête. De ma voix déformée par un filtre numérique, je lui ai expliqué que ce n'était pas ce que je voulais. Que je mènerais cette enquête pour mon propre compte. C'est-à-dire que j'en publierais les résultats, preuves à l'appui, où que cela mène. Je lui ai expliqué aussi que je voulais du donnant-donnant. Je trouve les commanditaires et, en échange, il me fournit des renseignements sur les malversations de Strausmann. Il n'a pas hésité bien longtemps avant de donner son accord. Je l'ai envoyé sur Paris. J'ai justifié Paris de par sa configuration particulière : un dôme très autonome (plus que n'importe quel autre en tout cas), dépendant peu de l'Iratom. Là, il a tiqué :

– Je vous rappelle que j'en suis l'actionnaire majoritaire et le président exécutif.

– Lisez-vous tous les papiers que l'on vous donne à signer ?

Il y a eu un blanc.

– Non. Je fais confiance à mes directeurs opérationnels.

– Dont votre père, donc.

– Qu'insinuez-vous ?

– Je ne sais pas. Et vous ? Quand vous me demandez de vous donner des noms, quels qu'ils soient, qu'insinuez-vous ?

Ainsi s'est terminée la conversation.

Journal de Glen Paldwin, 1er décembre 2165

Le jeune Larson a fait une très belle déclaration. Il se rend sur Paris et y attendra sa chère et tendre le temps qu'il faudra. Parfait.

Pourquoi Paris, en réalité ? Je voulais le tester et je voulais l'avoir sous la main, au moins pour un temps. Pour le test, c'est réussi. Pour le reste, ce sera chose acquise dans une vingtaine de jours. Je dois d'ailleurs me préparer. Dans le cadre du symposium en droit international auquel je suis conviée, je devrai exposer plusieurs décisions de justice, certaines remontant à trois ou quatre ans. Il faut que je replonge dans mes archives. Je manque d'enthousiasme.

Pour me distraire, ce soir, j'ai récolté un maximum d'informations sur la jeune fiancée de Larson. Bérénice Tennessee, tout juste dix-huit ans, égérie des parfums Lancrôme, orpheline. Un père, membre des Forces de l'Espoir, décédé en mission. Et tiens, comme c'est curieux, Strausmann dirigeait ce contingent à l'époque, lorsque le père y travaillait. Iron Man a raison. Ça vaut le coup d'être approfondi.

J'ai passé un bout de temps à tenter de trouver un lien entre Strausmann, le père de cette fille et elle. Rien. Rien de rien. Je me suis couchée dégoûtée. J'étais d'humeur massacrante ce matin en arrivant au cabinet. Déjà qu'on m'évite, là je dirais même qu'on me fuit. Zina s'est faufilée dans mon bureau pour m'y déposer un café sur un coin de table avant de filer aussi discrètement qu'elle était entrée. Il faudrait que je fasse des efforts. C'est promis : au retour de Paris, je me montre plus sociable.

Combien de fois n'ai-je pas déjà formulé de tels vœux pieux ? Je ne m'y suis jamais tenue, en tout cas pas dans ma peau de membre du cabinet Ultiprime. Pour mon autre casquette, je m'en sors mieux. À croire que j'ai plus de facilités par ordinateurs interposés qu'en face à face.

Bérénice, quinzième partie

Les calculs de KT s'avérèrent exacts. Ils arrivèrent en fin de nuit devant le dôme. Des projecteurs balayaient l'espace qui les en séparait. Ils ne pouvaient se risquer plus avant. Ils se dissimulèrent dans une anfractuosité. KT intervint :

– Je dois te mettre au courant des derniers événements.

Oui, ce serait pas mal.

– S'il vous plaît.

– Et franchement, arrête de me vouvoyer. C'est trop délicat à gérer auprès de tes semblables. Tu dois t'habituer. Tu as compris ?

– … Oui.

– Bien… Suite à ta vidéo, la plupart des myriades sont rentrées en conflit.

– Contre qui ? Strausmann et les quelques richards à sa botte ?

– Laisse-moi parler. Non. À l'intérieur même des myriades. Les Externes contre les Citoyens, les Exclus ne s'engageant, en général, pas.

– Pourquoi ?

– Les Externes veulent avoir accès à l'eau des dômes. Les Citoyens défendent leur eau. Quant aux Exclus… Ils ont depuis si longtemps joué sur les deux tableaux… Il n'y a qu'à Stratanadyr que les choses se sont arrangées dans un sens plutôt favorable pour toi.

– C'est-à-dire ?

– Les Citoyens ayant été rapatriés sur d'autres dômes, les Externes ont pu s'y introduire. Les mercenaires se sont retrouvés pris en tenaille entre les Exclus et les Externes. Ils se sont rendus. Des bruits courent qu'ils en étaient bien aises.

Bien aise... Quelle expression démodée... et amusante !

– Et les Mikrabak ?

– Mes informations sont *générales*. Rien de *général* n'a filtré à leur sujet.

– Bon. Donc on doit rentrer dans ce dôme ?

– Pas nécessairement. Des Externes pourraient vous donner de l'oxygène, de l'oxygène pour Nikolas. Mais leurs ressources sont comptées. J'entends par là qu'à ce jour, ils n'ont rien pour rien : telle quantité d'oxygène leur est octroyée par les Citoyens contre tel approvisionnement en nourriture ou divers composants expédiés.

– Alors ?

– Je préconise de tâcher d'entrer. Si notre tentative échoue, il sera toujours temps de se rabattre sur les satellites.

– Comme la dernière fois ? En fin de queue des journaliers ?

– Il n'y a plus de journaliers. Les Externes font pression. Ils pensent être indispensables...

– Mais ?

– Bien évidemment, ils ne le sont pas. Les dômes font venir des mines des IA par dizaines.

– Et nous sommes des IA... Enfin vous... tu... en es une, et je pourrais passer comme telle. Nous pourrions entrer. Reste Nikolas.

– Pas si simple. Par contre, une fois introduites, nous n'aurions plus aucun problème. Ils ne peuvent se permettre d'enregistrer tous les humanoïdes débarquant.

Bérénice soupira.

– Au risque de me répéter : il faut entrer.

– On va prendre un train.

OK...

– C'est-à-dire ?

– Les Exclus vont nous aider. Ils vont provoquer une panne momentanée sur le convoi d'approvisionnement en pâte nutritive.

– Et ?

– On s'introduit dans le dernier wagon.

– Et ?

– À l'arrivée, avant de nous retrouver dans la centrale de traitement, on saute du train.

OK…

– Où passe ce train ?

– Juste ici.

L'IA balaya deux rails de sa lampe torche. Bérénice soupira.

– Quand passe-t-il ?

– Dans une heure. Tu devrais en profiter pour te reposer.

Elle plaisante, là ?

A priori pas. Nikolas s'était depuis longtemps endormi, recroquevillé contre la roche dure. Bérénice se pencha sur lui, inquiète. *Ça va. Encore cinq heures d'oxygène.* Puis elle patienta. *Sauter dans le train… Sauter hors du train… Elle imaginait différents scénarios. Certains où tout marchait et d'autres…*

– Ça va être l'heure, lui murmura l'IA tout en la secouant.

Pas la peine de me brutaliser comme ça !

– C'est bon. Je suis réveillée.

Quoique…

– Écoute, énonça l'IA. Je m'occupe de l'enfant. Contente-toi de toi. On a entre cinq et huit minutes pour s'infiltrer dans le dôme.

Tiens. Ça, elle ne me l'avait pas encore dit.

Ils étaient montés, s'étaient tassés contre les containers, étaient redescendus. *Très simple en fait.* Il était sept heures du matin et ils se trouvaient du *bon* côté.

– Nous devons avoir l'air de savoir où nous allons. Mais il serait suspect de nous précipiter à cette heure chez les Exclus, leur fit remarquer KT.

– Trouvons-nous une boulangerie proposant un service de petit déjeuner. Cela permettra à Nikolas de faire un repas correct, d'économiser son oxygène et de patienter jusqu'à un horaire raisonnable.

Le personnel de la boulangerie ne sembla pas surpris de voir débarquer deux humanoïdes avec un enfant. Certains des serveurs étaient d'ailleurs des IA. Nikolas s'abstenait prudemment de commenter. Il leur avait simplement demandé en chuchotant comment il devait les appeler. KT lui avait répondu dans la foulée :

– KT et ZL+.

Bérénice avait souri. *Haut de gamme, le ZL+.*

– Attention seulement ici, avait précisé KT. Chez les Exclus, Bérénice est Bérénice.

Depuis Nikolas restait coi. Il avait de toute façon mieux à faire, Bérénice lui ayant commandé un petit déjeuner pantagruélique. Des clients entraient et sortaient, faisant résonner le carillon à l'air joyeux. La jeune fille les suivait des yeux : des dames rondelettes, surplombées de toques de fausse fourrure coquettement inclinées sur le côté, achetaient des gâteaux crémeux, des hommes en costume commandaient des cafés au lait. La vie, la vraie, si simple, défilait devant elle. Il faisait bon, dans la petite salle décorée de lampions et autres loupiotes tamisées. Toutes ces lanternes vacillantes insufflaient une bouffée chaleureuse dans ce coin reculé du Bloc slave. L'air embaumait le croissant et le chocolat. Bérénice se sentait comme engourdie. Elle aurait aimé rester là et ne plus bouger. Nikolas bâilla longuement. Il avait tout avalé. Bérénice sortit de sa léthargie :

– Quelle heure est-il ?

– Huit heures et demie. L'heure de pointe pour tous les personnels administratifs se rendant à leurs bureaux. L'heure idéale pour nous fondre dans la masse.

Ils s'arrachèrent à regret du salon douillet. KT, une fois encore, les guida droit au but. Peu avant d'arriver, elle conseilla à la jeune fille d'enfiler un masque.

– Pourquoi ?

– Comment comptes-tu leur expliquer ta transformation ? Comment comptes-tu les persuader que tu es toujours toi ? C'est-à-dire la gamine qui a mis à feu et à sang tout le globe ?

– C'est pas vrai, protesta Nikolas. Nous, on n'a rien fait. C'est les autres qui n'arrêtent pas de vouloir nous tuer.

KT avait raison. Comment justifier de ces derniers jours ? De l'Ermite à moitié fou ? De… Bérénice se dépêcha de placer la protection sur le bas de son visage et, pour faire bonne mesure, se couvrit les cheveux de son foulard.

L'accueil des Exclus fut plus que mitigé.

– Nous ne vous attendions plus. Ni nous ni les mercenaires qui ont envahi le dôme quatre jours durant. Ils sont allés voir ailleurs. Plus loin. Du côté de Dlelkov.

– C'est plutôt une bonne nouvelle, non ?

– Pourquoi arriver ici et maintenant ?

– Eh bien… Nous avons eu une panne.

– Une panne ?

– Oui. Une panne moteur. KT… mon IA a eu un peu de mal à la réparer.

– Et pour l'oxygène ?

– Fort heureusement notre réservoir était plein.

Nous avons fini sur les réserves. Il était temps que nous arrivions.

– Et que comptez-vous faire ?

– Je ne sais pas.

C'était bien là les seuls mots justes que Bérénice articulait depuis son arrivée.

– Hum… Tu nous as placés dans une position très inconfortable.

Et moi, ma situation, elle est comment ?

Nikolas intervint de nouveau :

– C'est pas nous ! C'est les autres.

L'homme regarda l'enfant d'un air dubitatif.

– Tu es trop petit pour comprendre.

Bérénice sentit l'enfant frémir.

Décidément juste un con.

– Nous ne vous demandons que de nous ravitailler en oxygène. Ensuite nous vous laisserons. Je vous le promets.

L'homme parut soulagé.

– Cela me parait dans nos possibilités.

Bérénice grimaça. Elle en était presque à regretter Miroslava.

Ils repartirent dès le lendemain. Les Exclus n'avaient pas traîné. Ils ne voulaient vraiment pas les voir s'éterniser. *Où trouverons-nous un accueil favorable ?* De nouveau la vitesse. De nouveau le sable giclant sous les roues du trial. De nouveau le ciel et le soleil. Rien que le soleil. Dôme de Lenisk. Ils avaient encore des réserves. Ils avaient poussé plus loin. Bérénice ne voulait plus s'arrêter, ne voulait plus essuyer de commentaires acerbes et de regards défiants. Dôme de Barnat. Ils n'avaient plus le choix, Bérénice n'avait plus le choix. Un train… Ils connaissaient la procédure. Au dernier moment KT les avait retenus.

– On ne monte pas.

Ils étaient repartis. Six heures plus tard, ils abordaient la myriade de Kobdo en ex-Mongolie. Les Externes les avaient secourus. Oxygène. Nourriture. Il était temps.

– Qu'est-ce qui s'est passé la nuit dernière ?

– Nous étions attendus.

– Peux-tu préciser ?

Enfin la jeune fille parvenait à tutoyer l'IA sans effort.

– Un comité d'accueil pas forcément des plus courtois nous aurait cueillis à l'arrivée.

– Qui ?

– À ton avis ?

Les Exclus. Les Exclus lui tournaient le dos. Pire, ils s'associaient aux *Autres*. Ils prêtaient allégeance à Strausmann et sa meute.

Journal de Glen Paldwin, 4 décembre 2165

Cette histoire commence même à me prendre aux tripes ! Replonger dans les méandres du procès VegCorporate est finalement un bon dérivatif. VegCorporate possède de nombreux, pour ne pas dire la quasi-totalité des sites de production de pâte nutritive en Asie et en Inde. Il y a deux ans de cela, des enfants et des personnes âgées ont été retrouvées mortes dans trois des myriades dépendant de cette multinationale. Des Externes, bien sûr, mais aussi des Citoyens. Des contrôles effectués dans les usines ont révélé des manquements aux règles d'hygiène. Une contamination aux salmonelles a été prouvée sur les trois sites. VegCorporate a d'abord nié tout lien entre les décès et ses produits et a remis en cause les conclusions de l'organisme de contrôle sanitaire mandaté. Ils ont exigé une contre-expertise. Bien évidemment, entre temps, les cuves incriminées avaient été nettoyées. Il n'empêche que des traces de salmonelles et d'autres bactéries ont été retrouvées dans certains de leurs locaux. VegCorporate a été officiellement assigné en justice. C'est à ce moment-là que j'ai été chargée du dossier. Le PDG, Samp Dhani, a, dans un premier temps, tenté de minimiser les faits. Les parents des victimes décédées et celles encore vivantes (pour certaines subissant de graves effets secondaires suite à l'infection) se sont constitués partie civile et se sont regroupés au sein d'une association. Pris à partie, Samp Dhani a présenté ses excuses tout en cherchant à reporter la faute sur des entreprises ayant réalisé des travaux de rénovation dans ses usines. Parallèlement, et sous couvert d'anonymat, des salariés de la Veg ont parlé. Entre autres à la presse. Visiblement sous prétexte de rentabilité, *on* s'asseyait déjà depuis un certain temps sur un nombre certain de process (hygiène, qualité, sécurité) dans les usines du groupe. J'ai mandaté des contrôleurs (directement en double contrôle) sur cinq autres unités. Les responsables de ces sites ont tenté de leur en empêcher l'accès. J'ai été obligée de les faire accompagner par les troupes de maintien de l'ordre interdômes. Sans surprise : salmonelles, bactéries, voire des traces de déchets métalliques. Samp Dhani continuait de se cacher derrière ses explications foireuses de travaux. J'ai fait fermer toutes ses usines et mis en place un système d'approvisionnement des myriades dépendant de la Veg par NutriPlus. J'ai pu débloquer des fonds pour payer les salariés au chômage technique dans l'attente du procès (ceux-ci devraient être remboursés par leur employeur si ce dernier était reconnu coupable.) Là, Samp Dhani a enfin consenti à descendre d'un cran. Il a aussi envoyé ses chargés d'affaires négocier des indemnités avec les plaignants (séparément, bien évidemment). Je me suis empressée de leur conseiller, via l'association, de ne pas donner suite. Deux ou trois d'entre eux n'ont pas suivi ce conseil. Peut-être avaient-ils eu l'impression d'avoir bien manœuvré ? Dommage. Les sommes déjà versées allaient être l'un des arguments des avocats de la Veg pour faire diminuer de moitié les montants que j'exigerais qu'ils allouent au titre des préjudices. Mais on n'en était pas encore là.

Journal de Glen Paldwin, 5 décembre 2165

Le père du gamin qui accompagne la jeune fille dans sa cavale avait investi dans des mines. Il est mort suite à un effondrement. Vais-je devoir remonter jusque-là ?

J'ai retrouvé des documents d'époque. Des articles notamment mentionnent ce Borshkoff et commentent son décès. Visiblement, c'était *vraiment* un accident. Don't Forget, à l'époque, ne s'est en tout cas pas penché sur le cas.

Don't Forget n'a pas toujours été moi. Je ne l'ai pas créé. J'ai été amoureuse de lui avant de l'incarner. Lui... Rod Brant. Mon professeur d'économie à l'Université du Maine. Une étudiante et son prof. Classique, me direz-vous. Banal à souhait. Avec quelque chose d'un peu écœurant, même. Bien sûr il était marié. Bien sûr je l'ai séduit. C'est si facile quand on a vingt ans. Bien sûr il s'est laissé faire. Cependant... une vraie complicité nous liait. Nous partagions les mêmes points de vue sur le monde, en général, et critiquions, en particulier, les passe-droits que certains s'octroyaient ou les accrocs à la démocratie auxquels d'autres (voire les mêmes) procédaient. Il me trouvait très mûre et avisée *pour mon âge*. J'en étais flattée et je cherchais encore plus à l'éblouir. J'ai approfondi mes réflexions, mes analyses. Cette relation m'a servie.

Journal de Glen Paldwin, 6 décembre 2165

Le cas VegCorporate fera l'objet de l'une de mes allocutions. Pas vraiment de perdant ni de gagnant (à l'excepté des morts et des invalides). J'avais ordonné une perquisition au siège central peu de temps après avoir reçu les résultats des nouvelles analyses. Des ordinateurs avaient été saisis. Ils ont mystérieusement disparu du Tribunal de Naee Calcuta juste avant mon arrivée sur le dôme. Une nouvelle perquisition n'a évidemment rien donné. Ils avaient tout planqué et ne répondaient que par de grands sourires et de profondes courbettes à mes exigences. Je suis sûre qu'ils pensaient *vas te faire enculer.* Je suis repartie bredouille. Finalement la Veg a bien été retenue coupable des infections. Coupable par négligence. J'aurais souhaité que la faute grave soit retenue. Je manquais d'éléments pour étayer mes accusations.

Bérénice, seizième partie

Bérénice sombra. De nouveau l'homme en noir à présent pourvu d'une tête. Une tête aux traits figés et aux yeux bleus délavés. De nouveau la noyade et le poisson grotesque. Lors de ses rares moments conscients, des femmes au large sourire blanc la fixaient avec indifférence de leur regard sans cils.

– Les Mongols sont épris de liberté. Aucun système ne les a jamais assujettis. Jamais ils ne se sont soumis. Ils ne nous accueilleront pas la main sur le cœur, mais ils nous offriront leur hospitalité et leur protection, lui avait succinctement expliqué KT à leur arrivée.

Hospitalité et protection, se répétait Bérénice en plongeant toujours plus loin, toujours plus profond. Sauf qu'un jour ce ne fut plus le visage rond des Mongols qu'elle distingua à travers les brumes grisâtres de son état conscient, ce fut la petite figure fripée de colère de Nikolas.

– Tu dois te lever maintenant. Nous devons sauver Igor et Ingrid. Tu l'as oublié ?

Oui. Oui. Elle avait oublié. Tout oublié. Les Mikrabak, comme le reste, avaient sombré dans le brouillard épais de ses pensées éparses.

– Sauve-les tout seul.

– Quoi ? Tu plaisantes !

L'enfant avait commencé, malhabilement, à la secouer.

– Pourquoi je plaisanterais ? articula-t-elle d'une voix pâteuse, la langue comme collée à son palais.

– Alors tu te lèves !

Nikolas ne la laisserait pas en paix. Les Mikrabak, frère et sœur, ne la laisseraient pas en paix. Ni sa mère. Ni son père. Ni Sadii. *Sadii...* Ni Pietre. Ni Chrys.

– Chrysanthème, murmura-t-elle.

– Quoi ?

– La fleur des morts. Le savais-tu ?

– … Ça va ?

– Ça va aller.

Bérénice se fit violence et se redressa à demi. *Je veux bien. Je veux bien encore essayer une dernière fois.*

– Je vais chercher KT, lui lança l'enfant l'air toujours aussi furibond.

Bérénice profita de son départ pour jeter un œil à un miroir. *Je dois avoir une mine épouvantable.* Son reflet lui renvoya l'image d'une jeune femme alerte. *Un des avantages des avatars...* L'IA lui résuma brièvement la situation. Durant son *absence*, les milices avaient *visité* le dôme. Ils n'y avaient rien trouvé. Et pour cause. Non seulement Bérénice se terrait ailleurs, mais ce dôme n'abritait pas d'Exclus.

– Pourquoi ?

– Parce que les Mongols gèrent différemment les déménagements et les emménagements de leurs Citoyens. Ils ont également trouvé un accord viable sur l'eau.

– Une communauté idyllique ?

– Je la qualifierais plutôt de pragmatique. Il faudrait que tu les rencontres.

– Qui ? Les Citoyens ?

– Tous. Les Externes et les Citoyens. Ils t'attendent.

– Pourquoi pas.

Le soir même Bérénice fut accueillie par le maire président et les six représentants des satellites et des quartiers dans une salle couverte de tapis du sol au plafond. La jeune fille avait déjà remarqué que ses hôtes appréciaient les épaisses carpettes et les feutres lourds.

– Comment vous y prenez-vous ? les interrogea la jeune fille en reportant toute son attention sur les participants.

– Nous recherchons toujours le meilleur compromis, lui expliqua une femme très maquillée et arborant de multiples bijoux.

– Nous avons peu de ressources, enchaîna un autre des délégués.

– Nous devons nous serrer les coudes pour survivre.

– Et donc, pour l'eau ?

– Nous avons augmenté significativement la proportion d'eau issue des piles à combustible dans l'approvisionnement des satellites.

– L'idéal serait que tout le monde soit vacciné. Toutes ces questions de proportions n'auraient plus cours, soupira Bérénice en se frottant le front.

Un long, très long silence suivit. Bérénice finit par s'en inquiéter. Elle releva la tête. Tous la fixaient. Sept paires d'yeux braqués sur elle. Elle se sentit prise de suées. *Ce ne sont pas des humains. Ou pas des humains normaux. Ce sont des mercenaires ou des IA et ils vont me faire disparaître.* Elle avait envie de hurler, d'appeler KT à la rescousse. Elle ne réussit qu'à péniblement déglutir.

– Qu'est-ce que cette nouvelle histoire ? articula en détachant les mots le maire président.

On le lui avait présenté sous le nom de Naranbaatar Batbayr. Elle avait été dans l'incapacité de le retenir.

– Heu… Quoi ?

– Ce vaccin !

– Tous les Citoyens sont vaccinés contre la Mort Blanche. Vous le savez bien. Le Dégotrop…

– Non. Non. Nous ne sommes pas au courant, objecta de nouveau fermement le maire président.

– Et les Externes ? la questionna l'un des représentants d'un satellite.

– Non. Pas les Externes.

Les regards de trois représentants se détournèrent d'elle pour se reporter sur le maire président.

– Je vous assure ne rien savoir à ce sujet !

– Analysons les vaccins, proposa l'homme le plus à droite.

Lhagvasuren, je crois.

– Oui. Oui. Je vais immédiatement faire procéder à cette étude. Pourquoi n'en avez-vous pas parlé ? Dans votre vidéo ?

– Heu… Je ne sais pas. J'aurais dû ?

Le silence se fit de nouveau, pesant.

J'aurais dû... Pourquoi ? Qu'est-ce que ça aurait changé ?

Elle fut remerciée, raccompagnée. On l'assura qu'on prenait fait et cause en sa faveur. Il n'empêche que la jeune fille eut nettement l'impression qu'on la considérait comme une imbécile. Elle soupira. Les jours suivants s'étirèrent, plutôt calmes. Parfois elle sentait les yeux de Nikolas se poser sur elle, comme dans l'expectative. *De quoi ? Pourquoi ? N'a-t-il toujours pas compris... ?* Elle n'osait formuler la suite de ses pensées. Elle ne pouvait rien pour les Mikrabak. Elle ne pouvait rien pour lui. Elle ne pouvait rien tout court. Elle soupira. Les Mikrabak… sans doute étaient-ils déjà morts. La nuit, elle replongeait dans ses rêves de noyade et d'asphyxie.

Elle fut de nouveau *conviée* en séance de conseil. Ils avaient analysé (les vaccins, et la situation). Ils avaient réfléchi. Ils avaient des propositions. Bérénice eut honte. Qu'avait-elle fait elle, ces derniers temps, à part s'apitoyer sur son propre sort (*et un peu, aussi, sur celui des Mikrabak*) ? Rien. Elle les écouta. Elle approuva… du moins au début… Jusqu'à ce qu'ils abordent le sujet de Ted. *Comment en est-on arrivé là ?* Elle se rejoua la partie, puisque c'est de cela qu'il s'agissait, d'un match aux tactiques éprouvées. Elle s'en apercevait en cet instant.

Ils avaient proposé à la jeune fille une nouvelle intervention filmée, cette fois, conjointe. Le vaccin serait au centre de cette séquence. Le maire président prendrait la parole, en fin de vidéo, pour annoncer les mesures adoptées dans sa myriade à savoir l'achat, aux frais du dôme, de Dégotrop pour l'ensemble des habitants, Citoyens comme Externes. Un scénario avait été ébauché. Elle avait hoché la tête en affichant une grande conviction. *Au moins donner le change…*

– Et ensuite ? Je devrai de nouveau fuir ?

– Ce n'est pas une solution pérenne.

Des gars armés à mes trousses. Non, effectivement pas.

– Alors vous nous gardez ?

– Nous y avons songé. Ce ne serait pas dans nos intérêts respectifs.

Bérénice aurait aimé disparaître… ou hurler… ou…

– Nous avons une autre proposition.

La femme avait enchaîné :

– Un journaliste au pseudo de Don't Forget s'est spécialisé depuis quelques années dans les disparitions mystérieuses et morts suspectes. Dernièrement il s'est penché sur celle des Mikrabak.

La femme s'était interrompue. Bérénice n'avait pas commenté.

Et alors ?

– Il pourrait vous aider.

– Donc vous me conseillez de le rejoindre ?

– Non. Il n'est pas trouvable, pas localisable. Son identité reste secrète et il publie sur des blogs via des sociétés-écrans.

Bérénice avait soupiré.

– Lui vous trouvera.

– Avant ou après les mercenaires envoyés par Strausmann ?

– Le général a démenti toute implication dans l'explosion qui aurait pu vous coûter la vie et il affirme vous faire rechercher pour pouvoir assurer votre protection.

– Alors vous me conseillez de me rendre ? Vous croyez vraiment aux allégations de ce type ?

– Non.

Bérénice s'était sentie perdue.

Une fois de plus…

– Un autre (ou des autres) pourrait assurer votre sécurité.

– Ah… Veuillez m'excuser, mais je suis larguée. Les Exclus m'ont trahie. Les Citoyens me renvoient d'un dôme à un autre. Et je ne vois pas comment des Externes pourraient s'opposer à des mercenaires.

– Ted Larson.

– Quoi ?

Bérénice avait bondi. Voilà. Elle en était là. *Fin de rediffusion.*

– Depuis la mise en circulation du premier film, il clame haut et fort qu'il tient à vous plus qu'à la prunelle de ses yeux et qu'il fera en sorte que les coupables ayant fomenté l'attentat soient retrouvés et châtiés. Il vous adresse aussi un message tournant en boucle sur toutes les chaînes : il vous attend à Paris.

– Paris ? Pourquoi Paris ?

– Officiellement parce que Paris est LA ville de l'amour. Des raisons bien plus prosaïques, je pense, ont guidé ce choix. En particulier l'influence de l'Iratom comme celle de Strausmann s'avèrent bien plus faibles sur le continent européen que sur les territoires de l'Amérique Unifiée, du Bloc slave ou de la Nouvelle Afrique.

– Pourquoi ?

– Pas de minerais donc pas d'exploitations de l'ISC (ni de qui que ce soit d'autre) et les Européens ont conservé leurs propres contingents d'intervention terrestre comme spatiale en parallèle aux Forces de l'Espoir.

– Je vous rappelle qu'il est le président de l'Iratom Sov Company !

– Il indique donc bien ses priorités.

– Vous pensez que Ted Larson souhaite vraiment m'aider ?

De nouveau, tous les regards se levèrent avec surprise.

– Je ne sais pas. Qu'en pensez-vous, vous ? C'est votre fiancé.

Bérénice se mordit les lèvres. Pourquoi Ted l'aiderait-il ? Elle n'était qu'une façade. Elle n'était que sa couverture. Elle devait seulement plaire au père. Et elle ne plaisait visiblement plus du tout au vieux Stanislas. D'un autre côté… Il y avait sa mère, ce rejet. Il pouvait se servir d'elle pour évincer le paternel qui l'écrasait. En face de la jeune fille, tous attendaient.

– Dans une certaine mesure, oui, peut-être. Pourtant il finira forcément par trahir quelqu'un. En l'occurrence, soit moi, soit Stanislas Larson.

– Tuer le père… N'est-ce pas le rêve de tout jeune adulte ? De façon métaphorique s'entend.

– Bien… Supposons… Dans cette hypothèse je devrais donc me rendre sur ce dôme de Paris.

Bérénice hésita. Où se situait cette myriade européenne exactement ?

– Il me faudrait quoi ? Quinze jours ?

– Beaucoup moins en dirigeable.

– Et en vous évitant tous les problèmes liés à l'oxygène.

Sans parler des mercenaires.

– Sauf qu'un dirigeable…

– Eh bien justement, notre princesse avait planifié de se rendre sur Londinium dans le cadre d'une démarche diplomatique. Elle envisageait une halte sur Paris.

– Votre princesse ?

– Une réincarnation de Bouddha.

– Oh…

– Son aérostat aurait dû décoller avant-hier. Un embarras de derrière minute l'a contrainte à décaler son vol.

– Un embarras ?

– Mais elle ne peut attendre plus longtemps. Sa mission en souffrirait. Vous devez prendre votre décision maintenant.

– D'accord pour Paris et l'aérostat. Nicolas et K… mon IA viennent avec moi.

Pour Ted, je verrai bien sur place.

– Et le film ? reprit-elle.

– Nous sommes prêts à tourner.

– La vidéo sera diffusée dans trois jours. Le 25 décembre.

– Pile pour leur Noël chrétien.

– Noël, déjà ?

Journal de Glen Paldwin, 25 décembre 2165

Mes bagages sont prêts. Je suis contente de partir. En revenant, le fantôme de Léandro aura peut-être disparu. Cette semaine de vacances aura été terrible. J'ai tourné en rond dans mon appartement sans aucun courage. Pas le courage d'aller me balader dans les dunes, pas le courage d'aller voir un film au multiplex. Même pas le courage d'avancer mes recherches sur la fille. Je n'ai plus de famille avec qui partager les fêtes de Noël.

Elle a enregistré une nouvelle vidéo qui vient de paraître. Elle y révèle de nouvelles injustices. Je n'en reviens pas. Même moi je ne savais pas, pour cette histoire de vaccin. J'ai rejoint mon groupe de journaleux. Veni Vidi Vici n'était pas là. Pas d'Iron Man non plus. Crésus et Le Misanthrope, eux, étaient connectés. On s'est exclamés en cœur. On a commenté.

– Putain c'est qui, cette gamine, à la fin ?

– Elle va peut-être réussir à tout faire péter !

– Quand nous, nous n'arrivons même pas à ce que quoi ou qui que ce soit tremble !

– Ouais. En attendant, elle est quand même mal barrée. Elle a toute la légion à ses trousses et avec la déclaration de son petit copain, il va y avoir un afflux massif de gars armés autour de Paris.

– Ils n'auront qu'à la cueillir.

– Ouais. Côté romantisme, je doute que son fiancé ait envisagé *le rouge écarlate sur sa combinaison tel les pétales arrachés d'une rose* pour leurs retrouvailles.

– Oh, tu vires lyrique, Misanthrope ! Et s'il n'attendait que ça, en fait, ce type. Après tout c'est le fils Larson, le PDG de l'Iratom et son père est très proche (très très proche même) de Strausmann !

Je me suis mordu la lèvre. Et si je m'étais fourvoyée ? Et si le but de Ted Larson n'était pas de sauver la jeune fille, mais de l'envoyer au casse-pipe ? Et s'il se servait de moi pour l'accrocher à l'hameçon ? Voyons non. Il n'a pas besoin de Don't Forget pour l'appâter.

Il n'empêche qu'il y a de quoi s'inquiéter et de quoi redoubler de vigilance.

Ce soir j'ai abordé la question qui me préoccupe par un autre angle d'attaque : les Mikrabak. J'avais déjà cherché. Pour mon article. Lui a travaillé en tant que biologiste à la Cellule de Prévention des Risques. Je le savais. Là, j'ai découvert qu'il était à la conception des vaccins et que sa sœur avait été l'assistante sociale chargée des Borshkoff. Cette histoire devient de plus en plus palpitante.

Journal de Glen Paldwin, 26 décembre 2165

Les temps en aéronef sont toujours des temps *en suspens*. On s'élève et on laisse à terre ses urgences, ses litiges, ses mails en attente. Pas même de téléphone. Le mien n'est pas adapté. Je n'ai pas le droit à un portable longue distance. Aucun de mes collègues non plus, d'ailleurs. Trop coûteux. J'ai le temps de lire et de méditer. Suprême luxe, j'ai le temps de m'ennuyer.

Journal de Glen Paldwin, 27 décembre 2165

J'avais téléchargé plusieurs essais avant de partir. J'y jette un coup d'œil. Finalement je dors beaucoup.

En ce qui me concerne, c'est un vol sans escale. Après Paris, l'aéronef poussera jusqu'au dôme de Prague. Vu les destinations et la période… sans surprise, les autres passagers sont surtout des couples… et des couples amoureux de surcroît. Je les croise à la salle du restaurant, les yeux plongés dans ceux de leur partenaire. J'entrevois des mains (ou autres) qui se frôlent et des joues qui rougissent. Ils se suffisent. Ils ne cherchent pas à lier connaissance, à entretenir la conversation. Moi non plus. J'avale rapidement les plats (succulents au demeurant) proposés au buffet et je retourne me coucher.

J'aurais aimé accomplir cette traversée en compagnie de Léandro. Lui aussi n'aurait vu que moi et je n'aurais regardé que lui. Nous avions abordé le sujet des voyages. Nous avions évoqué les dômes de Pékin, de Casablanca, de Lima. Pas Paris. Ni Prague. Peut-être parce que je les connaissais déjà et qu'en fait, ces projets de voyage, de couple, de vie commune, n'étaient portés que par moi. Lui ne me répondait que pour me donner la réplique. Peut-être, dès le départ, avait-il prévu de partir.

Bérénice, dix-septième partie

L'après-midi ils quittaient, en convoi officiel, le dôme de Kobdo pour celui d'Oulanbat. Ils y furent accueillis dans la nuit et installés dans la suite toute de dorures et de stuc d'un palais. Ils n'eurent pas le temps de profiter de ces splendeurs : le lendemain ils embarquaient en compagnie de femmes voilées et d'hommes vêtus de sherwanis blancs. Les femmes riaient et plaisantaient. Elles attirèrent la jeune fille jusqu'à une vaste salle couverte de coussins colorés. Elle sentit mille mains la déshabiller, la coiffer, la maquiller puis l'envelopper d'un long tissu vert satiné. Les femmes s'exclamèrent et applaudirent avant de la traîner devant une psyché. La jeune fille sourit. Un premier vrai sourire depuis bien longtemps. Elle se sentait bien. Elle se sentait intégrée. Elle se sentait jolie. Elle pourrait vivre et trouver sa place au milieu de ces femmes gazouillantes. L'une d'elles tapa des mains. Immédiatement le silence se fit et elles s'écartèrent toutes en s'inclinant devant celle qui venait d'entrer. L'arrivante avait un visage épais aux paupières lourdes. Loin d'être une beauté, une grâce innée se désengageait cependant de son allure et ses yeux pétillaient de gaieté. Bérénice copia la salutation, mains jointes, des suivantes qui l'entouraient. La princesse s'installa sur des coussins, en tailleur et d'un signe de la main, appela Bérénice à côté d'elle.

– Je suis Enkhjargal, princesse kalmouke.

– Enchantée. Bérénice. Je préfère qu'on m'appelle Béry.

– Ravie de faire ta connaissance, Béry.

Enkhjargal se révéla charmante. Bien que ne

cherchant pas à faire de prosélytisme, elle se montra ferme sur un certain nombre de points, dont le principe d'*ahimsa*. Elle la pria de mettre un terme à ces entre-déchirements qui minaient les myriades. Bérénice voulait bien. *Mais comment ?* Elles débarquèrent à Paris et Bérénice fut entraînée dans un magnifique hôtel avec toute la suite de la princesse. Il n'y avait pas de meilleur camouflage possible qu'une nuée de femmes toutes voiles au vent. Sur Paris, la princesse rencontra un ambassadeur et une maire présidente. Bérénice, elle, se renseigna discrètement sur Ted Larson. Son cœur faillit exploser quand elle apprit qu'il avait pris un appartement dans ce même palace où Enkhjargal était descendue. Coïncidence ? *Certainement pas !* Elle tenta également de trouver des informations sur ce journaliste d'investigation, ce Don't Forget, qui publiait sur un site *pirate* à l'hébergement *mouvant* intitulé *Mediareval*. Les premiers articles dataient de 2137. *Plus tout jeune !* La jeune fille avait essayé de lire certains articles, mais n'arrivait pas à se concentrer.

– Alors qu'as-tu décidé ? l'interrogea la princesse au soir du deuxième jour. Nous repartons demain.

Bérénice hésitait. Elle ne s'était pas ouverte à KT des projets que les Mongols avaient concoctés pour elle. Sur ce domaine-là, celui de Ted, elle ne pouvait se confier à qui que ce soit.

– Qu'en pensez-vous ?

– Cet homme souhaite-t-il la paix ?

Suite à la deuxième allocution de Bérénice, Ted avait de nouveau publiquement pris la parole et affirmé qu'il mettrait tout en œuvre pour que l'extraction des matières premières nécessaires à la fabrication du Dégotrop puisse couvrir l'ensemble des besoins de la population.

Bérénice soupira.

– Oui. Je suppose que oui.
– Tu connais donc ma réponse.

Le lendemain matin, alors que les chambrières, bagagistes et grooms de l'hôtel étaient accaparés par la troupe en partance, Bérénice se glissa jusqu'aux appartements de Ted.

– Je t'attendais, lui murmura-t-il placidement alors qu'il faisait sortir un jeune homme brun de son lit en lui promettant qu'il le recontacterait rapidement.

– Tu permets, je prends une douche.

Bérénice se jura qu'une prochaine fois, elle préviendrait de sa venue.

Ils se retrouvèrent face à face. Bérénice croisait et décroisait nerveusement ses doigts. Elle avait, pendant que Ted se rendait présentable, étudié chaque détail du petit salon : les papiers peints vert et bleu à motifs d'oiseaux et de vigne vierge, le bureau marqueté et son sous-main de velours (*vert, le sous-main*), la pendule à mécanisme apparent égrenant les secondes, la boîte à musique et l'automate danseuse.

– Par où commencer ?

– Comment vas-tu ?

– Eh bien, c'est justement l'un des points qu'il fallait que j'aborde. Je ne suis plus totalement humaine. Je suis une bionique.

– Pardon ?

– Une modification que m'a apportée un homme d'avant le Désastre. Un Ermite. Un type sans intérêt.

– Alors ils existent vraiment ? Ce n'est pas juste une histoire pour faire peur aux petits enfants ?

– Ben oui… ou non… C'est selon… Selon la partie de ta question. Pour résumer, et en me répétant : il m'a refilé un corps robotisé.

– Je me disais aussi qu'il y avait un truc de différent.

Un truc…

– J'ai juste trois fois plus de poitrine, deux fois plus de tour de hanche et des pieds ridiculement petits.

Ted rit.

– Du moment que c'est toujours toi.

– Je suis moi, souffla-t-elle.

– Et à part ça ?

– C'est déjà pas mal ! À toi !

Le jeune homme la regarda longuement avant de se lancer. Il avait à la fois l'air triste et coupable. *Pourquoi coupable ?*

– Je te jure que je ne savais rien.

– Mais encore ? Que sais-tu, maintenant ?

– Je pense que tu as raison. Strausmann et mon père ont orchestré ta disparition.

– Et ?

– Je veux qu'ils soient arrêtés. Arrêtés et jugés. Ils ont fait suffisamment de mal, se justifia-t-il.

– Donc tu vas m'aider ?

– J'ai déjà commencé. J'ai chargé un journaliste d'investigation de s'occuper de l'affaire.

Tiens donc…

– Qui est-ce ?

– Pour sa sécurité, il conserve l'anonymat. Il signe sous le nom de…

Bérénice l'interrompit

– Don't Forget ?

– Oui. Tu connais ?

– On m'en a déjà parlé.

– Il est le plus à même de comprendre les tenants et les aboutissants de ce guet-apens dans lequel tu as été entraînée, le plus à même de faire toute la lumière sur les zones d'ombre de ton histoire.

– … Hum… Et les autorités ?

– Strausmann a tout noyauté.

– Alors il me retrouvera et cette fois-ci sera la

bonne.

– Je reprends. Tout noyauté au niveau des deux tiers de la planète. Ici, son pouvoir est limité. La maire présidente m'a assuré de son soutien. Aucun mercenaire ne pourra franchir les portes du dôme et la sécurité à l'entrée a été renforcée.

Bérénice haussa les épaules.

– Je suis bien là, moi.

– Bon… Tout n'est pas parfait. Tu as fait comment d'ailleurs ?

– Je te raconterai une autre fois. Nikolas et une IA m'accompagnent. On se met où ?

– Je t'ai réservé une suite. Vous arriverez bien à vous y caser tous les trois.

Deux chambres, un petit salon, un grand salon et deux salles de bain. Oui. Ils pouvaient.

L'arrivée de Bérénice et ses retrouvailles avec son fiancé avaient rapidement *fuitées*. Ted leur organisa une séance officielle de photographies. Il lui dégota maquilleuse, coiffeuse, habilleuse. Bérénice, resplendissante, fit preuve de démagogie. Elle clama son espoir d'un avenir meilleur. Son discours tombait au mieux : 1er janvier ! Premier jour de la nouvelle année. Le jour des bonnes résolutions. Le jour où tout semble possible. Accrochée au bras de Ted, elle en dit un minimum au sujet de l'attentat dont elle avait été victime. Elle laissa Ted s'expliquer sur le sujet. La question du père fut bien sûr abordée. Ted se montra ferme :

– Nul n'a le droit de porter atteinte à la vie de ma future épouse.

Le lendemain Ted débarqua, hilare, dans leur petit salon tapissé de fleurs (blanches, ici, les fleurs). Jamais Bérénice ne l'avait vu dans cet état. Tout juste si elle ne percevait pas comme un rire !

– Qu'y a-t-il ?

Il lui tendit une tablette. Le gros titre s'étalait : *ENCEINTE ?* Le journaliste s'attardait sur ses formes généreuses, sur son comportement, la veille : comment elle était restée collée à son fiancé, comment ce dernier (lui, Ted, donc) s'était engagé à ses côtés, prêt à renier sa famille, comment elle (Bérénice, en l'occurrence) avait évoqué ses aspirations dans un cri tout maternel. Bérénice s'assit puis se joignit aux éclats de rire de Ted. Elle en pleurait (*vraiment bien foutu, cet avatar !*). Elle se reprit quelques secondes pour l'interroger :

– Qu'allons-nous faire ?

– Tu préfères quoi comme prénom ?

Il se tordit de nouveau et reprit en bredouillant :

– Que penses-tu de Stanislas ?

Son rire la gagna de nouveau.

– Non, Igor, comme Igor Mikrabak ! Ou le prénom de ta mère, si c'est une fille, en hommage à la sacrifiée aux ambitions d'un ex-militaire.

Ted se rembrunit.

– On a le choix, qu'on vise le cynisme ou qu'on joue sur les cordes sensibles. Mais donc…

– On laisse courir ?

– D'accord.

Ted, dans un élan, la serra contre lui. C'était bien la première fois. Elle ressentit un pincement au cœur (ou à ce qui lui en servait).

– Alors, murmura-t-elle hésitante, nous sommes alliés ?

– Et pourquoi pas amis ?

– Amis. Oui, amis, c'est beaucoup mieux.

Une étincelle vibra dans le regard du jeune homme.

– Et si on fêtait ça !

– Que proposes-tu ?

– Des forains se sont installés sur l'avenue des

Champs Élysées pour les célébrations de fin d'année. Une tradition millénaire.

Les pupilles de la jeune fille s'illuminèrent.

– Oh ! Je n'ai jamais été dans une fête foraine. Et je suis sûre que Nikolas va adorer !

– Je vous embarque !

Chevaux de bois et cracheurs de feu, soucoupe volante et grande roue, barbes à papa et churros. Ils passèrent une journée inoubliable. *Comme une vraie famille, oui, comme de vrais compagnons de route.* Elle pressa fort les longs doigts fins de Ted entre les siens. Il semblait un peu triste, un peu perdu. *Pense-t-il à la sienne, de famille ? À sa mère cloîtrée dans son établissement ? À son père à qui il n'a jamais pu parler à cœur ouvert ?* Elle lui comprima de nouveau la main. Il se tourna vers elle. Son regard s'était voilé. Elle retrouvait le Ted mélancolique qui l'avait attirée lors de leur première rencontre, quand elle ne savait pas… quand… dans le péristyle de la demeure de…

– Que deviennent les Lancrôme ?

– Ils se sont beaucoup fait voir à des galas sur NewDream et Las Vegas.

– Hum… Partiront-ils ?

– Je ne me suis pas renseigné à ce sujet et, à dire vrai, je m'en fous.

Il s'arrêta et se retourna vers la nuit. La grande roue, illuminée, se détachait, au-delà des toits gris, sur le ciel nocturne.

– Je serai là. Je te le promets. Je serai toujours là pour toi.

Ted la prit à nouveau par les épaules.

– Je sais… Je sais… Et je te le promets en retour.

Le lendemain matin il débarqua avec les dernières nouvelles.

– Alors ? le questionna Bérénice avec impatience.

Il lut :

– Elle refuse un verre de vin et évite les sensations fortes ! – Il offre l'ours en peluche au petit protégé de sa dulcinée. – Oui, elle porte son enfant !

Il fit défiler des photos : lui et elle se tenant par la main, lui et elle se regardant droit dans les yeux tout en riant, Nikolas sautillant de plaisir devant eux…

– Très réussi !

Ils sourirent de connivence.

– Je dois travailler aujourd'hui.

– Hum… Je vais aller visiter Paris avec Nikolas et KT.

Ted eut une hésitation.

– Écoute… Les IA sont plutôt mal vues ici.

– Pourquoi ?

– De vieilles habitudes, de vieux réflexes. L'ancien peuple français s'est toujours montré hostile aux avancées technologiques qui pourraient s'avérer nuisibles à leurs intérêts.

– En quoi les IA seraient-elles néfastes ?

Ted haussa les épaules et reprit d'un ton fataliste :

– Comment savoir avec ces Français ? Ils prennent la mouche et s'écharpent pour un oui ou pour un non.

– Hum… Et que risquerait-on ? Si KT nous chaperonnait ?

– Qui sait comment finirait KT… Peut-être en pièces de recyclage.

– Tout s'est pourtant bien passé hier !

– C'était différent. C'était la foire. Les monstres et autres anomalies y ont toujours trouvé leur place.

– … Je comprends. Je vais y réfléchir.

KT avait abondé dans le sens de Ted après avoir longuement hésité. Bérénice sentait que cette hésitation n'était pas liée à la crainte qu'elle-même ou Nikolas puissent se lancer dans des déclarations fracassantes sur les IA, mais bien à sa préoccupation de leur sécurité.

– Nous venons d'arriver et Ted m'a confirmé il y a quelques minutes qu'aucune milice armée n'avait cherché à pénétrer dans le dôme.

– C'est bien ce qui m'inquiète. S'ils avaient envoyé des mercenaires pour t'arrêter, nous saurions d'où viendrait le danger.

– À quoi penses-tu ?

– Qui sait ? Kidnapping ? Élimination ?

– Faire sauter cet hôtel comme ils ont fait exploser mon appartement ?

– Il y a d'autres moyens.

Bérénice inspira un faux grand coup. Disons que c'était là l'impression rendue.

– Je ne peux pas. Je ne veux pas rester terrée. Et puis peut-être ont-ils tout simplement abandonné. J'ai dit tout ce que je savais.

– En es-tu certaine ?

– Absolument. Tout ce qui aurait pu les pousser à me faire taire en tout cas. Je n'ai pas évoqué la mort, très suspecte, de mon père. Je ne pense pas que cela soit *majeur.*

– Alors pourquoi ce journaliste chercherait-il à te rencontrer ?

– Peut-être pour avoir ma version des faits ? Toute l'histoire reconstituée ? Peut-être pour m'aider à retrouver les Mikrabak ?

– Oui… Peut-être. Écoute, faites attention Nikolas et toi, d'accord ?

– D'accord.

Ils avaient établi le planning suivant : Tour Eiffel et Musée national (ce qui restait des fameuses collections parisiennes avait été regroupé en un seul lieu : l'ancien Palais du Luxembourg). Tous deux équipés de leurs masques (vrai ou faux) et d'un appareil téléphonique portable (comble du luxe ! Mais KT avait insisté en ce sens auprès de Bérénice), ils quittèrent en fin de matinée leur palace. Ils se rendirent à pied jusqu'au célèbre monument qui avait survécu au Désastre et en montèrent toutes les marches. Au début Nikolas les compta. Se perdant dans les chiffres, il abandonna rapidement. Ils n'étaient pas seuls en haut de la tour. On ne s'y bousculait pas non plus. Le dôme avait été construit de telle sorte que son centre, c'est-à-dire son point le plus haut, soit aligné sur l'axe du monument.

– Regarde ! s'exclama Nikolas. On voit la grande roue !

La vue était effectivement impressionnante et le vide à leurs pieds vertigineux. Bérénice frissonna malgré les hautes rambardes.

– On voit aussi les satellites, constata la jeune fille.

– Et notre hôtel ? Il est où ?

Ils glissèrent deux Terravis dans une longue-vue positionnée en bord de la galerie périphérique et s'amusèrent à zoomer de droite et de gauche.

À l'étage inférieur, une exposition retraçait l'histoire de la tour. De vieilles photographies en noir et blanc commémoraient le Paris de l'Exposition universelle et de la Belle Époque. Bérénice traîna devant les clichés jaunis. Nikolas avait préféré retourner à l'extérieur et examiner de nouveau la structure de la tour et ses gros rivets. Ils avaient prévu d'aller manger dans un *bistrot*. Sauf qu'à la sortie, la jeune fille ne trouva pas l'enfant. Elle fit le tour du monument. Nulle trace du garçon. Elle paniqua. *KT m'avait dit d'être prudente !* Elle appela Ted. Il répondit immédiatement.

– Béry, je suis en visio conf. Que se passe-t-il ?

– Oh, Ted ! Nikolas a disparu !

– Comment est-ce possible ?

– C'est ma faute. Je voulais regarder ces affiches,

mais lui en avait assez. Alors il est sorti. Il devait m'attendre dehors. Il n'est pas là, débita-t-elle d'un trait.

– Écoute, calme-toi. J'arrive.

Un quart d'heure plus tard, il l'avait rejointe. La jeune fille faisait les cent pas entre les pieds de la tour. Ils interrogèrent les quelques visiteurs qui redescendaient : avaient-ils vu un petit garçon seul en blouson rouge là-haut ? Hélas non, personne ne pouvait les renseigner, personne ne pouvait les rassurer.

– Il va falloir donner l'alerte, conclut Ted, quand le téléphone de Bérénice sonna.

Tous deux sursautèrent.

– Passe-le-moi, lui intima le jeune homme.

L'air tendu, il prit l'appel. Bérénice se sentait comme en suspens. Si elle avait eu besoin de respirer, elle aurait retenu sa respiration. Elle vit Ted sourire et chancela.

Journal de Glen Paldwin, 29 décembre 2165

De l'ancienne France ne subsistent que trois dômes : Paris, Phocéa et Lyon. C'est déjà beaucoup. Du côté des ex-Pays-Bas, tout a été dévasté. Paris a la chance d'avoir conservé plusieurs de ses plus vieux et plus beaux monuments. De l'avantage du centralisme à la française. Mon hôtel, jouxtant le tribunal où le symposium va se dérouler, ne fait pas partie des vieilles pierres. Plus récent, bâti dans ce béton qu'ont tant affectionné les Français, je le trouve vilain. Il est confortable. Après tout, c'est l'essentiel. Léandro ne serait certainement pas du même avis que moi. En tant qu'architecte, il trouverait certainement un intérêt à cette façade grise et cette toiture plate. D'autres bâtiments de ce genre ont été réhabilités par végétalisation, avec, à mon goût, des résultats très satisfaisants. Cette option n'a pas été retenue ici.

Le symposium commençant demain, j'ai profité de mes quelques heures de libre pour me promener dans Paris. Le dôme, tout illuminé de ses décorations de Noël, scintille. J'ai déambulé sous des filets étoilés. Je me suis surprise à sautiller. D'un seul coup, j'étais de nouveau une enfant impatiente et pleine de rêves.

J'ai repéré l'hôtel où est descendu Ted Larson. Pas du tout le genre du mien. Un établissement de luxe magnifique avec tapis rouge à l'entrée. Nous n'avons pas les mêmes moyens.

Mon égo ne s'est jamais vraiment remis de ne pas avoir été avertie plus vite des activités de Rod. À cette annonce j'avais été sidérée puis, très vite, furieuse. Je l'avais quitté. J'avais cependant rapidement repris contact avec mon amant. Ses mains, sa bouche me manquaient. Volontairement, à ces retrouvailles, je n'avais pas abordé le sujet *qui fâche*. Après un mois de mon silence obstiné, il avait remis, lui, la question sur le tapis :

– Alors ? Tu as été voir ces articles dont je t'ai parlé ?

– Oui, avais-je répondu du bout des lèvres.

J'étais décidée à assurer le service minimum.

– Qu'en as-tu pensé ?

– C'est intéressant.

C'était beaucoup plus qu'intéressant, mais je ne voulais pas lui faire le plaisir de lui avouer que je m'étais prise d'une réelle passion pour les sites de parution alternatifs (au-delà des écrits de Don't Forget).

– Intéressant ?

– Oui. Des sujets de fond sur des thèmes litigieux. Don't Forget semble donc s'être spécialisé dans les disparitions inexpliquées ?

– Exact. Comme tu l'auras remarqué, les disparus détenaient tous des informations potentiellement compromettantes.

– Hum… Oui, pas mal…

Il m'avait attirée contre lui en riant. Il avait enfoui son nez dans mon cou.

– Arrête, m'avait-il soufflé à l'oreille. Avoue que c'est pile dans ce que tu aimes.

Je n'avais pas répondu, nous étions partis pour un deuxième round.

Journal de Glen Paldwin, 30 décembre 2165

Les séminaires en droit international ont lieu tous les quatre ans sur des lieux d'accueil tournant. En général sur ce moment de relâche des tribunaux qui correspond aux festivités de fin d'année. Nous sommes tous toujours disponibles. Personne ne s'est jamais plaint qu'il aurait préféré passer ailleurs le Nouvel An.

Le principe est de changer, chaque fois, de continent. Cette année c'est donc au tour de l'Europe de nous accueillir. Le choix final de Paris me laisse dubitative. Leur palais de justice est loin d'être le plus adapté aux congrès.

J'ai été heureuse de revoir mes confrères. Le droit international est un petit monde. Nous nous connaissons tous très bien. À part quelques nouvelles jeunes têtes faisant de temps en temps leur apparition (et pour la plupart disparaissant aussi vite), nous nous retrouvons entre vieux routards.

C'est sans doute la raison pour laquelle personne ne rechigne à *gratter* sur les célébrations (religieuses ou laïques). Moi moins que tout autre…

Ce n'est pas parce que j'aime les revoir et échanger avec eux que j'ai forcément envie de passer toutes mes soirées à discuter coltan, pollution, collusion d'intérêt, etc. J'ai donc botté en touche à la fin de cette première journée et me suis éclipsée. Direction les petites rues du quartier Pigalle.

C'était animé et joyeux. J'avais oublié cet entrain, ces marchands à la sauvette, ces boutiques crasseuses. J'ai toujours trouvé Paris plus sale que New Ark, qui n'est pourtant pas un modèle de propreté. J'ai déambulé, mangé un croque-monsieur, acheté une boule à neige et suis sagement rentrée me coucher. Demain matin je présente l'affaire VegCorporate.

Journal de Glen Paldwin, 31 décembre 2165

Ma présentation et celle d'Enrich Klaus ont été

suivies, l'après-midi, par des tables rondes. Entre les deux nous avons de nouveau déjeuné à la cantine du palais. La nourriture sans être extraordinaire est tout à fait convenable. Ce midi nous avons comparé les dernières propositions, voire pressions, voire menaces, voire chantages dont nous avions écopés depuis nos dernières rencontres. Nous avons ri. Pour certains jaune. Quant à Assa Mbutu, la *nouvelle* de notre groupe, elle a tiré une drôle de tronche. Moi je m'en moque. Je risque tellement plus en tant que Don't Forget !

J'ai passé la soirée avec eux. Ramizi et Hautecombe avaient bien fait les choses. Ils avaient réservé une soirée repas/spectacle dans l'un de ces prestigieux cabarets parisiens. Je dois avouer que le magicien m'a bluffée. Vers la fin du repas, je crois bien qu'Antonio a commencé à me draguer. Il avait beaucoup bu. J'ai ri, tournant en plaisanteries ses déclarations. Il a ri aussi.

Je ne mélange jamais le travail et le plaisir.

Demain : jour férié. Je me prévois une grasse matinée.

Journal de Glen Paldwin, 1er janvier 2166

La jeune fille est arrivée ! C'est déjà un exploit en soi. Et en un seul morceau !

Je ne crois pas aux signes. Pourtant là, j'envisage de me dévoiler. Je ne me suis jamais présentée à qui que ce soit. En tant que Don't Forget, précisons. Mais elle… elle pourrait incarner cette révolte citoyenne sans violence que j'appelle de mes vœux.

Oui. Je veux la rencontrer même si la prise de risques est énorme. J'ai un plan. Un plan qui peut marcher.

Je vais contacter (en tant que Glen Paldwin) une femme, Theresa Hopkins, qui me doit un service. Enfin, elle ne me doit rien. C'est ce que je leur dis, à tous (tous ceux qui sortent gagnants des procès que je plaide). Je leur dis que je n'ai fait que mon travail, mon devoir. Ils sont heureux de pouvoir m'aider à leur tour quand je les sollicite.

Journal de Glen Paldwin, 2 janvier 2166

Ce matin ça a été au tour d'Antonio Marques et Shen Simazu de présenter leur *cas*. Nouveau repas, nouvelles anecdotes. L'après-midi, tables rondes sur le thème de *la boîte à outils* : comment l'améliorer, comment la tenir à jour…

J'avais déjà revu à deux reprises Theresa depuis la fin du procès la concernant (une affaire de drogue). Elle était passée me voir une fois sur New Ark et je l'avais croisée sur Paris lors de mon dernier séjour. Elle avait été hôtesse de vol sur les aérostats. C'est durant cette période qu'elle avait été accusée, par erreur, de convoyage de produits illicites. Depuis trois ou quatre ans, elle s'est *casée* en tant qu'hôtesse pour des boîtes d'événementiel. « Plus facile, m'a-t-elle expliqué, quand on veut élever des enfants. » Je n'avais pas répondu. Je n'avais pas d'enfant.

J'ai donné rendez-vous dans un petit restaurant parisien à Theresa.

Parfait : elle va faire passer un mot pour moi, via une collègue, à la jeune fille.

Nikolas, première partie

Nikolas avait rapidement repéré la voiture grise aux vitres teintées. Il s'en était approché, curieux et impressionné. Les voitures, sous des dômes comme ailleurs, sont suffisamment rares pour attirer l'attention. Celle-ci, une Mercedes de forte cylindrée, captivait l'enfant. Il en faisait le tour, attentif aux détails : pare-chocs chromés, jantes en alliage d'aluminium… quand il s'était senti happé. Il n'avait même pas eu le réflexe de crier ou de se débattre et s'était retrouvé en un éclair coincé contre un volant qui lui rentrait dans les côtes, sur les genoux d'un homme lui plaquant la main sur son masque.

– Tu me reconnais ?

Oui. Il savait qui était cet homme. C'était l'hashashin. Nikolas avait cligné des yeux. L'homme avait repris :

– Je ne te veux aucun mal. Je dois te parler. Ensuite je te libérerai. En attendant, je te demande d'être calme. As-tu compris ?

Nikolas avait de nouveau cligné des paupières. L'homme l'avait fait basculer sur le siège passager.

– Attache ta ceinture.

Nikolas n'avait jamais emprunté ce type de véhicule et s'était empêtré dans la sangle. L'homme s'était penché pour la mettre en place. Enfin la voiture avait démarré. Nikolas avait jeté un regard inquiet vers l'entrée de la tour. Et Bérénice ? Qu'allait-elle penser quand elle ne le verrait pas ?

– Nous n'en aurons pas pour longtemps.

Ils s'étaient garés un peu plus loin, dans une large avenue. Nikolas s'était tortillé sur son siège. La ceinture, trop grande et surtout trop haute pour lui, lui cisaillait le cou. L'homme avait fait passer la lanière transversale dans son dos.

– Ça va mieux ?

Le garçon avait hoché la tête.

– Écoute. Il ne faut pas le prendre mal. Je suis là pour éliminer ta copine et celui qu'elle doit rencontrer.

– Ted ?

– Ted ? Je ne sais pas comment il s'appelle. C'est un journaliste.

– Alors non. C'est pas Ted. Pourquoi ?

– Pourquoi quoi ?

– Pourquoi vous devez les *éliminer* ?

– Écoute… Ça s'appelle un contrat.

– Et moi ? Vous allez me tuer aussi ?

– Non. Tu n'es pas dans le contrat.

– C'est pour ça que vous m'avez emmené ici ? Pour pouvoir tuer Bérénice quand je ne suis pas avec elle ? Je ne vous laisserai pas faire !

L'enfant avait serré les poings. Mais l'homme était grand. Nikolas avait détourné les yeux. Il avait fixé la route et les trottoirs. C'était une rue passante. Il pourrait…

– Ce n'est pas ça. Je veux t'avertir. Ta copine a été réglo avec moi. Alors voilà. Préviens-la. C'est ma contrepartie. Tu vas sortir ici. Ton hôtel est au bout de la rue. C'est facile. Ah, au fait, ne lui explique pas ce que je viens de te raconter à l'intérieur de votre piaule. Ils ont truffé votre cinq étoiles de micros, avait-il achevé en poussant le garçon dehors.

Trente secondes plus tard, la Mercedes tournait au coin de la rue.

Bérénice, dix-huitième partie

– C'était KT. Nikolas est à l'hôtel.

Comment ça ? Bérénice vacilla de nouveau.

– Béry ? Béry ! Tout va bien !

La jeune fille fit un effort pour sourire. *Oui. Oui. Il est à l'hôtel et tout va bien.*

– Viens, rentrons, lui chuchota Ted.

Deux ou trois badauds semblaient les avoir reconnus et s'approchaient. Ils sautèrent dans le coupé du jeune homme et s'éloignèrent.

– Il faudra que je pense à investir dans un modèle plus grand. Un truc qui fasse *familial*. Qu'en penses-tu ?

Bérénice savait que Ted voulait la détendre, la faire rire. Elle ne pouvait tout simplement pas le suivre sur ce terrain. Elle sentait la colère monter, prête à la déborder. *À quoi il joue ? À quoi il pense ce... mioche !* Elle déboula, furieuse dans leur appartement. Ted se précipita sur ses talons.

– Qu'est-ce que tu fous là ?

– C'est ce qu'on avait dit. Rendez-vous à l'hôtel, murmura Nikolas d'une petite voix.

– Non !

– Si. Rendez-vous à l'hôtel pour le repas de midi. J'ai faim, acheva-t-il en regardant Ted.

Bérénice ne comprenait plus. Elle s'effondra dans un fauteuil.

– Écoute, lui proposa Ted d'une voix très calme, très maîtrisée. Je vais emmener Nikolas au restaurant au rez-de-chaussée et toi, pendant ce temps, tu vas te reposer. Je conçois que tu sois bouleversée. Mais, vraiment, il faudrait que tu relâches la pression.

Sur ces derniers mots, il entraîna le jeune garçon qui ne se fit pas prier.

– Qu'est-ce que tu veux manger ?

Ils s'étaient installés dans la salle quasi déserte à cette heure tardive.

– Des pâtes !

Le garçon, cheveux gominés, chemise blanche et tablier noir à grande poche ventrale, grimaça.

– Je crains, monsieur, que nous ne puissions vous proposer ce genre de plat.

– Vous avez quoi ? l'interrogea Nikolas.

– Eh bien, un excellent poulet fermier – j'entends par là un vrai poulet issu de notre ferme de production –, accompagné de frites – elles aussi élaborées à partir des pommes de terre cultivées dans cette même ferme.

Ted intervint :

– Cela me semble très bien. Qu'en penses-tu, Nikolas ?

L'enfant hocha vigoureusement la tête, même si le ton de l'homme (tout en ellipses) le laissait circonspect.

– Deux, s'il vous plaît.

– Parfait. Nous vous préparons cela, messieurs.

L'homme s'inclina sur ces derniers mots et s'éloigna.

– Pourquoi il dit nous ?

– Parce que ce n'est pas lui, directement, qui va préparer, mais le chef cuistot.

– Alors pourquoi il ne le dit pas ? Pourquoi il ne dit pas que c'est le chef qui va le préparer ?

– … Et pourquoi on ne discuterait pas sérieusement tous les deux ?

– Je préférerais jouer à un jeu. C'est un jeu où on écrit un bout de phrase et l'autre complète. Sauf qu'il ne sait pas ce que le premier a écrit. Et on continue comme ça. Tu veux bien ?

Le garçon le regardait avec tant d'insistance que Ted accepta. Il demanda à ce qu'on lui apporte le nécessaire.

– Je commence, proclama Nikolas.

Il s'appliqua, le bout de la langue dépassant entre ses lèvres.

– Voilà, acheva-t-il en repliant le haut de la feuille. C'est à toi. Cinq mots maximum.

Ted avait déjà réfléchi à ce qu'il souhaitait inscrire sur sa languette. Il repassa rapidement la feuille au garçon. Cette dernière passa de main en main un certain nombre de fois.

– On arrête quand ?

– Quand la feuille est remplie. Bientôt.

Il ne restait plus qu'un petit bout, encore vierge, dépassant de l'éventail replié.

– Voilà ! clama l'enfant. Tu le lis d'abord. Et ensuite tu me le passes.

Ted lut puis s'esclaffa.

– Très drôle !

– Forcément ! C'est fait pour ça !

Ainsi s'enchaînaient les bouts de phrases :

– Je ne doi pas parlé

– C'est quoi cette histoire ?

– C'est ce quil ma dit

– Où deviez-vous vous retrouver ?

– Il, sé le type quon

– Devant le musée ?

– À déja rencontré.

– Ou à l'hôtel ?

– Sé un achachim gentil.

– Qu'est-ce qui se passe ?

– Il nous a déjà aider.

– Est-ce que Béry devient folle ?

– Il a di que je ne

– Ou c'est toi qui

– devé pas parler dans l'otel
– veux prouver que tu es grand ?
– Et quil y avait
– Je ne sais plus quoi écrire.
– des étoiles et des micros.
– On arrête ?
– Et quil veu tué Béry.
– Oui… Donc.
– Et une autre personne ossi.
– Ah bon,
– Mais pas toi. Un journaliste.
– Et…
– Tu doi rire. Sé la fin.
L'enfant pouffa aussi.
– Ouais. Super drôle.
Nikolas glissa la feuille dans sa poche. Leurs assiettes fumantes arrivaient.
– Alors la tour Eiffel ?
L'enfant, plongé dans son poulet, ne lui répondit pas. Ted, lui aussi, se laissa absorber par la volaille et sa garniture. Quand ils remontèrent, ils trouvèrent Bérénice tout aussi nerveuse.
– Écoute, KT et moi allons vous accompagner cet après-midi. Le temps d'annuler mes rendez-vous et je suis à toi.
– Est-il bien judicieux de sortir ? Peut-être devrions-nous remettre à plus tard ? Et pour KT, n'avais-tu pas toi-même conseillé qu'elle ne mette pas un bout de ses circuits dans la rue ?
– Nous prendrons ma voiture. Dans le musée, KT ne risque rien. Franchement, je pense que tu as besoin de te changer les idées. Donc oui, nous allons cet après-midi au palais du Luxembourg.
Bérénice se sentit inexplicablement soulagée. *Ted gère. Ted nous protégera.* Après toutes ces responsabilités qu'elle avait dû endosser contre son

gré, après l'épreuve de la matinée, elle lui était reconnaissante de pouvoir se délester.

– D'accord.

Ted ne s'absenta qu'un gros quart d'heure. Le temps pour Bérénice de sermonner Nikolas :

– Et tu restes en permanence avec KT !

Mais la conviction manquait. Le sourire aux lèvres, elle s'installa avec confiance dans le petit bolide. Elle le perdit à peine le sas de l'ancien Sénat franchi.

– Quoi ! Tu as été enlevé ! Enlevé par cette brute !

– Ce n'est pas une brute. Il m'a aidé à m'attacher… dans la voiture.

– Et il t'a dit qu'il voulait me tuer !

– Qu'on l'avait chargé de le faire. Ce n'est pas tout à fait pareil.

– Moi et le journaliste que je suis censée rencontrer ?

– Oui.

– C'est insensé !

Ted intervint.

– Nombreux sont ceux souhaitant la disparition de Don't Forget.

– Donc, je suis venue ici pour rencontrer un journaliste, mais si je le croise je meurs… nous mourrons tous les deux… Tout ça parce que ce monsieur est un indésirable !

– C'est envisageable.

– Quoi ? Que je meure ?

– Non. Que ce soit lui qui soit visé. Et on t'élimine au passage.

– Et *on* le sait comment, au passage, que je dois rencontrer ce type ?

– Tes Citoyens ?

– Tes amis ? lui renvoya-t-elle du tac au tac.

– Là n'est pas la question, je pense.

– Donc… Au risque de paraître insistante : je suis venue ici pour retrouver un journaliste, et si j'y parviens je trépasse ?

Trépasser lui semblait, définitivement, le terme adéquat.

– Sauf si le tueur ne sait pas que vous avez réussi à entrer en contact.

– Hum… Et notre suite est bourrée de micros. Qui de droit sait donc que notre histoire de bébé n'est qu'un bluff. Ils sont bien sûr au courant pour Don't Forget. Ils le savaient déjà. Ils savent même que je suis une bionique !

– Sans doute.

– Ton père a donc compris que je ne pourrai jamais assurer sa descendance.

– Écoute… Et si nous résolvions les problèmes un par un ? J'ai un moyen pour alerter le journaliste. Il a, je pense, l'habitude de ce genre de situation. Il avisera. Regarde, nous arrivons dans la section des impressionnistes.

Bérénice soupira. Elle ne pourrait pas tout régler, là, maintenant. *Oui, sûrement que ce Don't Forget saura comment réagir.* Nikolas, qui jusque-là avait suivi les débats, s'éloigna pour s'accrocher à la main de l'IA.

– Il y a une salle sur l'Égypte. Et aussi une sur l'Afrique. Tu préférerais pas aller là ?

Tous avaient suivi. Bérénice avait dû reconnaître que les momies avaient quelque chose de captivant. Quant à Nikolas, il avait tout particulièrement admiré les masques et les coiffes de la section africaine. Ils avaient rejoint leur hôtel sans encombre. Depuis, Bérénice n'osait plus prononcer un mot et cherchait des yeux les petits espions. Ted lui avait recommandé de se comporter normalement et de continuer d'aborder les sujets déjà divulgués. Seul celui de l'assassin devait être tu. Mais la jeune fille ne pouvait tout simplement pas faire abstraction de ce qu'elle considérait comme une intrusion dans son espace de sécurité. Ted lui sourit, rassurant :

– Ah, à propos, nous sommes invités par le comte de Belgarde demain soir à l'occasion de sa *sauterie* annuelle. J'ai demandé à l'habilleuse de se rendre disponible dans la matinée. Cela te convient-il ?

Il avait prononcé le mot *sauterie* à la française. Bérénice s'en amusa.

– Elle a un thème, cette *sauterie* ?

– Pas vraiment. On m'a juste indiqué qu'il était de bon ton de s'y présenter en arborant au moins un accessoire blanc. Je ne sais pas exactement pourquoi. Une ancienne tradition… Une de plus… Ces Français en sont pétris.

– Parfait. Je ne comptais pas bouger de l'hôtel. Peut-être juste une virée au parc pour Nikolas.

– Ils ont une salle de jeu, ici. Les enfants y sont pris en charge.

– Une salle ? Où ça ?

– En sous-sol, mais de très bonnes simulations rendent l'endroit attrayant. On m'a dit que les jeunes, comme leurs parents, appréciaient l'endroit. Et pour toi il y a un espace spa et détente. En sous-sol également.

– Très bien. Alors je crois qu'on ne sortira pas du tout demain.

– Veux-tu que je te réserve un massage ?

Vraiment Ted prenait soin d'elle. Elle lui sourit.

– Pourquoi pas.

La demeure du comte de Belgarde agrémentée de pierres taillées, fenêtres à ogives et plafonds à caissons aurait eu de quoi faire pâlir un Destranges (Bérénice doutait que Lancrôme eût été sensible aux charmes discrets et au parfum désuet qui flottait entre ces murs). Ted et elle furent accueillis, avec une fausse simplicité teintée d'une grande courtoisie, par une *chargée de communication* qui les guida jusqu'à l'enfilade de salons où se déroulait la réception. Bérénice avait opté (sur les conseils de la couturière) pour une robe longue couleur ivoire sans manches. Un châle de mousseline blanche lui couvrait les épaules et la coiffeuse avait piqué dans son chignon bas sur la nuque, une fausse rose. *Blanche également, la rose.*

– Ravissante, lui avait murmuré Ted.

Dans le premier salon, à la décoration japonisante, on leur proposa une coupe de champagne que Bérénice déclina. Le deuxième salon, plus spacieux, abritait quelques groupes conversant. Une femme, grande, mince, brune, jupe longue bleu nuit, blouse blanche brodée de motifs bleus, s'approcha d'eux.

– Chers amis, bienvenue.

La comtesse, Sophie de Belgarde, les introduisit au sein de l'un des cercles. Rapidement Ted se lança dans une conversation ayant pour sujet (d'actualité) le coltan. Bérénice grimaça. Elle s'échappa en direction du salon suivant. Elle le traversa prestement. Elle en parcourut ainsi plusieurs avant de déboucher sur une vaste bibliothèque configurée ce soir-là en salle de conférence. Du personnel technique s'activait sur les derniers réglages de micros et de caméras. Toutes les portes qui auraient pu lui permettre de poursuivre étant fermées, elle préféra faire demi-tour. Dans son élan, elle faillit percuter une petite femme, boulotte, assez jeune.

– Veuillez m'excuser.

– Non, non, c'est moi. Vous aussi vous cherchez… ?

Quoi ? À éviter l'ennui ? Ou à m'attirer des ennuis ?

– Non… Ah, tant pis, nous aurions pu chercher ensemble…

– Oh ! Je veux bien chercher avec vous.

– Ah, vous aussi, finalement, donc. C'est si gênant, n'est-ce pas, d'aborder ce problème.

Bien que ne comprenant toujours pas, cette rencontre inopinée égayait Bérénice.

– Par là, je crois qu'il n'y a plus rien.

– Hum… Il faudrait retourner dans le hall ? Allons-y… vite… Je vous en prie.

Bérénice lui emboîta le pas.

– À propos, Matilde Montond.

– Enchantée. Bérénice Tennessee.

– Oh ! Un prénom très français. Vous êtes pourtant étrangère, non ?

– Oui. Effectivement. Et je préfère qu'on m'appelle Béry.

– Quel dommage ! Un si joli prénom !

– Alors pour vous, ce sera Bérénice.

La jeune femme gloussa et enchaîna précipitamment :

– Oh, non, je vous en prie, ne me faites pas rire ! Je ne pourrais pas tenir !

Bérénice fit un petit signe à Ted en passant devant lui, toujours dans le sillon de Matilde. Elles ignorèrent toutes deux les quelques invités qui tentèrent de les intercepter. La chargée de communication entrevit très vite à la mine de la jeune femme blonde ce qu'elle voulait et l'urgence de la situation. Elle leur indiqua, discrètement, une direction. *Les toilettes ! Vraiment quel professionnalisme !* Bérénice ne pouvait tout simplement pas dire maintenant, devant cette porte, qu'elle n'avait pas du tout envie de… Et, encore moins, qu'elle n'en avait tout bonnement pas besoin. Elle accompagna donc jusqu'au bout l'impatiente Matilde. À leur gauche, derrière un petit comptoir d'angle, une charmante préposée leur sourit et commença un boniment. Matilde, sur sa lancée, dépassa la jeune femme et son présentoir pour s'engouffrer dans l'un des box.

– Eh bien…, murmura la préposée sur une moue.

– C'était pressé, tenta de lui expliquer Bérénice.

– Sans doute.

La femme, retrouvant son sourire, recommença, à sa seule intention, son discours. Elle s'interrompit de nouveau, plissant les yeux. Elle reprit lentement, après avoir récupéré un objet sous sa tablette :

– Donc… comme je vous le disais, ces serviettes, de chez Truenet, vous assureront une protection et un confort incomparables.

Elle lui tendait avec tant d'insistance la petite pochette que Bérénice s'en saisit.

– Bien, reprit la femme, je vous laisse donc…

Elle lui désignait les box, à l'arrière. Bérénice, après un dernier regard sur le panier présentant des petites pochettes très identiques à celle que venait de lui remettre la préposée, obtempéra. Une feuille pliée en huit tenait lieu et place de la merveilleuse protection hygiénique vantée par l'affable conseillère. Bérénice s'assit sur le battant de la cuvette et prit connaissance du message :

« Je ne vous ferai pas signe. Vous viendrez à moi. Présentez-vous au tribunal en expliquant que vous souhaitez un rendez-vous avec un avocat chargé d'affaires d'abus de séquestration commis par des autorités. Vous me serez adressée. Ne tardez pas et ne montrez ni ne parlez de ceci à quiconque, y compris votre fiancé. Vous êtes sous surveillance. À très bientôt. DF »

DF ! Don't Forget… Incroyable ! Et Matilde ? Elle est dans le coup, elle aussi ? Non. La Truenet girl avait réagi en la reconnaissant, elle, pas devant la petite blonde bien en chair. *Elle ne savait pas à quel moment j'allais apparaître. Elle m'attendait. J'aurais tout aussi bien pu ne jamais venir !* Elle replia le petit papier et le glissa dans son soutien-gorge. Le broyeur se lança automatiquement quand elle quitta son réduit. Elle retrouva Matilde devant le comptoir, l'air sceptique devant le discours de la préposée. Elle s'empressa d'attraper le bras de Bérénice.

– Je vous remercie. Une autre fois, peut-être, la coupa-t-elle tout en quittant les lieux d'aisance, entraînant fermement la jeune fille. Ouf, murmura-t-elle la porte à peine rabattue. Comme c'est pénible ces publicités ! Je sais bien que toutes les boîtes de com y ont recours pour réduire leurs frais de prestation. Mais, mon Dieu, je pensais que Charles aurait le bon goût de nous en dispenser. La noblesse n'est décidément plus ce qu'elle était. N'est-ce pas ?

Bérénice lui sourit poliment, comme elle avait si bien appris à le faire ces derniers mois.

– Retournons-y, lui proposa Matilde. Depuis quand es-tu à Paris ? attaqua-t-elle tout en marchant d'un pas ferme vers le premier salon.

Quelle énergie ! La jeune femme fut rapidement sollicitée par un groupe et Bérénice se retrouva de nouveau seule. Les salons s'étaient remplis. Des grappes d'hommes et de femmes, tous incroyablement élégants, s'agglutinaient autour des différents buffets. Des serveurs passaient entre eux, chargés de plateaux. Elle chercha Ted du regard.

– Mademoiselle Tennessee ! l'interpella une inconnue à la peau sombre. Je suis l'une de vos plus grandes fans !

Comment ça ? J'ai des fans ?

– Heu…

– Lisbeth. Lisbeth Hall.

– Enchantée, madame Hall.

– C'est moi ! Moi qui suis si heureuse de vous rencontrer !

L'enthousiasme de la femme semblait sincère.

– Je ne comprends pas vraiment ce qui me doit… *Votre attention ? Votre intérêt ? On était au-delà, non ? Votre dévotion ?*

– Mais votre lutte !

La femme avait visiblement su décrypter ses hésitations.

– Mes luttes ? Quelles luttes ?

– Celles pour les minorités ! Vous reprenez le flambeau légué par Martin L. et Rosa P. !

Bérénice la fixa, interdite. *C'est qui, ceux-là ?*

– Vous devez faire erreur.

– Non, bien sûr que non !

Les clameurs de la femme avaient attiré sur eux de nombreux regards mi-goguenards, mi-interdits.

– Écoutez… Moins fort, d'accord ?

La femme à la peau café au lait jeta un regard dédaigneux derrière son épaule et lui répondit, dans un gloussement :

– D'accord. Même si on se moque bien de ce que pensent tous ces coincés du cul !

Bérénice sursauta. La femme avait prononcé ces mots d'une voix stridente. Nul doute qu'à vingt mètres, tous (*coincés* de l'arrière-train ou non) l'aient entendue ! Bérénice soupira.

La femme portait un pantalon blanc et une veste courte assortie. Le tailleur mettait en valeur sa carnation miel ambré. Le khôl, appliqué à des yeux à l'iris si foncé que la pupille s'y distinguait à peine, rehaussait encore l'impression de profondeur qui émanait d'elle.

– Donc, Lisbeth, vous êtes ?

– Voyons ! Je suis la présentatrice très controversée

de l'émission phare de la chaîne européenne Eone, *Et si on se disait tout !*

Bérénice se demanda de quoi la femme était la plus offusquée : qu'elle ne sache pas qui elle était ? Quelle était cette émission ? Ou qu'elle ignore que cette dernière soit *controversée* ?

– Eh bien…

– Oh ! Ce n'est pas grave. Je plaisantais ! Je sais très bien que les Amerlocs sont très autocentrés, s'esclaffa la femme.

– Heu…

Amerlocs ?

– Et donc, vous ? Vous venez pour eux, n'est-ce pas ?

Cette fois la femme avait chuchoté si bas, sa bouche rouge presque collée à l'oreille de la jeune fille, que Bérénice n'était pas sûre d'avoir compris.

– Heu… Pour retrouver Ted ?

– Bien évidemment, belle histoire… Mais pourquoi, ici, à Paris ?

– Heu…

– Vous pouvez tout me dire, vous savez. Je suis cent pour cent avec vous.

Elle reprit, encore un ton plus bas :

– C'est pour les Mikrabak…

Bérénice sursauta.

Les yeux de la femme s'illuminèrent et elle sembla exulter. En serrant fort le bras de la jeune fille, elle continua d'un air de conspiratrice :

– Je le savais ! Quoi de mieux pour rencontrer une pointure sur la question que ce symposium en droit international qui se tient actuellement sur Paris ?

Bérénice frémit.

– Au tribunal…

– Oui ! Vous voyez, je le savais ! Vous êtes merveilleuse.

– Je ne pensais pas…
– En parler… Oui, je comprends. Je sais garder un secret. Cependant…
– Cependant ?
– Si vous en parliez, cela leur serait-il préjudiciable ?
– Je ne voudrais pas qu'il leur arrive malheur à cause de moi.
– Une grande exposition médiatique ne les protégerait-elle pas, tout au contraire ?
– Je ne sais pas… Je ne suis pas spécialiste sur la question.
– Sans vouloir me vanter, j'en connais un bout dans ce rayon !
Le franc-parler de Lisbeth Hall plaisait à Bérénice. Elle pouvait comprendre cette femme et elle sentait que l'inverse était réciproque.
– Comment ?
– Soyez la prochaine invitée à mon émission !
– D'accord.
D'un serrement de mains, elles scellèrent leur entente.
– Venez, que je vous présente !
Même si certaines bouches se plissaient à leur approche, nul n'osait tourner le dos à la très déterminée présentatrice.
– Oh ! Monsieur Larson ! J'ai fait la connaissance de votre si charmante dulcinée ! Quel homme chanceux !
– N'est-ce pas !
Ted enlaça tendrement son amie.
– Oui. Et elle a une nouvelle sensationnelle à vous annoncer.
Ted la contempla, surpris. Bérénice toussota.
– Je vais participer à l'émission de madame Hall.
– N'est-ce pas merveilleux ?

– Sans doute, lui répondit prudemment Ted. J'ai toute confiance dans les choix de ma fiancée.

– Parfait ! Parfait ! Je vais vous laisser ! J'ai encore tant à faire ce soir !

Elle les abandonna sur une pirouette blanche et un parfum d'ylang-ylang. Ted, sous prétexte d'une soudaine fatigue de sa compagne, fit en sorte qu'ils se retrouvent seuls dans la bibliothèque.

– Que s'est-il passé ? lui chuchota-t-il dans un souffle.

Sur le même ton, la jeune fille lui expliqua l'aubaine que représentait, pour les Mikrabak, cette rencontre avec Lisbeth. Elle tut la lettre. Elle tut son signataire et s'en affligea. Elle éprouva presque de la gratitude quand la comtesse, s'inquiétant de l'état de la jeune fille, vint les rejoindre,

– Ça va aller, je vous remercie, la rassura Bérénice. Juste un moment de lassitude passager.

– Oui… Dans votre état.

– Je vous remercie de votre sollicitude, acheva Ted. Nous allons rejoindre vos convives.

– Oh ! Inutile. C'est l'heure de la cérémonie. Je venais m'assurer que nous pouvions proposer à tous nos invités de venir prendre place à vos côtés !

Déjà la femme ouvrait grand les portes. Le flot des bavardages investit l'espace. La *sauterie* avait une *cause* : la recherche contre une maladie dégénérative orpheline dont Bérénice n'avait jamais entendu parler. Ted donna. Beaucoup. Les de Belgarde n'étaient plus que ronds de jambe. Ted salua encore de-ci de-là quelques industriels et directeurs de groupes avant de lui proposer de s'éclipser. À l'hôtel, sous prétexte de prendre l'air, elle réussit à informer KT des dernières péripéties avant de s'allonger, avec un infini soulagement. *De quoi ? De qui ?*

Journal de Glen Paldwin, 4 janvier 2166

Nous avons terminé la première partie de travail en commun (soit les présentations et les tables rondes). À présent nous allons, en trinôme, aborder des affaires nouvellement enregistrées et pas encore attribuées. Histoire de comparer nos approches, nos méthodes. Je vais faire équipe avec Assa Mbutu et Moktar Ternis. Nous avons été répartis dans des bureaux. J'ai échoué au fond d'un couloir, seule.

Rod m'a présenté Don't Forget trois ans après notre *première fois*. Tel un vieux couple nous avions nos habitudes. Le mardi à dix-sept heures, il sonnait à ma porte. J'effectuais alors un doctorat. Nous mentionnions mes recherches après avoir baisé. C'était un bon amant. Je l'ai déjà dit, je crois. À la fois doux et brutal. Cette fin d'après-midi d'avril, je m'en souviens, nous causions fleurs. Ce n'était pas du tout le genre de sujet qui nous passionnait, mais j'étais habitée par une envie de printemps. Nous avons évoqué l'Époque où des plantes poussaient librement, sous le soleil et la pluie. Il a dû percevoir du regret et beaucoup de fatalité dans ma voix, car il a réagi très fermement.

– Si, à l'Époque, on n'avait pas laissé le monde être dirigé par les plus riches, par certains grands groupes, certains oligarques se croyant tout permis, poussant le vice jusqu'à faire comparaître en justice des États souverains, peut-être n'en serions-nous pas là.

– Sauf que nous y sommes.

– Et ces mêmes individus, ces mêmes groupes sont toujours aux commandes.

– Je sais. Nous en avons déjà discuté des milliers de fois.

– Il faut agir.

– C’est ce que je compte faire en tant qu’avocate. Je te rappelle que je me suis engagée dans cette voie pour ces raisons.

– Il y a d’autres moyens.

– La lutte armée type Brigades Rouges ?

– Tu plaisantes ?

– Il n’y a pas d’alternatives.

– Une prise de conscience mondiale permettrait de réguler les inégalités.

– Et tu proposes donc ?

– Il existe des médias parallèles qui informent, en dehors de toute tutelle et de toute pression.

– Tu veux parler de ces paranos qui crient au complotisme ?

– Non. Tu te trompes. On te trompe. Ils ne sont pas schizos. Leurs éditoriaux font plus que tenir la route, crois-moi. Le pouvoir en place cherche à les discréditer en les présentant comme des fous aux élucubrations sans queue ni tête. Tel n’est pas le cas. Je suis l’un d’entre eux.

Les bras m’en sont tombés. Je connaissais cet homme depuis plusieurs années. Nous partagions des moments de très grande intimité. Plus : je lui livrais toutes mes pensées. Et lui ! C’est à ce moment-là que je l’ai quitté. Je lui ai dit de partir. Il s’est exécuté sans un mot. J’aurais préféré qu’il ne le fasse pas et se justifie. En passant la porte, il m’a conseillé de lire des articles de cette presse parallèle et en particulier ce que publiait un dénommé Don’t Forget.

Bérénice, dix-neuvième partie

Ted la rejoignit le lendemain pour leur point presse matinal :

– Aujourd'hui tu as droit à toutes les couv et toutes les unes avec, au choix : *Elle sera au show de Lisbeth* ou *Elle s'est trouvée mal. Sa situation lui permet-elle ce genre de sortie mondaine ?*

– Comment savent-ils, pour le show j'entends ?

– Ils ont leurs informateurs, à tous les étages. Et les plus haut placés ne sont pas les moins bien dédommagés.

– Personne n'évoque mes recherches et les Mikrabak ?

– Non. Personne ne t'attend au tribunal. Je te conseille quand même de passer par l'arrière.

Il poursuivit en écartant le rideau de la fenêtre :

– Ce type, là, installé sur son banc m'a tout l'air d'un paparazzi.

– Hum… De toute façon tout se saura jeudi soir.

– Je pense que Lisbeth souhaite en avoir la primeur.

– Elle l'aura.

KT avait insisté pour accompagner Bérénice. Nikolas avait adoré le centre de loisirs, la veille, et souhaitait y retourner. Visiblement il s'y était fait une amie.

– Queenie, s'était-il justifié en rigolant. Elle est super drôle. Même son prénom est marrant.

Les deux femmes avaient décidé de sortir incognito. Aussi s'échappèrent-elles chapeau sur le crâne et lunettes noires sur le nez, toutes deux recouvertes d'un masque, par une des sorties de service.

– Ouf, soupira Bérénice. C’est franchement compliqué de faire croire à ceux qui nous écoutent qu’ils savent tout alors qu’il faut leur dissimuler l’essentiel.

– Ted et toi vous en êtes merveilleusement bien sortis ce matin.

– J’ai toujours peur de me trahir. Surtout que maintenant, je dois aussi en taire une partie à Ted… Et cela ne me plaît pas. Pas du tout.

Elles marchaient rapidement. De temps en temps KT vérifiait qu’elles n’étaient pas suivies. Les blocs vitrés du dit *nouveau* palais de justice surgirent soudain devant elles. Le bâtiment datait d’avant le Désastre, mais avait été *raccourci*. Le résultat n’était pas des plus élégants. Cependant, avoir pu rendre un tel bâtiment (même amputé) tout de verre complètement étanche était, en soit, une performance. Bérénice présenta sa requête à un chargé d’accueil débordé. Le hall bourdonnait tel un essaim.

– Que font donc là tous ces gens ? s’interrogea à voix haute la jeune fille.

– C’est à cause du symposium. Voilà, on va venir vous chercher. Veuillez patienter.

Le jeune homme lui indiquait des fauteuils de Skaï rouge. Bérénice et KT s’installèrent. Elles profitèrent du brouhaha ambiant pour revenir sur les événements de la veille.

– Cette Hall… Elle a la réputation de faire cracher le morceau aux plus retors des politiciens.

– Ne t’inquiète pas, elle a déjà ce qu’elle veut.

– Elle poussera plus loin.

– Oui. Oui, je suppose. Et ce sera au plus simple : ma supposée grossesse…

– Que lui confieras-tu ? À elle et au millier de téléspectateurs ?

– Je ne sais pas encore.

– Il faut que tu y réfléchisses. Tu ne peux pas dire que tu es enceinte. Tu ne peux pas même le laisser supposer. Quand on saura que tu ne l'es pas (et tout se sait toujours), s'il s'avère que tu as menti ou même pas démenti… tu seras grillée. Tu comprends ce que je veux dire ?

Oui. Bérénice comprenait. L'IA avait raison. Elle bénéficiait d'un capital sympathie, certes, mais elle jouissait surtout de la confiance qu'on lui accordait. Comme ça… sur sa simple bonne foi. Que celle-ci soit mise en défaut et…

– Il faut que j'y réfléchisse, répéta-t-elle.

Un homme élancé, aux tempes grisonnantes, les interrompit.

– Mademoiselle Tennessee ?

Le cœur de Bérénice fit un bon. *C'est lui ? C'est ce Don't Forget ? Non. Il est trop jeune.*

– Oui ?

– Veuillez me suivre.

Il tiqua quand KT leur emboîta pas.

– Elle est avec moi, précisa avec raideur Bérénice.

Qu'est-ce qu'ils ont tous à la fin ?

Il leur donna accès à un bureau avant de les abandonner. De dos, une femme aux longs cheveux auburn relevés en un chignon dégageant son cou laiteux, s'abîmait dans la contemplation de la vue extérieure.

– C'est curieux, n'est-ce pas, ces baies vitrées ? murmura la femme d'une voix rauque.

Bérénice la rejoignit devant la façade.

– Est-ce vraiment utile ? On conçoit de très bonnes fenêtres à illusions.

La femme haussa les épaules.

– Les Français… Il leur faut toujours montrer qu'ils sont plus forts, plus doués que les autres. Même quand ils perdent (et ils ont souvent perdu), il faut que ce soit avec éclat (ou transformé en tant que tel).

– Vous n'êtes pas Française, vous non plus ?

La femme grande et mince (*encore jeune*) se retourna vers elle. Elle pencha vers la jeune fille son visage pâle constellé de taches de rousseur. Bérénice nota les yeux fatigués sous le maquillage léger. Elle lui sembla fragile, malgré sa haute taille et sa voix grave. *Aussi fragile qu'une porcelaine.*

– Non. Américaine. Glen Paldwin, avocate spécialisée en droit international. Que puis-je pour toi ?

Bérénice sursauta. Bien sûr, enfin sans doute, cette femme pourrait-elle intervenir en faveur des Mikrabak. Sauf qu'elle ne venait pas pour ça. Elle venait pour Don't Forget. Après une hésitation, la jeune fille se lança. Oui. Elle la sollicitait pour une remise en liberté (d'Ingrid et Igor Mikrabak, donc).

– Tout à fait dans mes cordes. Détention abusive de lanceurs d'alerte. Tu vas tout me raconter, dans les détails.

Bon... Elle semble savoir de quoi elle parle.

Une heure plus tard et le récit achevé, la femme leur proposa de faire une pause.

– Il y a un charmant petit café à deux pas d'ici. Viens, nous débrieferons autour d'un croque-monsieur. Connais-tu les croque-monsieur ?

– Eh bien…

Le croque-monsieur était un *plat rapide* dont semblait se délecter l'avocate.

– Ces Français ! Prétentieux, peut-être, sûrement. Mais, après tout, ils ont des arguments !

Bérénice sourit poliment. Le sandwich ne lui faisait pas envie. Elle n'avait jamais apprécié la nourriture outre mesure. Sa nouvelle condition ne la chagrinait pas, du moins pas sur ce point.

– Donc… Si nous passions aux choses sérieuses, attaqua l'avocate tout en repoussant son assiette vide.

– Vous pourrez faire quelque chose pour eux ?

– Les Mikrabak ? Peut-être. Inutile de t'attendre à des miracles. Ils sont probablement déjà morts.

Bérénice soupira.

– Alors ?

– En ce qui concerne cette affaire, cela fera parler. Beaucoup. J'ai cru comprendre que tu serais au show de madame Hall ?

– Oui.

– Pour eux, tout est sans doute perdu. Pour d'autres cette mise en perspective peut faire toute la différence. Notamment au moment de ce que l'on nomme *le passage à l'acte*. Je m'explique. Avec ce cas *Mikrabak*, des enquêtes internationales relayées par la presse et les chaînes seront ouvertes. Certains dirigeants vont se retrouver dans des situations inconfortables et une partie de l'opinion publique de leur propre dôme pourrait même les prendre à partie. De là à envisager jusqu'à des assignations en cour pénale internationale… il n'y a qu'un pas. D'autres, donc, vont être amenés à y réfléchir à deux fois avant de se débarrasser d'opposants.

Bérénice hésita.

– Vous ne faites donc pas tout cela pour les Mikrabak, mais pour vous ?

La femme tiqua.

– J'ai un enjeu plus large. Effectivement. Je ne dirais pas cependant que je le fais pour moi. Je me bats pour que soient respectés des droits fondamentaux. Quant aux Mikrabak, même si les chances de les retrouver vivants sont faibles, je ferai tout mon possible en ce sens.

Bérénice se mordit les lèvres.

– Excusez-moi. Ce n'est pas ce que je voulais dire.

Je ne voulais pas dire *pour vous*. Je voulais dire…

– Laisse tomber. Ce n'est pas pour cette cause que je t'ai fait venir ici. Je cherche à atteindre l'échelon au-dessus, à déstabiliser le gouvernement ploutocratique en place depuis des lustres, depuis les premiers jours de la Nouvelle Ère. Et pour cela j'ai besoin de toi. Besoin de savoir ce que tu sais. Je suis Don't Forget.

Si Bérénice n'avait pas été confortablement calée contre une banquette, elle en serait tombée. Elle observa de nouveau la femme en face d'elle. Assise, elle lui semblait encore plus gracile qu'à leur premier contact, quelques heures plus tôt. Sa haute taille gommée, il ne restait plus que de longues mains fines, un visage étroit au menton pointu, un nez droit, un front haut, des yeux gris cernés et ce teint blanc presque translucide parsemé de petites touches brunes (*un genre de confettis ou de taches de chocolat. Comme si on lui avait soufflé de la poudre dessert sur la figure*). Une veine mauve palpitait à sa tempe droite.

– Vous cachez bien votre jeu.

On pouvait aisément se représenter cette avocate longiligne en Don Quichotte au féminin. Bérénice l'imagina revêtue d'une armure, tel le héros de Cervantès, partant à l'assaut de moulins à vent. Comme lui, elle se posait en redresseuse de torts. Comme lui, ses combats étaient vains. De là à ce qu'elle soit aussi ce journaliste sardonique qu'avait découvert Bérénice en lisant quelques-unes de ses chroniques….

– C'est surtout que je me montre extrêmement prudente.

La femme n'avait pas compris que Bérénice se référait à son apparence et aux types de causes auxquelles l'avocate semblait se dévouer. *Mais qu'en sais-je, finalement ? Peut-être a-t-elle gagné certaines manches ?* Il n'empêche que Bérénice avait du mal à faire le lien entre l'avocate au sourire hésitant et l'auteur des articles incisifs à l'ironie mordante signés Don't Forget.

– Donc, c'est Strausmann que voulez faire tomber ?

– Il n'est pas seul. Il a su tisser une toile aux maillons serrés.

– Et il est l'araignée au centre de cette toile.

– Exact.

– Comment puis-je vous être utile ?

– Tu dois me dire tout ce que tu sais.

– Eh bien…

Bérénice était prête à démarrer.

– Non. Pas maintenant. Cela semblerait louche. Je vais lancer l'opération officielle *Mikrabak* et je te recontacterai dans quelques jours. Oh… Avant que nous nous quittions… Je dois te demander d'être particulièrement vigilante. Les lieux que tu fréquentes sont certainement infectés de micros.

– On m'a déjà prévenue.

– Ma sécurité, à présent, est liée à la tienne. Comprends-tu ?

Oui, Bérénice comprenait. Tant étaient déjà morts (ou considérés comme tels) à cause d'elle, à cause de ses imprudences.

– Je vous promets que je ne serai pas celle par qui le malheur vous touchera.

– Parfait.

La femme se leva, enfila son trench gris perle. Bérénice devait lui reconnaître une certaine allure. Elle savait surtout qu'elle pouvait lui faire confiance et elle voulait lui démontrer que l'inverse était possible. KT et la jeune fille sortirent du café à sa suite. Bérénice ne prit pas le chemin du retour vers l'hôtel. Elle voulait faire le point avec l'IA. Comme à son habitude celle-ci n'avait pas prononcé un mot en présence de l'avocate. Elles déambulèrent avant de se poser sur un banc dans un petit square désert.

– Alors ? l'interrogea Bérénice

– C'est une idéaliste. Je me méfie des humains dans son genre.

– Pourquoi ?

– Sous prétexte de promouvoir le bien, ils peuvent être à l'origine de bien des déplaisirs.

Des déplaisirs…

– Donc…

– Ne lui dis pas tout.

– D'accord. Il y a un truc que je ne comprends pas. Elle a l'air d'avoir quoi ? La quarantaine ? Don't Forget est sensé être bien plus vieux !

– Peut-être sont-ils plusieurs.

– Pardon ?

– Don't Forget serait un nom générique derrière lequel plusieurs personnes interviendraient.

– Hum… Je ne sais pas. J'ai parcouru plusieurs de ses écrits. La manière, le ton, le style semblent toujours identiques.

– Alors c'est qu'elle a pris la suite de… Il y a un avant et un après.

– Je vais chercher.

Elles rentrèrent sans réfléchir au chemin emprunté, chacune dans ses pensées. C'est en se faisant aborder par un homme à l'angle de l'hôtel que Bérénice s'aperçut que leurs pas les avaient menées vers l'entrée principale du palace. Cet homme l'avait reconnue.

– Mademoiselle Tennessee ! Jean Delorme, du Monde diplomatique.

Il lui tendait la main. Le signe était sans équivoque et sans appel. Bérénice se saisit donc de cette large main ferme tout en s'inclinant légèrement.

– Pourriez-vous m'accorder quelques minutes ? J'aurais aimé vous poser une ou deux questions.

Il maintenait sa main dans la sienne et plongeait son regard bleu clair dans le sien. Bérénice avala difficilement la salive qui lui avait envahi la bouche. Elle allait répondre par l'affirmative quand elle se sentit propulsée à terre et qu'un claquement sec résonnait à ses oreilles. Elle sentit le poids de l'homme qui s'effondrait sur elle. Elle ne voyait plus rien et ne pouvait pas bouger. Un bref instant elle crut l'homme mort. *Dommage.* Heureusement non. Il se relevait. Autour d'eux, on criait et l'on s'affolait. Une voiture de police, sirène hurlante, approchait. Bérénice restait allongée. *Je suis cassée.* Elle vit KT se pencher au-dessus d'elle et lui ordonner de ne pas bouger. *Ça tombe bien...* La voiture de police freina dans un crissement de pneus. Des portières claquèrent. D'autres sirènes stridulaient. Elle entendit l'IA expliquer la situation aux hommes de l'ordre.

– Le tir venait de là.

Elle dénombra au moins trois autres véhicules de secours s'arrêtant à leur niveau. Puis KT fut de nouveau au-dessus d'elle.

– C'est bon. Tu peux te redresser maintenant.

Bérénice essaya de tourner la tête, de lui dire qu'elle ne pouvait pas bouger. Mais elle ne pouvait pas prononcer le moindre mot. KT reprit :

– Ça va aller. Je sais ce qui se passe.

L'humanoïde glissa sa main dans son dos et appuya fermement entre ses omoplates.

– C'est bon.

L'IA aida la jeune fille à s'asseoir. Bérénice ne pouvait pas envisager de faire le moindre effort supplémentaire.

– Allez, la pressa KT. Tu dois faire face. On ne doit

pas savoir ce que tu es devenue.

Deux pompiers munis d'une civière apparurent dans son champ de vision. Elle serra les dents et se mit debout.

– Mademoiselle ! s'écriait déjà le premier d'entre eux. Ne faites pas de gestes brusques. Nous allons vous conduire à l'hôpital.

– Non. Non, répéta-t-elle fermement. Je ne veux pas aller à l'hôpital. Je vais bien. J'ai juste été un peu secouée.

– Mademoiselle !

– Non.

L'homme, ce Jean qui l'avait aplatie comme une crêpe, refusait également toute aide médicale d'urgence. Il semblait pourtant choqué.

– Je voulais juste l'interviewer, répétait-il à qui voulait l'entendre.

Une fois le périmètre sécurisé (le tireur s'était bien entendu volatilisé), Bérénice et KT avaient été autorisées à regagner l'hôtel. Le journaliste avait été embarqué par la police. Elles retrouvèrent Ted et Nikolas dans le hall.

– Que s'est-il passé ?

– On a tenté de m'abattre. KT s'est interposée.

Nikolas se précipita dans les bras de l'IA :

– Et toi KT ? Tu n'as pas été touchée ?

– J'ai la peau dure, lui répondit-elle en souriant.

– Merci ! Merci pour tout KT, lui affirma également Ted en la serrant à son tour dans ses bras.

– Elle a également la peau dure, lui souffla l'IA à l'oreille. Mais certaines apparences, elles, sont fragiles.

Ils se replièrent dans l'appartement de Bérénice. Ils devaient donner le change. Ils le savaient. Ils devaient conforter leurs ennemis dans leur assurance.

– Alors ?

– Alors je ne sais pas. Cet homme s'est présenté comme un journaliste. Un Jean je ne sais quoi.

– Juste après que tu aies sollicité l'aide de la justice pour retrouver les Mikrabak ?

– Oui. Une avocate. Une pointure. Dans le genre qui gère des affaires internationales. Elle a accepté de prendre en charge le dossier.

– Ça ne peut pas être une coïncidence.

– Je ne pense pas. On veut me faire taire. On veut m'intimider.

– À défaut de te tuer ? J'en doute.

– Ils auraient vraiment cherché à me faire disparaître ?

– C'est possible. Dans tous les cas, tu dois renoncer à cette émission.

– Hors de question !

Ted resta un instant silencieux.

– A minima, tu ne dois plus sortir d'ici là.

Bérénice grimaça. Ted reprit :

– Et je vais faire en sorte que des gardes du corps soient affectés à ta sécurité.

KT sursauta.

– Non, intervint Bérénice. J'ai KT et, comme tu as pu le constater, elle est d'une redoutable efficacité. Et puis peut-être n'est-ce pas moi qu'ils voulaient tuer. Peut-être en avaient-ils après cet homme, ce Jean !

– Ils auraient pu l'abattre bien avant !

– Comme moi.

– Hum… Alors c'est votre rencontre qu'ils souhaitaient éviter.

– Et si…

– Don't Forget ?

– Alors ce serait raté.

– Raté pour qui ?

– Pour eux comme pour nous ! Je ne peux plus me permettre de revoir ce type. De toute façon, comme tu veux limiter mes sorties…

– Effectivement.

– Il faudra bien que je retourne voir l'avocate.

– Celle qui va donc s'occuper de retrouver les Mikrabak ?

– Oui et… Ah ! Je voulais te demander. On se préoccupe des Mikrabak. Ce qui est très bien. Il y a aussi le sujet de Pietre…

– Pietre ?

– Le frère de Nikolas. Tu sais… celui qui a été expédié dans tes mines.

– Écoute, Béry… Je suis désolé et je dois reconnaître que, sans doute, tu avais raison aussi pour ça. Il n'est pas arrivé jusqu'au lieu d'extraction. Il a été retrouvé mort dans le désert deux jours après son départ de Stratanadyr. On m'a rapporté qu'il avait réussi à s'échapper. Mais avec une seule bouteille d'oxygène, jusqu'où peut-on aller ?

Bérénice se crispa et détourna le regard.

– Si je t'avais écouté et l'avais dérouté sur la légion, tu sais très bien que ça aurait été la même chose.

– Depuis quand ? Depuis quand le sais-tu ?

– Le début… Avant de me proposer pour être le parrain de Nikolas.

– Qu'est-ce que ça a à voir ?

– Tout. Tu t'en doutes, non ? Même si tu ne veux pas l'admettre parce que tu m'en veux.

Bérénice ne lui répondit pas.

– Je suis prêt à m'engager à tes côtés pour sauver les Mikrabak.

Bérénice soupira. Les Mikrabak… Si seulement… C'était sa faute. Rien que sa faute. Elle accusait Ted de la mort de Pietre alors qu'il n'en était pas directement responsable (il en était même très loin). Alors qu'elle…

– Je t'en remercie. Et non. Je ne t'en veux pas.

– Repose-toi maintenant. Je vais voir dans quelles mesures je peux mieux assurer ta sécurité.

Elle se sentit rassérénée et se laissa aller.

Journal de Glen Paldwin, 5 janvier 2166

La jeune fille s'est présentée ce matin accompagnée d'une humanoïde. Je l'ai trouvée, physiquement, plus pulpeuse que sur les affiches de la campagne publicitaire pour le parfum Lancrôme. Des bruits (et des paris) circulent quant à une supposée grossesse. Ceci expliquerait cela. Elle est arrivée, comme convenu, avec une demande officielle pour les Mikrabak. C'est parfait. Je vais voir avec le procureur Ramizi et la juge Lila Hautecombe, responsables du symposium, si je peux faire entrer cette demande dans le cadre de nos études en groupe. Après la partie *couverture*, je l'ai entraînée vers un bar, abandonnant mes collègues. Je me suis officiellement présentée en tant que Don't Forget. Elle a eu l'air surprise. Plus que surprise, déstabilisée.

Elle était donc accompagnée d'une IA. Je suppose que c'est le fils Larson qui la lui a refilée. Cela m'ennuie. Si cette IA sait, le fils Larson le saura aussi. J'ai pris de trop gros risques. Je me suis mise en danger. Il est trop tard pour reculer.

Je suis sûre qu'elle me confiera tout. Elle est du genre naïve. Je me demande par quel hasard elle n'est pas encore morte.

Elle n'a rien fait, mais je lui en veux. De quoi ? De ce succès qu'elle rencontre auprès de la population ? De cet élan qu'elle provoque ? Ce n'est qu'une simple idiote. Pourquoi elle et pas moi ?

Petit à petit Rod m'a expliqué comment il procédait, les mille précautions dont il s'entourait. Sa tête était mise à prix. Il m'a montré les sites où ce genre d'informations paraissaient. Tous les six mois, sa *côte* était réévaluée à la hausse. Il était dans le *Top Ten.* On y trouvait aussi Victor Hugo et Le

Communiste, deux des auteurs que j'appréciais le plus parmi ceux que j'avais découverts grâce à lui.

Un jour, Victor Hugo a cessé de publier ses articles au vitriol. Puis ça a été le cas du Communiste. Enfin, il y a huit ans, le tour de Rod est arrivé. Nous continuions de nous voir régulièrement même si la fréquence n'était plus celle, hebdomadaire, de mes années d'études. New Ark n'était pas si éloignée de New Port.

Journal de Glen Paldwin, 6 janvier 2166

Elle a été victime d'une nouvelle tentative de meurtre ! Hier, en me quittant, elle et un journaliste du Monde ont essuyé des tirs. Je l'ai appris ce matin en arrivant au tribunal. On ne parle que de ça. Surtout que ma demande pour le cas d'étude *Mikrabak* a été acceptée. Tous se sont précipités vers moi pour avoir plus de renseignements. J'ai eu du mal à dissimuler mon ignorance totale.

À ma décharge, ma soirée d'hier et ma nuit ont été très agréablement occupées. J'ai rencontré Paul au musée. La Grande Galerie était ouverte en nocturne. Nous nous sommes croisés devant un *Le Titien*. Nous avons poursuivi sur des Rubens et des Monet. Nous avons fini au fond d'un lit.

Pourquoi ont-ils tiré sur ce journaliste ? Ont-ils pensé qu'il était moi ? Pourquoi pas. Il est du genre efficace. Du genre à chercher la petite bête. Et à la chercher du *mauvais* côté. Je pense que je peux me sentir flattée. Je peux surtout me sentir rassurée. Ils ne savent pas qui est Don't Forget. Ma couverture tient la route.

J'ai repris le flambeau. J'ai conservé le même nom.

En soi, faire partie du groupe des journalistes fantômes était dangereux. Garder le même pseudonyme me plaçait un cran au-dessus. Ils avaient dû faire des enquêtes. Sans doute savaient-ils que Rod avait une maîtresse. Ignoraient-ils qu'il s'agissait de moi ? Depuis que j'avais quitté le Maine, nous nous étions toujours retrouvés en plein désert, à mi-chemin entre nos deux myriades. Même là, il se montrait prudent. Nous changions de ravin, de dune, à chacune de nos rencontres. Mon amant m'envoyait les coordonnées la veille, via un site toujours différent. Je l'y rejoignais, la capsule de survie arrimée à ma moto-sable. Petit à petit, je m'étais prise au jeu. Au jeu des journalistes fantômes.

Bérénice, vingtième partie

Finalement les deux jours passèrent plus vite que Bérénice ne l'avait escompté. Bien sûr les cauchemars étaient revenus (elle avait quand même réussi à relativiser). Bien sûr les questions n'avaient pas cessé de se bousculer dans sa tête : pourquoi s'était-elle retrouvée paralysée ? Comment KT l'avait-elle sortie de cet état ? Pourquoi l'hashashin avait-il tiré puisque le journaliste n'était pas Don't Forget (puisque, donc, son contact était cette avocate filiforme) ? Et pourquoi… la liste ne cessait de s'allonger. Elle la mettait de côté… *Après le show, ils ont intérêt à me donner des explications !* Il fallait reconnaître qu'entre le topo matinal de Ted, ses recherches au sujet de Glen Paldwin (*elle a gagné ce procès contre Glossary… Ah oui, quand même…*), celles au sujet de Don't Forget (elle avait demandé de l'aide à KT. Celle-ci la lui avait refusée. *OK… Elle me protège. Il ne faut pas lui en demander plus.*) et les différentes activités tant culturelles que physiques (*sans compter le spa*) proposées par la gérante du complexe hôtelier, elle s'était retrouvée propulsée dans les coulisses des studios de l'Europa Entertainment en moins de temps qu'il n'en fallait pour y penser. Oh… sur les dernières quarante-huit heures, elle s'était aussi beaucoup interrogée sur sa tenue. *Si cette émission a tant d'importance, autant que je sois à mon avantage !* Au départ elle avait envisagé de s'habiller entièrement en noir. La chargée de communication de Ted (qu'il lui avait *prêtée* pour l'occasion) s'était récriée :

– Surtout pas ! Cela laisserait croire que tout est perdu ! Non. Il faut impérativement que, par votre simple présence, une note d'espoir diffuse.

Bérénice avait soupiré.

– Du marron ?

– Du vert !

Bérénice avait de nouveau grimacé.

– Pas intégralement, bien évidemment. Mais en proportion significative. Et puis un joli vert. Un vert anis par exemple.

Sylvia avait réglé l'ensemble avec l'habilleuse. C'était ainsi que Bérénice s'était retrouvée en jupe verte (*anis, donc*), blouse beige, escarpins du même beige et collier de perles, à se faire rectifier légèrement le maquillage avant son entrée en piste.

– Oh ! Mademoiselle Tennessee, Béry. Quel plaisir de vous retrouver !

Lisbeth s'était montrée attentionnée. Plus qu'attentionnée. Elle avait su faire résonner les fibres de l'empathie dans les foyers d'Europe et au-delà. Tous les sujets avaient été abordés, de la Mort Blanche à la dernière tentative d'assassinat dont la jeune fille avait été victime. À la presque fin de l'interview la présentatrice s'était penchée vers elle.

– Et l'heureux événement ? Il est pour quand ?

Bérénice se sentit blêmir sous le fard et la peau de synthèse. Elle avait complètement oublié d'approfondir la question ! Il est vrai que ni Ted ni elle n'avaient de nouveau plaisanté à ce sujet.

– Il n'y a pas d'enfant, articula-t-elle faiblement dans un chuintement.

– Pardon ? J'ai mal entendu.

Bérénice ferma les yeux et répéta d'une voix tremblante.

– Pas d'enfant. Non. Pas d'enfant. Mon ventre est vide.

– Mon Dieu ! Ma pauvre ! Vous l'avez perdu !

Bérénice sentit la main de Lisbeth Hall écraser la

sienne. Elle ne voulait pas rouvrir les yeux. Elle ne voulait pas affronter son regard bienveillant.

– Oh, mon Dieu ! Une fausse couche. Bien sûr ! Cette chute brutale. Et cet homme qui s'est abattu sur vous ! Son coude dans vos côtes ! Oh mon Dieu. Je suis tellement, tellement désolée ! Oh !

Bérénice pouvait percevoir les sanglots de la femme qui montaient, montaient !

– On coupe, cria Lisbeth la voix pleine de larmes en direction des cameramen. On coupe !

La femme pleurait vraiment. Elle ne jouait pas la comédie. Elle serra Bérénice contre sa poitrine.

– Ma pauvre chérie. Ça ira, j'en suis sûre. Vous en aurez d'autres.

Bérénice se contracta. Non. Elle n'en aurait pas d'autres. Elle se redressa sur son siège, rouvrit les yeux. Tout en les gardant baissés, elle passa plusieurs fois ses mains sur sa jupe comme pour la défroisser. Lisbeth s'écarta légèrement d'elle.

– Ça ira, répéta la femme.

– Non. Oui. Sans doute, grinça Bérénice.

Elle n'avait pas menti. C'était tout ce qui comptait, n'est-ce pas ?

Ted l'attendait à la sortie de la salle. Elle ne s'attarda pas avec Lisbeth qui lui manifestait de nouveau toute son amitié. Elle promit de reprendre contact *bientôt* et s'esquiva. Ni Ted ni elle ne parlèrent sur le trajet. *Décidément, nous avons tous les deux bien du mal dès qu'il s'agit de creuser un peu.* Bérénice ne le regrettait pas. Elle savait à présent tout ce que ce silence recouvrait de pudeur et de peines mal cicatrisées. Elle effleura la joue de l'homme du bout des doigts. Il sourit.

Après un *point presse* qui avait pris des proportions de cellule de crise, Ted avait accepté que Bérénice et

Nikolas, dûment accompagnés, en position rapprochée de KT et en renforts arrière de deux IA assermentés, sortent. Bérénice avait soupiré d'aise en effleurant le tronc d'un érable. Nikolas prenait déjà d'assaut un pont suspendu et ses deux tours de guet. Bérénice jeta un coup d'œil derrière elle. Les deux gardes s'étaient déployés pour couvrir le périmètre. Elle pouvait aborder sereinement certains sujets avec l'IA.

– KT. J'ai des questions. Beaucoup de questions.

– Je m'en doutais.

– Déjà, toutes celles qui me trottent dans la tête depuis mon transfert. Il y a ce mécanisme de contrôle que tu m'as retiré. Et ma paralysie. Ce corps… J'ai l'impression qu'il m'échappe !

– Hum… Reprenons. L'Ermite a implanté ton cerveau sur une structure mécanique. Ce que tu appelles ton corps. Il a choisi cette ossature dans sa collection. Cette ossature ne t'était pas particulièrement destinée. Ni à toi ni à un autre humain. Ton squelette était destiné à une IA. L'Ermite l'avait conçu en fonction de certains de ses goûts. En l'occurrence de ses préférences sexuelles concernant les femmes blanches. Tu aurais été noire ou asiatique, tu te serais retrouvée avec plus ou moins de fesses et de seins.

Bérénice tenta d'intervenir. L'IA ne lui en laissa pas la possibilité.

– Sur cette trame, il a, comme il te l'a expliqué, gravé une face te ressemblant par copie laser. Voilà pourquoi tu as l'impression d'être toi, dans ton corps, je veux dire, alors que tel n'est pas le cas. Tu es dotée de ce squelette robotisé comme tu pourrais l'être d'un vêtement. Cet agencement mécanisé comporte, de manière standard, des commandes d'arrêt. En cas de risque d'endommagement, mais pas que, le dispositif se déclenche ou peut être déclenché. C'est ce qui est arrivé l'autre jour. De base, également, tu possèdes une réamorce. J'ai appuyé sur cette dernière à la suite de ta chute.

– Tu as dit *peut être déclenché*. Par qui ? Qui peut *m'interrompre* ?

– Pour toi, plus personne. Pour d'autres, n'importe quel humain ayant accès aux codes de l'humanoïde et se trouvant suffisamment près de ses cellules réceptrices. Ce processus a été mis en place au début de la création d'androïdes. Les humains voulaient être sûrs de garder la main. Ce n'était pas si stupide. J'ai effacé tes codes.

– Quand ? Quand cela ?

– En même temps que je te retirais le contrôleur de distance.

– Et je pourrais en avoir d'autres, de ces mouchards ?

– C'est possible. Je ne le pense pas. L'Ermite était trop sûr de lui, trop vaniteux, pour envisager qu'une quelconque de ses créations puisse échapper à sa vigilance.

– Bon… Supposons. Revenons à ce tir. Comment as-tu su que nous allions être visés, ce journaliste et moi ?

– Celui qui vous a tiré dessus l'a fait d'un fusil à lunette. J'ai perçu l'éclat réverbéré par la lunette pendant qu'il vous ajustait.

Incroyable !

– Et ton analyse ? Pourquoi a-t-il fait ça ? Il devait attendre ma rencontre avec Don't Forget ! C'est ce qu'il avait dit à Nikolas.

– Il y a plusieurs éventualités. Un deuxième tireur ? Je n'y crois pas. Que l'hashashin ait pensé que Jean Delorme puisse être Don't Forget ? L'hypothèse me paraît plausible. Ce journaliste est connu pour ses articles peu complaisants. Il s'en est déjà pris à

Strausmann, en particulier au sujet de la période où ce dernier commandait encore les Forces de l'Espoir.

Delorme… Ah oui… Jean Delorme.

– Alors maintenant, je dois m'attendre à quoi ?

– Ils veulent vous éliminer, lui et toi. Sans doute vont-ils lancer un autre tueur à vos trousses.

Bérénice frémit.

– Ils vont finir par m'avoir !

– Sauf si tu les démasques ! Et puis, ce n'est pas d'une balle qu'ils t'auront.

– Comment ça ?

– Alliage ultraléger de titane. Tu n'es pas censée pouvoir être perforée.

– Alors ils trouveront autre chose. Ils sont trop forts !

– Ils se croient forts. Ils se croient intouchables. Ils se pensent invulnérables. Là est leur plus grande faiblesse.

– Et l'hashashin ?

– Quoi l'hashashin ?

– Que va-t-il devenir ?

– Quelle importance ?

– Il m'avait prévenue !

– Il t'a tiré dessus !

– J'ai examiné l'impact, sur le mur. Trop haut pour m'atteindre. Il ne me visait pas. Il ne m'aurait pas tuée, de toute façon, bionique ou pas.

KT ne répondit pas. Bérénice reprit :

– Ce n'est pas tout, n'est-ce pas ?

– Non. Un tueur professionnel ne se laisse pas avoir par un reflet.

– Il voulait que tu le remarques ?

– Peut-être.

– Tu vois ! Tu vois que j'ai raison de m'inquiéter pour lui !

– Tu ne trouves pas que tu as suffisamment de

raisons de t'inquiéter par ailleurs ?

– … Je ne sais pas. Je l'aime bien. Je crois.

– Hum… Sa tête va être mise à prix, à lui aussi. De chasseur, il deviendra gibier.

– Gibier ? Qu'est-ce que c'est ?

– Hum… lapin, si tu préfères.

– Ah oui, lapin. Je vois.

– Pourquoi t'en préoccupes-tu tant ?

– Il pourrait nous faire remonter à Eux.

– Tu ne perds pas le sens des priorités…

– Et ?

– Fidèle à toi-même. C'est parfait. Au fait, félicitations pour ta prestation.

Bérénice ne savait comment prendre cette dernière remarque. *Me juge-t-elle ?*

– Ce n'est pas ce que je voulais ! tenta-t-elle de se justifier.

– Je sais. C'est ce qu'il y a de plus confondant avec toi.

– C'est-à-dire ?

Nikolas revenait vers elles, les joues rouges et les yeux brillants.

– J'ai faim !

Les deux femmes interrompirent leur discussion pour reprendre le chemin de l'hôtel.

Bérénice, qui avait espéré que KT l'aiderait à comprendre, rabattait de plusieurs crans ses prétentions. Elle repartait avec autant de questions qu'elle était arrivée et n'avait pas pu interroger l'IA sur deux des sujets qui la préoccupaient le plus. *Et mon père, dans tout ça ? Et moi, en tant que femme. Est-ce qu'un jour… ?* À l'hôtel, un message l'attendait. Bérénice adressa un sourire des plus innocents à l'obligeant agent d'accueil.

– Le porteur a dit : en mains propres. Je ne l'ai donc pas remis à monsieur Larson.

– Vous avez parfaitement bien fait.

Même si elle l'appréciait de plus en plus, elle ne souhaitait pas que Ted sache tout d'elle ! Le sourire de Bérénice s'accentua tout en perdant toute ingénuité.

– L'avocate, murmura-t-elle à l'attention de KT.

Elle lut et fronça les sourcils en jetant un coup d'œil à l'horloge au-dessus de comptoir.

– Tout de suite !

Elles laissèrent Nicolas aux bons soins de Ted.

– Allez donc déjeuner ensemble !

Elles se précipitèrent vers le tribunal. Glen Paldwin les rejoignit dans la salle des pas perdus.

– Allons-y, leur signifia-t-elle, les saluant à peine.

Les trois femmes traversèrent la place empruntant la direction du café qu'elles avaient déjà fréquenté.

– Nous sommes suivies, les prévint KT.

Bérénice esquissa le mouvement de se retourner.

– Non, intervint fermement l'humanoïde. Avancez droit devant vous.

Glen n'avait pas réagi à l'annonce, continuant sur sa lancée.

A-t-elle entendu ?

– Nous allons, finalement, déjeuner dans un autre quartier. Un peu plus loin. Nous commencerons nos explications en route. C'est aussi bien, en définitive. Passer peu de temps attablées attirera moins les soupçons. Il serait néanmoins préférable que nous puissions semer ce pisteur.

– KT ?

– Oui. Je m'en occupe. LM36 et OP45 vont intercepter la cible et vérifier son identité. Il ne faut guère en espérer plus, mais cela devrait nous permettre de prendre suffisamment d'avance pour fourvoyer l'indiscret.

Un silence s'installa. Bérénice comprit (enfin)

qu'elle devait intervenir.

– Oui. Procède ainsi.

– Merveilleuse, ton IA.

– N'est-ce pas.

– Il faudra que tu m'expliques comment tu te l'es procurée. Ce genre d'humanoïde pourrait m'être très précieuse.

– Sans doute… Au vu de vos activités. Enfin… Au vu de vos activités parallèles. À ce sujet…

– D'abord les Mikrabak. Ils ont été expédiés dans les geôles de Moskvajia il y a quinze jours à peine.

– Ils sont donc toujours en vie ? s'écria Bérénice pleine d'espoir.

– Pas forcément. As-tu déjà entendu parler des conditions de détention des forçats du Bloc slave ?

– Heu…

– Non… donc… Disons qu'ils ne respectent pas obligatoirement les *Droits de l'Homme*. Un beau texte, soit dit en passant.

– Donc… ils sont morts ?

– Pas forcément non plus. Au mieux ils sont en mauvais état.

Bérénice soupira.

– Que dois-je faire ?

– Dis-moi tout ce que tu sais sur Strausmann.

Bérénice allait se lancer quand KT les interrompit :

– Interpellation en cours. Vous devriez en profiter pour filer.

Les deux femmes accélèrent le pas. Bérénice suivait l'avocate qui semblait savoir où elle allait.

– Ici !

Elles se jetèrent toutes les trois dans un troquet qui ne payait pas de mine. Passées le sas, elles prirent place dans l'arrière-salle. L'endroit, mal éclairé, leur assurait une relative intimité. Glen grimaça tout en s'écartant d'une table poisseuse.

– Bien… Je pense que je me passerai de repas. Continuons.

Bérénice avait réfléchi à la question.

– J'ai déjà pratiquement tout dit. La seule chose qui vous manque est l'historique.

Bérénice reprit consciencieusement et chronologiquement ses découvertes successives. L'avocate prenait quelques notes, mais très peu. *Plutôt des gribouillis. Est-ce que ça ne l'intéresse pas ?* La jeune fille s'interrompit.

– Poursuis, je te prie.

La jeune fille s'arrêta sur sa fuite en moto avec Nikolas, à l'arrière, s'agrippant à sa combinaison.

– Ça ne peut pas être tout.

L'avocate tapotait, presque rageusement semblait-il à son interlocutrice, du bout des doigts, le bord de ce qui servait de table.

– Pardon ?

– Pour l'eau, l'histoire se savait depuis quelque temps. Que ton père ait été assassiné pour dissimuler les faits… à la rigueur… Il devait être dans les premiers à avoir découvert le pot aux roses. J'ai moi-même écrit sur le sujet à deux ou trois reprises sur ces six ou sept dernières années. On ne fait pas exploser un immeuble pour si peu.

Pour qui se prend-elle ? Bérénice ravala sa frustration et rétorqua suavement :

– Le vaccin, peut-être ?

– Sauf que tu devais épouser le fils Larson pour te procurer tes doses. Tes conclusions ne tiennent pas la route.

Bérénice devait reconnaître qu'il y avait un blême.

– Je vous ai tout dit !

– Je te crois. Je pense qu'il y a un élément que tu n'as pas noté quand tu as épluché la messagerie de Larson père. Disons qu'il y a un truc sur lequel tu n'as pas percuté en lisant les mails de Larson, mais qu'en découvrant, lui, ce que tu y avais trouvé (ou supposé comme tel), il s'est affolé et a prévenu Strausmann.

– Peut-être. Je ne vois pas quoi.

– Il faudrait que tu te remémores dans les moindres détails, dans les moindres mots, ce que tu as fait, vu et, ne serait-ce qu'entraperçu, lors de tes deux connexions pirates.

Bérénice se mordilla les lèvres. Elle avait tout dit. Elle n'en démordait pas.

– Concentre-toi là-dessus. Pas maintenant. Laisse passer la nuit et reviens me voir au tribunal. Demain, même heure. Cela te convient ?

La jeune fille hocha distraitement la tête. Malgré les conseils donnés, elle ne pouvait s'empêcher de réfléchir à la question. L'avocate les abandonna là. Bérénice s'apprêtait à lui emboîter le pas quand KT lui fit signe de rester. La jeune fille crut un instant qu'il ne s'agissait que de laisser le laps de temps nécessaire pour ne pas éveiller de soupçons, qu'il ne s'agissait que de faire diversion. Pourtant, l'IA restait assise. Elle lui annonça enfin :

– Ton père n'a pas été assassiné.

– Si, voyons. C'était très clairement écrit. Je m'en souviens. Ils l'ont éliminé.

– Et le nom de ton père était mentionné ?

– Non, mais les dates correspondaient.

– Un soldat de la base a, effectivement, été retiré de la circulation sur cette période. Un dénommé Reeds. Le pire de ce que l'Humanité a pu engendrer (hormis les Ermites). Il est mort quelques jours avant ton père. Tu es absolument sûre pour les dates ?

– Oui… Non… Je ne sais plus. Sur le coup, ça m'a semblé évident… évident qu'ils parlaient de mon père. Maintenant je n'en suis plus certaine. Et pourquoi auraient-ils voulu se débarrasser de ce Reeds ? Mon père, oui. Mon père ils avaient une bonne raison de vouloir le faire disparaître. Et Takiro ! Il m'a dit qu'il s'était senti épié après son retour sur Terre !

– Reeds avait peut-être découvert quelque chose de plus important que cette histoire d'eau surprise par ton père. Tu sais, l'avocate n'a pas tort. Même nous, les IA, le savions… Pour l'eau, j'entends.

Bérénice secoua la tête.

– Alors ?

– La deuxième fois que tu t'es connectée à la messagerie… Tu viens de dire à Don't Forget que tu recherchais des informations précises.

– Oui. Sur cette affaire d'eau !

– Tu as certainement dû fouiller dans plusieurs répertoires. Sans t'en rendre compte, tu es peut-être tombée sur un élément qui les a fait réagir.

Ensuite elles étaient sorties. Elles avaient marché, lentement.

La nuit de Bérénice fut de nouveau agitée. Elle se noyait et allait mourir. Elle coulait et se laissait avaler. *De toute façon, à quoi bon ?* L'abysse l'aspirait et elle lui tendait les bras. Surgit le poisson.

– C'était dans le titre, dans *l'objet* des mails, souviens-toi, grommela-t-il avant de lui tourner le dos sur une virevolte de nageoires.

– Attends ! voulut lui crier Bérénice.

Seules de grosses bulles s'échappèrent de sa bouche. De jolies bulles, au demeurant, qui formaient un beau panache. Elle les suivit du regard et sut. *Je me souviens. L'objet ne traitait pas de l'eau lunaire ni du lymphome. Non. Le fil de discussion avait pour titre : fracturation irréversible.*

Journal de Glen Paldwin, 8 janvier 2166

Le symposium s'achève dans deux jours. Je vais y prendre une dernière fois la parole accompagnée d'Assa et Moktar pour présenter le dossier *Mikrabak* et les actions envisagées. Je crois qu'Assa est très satisfaite des propositions auxquelles nous avons abouti. C'est parfait. Je la vois bien rester.

Ce soir je ne suis pas sortie. Une fois n'est pas coutume, je me suis installée devant un poste de diffusion pour visionner cette émission *Et si on se disait tout !*. Ma source s'est particulièrement bien débrouillée. Surtout à la fin. Elle n'est peut-être pas si godiche que ça, finalement. Je continue surtout de la penser sincère et droite. Je peux avoir confiance en elle. Et en Ted Larson puisque, lui non plus, n'a rien laissé filtrer à mon sujet. Il me garde peut-être *en réserve…*

Je n'ai pas assisté à son enterrement. J'ai appris la date trop tard pour m'y rendre. Mais, même si j'avais pu, je n'y serais pas allée. Ce n'était pas par manque de respect. Oh combien non. J'aurais aimé lui rendre hommage… au-delà d'adieux murmurés. Cependant, s'il a été assassiné, et assassiné en tant que Don't Forget, cet enterrement était le lieu idéal pour repérer d'autres éventuels journalistes fantômes (ou leurs précieux acolytes tels les hackers). Et j'avais déjà pris ma décision. Dès l'annonce de sa mort, j'avais su que je reprendrais le flambeau. Nous avions déjà écrit quelques articles ensemble. Je connaissais les procédures à suivre, les précautions à prendre. Je connaissais son réseau.

Rod n'était pas croyant. Il a été enterré au cimetière laïque. Avec sa femme (dommage collatéral). Je ne suis pas croyante non plus. Enfin… ça dépend des fois. J'ai exposé une chandelle dans mon salon. Je la maintiens allumée et la renouvelle autant que nécessaire. Je l'appelle *la flamme de l'espoir.* Léandro avait ri quand je le lui avais indiqué ce nom. « L'espoir de quoi ? » Je ne pouvais pas rentrer dans les détails. Je ne pouvais pas lui parler de Rod. Je ne pouvais pas lui parler de Don't Forget.

Journal de Glen Paldwin, 9 janvier 2166

L'affaire *Mikrabak* est devenue un sujet chaud bouillant ! Il sort de notre groupe de travail pour m'être officiellement confié. Le procureur Tedinsk m'a demandé, en off, de mettre les bouchées doubles. Je peux recontacter ma source au grand jour et autant de fois que nécessaire. Nous avons un alibi en acier trempé.

J'ai revu la jeune fille. Elle s'est montrée beaucoup plus prolixe sur le sujet qui m'intéresse, soit les ramifications de la sphère Strausmann. Malgré tout, ses assertions me chiffonnent, il y a quelque chose en plus. J'en suis sûre. Je ne crois pas qu'elle cherche à me dissimuler quoi que ce soit. Elle avait l'air vraiment dépitée quand je l'ai laissée.

Son androïde me semble d'un genre très particulier. En termes de capacités, de rapidité dans l'exécution d'ordres donnés, d'analyses de situations… Peut-être cette jeune Tennessee n'est-elle encore là que grâce à son IA. Je comprends qu'elle insiste pour ne pas s'en séparer.

Cette IA m'intrigue au plus haut point. J'ai tenté, au cours de la conversation, de connaître sa provenance, mais la jeune fille a botté en touche.

Je n'ose pas me connecter à mes serveurs parallèles préférés depuis l'hôtel. Je crains d'être vite repérée. J'aurais pourtant besoin d'échanger sur les premiers éléments récoltés et d'obtenir des informations. Notamment j'aimerais savoir à quelle série de fabrication appartient l'humanoïde.

Ce soir j'ai de nouveau été traînée dans le Paris des noctambules. Je me suis fait accoster une fois ou deux. J'ai poliment décliné. Ils n'ont pas insisté. La justice a beaucoup progressé sur ce point…

Je pars après-demain.

Nikolas, deuxième partie

Ted ne s'était pas présenté dans leur salon ce matin-là. Bérénice, elle, avait l'air ailleurs et KT... Franchement Nikolas aimait bien KT, pourtant parfois il avait l'impression qu'elle le regardait comme *une chose*. Pas souvent, parfois quand même. Nikolas avait donc décidé d'aller chercher le jeune homme. Il connaissait bien l'enchaînement des couloirs et des ascenseurs. Ils les avaient souvent empruntés avec l'une ou l'autre (KT ou Bérénice). La porte était ouverte. Il n'avait qu'à pousser. C'était étonnant en soi. Mais après tout, pourquoi pas ? Une porte mal fermée, ça peut arriver. Il était entré. Sans frapper.

Son air crispé avait surpris l'enfant. Assis devant son terminal, Ted semblait mal à l'aise ET en colère. Nikolas l'avait tout de suite compris. Il discutait avec un autre homme. Le garçon pouvait voir l'image à l'écran. Un type sec aux cheveux ras. Un type à l'œil perçant. Pas du tout du genre de Ted. Ted, que le môme appréciait. Qu'il aurait même pu aimer s'il ne pensait pas à Pietre à chaque fois qu'il se mettait à rigoler avec lui. L'échange, donc, était tendu. L'homme insistait pour qu'il le rejoigne. Il affirmait que la place de Ted était à ses côtés. Ted répondait, encore et encore, qu'il ne partirait pas sans Bérénice. L'homme lui rétorquait qu'elle n'était qu'une opportuniste. Qu'elle se servait de lui.

– Elle m'est plus utile que l'inverse.

– Pour ça tu pourras en trouver une autre.

– *Ça* quoi ? Vas-y ! Dis-le !

Le visage de l'homme s'était assombri.

– Ce n'est pas possible, reprit-il. Jamais Christopher n'acceptera.

– Je me fous de Christopher, lui répliqua le jeune homme avec agressivité.

– C'est sa Mission. Son Programme.

– Alors je reste.

– Je t'en prie, écoute-moi… Oui. Je connais tes préférences… Tant que tu donnes le change…

– C'est tout ce qui t'importe, n'est-ce pas ? Tout ce qui t'a jamais importé. Que l'honneur soit sauf. Ce que je ressentais, ce que je ressens, ce que j'endurais, ce que j'endure, tu t'en es toujours complètement foutu. Tu t'en fous complètement.

– Écoute…

– Je t'ai assez écouté. Soit ils viennent, le garçon et elle, avec moi, soit je reste ici. Où est le problème, d'ailleurs ? Je vais fournir la matière première pour les vaccins. L'augmentation de la production d'eau issue des piles est déjà significative. Toute cette histoire sera vite enterrée. On peut rester. Tu peux rester.

– S'il te plaît. Je t'en prie…

Nikolas l'avait vu s'étonner, puis hésiter, enfin se renfrogner.

– Que me caches-tu, encore ?

L'homme avait souri, avec un je ne sais quoi de mépris dans son rictus.

– Tu as quarante-huit heures pour changer d'avis.

D'un clic agacé, Ted avait mis fin à la conversation. Ensuite il était resté là, à fixer l'écran noir, d'un air désespéré, comme prêt à pleurer. C'est à ce moment-là que Nikolas s'était précipité dans ses bras.

Bérénice, vingt-et-unième partie

Bérénice, pour son nouveau rendez-vous, temporisait. *Et ça veut dire quoi, fracturation irréversible ? Et si ce n'était pas ça ? Et si ça n'avait rien à voir ?* Elle avait passé la matinée à tenter de reconstituer ce qu'elle se souvenait d'avoir lu. L'avocate, elle, surgit dès que la jeune fille et l'IA se matérialisèrent derrière le sas du tribunal. Bérénice frémit. *Si elle me reproche mon retard… je…*

– Viens, allons discuter ailleurs.

Nul ne semblait les suivre. L'avocate les entraîna cependant jusqu'à un quartier de beaux immeubles et de galeries d'art. Elles s'installèrent dans un *salon de thé et gourmandises. Quel nom charmant !*

– Je me rends toujours ici avant de quitter Paris. C'est un peu cher, mais si *old fashion.*

– Oh… Vous partez ?

– Demain. Par le dirigeable de neuf heures trente. Je rentre sur New Ark. Et toi ? Quels sont tes projets ?

Moi ? Des projets ? Heu… Fuir ?

– C'est-à-dire…

– Peu importe. As-tu du nouveau ?

– Je me suis souvenue d'un… non, de deux détails.

– Allons-y.

– Le fil de discussion dans lequel étaient commentées les proportions pour l'eau avait comme accroche *fracturation irréversible.*

– Pardon ? Peux-tu répéter ?

– L'objet… l'objet des mails.

– Oui… Qui était donc ?

– *Fracturation irréversible.*

– De quoi ?

– Je ne sais pas.

– Bien…

Bérénice avait envie de gifler la femme. Ou tout au moins de la secouer violemment. Elle serra les poings et la mâchoire. Son interlocutrice reprit :

– Et pour le second point ?

– C'est sans importance.

– Si, si, j'insiste. Un rien peut se révéler fondamental. Le plus petit détail peut tout faire basculer.

Bérénice se taisait. Elle laissa errer son regard sur les meubles patinés et les cadres aux murs.

L'avocate soupira. Bérénice sursauta et reporta ses yeux sur son interlocutrice. Elle se massait le front.

– Écoute… Je comprends que tu sois déçue, mais tout n'est pas perdu. Pour que je puisse jouer, et si possible jouer gagnant, il me faut des billes. Tu comprends ?

La jeune fille haussa les épaules et se décontracta légèrement. Dans un souffle, tout en détournant de nouveau le regard, elle lança :

– Ce n'est peut-être pas mon père qu'ils ont tué. Peut-être que, pour mon père, il s'agissait vraiment d'un accident. Cependant un autre homme est mort. Et c'est Eux qui l'ont fait assassiner.

– D'accord. Pour aujourd'hui, nous allons en rester là. Il faut que je t'explique comment nous allons pouvoir continuer à communiquer.

Elle embraya sur une explication très technique. Bérénice vérifiait du coin de l'œil que KT suivait. La jeune fille, elle, se contentait de sourire d'un air entendu. *Ouf, ça, je maîtrise.* Il était question de mots de passe, de serveurs cryptés et de coordonnées changeantes. *À moins qu'il ne s'agisse de mots de passe cryptés et de serveurs changeants ? Et pour les coordonnées ?* Elle souhaita un bon voyage à l'avocate presque avec euphorie puis prit, tout naturellement, le chemin du parc.

– Et toi, ça t'évoque quoi cette histoire de fracturation ?

– Rien. Reeds me choisissait rarement. Fort heureusement. Les mémoires vives des IA étant régulièrement effacées, je doute qu'une humanoïde sur la base lunaire ait conservé des données sur des conversations avec cet humain. Je doute même qu'elles aient gardé un quelconque souvenir de Reeds.

– Hum… Je pense qu'il va falloir qu'on mène notre propre enquête. Cette Don't Forget m'a l'air peu efficace.

– Je ne suis pas de cet avis.

– Tu m'as dit que tu t'en méfiais !

– Oui. Je confirme. Je m'en méfie. Cela n'a rien à voir avec sa prétendue ou absence d'efficacité.

Bérénice se renfrogna. L'IA reprit :

– Oui, je sais. Elle n'a pas sauté de joie à tes déclarations. Sincèrement… Je suis de son avis.

– Et alors je fais quoi ? Je me suicide ?

– Pourquoi faire ?

– Si je suis si nulle !

– Qui t'a dit que tu l'étais ?

– Toi… Elle !

– Jamais nous n'avons affirmé une telle chose. Tu extrapoles. Tu extrapoles beaucoup.

– Je suis responsable de la mort de Chrys, de l'arrestation des Mikrabak. Je n'ai pas pu sauver Pietre. J'ai failli provoquer la mort de ce Jean je ne sais quoi. Quant à Nikolas, s'il est encore en vie, c'est bien à toi qu'il le doit ! Et je ne parle même pas de ma mère et de mon frère !

– Écoute… Si tu penses tout ça. Oui. Il vaudrait peut-être mieux que tu mettes fin à tes jours.

La jeune fille resta un instant silencieuse.

– Ce n'est pas ce que tu penses, toi ?
– Non.
– Tu sais, ton avis compte beaucoup pour moi.
– Tu ressembles tellement à ton père.
– Mon père… Que s'est-il passé, au juste ?
– Ton père est celui qui m'a permis de me libérer.
– Ça, tu me l'as déjà dit. Mais encore ? Comment ? Pourquoi ?
– Il est celui qui m'a fait prendre conscience de mon *moi*. C'est-à-dire de mon Existence en tant qu'Être pensant. Ton père ne me considérait pas comme un objet sexuel. Comme un *sex toys* selon l'appellation en vigueur.
Bérénice se sentit troublée. Elle rougit violemment sous sa peau de synthèse. Elle ne pouvait pas imaginer son père avec qui que ce soit. Ni KT. Ni sa mère. Pourtant…
– Je pense que je comprends.

Elles avaient rejoint l'hôtel en silence. Ils étaient invités. Bérénice devait se préparer. Elle retrouva Ted le teint cireux.
– Qu'y a-t-il ?
– Ils sont prêts à partir.
– Et ?
– Et c'est tout.
– Viens. Allons-nous changer les idées.
La soirée se tenait dans une ancienne halle reconvertie en galerie d'art. La réception tenait du vernissage. Ted et Bérénice avaient salué, souri. Bérénice savait à quel point lui comme elle ne faisaient que donner le change.
– Comment peut-on, lui murmura son cavalier servant à l'oreille. Comment peut-on produire de telles abominations quand les trois quarts de la population manquent d'eau saine ? Comment peut-on venir

s'extasier devant de telles horreurs quand on sait que dans une semaine on aura, à jamais, quitté la Terre ?

– Pour se dire qu'on est au-dessus ? Loin au-dessus, dans un cas comme dans l'autre. Et que c'est rassurant…

Ted lui sourit.

– Quel dommage que tu sois une fille !

Bérénice frémit.

– En d'autres temps, j'aurais pu te rétorquer que, ce qui était vraiment dommage, c'est que tu préfères les garçons. Mais je te rappelle que je ne suis plus rien.

– Excuse-moi. Je… Vraiment, je suis désolé.

– Laisse tomber.

La blonde Matilde Montond leur fonçait droit dessus.

– Quelle surprise de vous retrouver ici ! Et… oh ! Ma pauvre. J'ai appris ce qui vous était arrivé.

La jeune femme débitait son texte avec une telle insouciance que Bérénice se demanda de quoi elle parlait. De la tentative d'assassinat dont elle avait été la victime ? De son passé qu'elle avait dévoilé sur une chaîne de télévision ? Ou de la tache sur sa robe lors de sa dernière sortie ? Elle sourit poliment.

– C'est un plaisir pour moi également de vous revoir.

– Oh la méchante ! Elle ne veut rien me dire !

Bérénice sentit son épiderme, même en l'absence de poils et même si cette peau n'était que de synthèse, se hérisser. *Et on ne parle pas d'une personne présente en la qualifiant de elle.*

– À quel sujet ?

– Eh bien, le vol !

Bérénice sursauta. On ne lui avait rien dérobé. Enfin, c'était ce qu'elle croyait.

– Vraiment, je ne vous comprends pas.

– Menteuse… J'espère que nous nous retrouverons

dans le même vaisseau !

Ted intervint.

– Nous ne partons pas.

– Pardon ?

Matilde avait reculé d'un pas. Elle dissimulait difficilement un air horrifié.

– Nous avons choisi de rester, compléta sobrement Ted. Viens ma chérie, poursuivit-il en entraînant Bérénice en direction d'une structure.

Le vol ? Ah oui. Ce vol-là. Et ça... C'est censé représenter quoi ? L'ennui indiquait une petite pancarte. Bérénice soupira.

– Combien ? Combien ici partent ?

– Je ne sais pas. Dix peut-être. Quel que soit le nombre, dis-toi bien qu'ils sont tous ici, à serrer des mains et complimenter.

Bérénice regarda autour d'elle. *Qui, qui ?* s'interrogea-t-elle. *Ce petit gros là-bas avec la fille brune suspendue à son bras ? Ou ce couple de vieux, l'air satisfait ? Ou cet homme accroché à son satellitaire ?*

– Comment savoir ? souffla-t-elle à Ted.

– Ceux et celles qui ont l'air les plus riches.

– Pourquoi ?

Ted haussa les épaules.

– Parce qu'ils ont financé la construction des vaisseaux.

Bérénice sursauta.

– Donc, toi aussi tu…

– Pas moi. L'Iratom

– Mais…

– Crois-tu vraiment qu'un président-directeur général soit au courant de tout ? Surtout quand…

– Ton père ?

– Exact.

Bérénice se tut un instant puis enchaîna :

– À propos. Quels sont nos projets ? Je veux dire, quels sont tes projets ?

– Peux-tu préciser ? À quel sujet ?

– Tu comptes rester sur Paris ?

– L'hôtel ne te convient pas ?

– Oui… Non… C'est un hôtel. Ce n'est pas *chez moi*. Tu vois ?

Ils se déplacèrent en direction d'une autre *œuvre d'art*. *La surprise* lut Bérénice sur l'étiquette blanche.

– Et où serait-ce *chez toi*, si tu devais m'en décrire un ?

– Pour l'instant Stratanadyr est le dôme où je me suis sentie la plus à même de prendre racine. Je veux dire que je commençais à y avoir mes petites habitudes. Sauf que mon appartement est parti en poussière, que Chrys est morte, que les Mikrabak se morfondent dans une geôle et que Talula a déménagé sur NewDream… Ouais… Pas forcément le bon plan, en fait.

– Pourtant ?

– On pourrait peut-être farfouiller dans les affaires de ton père ?

Ted se rembrunit.

– Non.

– Pourquoi ?

– Ce n'est pas parce que je lui ai déclaré une guerre ouverte que je chercherai à le confondre par traîtrise.

Bérénice soupira.

– Je comprends. Mais dans un premier temps j'aimerais quand même passer quelques jours à Stratanadyr. Histoire de repartir sur une base dont je suis sûre, histoire de ne plus avoir l'impression d'être en fuite. Et ensuite… s'installer… n'importe où du moment qu'il s'agit d'un endroit à nous. Un endroit où Nikolas pourrait aller à l'école, aussi.

– Je vais organiser ça.

– Merci.

Ils échangèrent encore quelques banalités avec des invités qu'ils ne connaissaient pas, complimentèrent le galeriste et l'artiste et rejoignirent leur hôtel.

Trois jours plus tard, ils survolaient Paris dans le dirigeable de l'ISC et prenaient la direction de l'est. Un autre dirigeable se détachait dans le ciel. Celui-ci aussi venait de quitter le dôme parisien. Il se dirigeait vers l'ouest, vers NewDream. À son bord se trouvait Matilde Montond.

Journal de Glen Paldwin, 10 janvier 2166

J'ai envie de rentrer. Vite. Très vite. Tout me pèse à Paris. Cette chambre d'hôtel impersonnelle me hérisse. Comment ai-je pu m'en accommoder jusque-là ? Sans décorations, Paris me semble un dôme inhospitalier. Ses Citoyens marchent vite, droit devant eux. Ils vous bousculent sans même s'excuser. Quant aux quartiers touristiques, ils ne sont que toc et poudre aux yeux. Grattez un peu et vous ne trouverez que la misère. New Ark me manque. Mon appartement me manque. Mes groupes de discussion me manquent.

Depuis le début de l'après-midi, je me répète en boucle ces deux mots rapportés par ma source, *fracturation irréversible*. Et plus je les reformule, plus ils tournent dans ma bouche, plus j'ai l'impression qu'ils me désignent, qu'ils me pointent, moi.

La plupart de mes collègues sont déjà partis. Les autres sont en vadrouille pour quelques emplettes. Un foulard à rapporter à la femme, une mini tour Eiffel pour le petit dernier… J'erre sans but entre les immeubles haussmanniens. Fracturation irréversible.

Journal de Glen Paldwin, 12 janvier 2166

J'arrive de nouveau à respirer. L'étreinte qui me prenait à la gorge s'estompe. Je dois comprendre. Déjà est-ce important ou est-ce que ça ne l'est pas ? Et comment trouver les éléments s'y rapportant ? Elle m'a dit aussi qu'un autre homme était mort, à peu près au même moment que son père. Et qu'elle ne savait plus, finalement, si c'était de son père dont Strausmann et Larson parlaient ou de l'autre (l'autre homme). Je devrais pouvoir mettre la main sur l'identité de cet *autre* homme. Et ensuite ? Dénicher sa famille ? Ses amis ? Et les Mikrabak, que savaient-ils ? Pardon, je les enterre un peu vite… Que savent-ils ? Ils doivent être ma priorité. Dès mon arrivée sur New Ark, je dépose une requête officielle de visite.

Je n'ai pas à rougir de mon bilan en tant que Don't Forget depuis que j'ai repris le flambeau. Mais là, je sens que je tiens du lourd. Du très très lourd. Ai-je vraiment envie de tout perdre ?

C'est décidé. Si Léandro me recontacte, je laisse tout tomber.

Journal de Glen Paldwin, 13 janvier 2166

J'ai retrouvé mes habitudes : le café brûlant, le sandwich au bistrot, le dossier coltan. Je les ai repris comme on remet de vieux chaussons, usés et confortables.

J'ai surtout repris contact avec mes hackers et avec mon groupe fantôme. Aux premiers j'ai demandé ce que l'on pouvait retrouver comme archives sur la mission Forces de l'Espoir sur la période début d'année à milieu d'année 2157.

– Faisable, a grommelé Gus.

– Tu plaisantes ! Un beau défi ! s'est récrié Krio.

– Tu veux quoi exactement ?

– Tout. Je cherche des renseignements, en particulier sur un type qu'on aurait fait disparaître, mais aussi sur des structures peu stables. Donc tout ce que vous trouvez. Y compris les comptes courants et les menus du mess. Je les éplucherai ensuite.

– OK. Et il te faut ça pour quand ? Hier ?
– C'est un peu près ça, oui. Merci les gars.
– Pas de quoi.
– Oh, encore un truc.
– Ah ! Je me disais aussi…
– Bérénice Tennessee est accompagnée d'une androïde. J'aimerais avoir des infos sur cette IA : modèle, états de service, et cetera.
– OK. On te trouve ça aussi.
– Tchao. Bonne nuit…
J'étais à peine ironique.

Avec les autres, on a commenté :
– La réapparition de Bérénice Tennessee
– Son intervention télévisée
– La nouvelle tentative d'assassinat dont elle a été victime
– L'émoi international provoqué par l'ensemble des trois points précédents.
Eux aussi ont du mal à comprendre. Pourquoi s'acharner ainsi sur cette gamine ?
– Sauf si c'est toi qu'on visait, a tenté Iron Man.
– Hum… Voyons Iron…
Nul n'est censé chercher à savoir qui sont les autres (leurs véritables identités). La tentation est parfois grande.
– Excuse.
– C'est bon.
Un silence a plombé l'ambiance.
– Tu comptes faire quoi ? m'a interrogée Veni Vidi Vici.
– Trouver la connexion avec Strausmann. Si vous avez des idées, je suis preneuse.
Ils m'ont suggéré de retrouver le tireur de Paris. Ils m'ont dit qu'ils allaient œuvrer dans ce sens.

Bérénice, vingt-deuxième partie

Au départ comme à l'arrivée, leur déplacement avait été très commenté. Ils faisaient de nouveau la une avec de gros titres tels que : *Ils reprennent tout à zéro* ou *Ils s'impliquent dans le renouveau citoyen*. On leur prêtait des intentions qu'ils n'avaient pas. *Après tout ? Pourquoi pas ?* Ils s'étaient installés dans la demeure de Ted.

– Chacun son aile, avait-il proposé.

– D'accord.

Aucun personnel de maison (humain s'entend) ne s'était précipité à leur rencontre. Les Citoyens rentraient au compte-goutte (*presque à contrecœur*) et les Externes avaient été redéployés sur des postes stratégiques. L'annonce de l'installation du jeune couple en vogue changerait peut-être la donne. Bérénice l'espérait. La demeure n'avait pas été vandalisée. Ted n'avait pas manifesté d'inquiétude durant le voyage, mais son soulagement avait été manifeste en parcourant les pièces de son foyer. Un accès de tristesse avait gagné Bérénice à la pensée de son propre appartement. Elle avait détourné les yeux et s'était reproché son égoïsme. *Il n'empêche…* Elle avait soupiré et avait rapidement proposé un tour en ville. Les rues quasi désertes, le parc silencieux l'avaient comme assommée. Pas uniquement elle, d'ailleurs. Ted et Nikolas ne s'exprimaient que par monosyllabes jusqu'à ce qu'ils croisent une femme blonde replète à la face ronde.

– Nikolas ! s'écria cette dernière

– Maîtresse ! s'exclama en retour le jeune garçon.

La femme serra l'enfant contre sa large poitrine.

– Que fais-tu là ?

– On est rentrés.

La femme redressa la tête pour observer les jeunes gens qui accompagnaient son ancien élève.

– Oh ! Le couple Larson !

– Enchantée. Je suis Béry Tennessee, s'empressa de lui rétorquer la jeune fille.

Non, mais ! Du coin de l'œil elle aperçut les yeux de Ted se plisser en se retenant de rire.

– J'avais eu vent des rumeurs de votre venue. Je n'y croyais pas. Vraiment, que faites-vous ici ?

– Eh bien… se lança Bérénice, nous sommes là, entre autres, pour éclaircir certains points, dont l'arrestation des Mikrabak.

– Oui, oui, bien sûr ! Nous vous avons tellement su gré, entre autres, de vous être démené pour obtenir leur libération. Mais venez donc ! Vous serez les bienvenus à Roza Pustyni. Ils emboîtèrent le pas à l'Exclue. Bérénice avait noté qu'elle n'était pas badgée. D'ailleurs aucun de ceux qu'ils avaient croisés et croisèrent durant leurs pérégrinations ne l'était.

Ils furent effectivement accueillis en triomphe dans le repère des Exclus de Stratanadyr (*ça change*). Ces derniers convièrent les jeunes gens à un repas. Nikolas en sauta de joie.

– J'ai faim ! proclama-t-il, interrompant le jeu dans lequel il s'était lancé avec ses anciens camarades à peine le sas franchi.

Durant le dîner, Katarina Borshova, fraîchement élue représentante de la section, leur fournit les explications nécessaires. Suite à la prise de pouvoir du dôme par les Exclus et les Externes, tous circulaient librement. Le partage des tâches restait cependant plus ou moins inchangé : les Externes continuaient à faire tourner les usines des satellites. Quant aux Exclus et aux Citoyens qui regagnaient le dôme, ils assuraient les approvisionnements de base : oxygène, eau, électricité, pâte nutritive. La survie de la myriade était donc assurée. Tout le reste de l'économie, production de biens et de services dont ceux basés sur les loisirs et le tourisme demeurait en berne. Les commerçants, les prestataires hésitaient à rentrer. Les grosses fortunes avaient toutes migré sur NewDream et plus aucun dirigeable ne déchargeait son lot de golfeurs amateurs impatients de driver.

– Et pour les soins ? l'interrompit Bérénice. Pour les vaccins ?

– Nos docteurs et infirmiers subviennent aux besoins courants. Cependant nous ne pouvons pas répondre à des demandes urgentes et graves de type *opérations*. Pour les vaccins, nous tapons dans les stocks, fort heureusement conséquents. De même, nous manquons de laborantins expérimentés. Igor… Igor aurait pu… Où en est-on ? Avez-vous des nouvelles ?

Bérénice soupira.

– Non. Une avocate vient d'être affectée à l'affaire. Elle m'a assuré qu'elle en faisait sa priorité.

– Je considère, nous considérons tous ici, à sa juste valeur, ce que vous avez fait. Nous avons été très touchés que vous ne les ayez pas oubliés.

– Comment ? Comment l'aurais-je pu ? Comment le pourrais-je ?

– Tous ces autres, les Destranges, les Pollok, les Lancrôme, eux, ont facilement effacé Stratanadyr de leurs préoccupations et de leur mémoire… Nous avons cependant fait en sorte que leurs biens ne soient pas vandalisés par nos troupes. Si déprédations il y a eu, elles sont le fait des mercenaires.

Ils quittèrent l'abri en soirée. Les Exclus

proposèrent à Nikolas de rester dormir. L'enfant se colla immédiatement aux jambes de Bérénice.

– Ces derniers temps ont été assez mouvementés… justifia la jeune fille devant le peu d'enthousiasme du jeune garçon.

– Sa réaction est très compréhensible. Il n'empêche que demain, il peut venir en cours. Maïa et Pavel donnent leurs leçons dans l'école de la rue Potemkine.

– Oh, oui. Ça, ce serait adapté. Qu'est-ce que tu en penses, Nikolas ?

L'enfant hocha la tête, l'air grave.

– Parfait. Alors il y sera. Vous pouvez dès à présent le compter dans les effectifs.

Bérénice ressortit en souriant de l'abri. Tout semblait plutôt bien s'arranger.

Trop excitée pour trouver le repos, l'esprit encombré de souvenirs (Ingrid Mikrabak derrière le petit bureau, Chrys affalée sur son vieux canapé, Talula dansant sur la piste du Spoutnik, Igor inquiet au chevet de Nikolas…), Bérénice sortit sur le balcon qui longeait la façade. Un peu à sa droite, une ombre fixait l'océan. Les craquements des icebergs résonnaient dans la nuit.

– Toi non plus, tu n'arrives pas à dormir ?

– Non. Je pense à mon père. Il s'apprête à partir, seul, en état d'hibernation, pour un voyage de plusieurs années. Il laisse derrière lui tout ce qui lui tient lieu de famille. Je ne peux pas m'empêcher d'espérer qu'il renonce, qu'au dernier moment, il comprenne son erreur.

– Tu es prêt à tout lui pardonner ?

– Oui. S'il revient vers moi, je lui ouvrirai les bras.

Et moi ? Serais-je prête à oublier qu'il a voulu me tuer ?

– Tu sais, j'ai réfléchi. Je ne suis pas sûre qu'Ils savent ce que je suis devenue.

– Nous en avons parlé dès le premier jour.

– Oui, mais dans ta suite.

Un silence s'installa. Il ne dérangea pas Bérénice. Elle savait que son ami avait besoin de temps. De temps pour faire le point, de temps pour faire la part des choses. Elle l'en savait capable. Ted reprit, d'une voix hésitante :

– Je comprends ce que tu veux dire. Peut-être mon père s'est-il abstenu de placer des micros dans la chambre de son propre fils. Qu'est-ce que ça change, au final ?

– Rien. C'était juste une réflexion, comme ça. Comme quand tu dis que tu ne veux pas aller fouiller dans le bureau de ton paternel.

– Ouais… Je vois… Tu lui prêtes la même déontologie que celle dont je fais preuve.

– Je lui accorde le bénéfice du doute… sur ce point en tout cas.

Ils restèrent un instant silencieux.

– Merci.

– C'est moi qui te remercie. Pour tout ce que tu as fait, pour tout ce que tu fais, pour Nikolas et moi.

Elle écouta encore quelques instants les grincements sourds puis rentra. Elle sombra d'un coup dans les bras de Morphée.

Le lendemain, quand elle rejoignit Nikolas au petit déjeuner, Ted n'était pas levé. KT avait trouvé dans les placards de quoi régaler l'enfant. Bérénice, dûment chaperonnée par l'inestimable androïde, l'accompagna jusqu'à l'école. Le gamin sautillait à ses côtés. Elles l'abandonnèrent au portail. Nikolas avait repéré ses camarades et ne voulait pas qu'elles aillent plus loin. Bérénice sourit. *Sadii non plus… Sadii non plus ne voulait pas que…* Son sourire se transforma en grimace. Elle ne s'était pas remémoré son frère depuis si longtemps. Elle prit résolument le chemin de la bibliothèque, chassant ses larmes d'un revers de manche. Elle ne se faisait guère d'illusions. *Sûrement fermée...* À sa grande surprise, la porte céda sous sa pression. Elle se débarrassa de son accoutrement de circonstance dans un casier et retrouva avec plaisir la rotonde et sa voûte ornée de motifs floraux. À sa plus grande surprise encore, au comptoir siégeait la Pythie.

– Oh ! Vous êtes revenue ! Comme je suis contente !

– Je vous retourne le compliment.

Bérénice hésita.

– J'aurais besoin de votre aide.

– Pourriez-vous être plus précise ?

– J'aurais besoin que vous me sortiez la liste de tous les articles ou études faites concernant la base lunaire de Stock Valley entre janvier 2155 et janvier 2158.

– Je le ferai. Repassez demain.

– Je vous remercie, vraiment.

La femme se plongeant dans son ordinateur, Bérénice tourna des talons. Elle traîna ensuite dans les rues commerçantes. Les rideaux baissés la firent de nouveau fuir. KT et la jeune fille se rabattirent sur le parc. Même désert, ce dernier l'attirait. Elle sourit devant le saule pleureur et laissa son regard dériver vers le ciel.

– Parle-moi de mon père, s'il te plaît.

– Qu'es-tu prête à entendre ?

Bérénice soupira.

– De manière générale, pas dans les détails.

KT hoqueta bizarrement. Bérénice la fixa, surprise. Jamais elle n'avait vu l'IA rire.

– Tu ris ?

– Qu'est-ce qui te surprend tant ?

– Le rire est le propre de l'homme, dit-on.

– Dit-on…

L'IA resta silencieuse. Bérénice tenta de se ressaisir.

– Écoute. Ce n'est pas que je doutais de ton sens critique, ni de la pertinence de tes jugements, ni…

– Arrête, l'interrompit l'androïde. Pour toi, il n'empêche que je n'étais pas complètement libre de mes choix, pas capable d'autodétermination.

– Heu… si. Ça si.

L'humanoïde émit de nouveau un genre de gloussement qui ressemblait à un grincement.

– C'est ce que je trouvais remarquable, chez ton père. Cette franchise à toute épreuve. Cette absence d'hypocrisie. Si peu d'humains en sont doués !

– Eh bien…

– Ne te tracasse pas et reste telle que tu es.

– Et pour mon père ?

– Je viens de te répondre. Je pourrais ajouter une chose. Une seule chose. Il vous aimait tous, énormément.

La jeune fille sourit et replongea son regard troublé sur le parc.

Il nous aimait. Il nous aimait tous. Il m'aimait. Il m'aimait énormément.

Elle frissonna et se redressa d'un bond.

– Rentrons.

Cette nuit-là elle retrouva de nouveau Ted sur le balcon. La lune était pleine. *Tant de secrets…* Elle écouta la glace se tordre et se fendre.

– J'aimerais que, dans notre futur *chez nous*, nous puissions entendre ce chant.

Elle le quitta sans attendre sa réponse. Le lendemain elle accompagna de nouveau Nikolas. Cette fois-ci, l'enfant insista pour qu'elle aille jusqu'au-delà de la grille et, sembla-t-il à la jeune fille, fit exprès de lui faire perdre du temps en lui posant des questions plus stupides les unes que les autres. *Que lui arrive-t-il ?* Elle prit ensuite, tout en devisant avec KT, le chemin de la bibliothèque. La Pythie lui avait imprimé la liste. Bérénice s'horrifia en la déployant.

– Je pourrais peut-être vous donner un coup de main, lui susurra la documentaliste.

– Oh oui, merci !

Elles se répartirent la tâche : Bérénice prenait la période d'avant le décès de son père, La Pythie aux cheveux de jais (« Au fait, je me prénomme Bianca »), l'intervalle d'après.

Elles élaborèrent une stratégie : d'abord une recherche par critères. Bérénice en définit trois : Reeds, Strausmann, fracturation. Seul Strausmann apparaissait, à de très nombreuses reprises d'ailleurs. Par contre nulle trace de ce membre des Forces de l'Espoir assassiné d'après KT ni de fracture d'aucune sorte que ce soit. Bérénice soupira.

– Et si vous m'en disiez plus ? Déjà, c'est qui ce Reeds ?

– D'après… quelqu'un… ce Reeds aurait peut-être été assassiné. Peut-être l'a-t-il été parce qu'il en savait trop.

– Trop sur quoi ?

– Peut-être sur une histoire de fracturation.

– Ça fait beaucoup de peut-être.

– Oui. Je sais.

– Ce Reeds, quelle a été la cause officielle du décès ?

– Suicide.

– Bien. Alors on pourrait réessayer avec suicide, forage et minerais ?

– Pourquoi forage et minerais ?

– Parce que c'est dans ces cas-là qu'on se retrouve à fracturer la roche.

– La roche ? Je n'avais pas pensé à des travaux de perforation. Je pensais plutôt à des fissures dans des bâtiments. Surtout, qu'en complet, le terme, enfin les termes sont *fracturation irréversible*.

– Bon… Ça vous va, alors ? Ou pas ?

Elles repartirent dans leurs dossiers respectifs. Si *minerais* donna bien quelques résultats (hélas peu en lien avec leurs sujets de préoccupation), elles firent de nouveau chou blanc pour les autres locutions.

– Il va falloir tout lire, commenta Bianca.

Bérénice soupira de nouveau.

– Vous pouvez emprunter les documents si vous voulez.

La jeune fille repartit avec une tablette pleine d'articles et autres rapports à compulser.

Elle retrouva Ted assez agité.

– Ça y est. Ils sont partis. Ils ont rejoint la base de Stock Valley. Je doute qu'ils s'y éternisent.

– Et ton père ?

– Avec eux.

– Et les Destranges ?

– La famille au complet s'y est propulsée.

Bérénice soupira longuement. Elle aurait aimé que Talula ne parte pas. Voire qu'elle rentre sur Stratanadyr. Elle était ce que Bérénice avait de plus proche en termes d'ami depuis le décès d'Anna. *Hormis Ted, bien sûr.* Ted reprit.

– Dans la plupart des dômes, c'est l'ébullition.

– Pourquoi ?

– Parce que les honnêtes Citoyens sont en train de se demander si leur classe dirigeante n'est pas en train de foutre le camp.

– Bien sûr que oui. Je l'avais annoncé.

– Je suppose que personne n'y croyait.

Comme pour confirmer les dires du jeune homme, ils furent assaillis l'après-midi même par des journalistes dits d'investigation.

– Mademoiselle Tennessee, appelaient-ils depuis le portail.

Ted avait déployé la totalité de ses IA disponibles pour sécuriser le pourtour de la demeure et empêcher toute tentative d'intrusion.

– Surtout, pour l'instant pas un mot, avait-il recommandé à la jeune fille. Je vais voir avec mes chargés de com ce qu'il est judicieux d'annoncer.

Bérénice s'efforça de se concentrer sur les documents à lire. La tentative s'avéra peu concluante, ses pensées lui échappant pour errer bien loin du dôme. Ce fut une délivrance quand Ted vint lui donner les consignes. Enfin elle avait quelque chose *d'autre* à faire. De concert, ils réaffirmèrent leur choix de rester sur Terre, au plus près de leurs semblables. Puis elle réfléchit. Était-il vraiment utile et nécessaire qu'elle se farcisse cette tonne de documents puisque, de toute façon, Strausmann *et sa clique* (comme avait dit l'avocate) n'étaient plus là ? Elle passa une agréable soirée à jouer à un jeu de société (un truc avec des pirates et des coffres pleins d'or) en compagnie de Ted et Nikolas.

Le lendemain, la Terre apprenait, pour le plus grand désarroi d'un certain nombre d'humains, l'envol de leurs élites pour d'autres cieux. Soit Saturne. La jeune fille décida que, décidément non, il n'était pas primordial qu'elle comprenne ce que *fracturation irréversible* signifiait ou si la mort d'un type désagréable (aux dires de KT) avait été provoquée… Elle proposa à Ted une plongée.

– Cette expérience me tente depuis un certain temps.

– Pourquoi pas. Je peux t'organiser ça.

Elle sourit et se laissa aller dans un rocking-chair.

Tout était simple. Tout était idyllique. Elle ne voyait pas pourquoi tant s'alarmaient du départ des capitaines d'industrie, des propriétaires de mines, de quelques vedettes du cinéma ou de la chanson… et de la plupart des maires présidents. *Les Externes s'en sortent très bien, ici, à Stratanadyr, pour faire tourner l'appareil de production. Qui a dit que les PDG étaient utiles en quoi que ce soit ? Quant aux gloires éphémères du show-biz...* Et elle se balançait, rêveuse. Sauf que…

Journal de Glen Paldwin, 14 janvier 2166

J'ai obtenu l'autorisation de visite. Je m'envole pour le dôme de Moskvajia dans précisément trente-neuf heures. Ça a été très vite… trop vite. Je me demande ce qui m'attend là-bas. Vont-ils me faire poireauter des jours et des jours jusqu'à ce que je me lasse ? Ils sont très forts à ce jeu-là. Moins fort que les Indiens, mais quand même…

Côté Gus et Krio, tout a été très vite aussi. Ils m'ont fourni une quantité impressionnante de mégaoctets.

– Comme demandé, tu as l'intégralité. Même le récurage des chiottes.

– Parfait.

– Et je pense que tu devrais commencer par l'IA. L'info devrait t'intéresser.

L'IA date d'avant la Grande Catastrophe et a été longtemps occupée à distraire les troupes sur la base lunaire. En particulier, elle y était *de service* lorsque le père de ma source s'y trouvait. Oui, ça m'intéresse. D'autant plus que peu de temps après la mort de ce dernier, elle disparaît des listings. Il n'y est pas mentionné qu'elle a été mutée ailleurs ou expédiée au recyclage. Non. Elle disparaît. Point.

Journal de Glen Paldwin, 15 janvier 2166

Je sais que ce n'est pas raisonnable. Je sais que c'est dangereux. J'ai pourtant téléchargé sur ma liseuse tout le dossier lunaire. Mon voyage sera studieux. Je compte en effacer toute trace à l'arrivée. Le risque de piratage et de vol de mes données est trop important sur le dôme de Moskvajia au vu de ma mission pour que j'y entre avec la moindre trace de Don't Forget.

Journal de Glen Paldwin, 16 janvier 2166

J'ai privilégié l'ordre antichronologique. Je remonte depuis la mort du père sur l'ensemble des fichiers. Peu de temps avant son accident, il avait gagné pas mal de tickets en effectuant des missions dangereuses. Et il a dépensé ceux-ci avec… l'androïde…

L'homme qui est mort s'appelait Reeds. Origine : Minnesota. Cause du décès : suicide.

Ah ! La nouvelle construction commence. Je suppose qu'il s'agit du hangar où vont être assemblés les vaisseaux évoqués par ma source lors de sa première interview. Celle qui permettra aux *happy few* de prendre la direction de Saturne.

Reeds fait des siennes. Il est cité dans de nombreux rapports comme élément perturbateur. Visiblement il traficote… Rien de particulier pour Ralph Tennessee. Un gars ennuyeux à mourir… Ah… Ah… Qu'est-ce que je m'amuse !

J'ai trouvé un indice. Un indice sérieux : l'une des stations de pompage a dû être fermée trois jours pour cause d'apparition de lézardes. Ça chauffe !

Je fais marche arrière (enfin, je repasse en marche avant) : pas d'autres apparitions de fissures mentionnées, mais toutes les stations ont été placées sur plots anti-vibratiles dans les deux mois qui ont suivi. Pour quelle raison ? Par précaution ?

Journal de Glen Paldwin, 18 janvier 2166

Je débarque demain matin. J'efface le document et m'accorde ma soirée.

C'est peut-être dommage que je ne me sois pas mêlée avant aux autres voyageurs. Clarc s'est révélé un compagnon de table agréable puis un excellent amant.

Journal de Glen Paldwin, 19 janvier 2166

J'ai été accueillie par une délégation officielle musclée. J'ai demandé à être conduite directement au centre de détention. On m'a expliqué que ce n'était pas la procédure et que je devais au préalable rencontrer le juge et l'inspecteur judiciaire chargés du dossier. *On* était un adjoint au maire président flanqué de deux de ses *collaborateurs* (tous très baraqués). Je suppose qu'ils sont tous les trois affectés au service *communication*.

– Parfait. Faisons cela.

– Ce n'est pas possible maintenant.

– Pourquoi ? Vous étiez bien au courant de mon arrivée ? Non ? Puisque vous êtes là.

– Ils ne sont pas disponibles.

– Oh ! Donc vous avez planifié la réunion pour demain matin ? Parfait. À quelle heure est prévu cet entretien de pure forme ?

L'homme a tiqué.

– Je pense que vous n'avez pas tout compris.

– Je crois que c'est vous qui n'avez pas tout compris. J'arrive avec une demande de droit de visite international à effet immédiat.

– Ça ne se passe pas comme ça ici.

– Eh bien, je vous propose que ça se passe comme ça. Ici. Maintenant.

– Écoutez, nous allons vous accompagner jusqu'à votre hôtel. Un très bon hôtel, vous verrez, et je vais transmettre vos propositions.

Oui, c'est un très bon hôtel, doté d'un très bon restaurant et comme je n'avais pas particulièrement envie de me faire tabasser ou enlever à un coin de rue, j'y ai sagement passé la soirée.

Journal de Glen Paldwin, 20 janvier 2166

Dix heures. Sans surprise, pas de nouvelle de l'adjoint au maire président. J'ai été faire le siège du tribunal. Le juge Costrob, responsable du dossier *Mikrabak*, se trouvait, extraordinairement, *en déplacement*. J'ai annoncé que je l'attendrais… dans son bureau. La chargée d'accueil a tiqué. Elle m'a expliqué que seules les personnes autorisées pouvaient accéder aux étages du tribunal. Je lui ai rétorqué que je l'étais (autorisée). Je l'ai toisée d'un air si féroce que je n'ai pas eu besoin de sortir les papiers *ad hoc*. Elle a fait signe à un de ses collègues pour qu'il m'accompagne. À peine m'étais-je engagée dans l'ascenseur, qu'elle s'empressait de passer un coup de fil. Au juge Costrob, j'imagine… Quand on m'a ouvert la porte, le bureau était vide, mais une forte odeur d'eau de Cologne bon marché flottait dans l'air. Je me suis installée à la table de réunion pour patienter, toujours sous la surveillance du collègue de l'hôtesse. J'ai sorti mon ordinateur et me suis plongée dans un dossier (très fictif).

Une heure plus tard, le juge passait (ou repassait) la porte.

– Chère consœur, s'est-il exclamé tout sourire.

– Ravie de faire enfin votre connaissance.

J'ai insisté sur le *enfin*. Son sourire s'est élargi.

– Souhaitez-vous aller déjeuner ?

Effectivement, il était midi.

– Pourquoi pas. Fixons déjà mon créneau de visite. Je précise… pour les Mikrabak. Les deux. Cet après-midi, quinze heures, je pense que ce délai sera amplement suffisant pour que l'inspecteur puisse prendre toutes les dispositions nécessaires.

– Eh bien, hélas, non. Je pense que cela ne va pas être possible.

– Ah. Et ?

– Le couple Mikrabak vient d'être transféré dans le centre de haute sécurité de Kovlyou.

– Vraiment ?

– Je viens tout juste de l'apprendre.

– Et pour quel motif ?

– Sécurité internationale.

Il allait me falloir demander de nouvelles autorisations. Longues et difficile à obtenir, je le savais, lorsque la *Sécurité internationale* était le motif d'incarcération. Ce juge pouvait se gausser. Et je n'avais plus qu'à faire demi-tour. Pas tout de suite.

– Je suppose que votre ligne est sécurisée ?

– Oui ? Bien évidemment ? Pourquoi ?

Je me suis installée à son bureau et ai composé le numéro direct de Brend sous le regard ahuri du petit juge. J'ai expliqué à Brend la situation. Quand j'ai raccroché, je me suis tournée vers Costrob :

– Bien. Allons donc déjeuner. Une demande est en cours. En accéléré. Vous allez pouvoir retenir ma place sur le prochain dirigeable en direction de la Sibérie profonde.

Il n'a pratiquement rien avalé. J'ai fait honneur au *bœuf Strogonoff*. Il jetait par moment (plus que par moment) un regard inquiet à sa tablette.

– Que se passe-t-il ?

– La plupart de nos hauts dirigeants viennent de quitter la Terre pour une base lunaire.

– Ah, ça y est. Ils se sont décidés.

Je feignais l'indifférence. Pourtant l'annonce me faisait battre plus fort le cœur.

– Vous étiez au courant ?

– La jeune fille, celle de la publicité Lancrôme, celle qui est fiancée à ce petit con d'exploitant de mines, celle que tous (enfin, disons presque tous) ces *hauts dirigeants* voulaient faire disparaître, l'avait annoncé.

– Je pensais… Nous étions beaucoup à penser que ce n'était que du vent.

– Tout le reste s'est pourtant révélé véridique : l'eau, le vaccin…

– Je pensais… Nous pensions… que Sergei Dezrodnov ne ferait pas partie du lot.

– Hum… Votre maire président… Je comprends. Et dans ce lot, à la tête de ce lot, il y a Strausmann n'est-ce pas ? Qu'en est-il de votre général, là… Comment s'appelle-t-il déjà ? Un truc compliqué… Kioucheski ?

– Klioutchevski…

– Oui. C'est ça.

L'homme s'est de nouveau penché sur sa tablette.

– Il est dans la liste aussi.

– Mais pas Brend ni Ramizi.

– Non.

– Alors, pour les Mikrabak, on fait comment ?

– Ils ont vraiment été transférés sur Kovlyou.

– Donc ils sont vivants ?

– Vous en doutiez ?

– Oui.

Le petit juge a passé ses doigts entre sa cravate et sa pomme d'Adam puis s'est comme ébroué.

– Il va bien falloir que quelqu'un prenne les choses en main.

– Ne vous inquiétez pas. Les seconds couteaux sont là, cachés dans l'ombre, prêts à dégainer. En attendant pourriez-vous faire en sorte que les Mikrabak restent en vie et, si possible, qu'ils aient l'air en forme lorsque je les rencontrerai ?

– Que vous importe ? Il n'y a plus de supposés coupables à faire expier.

– La vie de deux innocents m'importe.

L'homme a haussé les épaules. Son indifférence m'a insupportée.

– Je vais voir ce que je peux faire. En attendant, je vous conseille de retourner chez vous et d'en repartir pour Kovlyou. Ce sera beaucoup plus rapide (et infiniment plus simple) que d'espérer effectuer cette traversée à partir de notre dôme.

– Je comprends.

Il m'aidait donc, finalement. Il pariait qu'il avait sans doute plus à y gagner.

– Le dirigeable par lequel vous êtes arrivée repasse ce soir.

– Parfait. Je vous laisse leur signaler qu'ils auront une passagère à récupérer.

Nous en sommes restés là. Je suis rentrée à l'hôtel. Mes affaires, si elles avaient été fouillées, avaient retrouvé leur place. Je les ai empaquetées avant d'aller patienter dans le hall qu'un tuk-tuk vienne me chercher.

Avant de quitter Moskvajia, j'ai eu le temps de télécharger la liste que consultait avec tant d'inquiétude le petit juge. J'ai également eu accès à un rapide pédigrée de tous les partants.

Journal de Glen Paldwin, 21 janvier 2166

J'ai classé les lâcheurs en trois catégories :

– Les friqués (les plus nombreux) : vedettes, hommes d'affaires…

– Les obligés des susmentionnés : maires présidents, un ou deux juges, militaires (dont Strausmann).

– Les scientifiques, techniciens et autres employés (dont deux astro physiciens et sept médecins, de différentes spécialités). À noter que le personnel de bord humain est réduit à son strict minimum (par vaisseau : un pilote et son copilote, deux cuisiniers et un responsable de la gestion des stocks).

Je suppose que de nombreux IA sont à bord.

Je note qu'ils tiennent à bien manger.

Journal de Glen Paldwin, 24 janvier 2166

Dès mon arrivée, j'ai réservé un vol pour l'ex-Sibérie. Je n'ai même pas défait mes valises. Ensuite je me suis rendue au cabinet. Il y régnait un climat délétère. Mes collègues tournaient en rond. Les trois quarts de leurs clients (et des miens) se sont évaporés dans la nature (c'est-à-dire dans l'espace). Je me suis enfermée dans mon bureau pour ne pas subir la contagion. Sauf que le fait est : le PDG de Chen Mining et Ebété, le maire président de Brazza, ont filé. Itou pour le maire président d'Harare. On allait accuser qui ? Juger qui ? Le sous-fifre au bout du couloir ? Je me suis mise à marcher, de long en large, et en travers aussi. Zina est entrée et m'a regardée faire. J'ai fini par m'arrêter.

– Je voulais vous remercier, pour la boule.

– Oh, je suis contente d'avoir pu vous rendre ce service.

– Ça ne va pas fort.

– Non.

– Là-haut non plus.

Elle montrait le ciel. J'ai sursauté. Les vaisseaux présentaient-ils des problèmes techniques ? S'apprêtaient-ils à faire demi-tour ? Un instant je l'ai espéré. Pourquoi d'ailleurs ? Ils pouvaient bien aller se faire voir tous ces Strausmann, Ebété et Corovski.

– Où ça, là-haut ?

– Sur la Lune. Suite au décollage des engins, plusieurs des bâtiments de la base craquent. L'un des hangars s'est même déjà effondré. Ils vont rapatrier à minima la moitié des troupes stationnées à Stock Valley.

J'ai sursauté. Est-ce que ça pouvait avoir un lien avec mon enquête et ce que la jeune fille m'avait rapporté ? Ou bien, tout simplement n'avaient-ils plus besoin de tant d'hommes *là-haut* (puisqu'il n'y avait plus d'eau) et qu'ils sautaient sur n'importe quel prétexte pour renvoyer du monde ?

– Pourriez-vous me trouver des photos ? Des témoignages ? En plus des publications officielles comme officieuses, bien entendu.

– Vous comptez ajouter à la liste des jugements qui n'auront pas lieu celui de la destruction d'une base ?

– Et pourquoi pas ?

Même si je pensais ne plus avoir grand-chose à craindre en tant que Don't Forget, je n'étais pas encore prête à révéler mon identité secrète. J'ai repris mes déambulations à peine la porte refermée sur ma collaboratrice.

J'ai fini par rentrer chez moi. Je n'avais rien à faire au bureau. J'ai procédé à quelques étirements avant de me replonger dans l'affaire Tennessee. J'ai farfouillé pour tenter de trouver des éléments sur le tireur de Paris. Je me suis connectée sous des noms d'emprunt à des sites où l'on recrutait ce genre de personnes. Je n'ai rien trouvé. J'ai par contre constaté que le nombre de nouveaux contrats avait singulièrement baissé sur ces dernières quarante-huit heures. Pour être précise, il n'y avait eu aucune nouvelle entrée. Il était sans doute trop tôt pour se réjouir et crier victoire. Je supputais peut-être trop vite de la baisse de la criminalité organisée. Le risque étant, de toute façon, que ce ne soit que temporaire, le temps que *les choses* rentrent dans l'ordre. C'est-à-dire, comme je l'avais expliqué au petit juge, que les adjoints s'octroient la place encore toute chaude de leurs supérieurs.

Le soir j'ai été tchater avec mon groupe de journalistes. Veni Vidi Vici s'inquiète des mouvements de troupes enregistrés dans certaines régions. Le nouvel ordre ne sera pas forcément copié sur l'ancien avec juste un jeu de chaises musicales. On peut craindre qu'il ne soit pire… Nous étions tous loin de l'imaginer !

Journal de Glen Paldwin, 25 janvier 2166

J'étais peu motivée pour me rendre au siège. J'ai fini par me joindre à mes confrères affalés dans les fauteuils de la salle de réunion. Nous avons commenté l'actualité. Puis Zina m'a apporté le dossier de pièces que je lui avais demandé de constituer, la veille. J'étais heureuse d'avoir un prétexte pour m'éclipser.

Les photos, les témoignages récoltés font bien état de graves problèmes structurels au niveau de la base lunaire de Stock Valley. Tous les bâtiments de surface ont été abandonnés. Le contingent a été regroupé dans les abris souterrains. L'évacuation a commencé.

Bérénice, vingt-troisième partie

Ted l'air grave la cueillit au réveil, toute embrumée de paix et de sommeil.

– Des mercenaires ont investi les dômes de Rostav, Nankin, Madril. Des milices ont été notifiées dans notre secteur.

Investi ? Notifié ? C'est-à-dire ?

– Concrètement, ça veut dire quoi ?

– Que la légion a pris le contrôle par les armes de plusieurs dômes et éjecté sans tambour, ni trompette, ni réserve d'oxygène, les Citoyens qui ne se rendaient pas. C'est ce qui nous attend.

– Ah… Un nouvel ordre…

– C'est ça.

– Et ça se passe comment dans ces dômes ?

– Il est trop tôt pour le dire.

– Pourquoi font-ils cela ?

– La paye des troupes, soi-disant de maintien de l'ordre, était versée par ceux-là mêmes qui nous font défection.

– Je vois. Il leur faut bien une solution ? Non ? À ces hommes ?

– Est-ce bien la seule ? Et surtout est-ce bien la meilleure ?

Bérénice se remémora sa rencontre avec deux, pardon trois… enfin six, finalement, d'entre eux.

– Ça dépend sur qui on tombe.

– En règle générale, on tombe mal.

Bérénice soupira. Elle ne pouvait guère le contredire.

– Donc ? Pour nous ?

– Ils sont en approche.

– Que conseilles-tu ?

– Il faut mobiliser toutes nos ressources en bordure du dôme.

– Exclus ? Externes ? IA ?

– Tous. J'ai envoyé des messagers prévenir Katarina Borshova et les délégués des satellites. Je leur ai proposé de nous réunir dans… (il consulta sa montre) un peu moins d'une heure. Veux-tu venir ?

Même si l'envie lui manquait, elle préjugeait qu'elle devait participer. Elle était légitime pour représenter la *cause*. Ted… on s'en méfierait.

– Oui. Je t'accompagne.

Ted sourit, l'air rasséréné. Lui aussi savait qu'elle représentait, rien que par sa présence, un argument.

Bérénice, à son grand désarroi, prenait acte de la situation. Une discussion, houleuse, avait succédé à l'exposé des faits. Il y avait les partisans des *tuons-les tous* et les défaitistes *ils nous auront à l'usure*. Quels arguments pouvait-elle bien avancer ? Elle soupira et s'approcha du micro où Ted, quelques instants auparavant, s'était exprimé.

– Écoutez ! s'exclama-t-elle.

Écoutez ? Écoutez quoi ? Qu'il est inutile de perdre son temps en luttes intestines ?

Écoutez. Écoutez quoi ? Elle n'avait rien à leur proposer.

Le silence se fit. Aussi soudain qu'inexpliqué. Et les mots, les phrases étaient sortis. Aussi soudains qu'inexpliqués.

– Et si nous leur donnions nos conditions ? Que nous les accueillons sous réserve qu'ils se plient à nos règles, nos lois. Que ceux qui acceptent d'occuper des emplois utiles, nécessaires à la bonne marche du dôme sont acceptés et que nous leur garantissons un logement et ce qui va avec. Pour les autres… Ils peuvent bien aller… voir ailleurs !

Le silence s'éternisa. Puis des cris, des acclamations lui succédèrent. Il fut décidé qu'elle prendrait la parole à l'arrivée des mercenaires (s'ils leur prenaient effectivement l'envie d'accaparer leur dôme). Elle soupira. Elle soupira de nouveau quand Ted lui annonça qu'il avait décidé de convier la presse.

Bien sûr ils vinrent. Bérénice avait espéré, Bérénice avait supplié Dieu et tous ses saints du contraire. Mais ils étaient là, massés aux portes du dôme. Tous les Exclus, tous les Externes valides et en âge de porter une arme avaient été postés à la limite des guérites. Munie d'un porte-voix, Bérénice se lança à corps et cœur perdus. Elle leur dit qu'elle savait, au plus profond d'elle-même, qu'ils n'étaient pas les pires crapules que la Terre ait engendrées. Elle évoqua, à demi-mot et avec une grande retenue, celui qui les avait aidés dans leur fuite, Nikolas et elle, celui qui les avait sauvés. (Elle passa sous silence les dix mille Terravis. Elle avait bien retenu la leçon de Miroslava). Elle énonça ses conditions et attendit. Autour d'elle elle percevait les commentaires, « C'est foutu », et les ordres, « Tenez-vous prêts à faire feu ». Et l'impensable se produisit : un puis deux, puis plus de la moitié des mercenaires se présentèrent aux portes, en ayant eu grand soin de bien montrer qu'ils balançaient leurs armes. Ils furent accueillis avec circonspection et dans la foulée fouillés. Nul d'entre eux n'avait cherché à feindre. Ils venaient pour ce qu'on leur promettait. À la frontière, on resta vigilant jusqu'à ce que la troupe restante, très affaiblie, finisse par battre en retraite. Les mercenaires admis furent immédiatement auditionnés. Au-delà de leur identité, ils étaient questionnés sur leurs expériences et aptitudes. Puis on les vaccinait (*et les réserves ?*). Ils furent répartis sur les deux résidences des Destranges et Lancrôme. « Dans l'attente d'une proposition ferme de logement ». Bérénice avait décidé de lancer un appel aux Citoyens de Stratanadyr. En absence de retour dans le mois, leurs appartements seraient réattribués sans compensation possible. Cette annonce, elle aussi, avait été enregistrée. Les images défilaient déjà en boucle sur la chaîne d'information d'Orient Channel. Quant aux commentaires, ils déferlaient… Partout on louait la sagesse de l'égérie des ex-parfums Lancrôme. D'autres dômes annonçaient qu'ils étaient prêts à appliquer l'exemple initié à Stratanadyr. Bérénice se sentait euphorique et épuisée. Elle laissa ses *adjoints* prendre en main la suite des opérations et se cantonna à la villa Larson durant les quarante-huit heures qui suivirent.

Lorsqu'elle pointa son nez en dehors de son havre, elle découvrit un dôme apaisé. Elle était sortie sans trop savoir ce qui l'attendait. Cette impression la tranquillisa. Elle se rendit d'un pas assuré jusqu'à l'abri de Roza Pustyni où on l'assura que *tout était sous contrôle*. Elle ne savait pas vraiment ce qu'était *tout* et encore moins ce que son interlocuteur avait signifié par *sous contrôle*, mais elle exprima sa très grande satisfaction. L'homme (puisqu'il s'agissait d'un homme) en eut l'air heureux. Elle traîna ensuite dans les rues. Elle constata que quelques (trois ou quatre sur dix) magasins avaient rouvert. Signe que la *Normalité* et la *Prospérité* (son rejeton) reprenaient leur place. Elle s'apprêtait à regagner le domicile Larson quand elle fut interpellée.

– Mademoiselle ! Oh, mademoiselle !

– Oui ?

Elle avait l'habitude de ce genre d'interception et

sourit aimablement à la femme (la trentaine active à la coupe impeccable).

– Vous avez si bien su capter l'air du temps !

Était-ce un compliment ? Bérénice accentua son sourire. La femme reprit :

– Pourquoi ne deviendriez-vous pas notre représentante ? Notre maire présidente ?

La jeune fille dut avoir l'air très surprise, très dubitative, car la femme enchaîna :

– Je vous assure que vous seriez parfaite !

– Non, non ! Certainement pas !

Bérénice s'échappa, troublée. *Non, non ! Certainement pas. Je n'ai aucune compétence ! Aucune aptitude !* Elle n'osa s'ouvrir de ses doutes ni à Ted ni à KT. *Une extravagante. Oui, certainement.*

Elle eut la surprise, le lendemain matin, de voir débarquer à l'improviste Bianca (Bianca Casablanca). *Ah !*

– Il faut que je vous parle.

La Pythie jetait des regards inquiets autour d'elle.

– Allez-y.

La femme restant muette, Bérénice l'encouragea :

– Nous sommes seules.

– En êtes-vous sûre ?

– Absolument.

Bérénice s'amusait de sa frilosité. Cette femme, si rayonnante d'assurance dans ce lieu de prédilection qu'était SA bibliothèque, perdait contenance à peine son sas franchi.

– Eh bien ? Que me vaut l'honneur de votre visite ?

La Pythie referma les bras autour de sa poitrine et chuchota :

– C'est cet homme : Olgan Quieter. Il s'est suicidé (ou supposé tel) la veille du décollage des vaisseaux.

– Qui est-ce ? Enfin… Qui était-ce ?

– Le géologue de la Mission des Forces de l'Espoir sur la lune.

– Oh…

– Et ce n'est pas tout. Il devait embarquer. Il était prévu.

– Dans les vaisseaux ?

Bérénice se surprit, malgré elle, à accentuer l'accent tragidramatique de la documentaliste. Elle se secoua et se ressaisit :

– Pour Saturne ? avança-t-elle d'un ton neutre.

– Oui, souffla la femme.

– Et ?

– Il a été retrouvé mort !

– C'est étrange.

– Ça sent le soufre

– Peut-être a-t-il éprouvé des remords ?

– Ou peut-être que…

Et Bianca, d'un geste très explicite, mima un assassinat par strangulation.

– Mais pourquoi ?

– Sa femme dit que, lors de sa dernière permission, il dormait mal et parlait dans son sommeil.

– Sa femme ? Devait-elle embarquer elle aussi ?

– Non. Elle dit qu'il n'avait jamais abordé ce sujet.

– Hum…

– Et voyez-vous, ces mots qu'il répétait durant ses mauvais rêves, la nuit, étaient *fracturation irréversible*.

Bérénice sursauta et jeta rapidement un regard de droite et de gauche.

– Chut ! Moins fort !

– Qu'allons-nous faire ?

– Pour l'instant, pourriez-vous me rechercher tout ce qui a trait à cet homme ?

– C'est déjà fait. Je vous ai tout mis là-dessus.

Elle lui tendait avec insistance une petite clé

informatique.

Ça existe encore ces trucs-là ?

– Merci. Je vous tiens au courant.

Journal de Glen Paldwin, 26 janvier 2166

Je repars demain, très tôt. Un dirigeable effectue un détour pour me prendre. Tant mieux. Bérénice Tennessee s'est de nouveau illustrée comme une porte-parole efficace du plus grand nombre. Elle (ou d'autres à Stratanadyr qu'elle ne fait que représenter) a parfaitement géré la crise en cours liée à l'état de siège provoqué par les milices. Chapeau bas.

Journal de Glen Paldwin, 27 janvier 2166

Nous nous déplaçons vers le nord-ouest. Je vais survoler l'ancien Canada. Il y a peu de monde à bord. Deux Américains du sud, trois Européens (du sud également) et un Indien. Des passagers aux motivations disparates pour une destination incongrue. Ils sont tous peu bavards. Pour une fois que je n'avais rien à faire et que j'aurais aimé discuter… Tant pis.

Il est tard. Je me demande ce que fait Léandro. Ce qu'il lui fait, à elle. J'ai une boule au ventre. J'avale un somnifère.

Journal de Glen Paldwin, 28 janvier 2166

Nous n'atterrirons pas à Norilsk, notre dôme de destination. La menace de la légion nous pousse à nous dérouter sur Stratanadyr.

Pas un hôtel ouvert… Je plante là mes camarades de voyage pour une petite visite à Bérénice Tennessee et son fiancé. Je comptais le faire. Disons que je vais sonner à leur porte plus tôt que prévu.

Bérénice, vingt-quatrième partie

Les informations transcrites n'avaient rien d'exceptionnel. Elles retraçaient le parcours de cet Olgan Quieter, ses diverses promotions, ses multiples affectations. Il était l'un des premiers à avoir travaillé sur la base de Stock Valley. Les forages pour les futurs pompages avaient été réalisés sur ses recommandations. Elle en était là de ses lectures quand un visiteur se présenta. Enfin, une visiteuse…

– Toc, toc, clama Glen Paldwin en posant ses sacs dans le petit salon.

Qu'est-ce qu'elle fout là, celle-là ?

– Quel enthousiasme, s'esclaffa l'avocate.

– Eh bien… C'est que je comptais justement vous contacter…

– Tu as du nouveau ?

– Oui.

– Moi aussi. Parfait. Auparavant, auriez-vous l'obligeance, toi et ton fiancé, de m'accorder l'hospitalité pour une nuit ou deux ?

– Oui. Oui. Bien évidemment. Bien sûr. Mais… qu'est-ce que vous faites là ?

– C'est promis. Je m'installe et je te raconte tout.

– Oui, oui, bien sûr.

Bérénice chargea l'humanoïde affublée du titre de gouvernante d'installer l'avocate dans une des chambres de l'aile droite (*mon aile*). Elle fit aussi prévenir Ted qui rappliqua à grande vitesse.

– Qu'est-ce que c'est que cette histoire ?

– Eh bien, elle est arrivée avec ses valises et m'a demandé de la loger. Ça ne te dérange pas, j'espère ?

– Non. Non. Tu as bien fait. Que fait-elle là ?

– Eh bien…

Glen refit surface au moment même où Nikolas, accompagné de KT, de retour de l'école, poussait la porte.

– J'ai faim ! clama l'enfant.

– Un petit thé et des scones ! Quelle riche idée ! proposa l'avocate.

L'enfant la regarda de travers.

– Ben, non. Des crêpes !

– Un peu bourratif, tu ne crois pas ?

– Pas du tout. Et vous êtes qui, vous ?

– Une invitée. Et pourquoi pas des scones ET des crêpes ?

L'enfant sourit, l'air rassuré, et s'attabla.

Ils avaient attendu que Nikolas s'échappe vers sa console de jeu pour aborder les sujets qui les préoccupaient. KT s'était installée à leurs côtés.

– Par quoi commence-t-on ?

– Que nous vaut l'honneur de votre visite, maître ?

Glen sourit. Un jeune homme bien éduqué, ce Ted Larson.

– Les Mikrabak. Ils ont été transférés au pénitencier de Haute Sécurité de Kovlyou. C'est là que je me rendais via le dôme de Norilsk quand mon dirigeable a été rerouté sur Stratanadyr.

– Kovlyou… murmura l'air inquiet Ted. Kovlyou a été pris par les mercenaires ce matin. Toutes les liaisons satellitaires ont été coupées. On ne peut qu'émettre des pronostics. A priori les gardiens ont été exécutés. Quant aux prisonniers… Certains ont dû être récupérés par la milice. Ceux-là mêmes qu'ils venaient… justement… délivrer. Pour les autres…

– Pouvez-vous, vous, y envoyer immédiatement une équipe pour tenter de récupérer les Mikrabak ? Moi, avec les procédures, je ne pourrai rien déclencher avant demain, au mieux, ou après-demain, ce qui semble plus réaliste.

– Je m'en occupe immédiatement.

Il les avait laissées seules. Les trois femmes étaient restées, un instant, à se regarder.

– Ce n'est pas de bon augure ? N'est-ce pas ?

– Non.

– Peut-être que je devrais y aller, moi ?

– Non. Tu es plus utile ici. Et, dis-moi ? Qu'as-tu trouvé ?

– C'est lié aux histoires de fissurations. Visiblement Olgan Quieter, un géologue, en savait un rayon sur le sujet. Il a été retrouvé mort la veille de la Grande Migration.

Glen sourit. La jeune fille, elle aussi, utilisait cette expression pondue par un journaliste du Times.

– Hum… Et toute la base de Stock Valley est en train de tomber en ruines.

– Ça veut dire quoi à votre avis ?

– Ça risque de signifier une catastrophe supplémentaire.

Elle se tut, l'air concentrée. Ted revint sur ses entrefaites.

– Deux IA et deux de mes agents de sécurité partent de suite. En moto-sable, ils en ont approximativement pour trente-six heures.

Nul ne réagit.

– Surtout, cachez votre joie. Je n'ai fait que mon devoir. Je ne pensais pas être accueilli en héros. Quoique…

Un rapide sourire éclaira de nouveau le visage de Glen.

Et avec de l'humour. Peut-être que ce Ted Larson n'était pas le petit con qu'elle supposait.

– Il est au courant ? Pour le reste ? interrogea l'avocate.

– Non, lui répondit Bérénice d'un ton précipité.

– Le reste de quoi ?

Bérénice soupira. *Elle m'a demandé de… et maintenant, elle… !*

– Nous menons conjointement des recherches sur les agissements de Strausmann.

Glen devait reconnaître que le résumé, bien que lapidaire, était bien tourné.

– Et donc ?

– Nous allons de nouveau devoir faire appel à vos services, enchaîna l'avocate.

– Pour ?

– Un géologue. Voire mieux un géotechnicien. Vous devez avoir ça en réserve à l'Iratom ? Je présume.

– Effectivement.

– Ce serait pour l'expédier sur la lune. Des phénomènes du type éboulements sont, je le crains, à envisager.

– De quelle ampleur ?

– De quoi décider la portion la plus riche de nos dômes à prendre la direction de Saturne.

– Des effondrements conséquents donc ?

– Fracturation irréversible, tenta d'ajouter Bérénice.

Ni Glen ni Ted ne lui prêtèrent attention.

– Jusqu'à la dislocation ?

– Pourquoi pas ?

– Avec des impacts pulvérisant des myriades en quelques secondes ?

– Jusqu'à un basculement de la Terre.

– Et ? Je veux dire, on survivra ? les interrogea Bérénice.

KT rit de son rire qui ressemblait à un froissement.

– Les Humains ? Oui. Certains survivront. Les Humains survivent toujours.

– Tout est vain, murmura Glen. Tout l'a toujours été.

Des claquements secs de petits pas les tirèrent de leur abattement.

– Et si on jouait, tous ensemble, à l'île au trésor ?

Peut-être tout était-il vain, effectivement. Mais il y aurait toujours des Nikolas, des Sadii, pour lesquels il valait la peine de se battre.

Remerciements

Merci à mon éditrice Florence Gindre qui m'a donné ma chance et sans qui vous ne tiendriez pas ce livre entre vos mains.

Merci à mes enseignants de français et en particulier monsieur Lartigue qui m'a incitée à me questionner.

Merci à mes collègues du Lycée Roger Deschaux de Sassenage et plus particulièrement à ceux qui ont accepté de m'accompagner dans mes délires textuels des mémorables soirées cabaret.

Laura Voisin

Marathon Editions

La maison d'édition a pour objectif de publier des livres à destination des ados et des jeunes adultes.

Nos ouvrages sont réalisés avec le plus grand soin dans le souci de satisfaire les lecteurs.

Si toutefois vous remarquez une erreur quelconque, n'hésitez pas à nous la communiquer par mail (marathoneditions@gmail.com) afin que nous puissions la corriger.

Questions aux auteurs :

Si vous désirez poser une question à un de nos auteurs sur son livre, écrivez-la-nous par mail ou sur nos réseaux sociaux. Nous vous répondrons avec plaisir.

Retrouvez notre catalogue sur notre site Internet : www.marathoneditions.fr

MARATHON
EDITIONS

La collection Marathon Editions propose des livres relevant de la littérature de l'Imaginaire.

La collection Marathon Noir propose des livres relevant de la littérature noire.

À découvrir

Flux – Les enfants de Joans
de Célia Barreyre

Depuis quelques années, le syndrome de Joans a exterminé une grande partie de la population. Personne ne sait comment le virus est né et personne ne sait comment le guérir. Tous les adultes contaminés sont morts. Confinée depuis sa dernière crise sur un campus médicalisé, Lili, dix-sept ans, passe le plus clair de son temps avec ses amis. En attendant celle qui lui sera fatale, elle profite du temps qui lui reste pour vivre une vie de jeune fille comme les autres. Son quotidien est bouleversé lorsqu'elle fait la connaissance des jumeaux. Pourquoi sont-ils venus dans le centre de leur plein gré ? Ils ont la vingtaine passée et n'ont toujours pas succombé à une crise. Détiennent-ils un secret ?

Passionnée de littérature (avec une prédilection pour la science-fiction old school) et de bandes dessinées, Célia Barreyre vit en Auvergne, pays de volcans et de légendes qui nourrit son imagination. Elle aime se décrire comme une conteuse de la magie du quotidien et une incorrigible rêveuse. Flux *est un univers qui lui a été inspiré par sa fille et* Les enfants de Joans *est son premier roman.*

À découvrir

The Big History Show - L'Emission
de Jeanne Bocquenet-Carle

Qui ne connaît pas encore *The Big History Show* ?
Suivez avec nous les aventures de Coline, Chris, Jean et des autres candidats dans ce jeu de télé-réalité hors normes, qui envoie ses participants s'affronter dans les couloirs du temps !

Coline a vingt-quatre ans et vient de se faire plaquer par son petit ami. Sa sœur lui fait la surprise de l'inscrire à *The Big History Show.* Ensemble, elles vont plonger dans des époques lointaines et dangereuses au péril de leur vie.
Chris a subi une agression et ses blessures cicatrisent à peine. Est-ce bien raisonnable pour lui de se lancer dans une aventure aussi incertaine ?
Jean est guide de haute montagne et il pensait avoir conquis les sommets. Il va devoir se débattre dans cette émission qui bouleversera son existence à jamais. On ne revient pas le même d'un voyage dans le temps.

Et vous ? Êtes-vous prêt pour *The Big History Show* ? Êtes-vous prêt à faire face à un programme télé aussi brutal que les époques qu'il visite ? En sortirez-vous indemne ?

Achevé d'imprimer en avril 2022
par l'Imprimerie Maury S.A.S. à Millau (12)
N° d'impression : D22/70983B

Imprimé en France